GULLIVER

1023

Maggie Prince

Die Räuberbraut von Barrowbeck

Roman

Aus dem Englischen von
Renate Weitbrecht

EIN **GULLIVER** VON **BELTZ & GELBERG**

Für Chris

www.gulliver-welten.de
Gulliver 1023
Deutsche Erstausgabe

Die englische Originalausgabe erschien 2003 u.d.T.
North Side of the Tree bei Collins, London

Aus dem Englischen von Renate Weitbrecht
Lektorat: Barbara Küper
Neue Rechtschreibung
Markenkonzept: Groothuis, Lohfert, Consorten, Hamburg
Einbandbild: Hauke Kock
Einbandgestaltung: Max Bartholl
Gesamtherstellung: Druck Partner Rübelmann, Hemsbach
Printed in Germany
ISBN 978-3-407-74023-6
1 2 3 4 5 10 09 08 07 06

Diese Geschichte spielt im England
des späten 16. Jahrhunderts,
zur Zeit von Königin Elisabeth I.

1. Kapitel

Ich laufe wieder die Old Corpse Road entlang. Im Morgengrauen ist der Wald vom Gezwitscher der Vögel und dem Geblöke der erwachenden Schafe erfüllt. Um mich herum verfärben sich Eichen und Haselnussbäume rot und gelb und verlieren ihre Blätter.

Ich bin auf dem Weg zu meiner Schwester, die nun im Pfarrhaus von Wraithwaite wohnt, damit Vater sie nicht umbringt. Vorsichtig pirsche ich durch den Wald, denn auf diesem Weg könnte Vater gereizt und müde von einem nächtlichen Raubüberfall auf der King's Strete heimkehren, die ein paar Kilometer östlich von hier verläuft.

Ich will Vater nicht begegnen, aber ich habe kein Recht, ihn zu verurteilen, denn ich hüte ebenfalls ein dunkles Geheimnis. Ich bin eine Verräterin. Drei Leute wissen das und nur ihr Schweigen trennt mich vom Tod auf dem Scheiterhaufen.

Ich erreiche die Felsschlucht, die die Old Corpse Road zu einer solch schnellen, aber mühsamen Abkürzung zu unserem Nachbardorf macht. Ich atme den erdigen Geruch des Herbstes ein, während ich die in den Fels gehauenen Stufen hinaufsteige und mich an verkrüppelten Eiben und Heidekrautbüscheln festhalte, die aus Spalten im Kalkstein wachsen. Oben falle ich vor Schreck beinahe in Ohnmacht. Zwei Fremde schlafen zwischen den Wurzeln einer Buche, gefährlich nahe am Abgrund. Sie tragen Schwerter und Äxte am Gürtel. Ich schleiche auf Zehenspitzen an ihnen vorbei. Das müssen zwei der Männer sein, die aus dem ganzen Bezirk herbeigeströmt sind, um mit Vater nach Schottland zu marschieren. Im letzten Frühjahr wurden wir von Schotten überfallen – das kommt hier im Grenzgebiet öfters vor. Unsere Männer wollten einen Rachefeldzug unternehmen, verschoben ihn dann aber aufs nächste Frühjahr, weil ein versprengter Schotte, der sich monatelang in einer Einsiedlerhütte im Wald versteckt hielt, von ihren Plänen erfuhr und unsere Feinde warnte.

Oh Robert, wo bist du jetzt wohl? In Sicherheit? Du bist zwar von hier fortgegangen, aber ich wünschte, du gingest mir ebenso aus dem Kopf.

Bevor ich durch das lichter werdende Gehölz aufs Heideland zulaufe, das Wraithwaite umgibt, blicke ich kurz zu den beiden Männern zurück und wünsche ihnen im Stillen alles Gute. Ich bin froh, dass der Marsch über die Grenze abgeblasen wurde und die Männer vorerst nicht in den Krieg ziehen müssen. Vielleicht wird der Rachefeldzug inzwischen sogar in Vergessenheit geraten. Nun, da Robert weg ist und die Leute mit den Vorbereitungen für den Winter beschäftigt sind, denken sie kaum noch an die verhassten Schotten.

Ich laufe an den ersten Hütten entlang der Straße nach Wraithwaite vorbei. Eine Frau hängt Wäsche auf. Wir rufen einander »Guten Morgen« zu. Sie blickt zum Himmel hinauf und fügt hinzu: »Ich fordere das Schicksal heraus. Es wird wohl regnen.«

Ein Windstoß wirbelt die fallenden Blätter über mir umher. Ich nicke. »Ja, das glaube ich auch.«

Manchmal bin ich zutiefst erleichtert, dass ich nicht mehr auf der falschen Seite des Gesetzes stehe, und genieße kleine Schwätzchen wie dieses. Ich kann so tun, als wäre ich wieder ein ehrbares Mitglied der Gemeinschaft, ein unbescholtenes Mädchen, das auf dem Hof seiner Eltern arbeitet und sich auf die Verlobung mit seinem Vetter Hugh vorbereitet. Robert ist fort. Er wurde nicht erwischt und ich kam ebenfalls ungestraft davon. Deshalb habe ich mir vorgenommen, ein besserer Mensch zu werden und sogar meinen Vetter und einstigen Spielgefährten Hugh zu heiraten, wie meine Familie es von mir erwartet, auch wenn ich diese Vorstellung absurd finde.

Das Pfarrhaus steht am hinteren Ende der Dorfwiese von Wraithwaite. Es ist ein schönes Steinhaus, aber stark renovierungsbedürftig. Die Türpfosten sind wurmzerfressen und auf dem Dach haben wuchernde hellgrüne Mooskissen die Schieferplatten verschoben. John Becker, unser junger, gut aussehender Pfarrer, war bis zu meinem sechzehnten Geburtstag Anfang des Jahres mein Lehrer. Er kennt mein Geheimnis, und er war es, der mich vor einem Monat vor dem Ertrinken gerettet hat. Ich habe schon oft gespürt, dass mehr zwischen uns sein könnte als die warme Freundschaft, die während langer Nachmittage in einem schummrigen Schulzimmer zwischen uns entstand. Doch ich wage es nicht, meine Gefühle für John Becker näher zu erforschen, falls ich denn tatsächlich als Buße für meinen Verrat meinen Vetter Hugh heirate.

Ich gehe auf das Haus zu. Über der Tür steht in den Stein gemeißelt: *Gottes Gnade und Wahrheit walte in diesem Haus*. Als ich auf mein Klopfen keine Antwort erhalte, laufe ich nach hinten, da ich dort jemanden

Holz hacken höre. Es ist John. Er hat kein Hemd an, nur eine Lederweste und eine grob gewebte Hose. In diesem Aufzug sieht er gar nicht wie ein Pfarrer aus. Er hat mich nicht bemerkt. Ich ziehe meinen Umhang um mich und schaue zu, wie er die Axt schwingt und mit flüssigen Bewegungen, die langjähriger Übung entspringen, einen Holzblock nach dem anderen spaltet. Schweiß läuft ihm den Nacken hinunter. Seine dunklen Locken sehen wirr und ungekämmt aus.

»Hallo John«, sage ich leise. Nun dreht er sich um. Er ist nicht leicht zu überraschen, aber diesmal ist es mir gelungen. Er blickt mich kurz an, dann schlägt er die Axt in einen neuen Holzblock, lässt sie stecken und kommt zu mir. »Verity hat mir ausrichten lassen, dass sie mich sprechen möchte«, will ich sagen, aber die Worte bleiben mir im Hals stecken, als John mich bei den Schultern fasst und direkt auf den Mund küsst. Ich bin so perplex, dass ich im ersten Augenblick kaum noch weiß, wo ich bin. Ich sehe zu ihm auf. Im Stall neben uns stampft und schnaubt sein Hengst Universe.

»Ich bin nicht bereit, mich länger zu verstellen«, sagt John. »Ich weiß, es ist wahrscheinlich noch zu früh nach deinem Schotten, Beatie, aber …«

Ich höre Schritte und einen Pfiff hinter mir und drehe mich um. Es ist meine Schwester Verity.

»Beatie!« Sie läuft aus dem Haus und umarmt mich, dann blickt sie neugierig von mir zu John. »Wer hätte das gedacht«, murmelt sie.

Nun versucht Universe, die Stalltür aufzutreten. John schiebt den Riegel der oberen Türhälfte auf. »Ich sollte ihn besser auf die Weide hinauslassen. Ihr zwei könnt ja schon ins Haus gehen.« Er lächelt Verity an.

»Ich glaube, ihr habt etwas zu besprechen. Ich komme später nach.«

Meine Schwester wohnt nun schon viele Wochen hier im Pfarrhaus: Seit Vater auf sie losgegangen ist, weil sie ihm erklärte, sie wolle nicht unseren Vetter Gerald heiraten, wie von der Familie beschlossen, sondern James Sorrell, den jungen Bauern vom Nachbarhof. James hat hier ebenfalls eine Zeit lang Zuflucht vor Vaters Zorn gesucht, aber inzwischen kümmert er sich wieder um seinen Hof, unterstützt von zwei kräftigen Leibwächtern: George und Martinus. Die beiden waren früher Knechte meines Vaters, bevor er sich auch über sie ärgerte und sie entließ. Vater regt sich über viele Leute auf. Die meisten ziehen am Ende weg von hier.

Ich gehe in die Küche, um Mutter Bain, Johns schwerhörige alte Haushälterin, zu begrüßen. Dann folge ich Verity die enge Holztreppe zu ihrer Kammer hinauf. Innen ist das Pfarrhaus in einem noch schlechteren Zustand als außen. Die Balken über unseren Köpfen zerfallen stellenweise bereits zu Staub, und die Tür ist so verzogen, dass zwischen ihr und dem Rahmen ein breiter Spalt klafft, als ich sie hinter mir schließe. Doch Veritys Bett ist wunderschön. Es ist aus hellem, altem Eichenholz, in das Tiere und Ornamente geschnitzt sind, und mit edlen, grauen Samtvorhängen umhangen. Verity steigt hinein und lehnt sich gegen die aufgetürmten Kissen am Kopfende. Ich setze mich ans Fußende. Die mit Federn gefüllte Matratze schmiegt sich weich um meine Beine. Verity ist noch im Nachthemd, einem weiten Leinenkittel, der ihren ganzen Körper züchtig bedeckt. Ihre Kleider liegen auf einer Zedernholztruhe an der Wand.

»Willst du dich nicht anziehen?«, frage ich sie.

Sie wickelt sich einen Zipfel des Leintuchs um den Finger und betrachtet ihn. »Nein, Beatie. Ich muss mir ein paar neue Kleider machen lassen. Die dort passen mir nicht mehr. Bitte schick Germaine zum Maßnehmen herüber. Ich muss dir etwas sagen, und ich möchte, dass du es Mutter sagst, aber sonst keinem: Ich bin schwanger.«

Verity ist fünfzehn, ein Jahr jünger als ich. Ich schaue meine kleine Schwester staunend an. Ihre Eröffnung löst sehr gemischte Gefühle in mir aus. Ich bin beeindruckt. Sie hat getan, was ich nicht gewagt habe. Und ich freue mich. Wir bekommen Familienzuwachs und ich werde Tante. Aber vor allem habe ich Angst vor dem, was Verity nun droht – Vaters Zorn, das Gerede der Nachbarn, die Gefahren einer Geburt.

»Ach, Verity!« Im ersten Augenblick weiß ich nichts anderes zu sagen. Sie sieht mich an, wartet gespannt auf meinen Kommentar. Mir fällt nur ein: »Das Kind ist doch von James?«

»Natürlich. Von wem sollte es sonst sein? Etwa von Gerald?«

»Bist du glücklich? Wie fühlst du dich?«

»Großartig, auch wenn mir oft übel ist. Jetzt hat Vater keine andere Wahl mehr. Jetzt muss er mir erlauben, dass ich James heirate.«

»Hast du es deshalb getan?«

»Du lieber Himmel, nein! Ich habe es getan, weil ich es wollte. Also wirklich, Beatrice, von dir hatte ich mir eigentlich mehr Unterstützung erhofft.«

»Tut mir leid. Ich freue mich wirklich für dich. Wie lange hast du schon mit James …«

»Seit Anfang des Jahres, den ganzen Frühling und Sommer über, bis wir hierher kamen und John es nicht mehr erlaubte.« Sie lässt sich auf die Kissen zurücksinken und schließt die Augen. »James hat mir beim fahrenden Händler Ingwerwurzeln gekauft, gegen die Übelkeit. Würdest du mir bitte ein Stück geben?«

Ich hole einen blauen Topf mit Ingwer vom Kleiderschrank und reiche ihn ihr. »Das Zeug muss ihn ein Vermögen gekostet haben. Ich glaube, er liegt dir wirklich zu Füßen.«

Sie sieht mich scharf an. »Ja, und ich ihm auch.«

Ich zögere. »Ist es für euch kein Problem … ich meine, könnte es nicht irgendwann zum Problem werden … dass er ungebildet ist? Dass er weder lesen noch schreiben kann?«

Ich habe das Gefühl, mich auf gefährlichem Boden zu bewegen, aber Verity verneint nur und fügt nach einer Weile hinzu: »Außerdem wird John ihm Unterricht geben.«

Plötzlich steigt Zuversicht in mir auf und die unrealistische Hoffnung, dass Vater sich mit der Situation abfinden wird. »Weiß John, dass du schwanger bist?«, frage ich sie.

»Inzwischen schon. Ich habe es ihm gestern gesagt. Er will es Vater schonend beibringen.« Sie lächelt. »Wenn ich vorhin richtig gesehen habe, Beatie, dann wird unser bedauernswerter Vater gleich einen doppelten Schock verkraften müssen. Begreifst du jetzt, was der liebe John wirklich von dir will?«

Ich spüre, wie ich bis über beide Ohren rot werde. »Du hast gar nichts gesehen, Verity. Ich werde Hugh heiraten, und damit basta.«

Sie lächelt und reicht mir den Ingwertopf. Ich nehme ein winziges Stück und schnappe nach Luft, weil es so scharf schmeckt.

Als ich mich verabschiede, hat ein feiner Nieselregen eingesetzt, den der Wind über die Dorfwiese weht. »Du solltest dir wirklich ein neues Pferd zulegen.« Verity tritt neben mir auf die Türschwelle. »Ich weiß, wie traurig du bist, dass die arme Hilda ertrunken ist, aber du kannst nicht ewig alle Wege zu Fuß zurücklegen.«

»Das tun doch viele andere Leute auch.«

Sie verdreht die Augen. »Nimm Meadowsweet. Germaine kann sie mir später zurückbringen.«

John taucht hinter uns auf. »Ich werde dich auf Universe heimbringen, Beatie.«

»Ich würde wirklich lieber laufen«, sage ich, aber er ist bereits um die Hausecke verschwunden, um sein Pferd von der Weide zu holen. Verity nimmt meinen Umhang von einem Kleiderhaken, und Mutter Bain kommt aus der Küche, um mich zu verabschieden.

»Auf Wiedersehen, Mutter Bain.« Ich beuge mich vor und küsse sie auf die Wange.

»Auf Wiedersehen. Gott schütze dich, Mädchen. Gib auf dich Acht. Ich spüre, dass etwas Dunkles über dir hängt.« Mutter Bain macht derlei Bemerkungen so beiläufig, dass man im ersten Augenblick gar nicht erfasst, was sie gesagt hat. Sie ist in der ganzen Gegend als Hellseherin bekannt und hat schon manches drohende Unheil vorhergesagt.

»Was ist es, Mutter Bain?« Ich versuche, mir die Gänsehaut von den Armen zu reiben.

Sie runzelt die Stirn. Ihre dünne Hand zittert auf meinem Handgelenk. Dann schüttelt sie den Kopf. »Nichts. Nein. Ich weiß es nicht.« Sie fährt sich mit der Hand über die Augen und kehrt in die Küche zurück.

Verity legt mir meinen Umhang über die Schultern. »Weißt du, Beatie, ich glaube, dass du mir vieles nicht sagst. Du kennst jetzt alle meine Geheimnisse. Erzähl mir ein paar von deinen! Wir erfahren fast nichts mehr voneinander, seit ich den Barrowbeck-Hof verlassen habe.«

Ich überlege einen Augenblick. Es würde mich riesig erleichtern, über Robert zu reden, aber ich will Verity nicht mit dem schrecklichen Geheimnis belasten, dass ich einen Feind versteckt gehalten habe. Sie hat es im Augenblick schon schwer genug und wird es wahrscheinlich bald noch schwerer haben. Ich zucke die Achseln. »Ich habe keine Geheimnisse«, lüge ich. »Außer dass ich mich früher nicht mit Hugh verloben wollte, inzwischen aber schon. Es ist vernünftig, ich liebe ja keinen anderen – nicht auf die Art, wie du James liebst. So bleibt der Hof in der Familie, und ich werde dich wieder öfter sehen, wenn du erst mit James verheiratet bist und gleich unten im Tal wohnst.« Ich küsse sie auf die Wange. »Nun, da Vetter Gerald dich nicht heiraten kann, kann er heiraten, wen er will, und alles wird werden, wie es sein soll.«

Verity wirft mir einen spöttischen Blick zu. »Dann wäre ja alles in bester Ordnung, liebe Schwester. Warum glaube ich einfach nicht, dass das Leben so ist? Wie auch immer, was ist mit …«

Sie verfällt in ein vielsagendes Schweigen, da John gerade wieder auftaucht und den gesattelten Universe vor die Haustür führt. »Sollen wir aufbrechen?«, fragt er. »Macht es dir etwas aus, im Herrensitz zu reiten? Zu zweit passen wir nicht in den Damensattel.«

Ich erstarre bei dem Gedanken, den ganzen Weg bis Barrowbeck so nahe bei John zu sitzen. Als ich zögere, fügt er hinzu: »Wir können den langen, bequemen Weg nehmen oder die schnellere Old Corpse Road.«

»Oh ... lieber die Old Corpse Road. Ich muss nach Hause zum Melken.«

Ich steige auf die Steintränke und von dort aus auf sein Pferd, bevor er mich hinaufheben kann, wie er es offenbar vorhatte. In den letzten Wochen musste ich öfters im Herrensitz reiten – eine wackelige Angelegenheit, aber allmählich gewöhne ich mich daran. Davor bin ich immer nur in meinem bequemen Damensattel geritten. Als Verräterin macht man so manche neue, ungewöhnliche Erfahrung. John schwingt sich hinter mich in den Sattel. Mit der linken Hand ergreift er die Zügel, mit dem rechten Arm umfasst er meine Taille. Dann reiten wir los. Ich winke Verity zu, die mir hinter Johns Rücken eine schmachtende Grimasse schneidet.

Außerhalb von Wraithwaite hängt die Frau, die ich vorhin getroffen habe, ihre Wäsche gerade wieder ab und legt sie in einen großen Weidenkorb. Ich rufe ihr zu: »Sie hatten Recht mit dem Regen!«

Sie blickt zu uns herüber, die Hände voller Wäsche. »Ja, Fräulein Garth, leider.« Neugierig mustert sie John und mich eine Weile, dann lässt sie ihren Blick zum Himmel hinaufschweifen. »Vielleicht könnten Sie dort droben ein gutes Wort für mich einlegen, damit das Wetter sich bessert, falls Sie Einfluss darauf haben.«

Ich lache. John hält das Pferd an und fragt sie: »Wollen Sie Ihre Wäsche in der Scheune des Pfarrhauses aufhängen, Frau Thorpe?«

Sie schiebt ihre durchnässte Haube aus der Stirn und erwidert: »Ja, sehr gern, Herr Pfarrer. Ich werde

Alice rüberschicken. Besten Dank.« Ihr Dienstmädchen Alice, eine zehnjährige Waise aus dem Nachbardorf, kommt mit einem weiteren leeren Wäschekorb aus dem Haus. Ich sehe, dass die Augen der Kleinen beide blau geschlagen sind.

John ruft: »Guten Morgen, Alice«, schaut sie kurz an und sagt zu der Frau: »Ich werde auf dem Rückweg bei Ihnen vorbeischauen, Frau Thorpe. Ich muss ein Wörtchen mit Ihnen reden.«

Ich spüre, wie die beiden uns nachblicken, als wir weiterreiten. Über die Schulter sehe ich John an, während Universe in einen schnelleren Trab fällt. »Dir ist sicher klar, John, dass es sich bis heute Abend in der ganzen Gemeinde herumgesprochen haben wird, dass der Herr Pfarrer bei Tagesanbruch im strömenden Regen mit Beatrice Garth weggeritten ist.«

Er lacht und stützt sein Kinn auf meinen Kopf. »Nun, dann ist unser beider Ruf wohl ruiniert.«

2. Kapitel

Zurzeit sind sehr viele Fremde in der Gegend. Bewaffnete Männer, die ursprünglich mit Vater nach Schottland marschieren wollten und heute im Wald übernachtet haben, tauchen zwischen den Bäumen auf.

»Die werden später alle zum Turm kommen, um sich von Vater auszahlen zu lassen, bevor sie sich auf den Heimweg machen«, erzähle ich John. Wir haben unterwegs nicht viel geredet. Mir ist erst jetzt so richtig klar geworden, was Veritys Eröffnung bedeutet, und nun habe ich große Angst vor Vaters Reaktion.

Als wir die Felsschlucht erreichen, sitzen wir beide ab. John sagt: »Geh du voran. Ich folge dir mit Universe. Er hasst diesen Pfad und stellt sich jedes Mal an wie ein großes Kind. Es kann sein, dass ich ihm gut zureden muss.«

»Wirklich, John, du brauchst mich nicht weiter zu begleiten. Von hier aus kann ich doch alleine zurücklaufen.«

Er klopft sich mit der Reitpeitsche gegen den Schenkel. »Um Himmels willen, nein, nicht solange all diese Wegelagerer sich hier herumtreiben. Sie mögen harmlos sein, aber wir kennen sie nicht.«

Ich beginne, die Felsstufen hinabzusteigen. Mit der einen Hand raffe ich meine Röcke hoch, mit der anderen stütze ich mich an der feuchten Felswand ab. Ich blicke zurück und sehe, wie John an den Zügeln zieht und Universe widerstrebend seinen großen Kopf vorstreckt. John redet besänftigend auf sein Pferd ein und fragt es mit einschmeichelnder Stimme, warum es sich denn so anstellt. Ich bin kurz versucht, mich genauso anzustellen, damit er auch mit mir so redet. Die runden Flanken von Universe streifen den Felsen. Er schlägt mit dem Schweif und schnaubt. Kleine Steine poltern herab und treffen mich. Schließlich erreichen wir alle den Fuß der Felswand.

John tätschelt seinem Pferd den Hals, bis es sich beruhigt. Dann sieht er mich an und sagt: »Beatrice …« Mein Herz macht einen Satz. Ich ziehe meine Kapuze weiter ins Gesicht, obwohl der Regen bereits nachlässt. John schiebt seine Reitpeitsche in einen Stiefel und kratzt sich am Bein. Schließlich fragt er: »Hast du ihn geliebt … deinen Schotten?«

Ich fröstle, denn ein böiger Wind fegt die Schlucht herab. Nein, hier draußen im Wald, wo Roberts Geist mir aus jedem Baum entgegenschreit, kann ich unmöglich über ihn reden.

»Ich habe ihn gepflegt«, erwidere ich förmlich. »Er war mir nicht gleichgültig. Aber Liebe ist wohl etwas anderes. Was genau willst du wissen? Ob ich etwas mit Robert hatte?«

»Robert? Aha. Ich wusste nie, wie er hieß.«

»Warum solltest du auch.«

»Nein, ich wollte nicht wissen, ob du etwas mit ihm hattest. Es wäre mir völlig gleichgültig, wenn du dich mit jedem Mann im Tal eingelassen hättest.«

Ich pruste los, aber er meint es ganz ernst. Plötzlich komme ich mir kindisch vor. »Wie alt bist du, John?«, frage ich ihn.

»Fünfundzwanzig.«

»Ich bin sechzehn.«

»Ich weiß, aber ich finde, du bist sehr reif für dein Alter. Hör zu, wir müssen nicht unbedingt jetzt darüber reden. Ich wollte eigentlich warten, bis du über die Sache mit dem Schotten hinweg bist, aber seit du beinahe ertrunken bist, habe ich Angst, dich zu verlieren.«

Ich unterbreche ihn. »John, ich werde dir immer dankbar dafür sein, dass du mir das Leben gerettet hast …«

»Das will ich nicht hören! Ich will keinen Vorteil daraus ziehen, dass ich dich aus dem Meer gefischt habe. Es war doch bereits davor etwas zwischen uns, oder?«

Ich blicke zur Felswand zurück. Gleißende Lichtstrahlen dringen oberhalb durch die Wolken. John schaut auch hinauf und einen Augenblick lang sind wir gebannt von dem wunderschönen Anblick. »Ja«, erwidere ich. »Ja, da war etwas.«

John nimmt meine Hand und küsst die Innenseite. »Kannst du mir dann immerhin sagen, dass es nicht unmöglich ist?«

Ich berühre sein Haar. Es ist nass vom Regen und immer noch ungekämmt. »Nein«, erwidere ich. »Das kann ich dir nicht sagen, denn es ist tatsächlich unmöglich. Verity wird den Barrowbeck-Hof verlassen, um zusammen mit James den Low-Back-Hof zu führen. Wer soll unseren Hof übernehmen, wenn ich auch weggehe? Ich muss Hugh heiraten und dort bleiben.«

Lange blicken wir einander stumm an. Dann beginnen wir gleichzeitig, über unverfänglichere Dinge zu reden. »Ich sollte schauen, dass ich heimkomme, John.«

»Hast du schon Unterricht bei Cedric?« Er lässt meine Hand los und hält das Pferd fest, damit ich wieder aufsitzen kann.

»Noch nicht. Das hat Zeit. Im Augenblick bin ich mit der Winterpflanzung und dem Einkellern von Obst und Gemüse beschäftigt.« Cedric, den die Leute auch den Muschelmann nennen, ist unser hiesiger Heiler und ein enger Freund meiner Mutter. Er wird mich die Heilkunst und den Umgang mit Heilkräutern lehren.

John und ich reiten schweigend durch den Wald ins Tal hinab, durch einen Bach und eine steile Uferböschung hinauf, wo Baumwurzeln zwischen dem Farnkraut aus der Erde ragen. Ich wünschte, wir hätten dieses Gespräch nie geführt. Davor konnte ich mir die unmöglichsten Dinge vorstellen. Doch nun muss ich mich der Wirklichkeit stellen.

Der Wald lichtet sich und gibt den Blick auf die baumlose Anhöhe frei, auf der der Turm unseres Barrowbeck-Hofs steht. Ich schaue zu John zurück. »Jetzt möchte ich wirklich alleine weitergehen, John. Über Verity und James redest du mit Vater besser erst, wenn er die Männer ausgezahlt hat. Lass ihm Zeit, sich ein bisschen zu beruhigen, nachdem er so viel Geld ausgeben musste. Und sei überhaupt vorsichtig! Er ist reizbarer denn je.«

»Ich weiß.« John hält sein Pferd an und sitzt ab. Er hilft mir ebenfalls herunter und bleibt mit den Händen an meiner Taille vor mir stehen. Im Wald ringsum ist es ganz still. Auf den Spinnweben zwischen den Büschen glitzern winzige Tröpfchen. Ein Schwall von Regentropfen platscht auf unsere Köpfe. »Ich komme heute Nachmittag noch einmal her, um mit deinem Vater über Verity zu sprechen«, sagt er.

»Es wird nicht leicht werden.«

»Ich weiß, dass er mich nicht leiden kann.«

»Weil du ihn ständig zurechtweist.«

»Er verdient es nicht anders.«

Ich küsse ihn auf die Wange. »Auf Wiedersehen, John.«

»Auf Wiedersehen, Beatrice.« Er küsst mich unverhofft erneut auf den Mund. Da lege ich die Arme um ihn und erwidere seinen Kuss.

In der Nähe knackt ein Zweig. Wir zucken beide zusammen. Universe spitzt die Ohren und starrt ins Unterholz. Nun raschelt es im Gebüsch und eine

Stimme sagt: »Guten Morgen, Herr Pfarrer! Ich grüße Sie, gnädiges Fräulein.« Es ist unser Stallknecht Leo.

Sprachlos trete ich einen Schritt zurück. John erwidert: »Guten Morgen, Leo. Nett, dich zu sehen.« Leo wirft uns einen erstaunten Blick zu. Ich sehe mit seinen Augen mein unordentliches Haar und mein gerötetes Gesicht und frage mich, wie viel er wohl mitbekommen hat. Ich versuche mir vorzustellen, was los wäre, wenn mein Vater erführe, dass seine Tochter den Pfarrer geküsst hat.

»Ich muss heim.« Ich ziehe meinen Umhang um mich.

John sagt ruhig, als hätten wir nur einen Waldspaziergang gemacht: »Sieh dich unterwegs vor, Beatrice. Ich behalte dich im Auge, bis du am Turm bist.« Ich aber schlage schnell einen Weg ein, auf dem die beiden mich nicht sehen können.

»Ich werde Sie begleiten, falls Sie zur Schlucht zurückwollen, Herr Pfarrer«, höre ich Leo hinter mir sagen. »Für meinen Geschmack sind heute zu viele Fremde im Tal. Ich will nur nach ein paar kleinen Fallen sehen, die ich aufgestellt habe …« Ihre Stimmen werden leiser, während ich so weit wie möglich von ihnen weglaufe.

Unterwegs überlege ich fieberhaft, was ich Leo sagen könnte, damit er schweigt. Als ich den Waldrand erreiche, beschließe ich, hier zu warten, bis er seine Fallen geleert hat und zurückkommt. Es regnet nun wieder stärker und der Wind frischt auf. Dunkle Wolken ziehen vom Meer her über den Pike. Ich sehe, wie die Wache oben auf der Plattform des Turms ihre Kapuze überzieht, und beschließe, unter einem Baum Schutz vor dem Regen zu suchen und einzuüben, was ich Leo sagen werde. Er wird es sicher begreifen. Jeder, der bei uns auf dem Barrowbeck-Hof arbeitet, weiß, dass man es tunlichst vermeiden sollte, sich Vaters Zorn zuzuziehen. Ich halte meine Kapuze unter dem Kinn zusammen, damit es nicht hineinregnet. Und darum sehe ich sie nicht kommen.

»Ha!«

Auf die Stimme folgen Hände und ein massiger Körper. Ein Riesenkerl in schmutzigen, dunklen Klamotten springt aus dem Gebüsch und wirft mich zu Boden. Hinter ihm taucht ein zweiter, kleinerer Mann auf. Ich sehe kurz eine braune Weste und blaue Hosen. Als ich Luft hole, um zu schreien, wird mir ein Stein in den Mund gerammt. Er schlägt gegen meine Zähne. Sand und Erde ersticken meine Stimme, ein Messer blitzt vor meinen Augen auf.

»Du kommst wohl von einem Schäferstündchen mit deinem Liebhaber, was? Her mit dem Geld, junge Dame!« Der erste Mann hält meine Arme fest, während der zweite meinen Gürtel nach einem Geldbeutel abtastet. Ich winde mich und will schreien, aber ich kann nur husten, da ich Sandkörner im Hals habe. Ich versuche, an mein Messer zu kommen, aber bevor ich danach greifen kann, findet es der erste Mann und reißt es mir triumphierend vom Gürtel. »Sie hat kein Gold oder Silber dabei, aber dafür schnappe ich mir dieses kleine Schmuckstück aus Stahl.« Er hängt mein Messer an seinen speckigen grünen Gürtel, dann murmelt er: »Was könnten wir ihr sonst noch abnehmen, hä?«

Halb von Sinnen vor Angst schlage ich um mich. Dann, plötzlich, ist es, als würde der erste Mann wegfliegen. Zwei starke braune Hände hieven ihn mit einem Ruck von mir herunter. »Machen Sie, dass Sie wegkommen, gnädiges Fräulein«, schreit Leo. »Rennen Sie, so schnell Sie können!«

Und ich renne.

3. Kapitel

Ich stehe hinter Vater auf der Plattform. Auf der Weide unten vor dem Turm haben sich Scharen von Männern versammelt, die aus dem ganzen Bezirk nach Barrowbeck gekommen sind. Was man an meinem Vater auch fürchten oder verabscheuen mag, sein Ansehen als Kriegsherr nötigt einem Respekt ab. Die Kriegsführung liegt ihm offenbar mehr als die Landwirtschaft.

Er hebt die Hände, um die Leute unten zum Schweigen zu bringen, und ruft hinab, dass alle nach Hause zurückkehren und dem Herrn danken sollen, dass er sie verschont hat. Dann verkündet er den Männern, dass am Gehegetor Geldbeutel für sie bereitliegen, und wünscht ihnen eine gute Heimreise. Er klingt ausnahmsweise einmal nüchtern.

Es hat aufgehört zu regnen, aber ein kalter Wind fegt zwischen den Zinnen hindurch. Die Wolken verziehen sich. Der blaue Himmel und die braunen Bäume erinnern mich kurz an blaue Hosen und eine braune Weste. Ich stütze mich gegen den kleinen Signalfeuerturm, denn ich fühle mich wacklig auf den Beinen und hundeelend; in meinem Mund tut alles weh. Ich taste die aufgescheuerten und geschwollenen

Stellen ab, die nun dick mit Mutters Ringelblumensalbe bestrichen sind.

Neben Vater steht Mutter mit verschränkten Armen und einem gelassenen Lächeln auf dem Gesicht. Es ist schon erstaunlich, wie gut wir vor Fremden den Schein wahren. »Wie geht es dir?«, fragt sie mich. »Du bist im Wald schwer gestürzt, nicht wahr?«

Ich versuche zu lächeln. »Es geht mir ganz gut, Mutter, danke.«

Neben mir steht Germaine, die in unserem Haushalt für Musik und Handarbeiten zuständig ist. »War es wirklich ein Sturz?«, fragt sie ungläubig. In der Menge unten entdecke ich Leo. Er blickt zu mir herauf.

»Ja«, murmle ich und wende die Augen ab – von Germaine, von Leo, von allen.

Wenn ich nach meiner Flucht vor den beiden Männern nicht umgekehrt wäre, wüsste ich nicht, was ich jetzt weiß.

Nachdem Leo mich gerettet hatte, rannte ich ein gutes Stück am Waldrand entlang, weil ich in meinem Zustand – mit blutendem Mund und zerrissenen Kleidern – nicht übers offene Gelände laufen wollte. Dann dachte ich besorgt an Leo. Er musste allein gegen zwei Männer kämpfen, die beide ein Messer hatten. Ich blieb stehen, hob einen dicken Ast vom Boden auf und kehrte um.

Dann sah ich Leo kommen, mit gefangenen Singvögeln in den Händen. Er lief so forsch wie immer, aber auf seinem Gesicht lag ein wilder, grimmiger Ausdruck, der mich erschreckte. Ich blieb stehen und starrte ihn an. »Fräulein Beatrice, was machen Sie noch hier draußen?«, fragte er. »Sie sollten längst zu Hause sein und sich von Kate Ihre Wunden versorgen lassen.«

Als ich nicht antwortete, fragte er: »Möchten Sie vielleicht lieber mit mir mitkommen und sich von Sanctity verarzten lassen?« Ich blickte an ihm vorbei ins Unterholz und plötzlich knickten mir die Knie ein.

Leo stützte mich und führte mich durch den Wald. An seine nach Kuhstall riechende Weste gepresst, stolperte ich neben ihm her. Ich konnte es kaum ertragen, berührt zu werden, aber wenn er mich nicht gehalten hätte, wäre ich hingefallen. Wir schwankten den Waldrand entlang und dann den schmalen, von Brombeerranken überwucherten Pfad zu der Hütte hinunter, in der er mit seiner Frau Sanctity und seinen zahlreichen Kindern wohnt. Sanctity führte mich zu einem Strohbett in einer Ecke. Dort lag ich auf einer Decke aus aneinandergenähten Kaninchenfellen, während sie meine Wunden säuberte. Sanctity Wilson stellt Duftöle her, und um nicht in den Verdacht zu geraten, eine Hexe zu sein, die Zaubertränke zusammenbraut, trägt sie stets dunkle, hochgeschlossene Kleider wie die Ordensfrauen und frisiert ihr Haar straff nach hinten. So soll sich auch Königin Elisabeth als Prinzessin gekleidet haben, um sich vor ihrer fanatischen Halbschwester Maria zu schützen. Es gibt noch mehr Frauen im Tal, die ähnlich herumlaufen. Bei manchen grenzt die Furcht, der Hexerei bezichtigt zu werden, an Verfolgungswahn.

»Bitte erzähl keinem, was passiert ist, Sanctity«, bat ich sie.

Sie stand mit ihrem jüngsten Kind auf dem Arm neben dem kleinen Feuer unter dem Rauchabzug und sah mich stirnrunzelnd an. »Ich werde nichts sagen, wenn Sie das nicht wollen, gnädiges Fräulein, aber Ihrer Mutter sollten Sie es schon erzählen.«

Ich ließ mich auf das muffig riechende Kaninchenfell zurücksinken und fragte mich, wie viel Leo ihr berichtet hatte. Ich wollte jedenfalls keinem etwas davon verraten. Mein Mund würde verheilen. Ich hatte keine Zähne verloren. Und meine Kleider ließen sich flicken. Ich stemmte mich hoch und lehnte mich mit dem Rücken gegen die Wand. Neben mir wuchs ein Baum, mitten aus der Wand. Ein Stützbalken des Hauses hatte Wurzeln geschlagen, und überall, wo frische Triebe abgehackt werden mussten, waren Narben im Holz. Die Wände, die für den Winter frisch verputzt worden waren, verströmten den vertrauten, süßlichen Geruch von Kuhmist. Aus dem Dreifuß über dem Feuer, wo Sanctity eine wohlriechende Essenz zubereitete, stieg der Duft von Rosen auf und vermischte sich mit dem Kadavergeruch der Binsenlichter. Auf einem Regalbrett neben der Tür standen Flaschen mit klebrig brauner Flüssigkeit, in der die Düfte des Sommers eingefangen waren.

»Nehmen Sie das hier«, sagte Sanctity. »Lavendel wird Sie beruhigen.«

Ich kann den Duft noch an mir riechen, als ich auf der Plattform stehe und beobachte, wie Vater an die Brüstung tritt und die Hände zum Segen erhebt. »Zieht in Frieden heimwärts«, ruft er. »Unten am Gehegetor warten Bier und ein Schilling auf euch. Gott segne euch!« Ich merke, wie erleichtert er ist, bald selbst etwas trinken zu können. Das Sonnenlicht wird heller und zwischen den Männern unten auf der Wiese blitzt etwas auf. Leo poliert sein Messer mit der breiten Klinge. Einen leichtfertigen Augenblick lang stelle ich mir vor, wie es durch Leder dringt und Fleisch bis zum Knochen aufschlitzt.

Vater tritt zurück, die Hände an den Hüften und ein Lächeln auf dem geröteten Gesicht. Er ist mit seinem Auftritt zufrieden. Dann kommt er zu uns herüber. Dabei schwenkt er sein Riechdöschen und parfümiert die Luft, als wollte er sagen: Genug von stinkenden Menschenmassen, zurück zu kultivierteren Dingen. Er mustert mein aufgeschürftes und geschwollenes Gesicht und fragt: »Was ist denn mit dir los, Mädchen?«

»Nichts, Vater. Ich bin im Wald gestürzt.« Es ist schon seltsam, denke ich, dass ein besorgter Blick von ihm noch immer genügt, um mich meine Abneigung gegen ihn vergessen zu lassen.

»Germaine, Beatrice, würdet ihr mir bitte helfen, den Männern Bier auszuschenken?« Mutter bugsiert uns zur Wendeltreppe. »Fühlst du dich dazu in der Lage, Beatrice, oder möchtest du dich lieber hinlegen? Kate könnte auch mithelfen.«

»Ich bin heute noch nicht zum Melken gekommen, Mutter. Es tut mir leid. Ich sollte wohl lieber zu den Kuhställen laufen und nachsehen, ob Tilly Turner es alleine geschafft hat.«

»Das glaube ich kaum. Na gut, dann geh. Wir wollen schließlich nicht, dass die Kühe Milchfieber bekommen. Was hast du denn die ganze Zeit über gemacht?«

»Ich habe Verity besucht.«

Plötzlich habe ich Mutters volle Aufmerksamkeit. »Wie geht es ihr?«, fragt sie leise, damit Vater es nicht hört.

»Sie ist schwanger«, flüstere ich.

Mutter bleibt abrupt stehen, mit einem Fuß auf der obersten Stufe der Wendeltreppe. Eine ganze Weile sagt sie gar nichts, schließlich murmelt sie: »Dann sollten wir sie so bald wie möglich nach Hause holen.«

Eine gute Milchmagd melkt eine Kuh in ein paar Minuten. Tilly braucht dazu ungefähr eine Stunde. Sie murrt und klagt über wunde Finger, anstatt den Kühen etwas vorzusingen, damit sie sich entspannen und ihre Milch geben. Ich gestehe ja gern, dass es auch für mich bessere Arten gibt, einen Tag zu beginnen, als indem ich Kühen etwas vorsinge. Trotzdem sitze ich nun Rücken an Rücken mit Tilly auf einem niedrigen Schemel im Kuhstall und summe leise vor mich hin – auch, weil es mich beruhigt, etwas ganz Normales und Ungefährliches zu tun. Die warme, gluckernde Flanke der Kuh an meiner Wange, das rhythmische Streichen der Fingerkuppen über die Handflächen und das vertraute Geräusch der in den Holzkübel spritzenden Milch lindern den Schock über das, was mir passiert ist. Ausnahmsweise bin ich sogar dankbar, dass Tilly mich mit ihrem Gejammer ablenkt. Ich werfe einen verstohlenen Blick auf meine schmerzenden Knie. Sie sind blau und aufgeschlagen. Was zwischen John und mir war, scheint nun so fern und unwirklich, dass ich mir nicht einmal mehr sicher bin, ob es tatsächlich geschehen ist. Eher kommt es mir vor wie einer meiner früheren Tagträume.

Nach dem Melken legen wir unsere Umhängetücher um, damit die Schultertrage nicht so drückt, und quälen uns mit den Milchkübeln, die an Seilen hin und her schwingen, den Hügel hinauf und an der Menschenmenge vorbei. Dann laufen wir durch das Gehege zu der Felsenhöhle, die uns als Milchkammer dient. Und dort geht das Geschrei los.

Mein erster Gedanke ist, dass die Schotten uns wieder angreifen. Tilly und ich sehen einander an. Als Nächstes ducken wir uns, werfen unsere Schultertragen ab, so dass die Kübel auf den Steinboden donnern, und laufen hinaus. Das Geschrei hört nicht auf. Wir rennen aus dem Gehege. Die am Gattertor versammelte Menschenmenge läuft nun den Hang hinunter und auf den Wald zu.

»Was ist los?«, frage ich Germaine, die mit einem Krug Bier in der Hand am Schanktisch stehen geblieben ist.

Sie zuckt die Achseln. »Ich habe keine Ahnung.« Sie schenkt mir einen Krug Bier ein, weil sonst keine Gäste mehr da sind. Jetzt sehen wir zwei von Vaters Knechten aus dem Wald kommen. Sie tragen eine Bahre. Zwei Bauern aus dem Tal folgen ihnen mit einer zweiten. Das Geschrei hat aufgehört, aber nun rennen ein paar Frauen aus dem Tal schluchzend an uns vorbei. Germaine packt die erste von ihnen am Arm.

»Was ist denn passiert, Betsy?«

»Ein Verbrechen! Zwei der angereisten Männer wurden im Wald umgebracht. Wir haben sie gefunden …« Sie schnappt nach Luft und stöhnt. »Ihre Kehlen waren durchgeschnitten, aufgeschlitzt.«

Ich schlage die Hände vor den Mund und wende mich ab. Die Frau hastet den Hang hinab, den anderen hinterher. Germaine sagt zu mir: »Ein Doppelmord hier in unserer Gegend – wie entsetzlich! Dein Schotte ist doch weg, oder?«

Ich ignoriere ihre Bemerkung, nehme einen Schluck Bier und laufe den Hügel hinauf. Mir ist zu übel, um wütend zu sein. Die Leichen liegen inzwischen vor der Tür zum Torhaus. Die Menge steht schweigend um sie herum. Um in den Turm zu kommen, muss ich an ihnen vorbei. Es gibt keinen anderen Eingang, abgesehen von dem Geheimgang, der unter dem Boden der Milchkammer beginnt, aber es sind zu viele Menschen in der Nähe, um ihn zu benutzen. Vater tritt vor. »Bringt sie in den Holzkeller. Das ist ein trauriges Ende für Männer, die nur ihrem Land dienen wollten.« Die Menge nickt und raunt. Ein paar ältere Leute bekreuzigen sich und Vater lässt es ihnen ausnahmsweise durchgehen.

Ein blutverschmiertes Bettlaken bedeckt die erste Leiche. Die Arme des Mannes sind von der Bahre gerutscht. Als die Knechte die Bahre an den Stangen vorne und hinten packen und hochheben, schlenkern die Arme hin und her, als würde er noch leben. Einen Augenblick lang frage ich mich, ob der Mann wirklich tot ist. Dann gleitet das ganze Laken herunter und enthüllt seinen schief hängenden Kopf, die Schnittwunde an seinem Hals, die wie ein grausiges Lächeln aussieht, seine braune Weste und seine blauen, blutgetränkten Hosen.

Bei der zweiten Leiche sind Gesicht und Schultern zugedeckt, aber auf den Armen des Mannes, die über seinem speckigen grünen Gürtel gekreuzt sind, sind Tropfen von getrocknetem Blut zu sehen.

Während die Knechte die Leichen durch den gewundenen Stollen zum Holzkeller hinuntertragen, laufe ich die Osttreppe hinauf und über einen verwinkelten Gang zum Klo auf der Ostseite. Ich will vor allem allein sein. Dieses Plumpsklo ist der widerlichste unserer Aborte in den Außenmauern des Turms und wird nur benutzt, wenn alle anderen besetzt sind. Dort kann ich ziemlich sicher sein, dass niemand mich stört. Ich frage mich, ob Leos Sohn Dickon die Abtritte heute schon durch die Luken einen Stock tiefer entleert hat. Das gehört zu seinen Aufgaben, aber verständlicherweise sucht er ständig nach irgendeinem Vorwand, um sich vor dieser unangenehmen Arbeit zu drücken. Unsere Köchin Kate ist ihm schon mit einem Hackmesser in der Hand durch den ganzen Turm gefolgt, um ihn dazu zu bringen, dass er seine Pflicht ernster nimmt.

Das stille Örtchen ist wegen des Gestanks und der herumschwirrenden Fliegen alles andere als einladend und zudem ist es dunkel. Nur aus dem Loch selbst dringt ein schwacher Lichtschein. Auf der Wäschetruhe im Gang steht ein Kerzenständer. Ich zünde die Kerze an, nehme den Kerzenständer mit hinein und stelle ihn vor die kaputte Tür, damit sie nicht aufgeht.

Bisher konnte ich die schrecklichen Gedanken aus meinem Kopf verdrängen, aber nun bestürmen sie mich. Immer wieder sehe ich die beiden Männer aus dem Wald vor mir. Manchmal sind sie noch lebendig und fallen völlig unerwartet über mich her. Manchmal liegen sie tot da, mit schlaff herabhängenden Gliedern und starren Augen. Es ist alles meine Schuld. Ich möchte allem entfliehen, was heute geschehen ist, für immer mit meiner tropfenden Kerze an diesem dunklen Ort bleiben, durch Mauern von der Welt abgeschottet wie eine Nonne. Alles tut mir weh, der Mund, die Knie, die Arme und die Rippen. Ich wünschte, ich könnte mein schmerzendes Fleisch abstreifen wie eine Ringelnatter ihre Haut. Der Gedanke, dass ich heute Früh John geküsst habe, erschreckt mich. Sollte er als Geistlicher nicht abgeklärter und zurückhaltender sein? War es nicht das, was mir immer so an ihm gefallen hat? Ich will schreien, dass niemand mich anfassen soll, weder ein Bandit noch ein Verehrer noch sonst irgendwer. Ich will schreien wie die Frauen, die die Leichen fanden, aber über meine Lippen kommt nur ein kläglicher Laut, der wie das Maunzen eines Kätzchens klingt.

4. Kapitel

Irgendwie ist heute ein sonderbarer Tag; alles erscheint mir befremdlich anders als sonst. Ich frage mich allmählich, ob der Schlag auf meinen Kopf schlimmer war, als ich dachte. Hugh ist da. Doch der nette, lustige blonde Hugh, den ich zu kennen glaubte, beobachtet mich auf einmal mit einem raubtierhaften Blick. Er hat ein Riesengetue um meine Verletzungen gemacht und mich zärtlich geneckt, ob ich etwa so früh am Morgen schon sturzbetrunken gewesen sei. Du meine Güte, es ist einfach grotesk! Normalerweise hätte er mich unbekümmert aufgezogen und mir einen Ausritt in den Wald oder einen Wettkampf im Bogenschießen vorgeschlagen, um mich abzulenken. Ich frage mich, ob Onkel Juniper ihm wohl Ratschläge gegeben hat, wie man sich sträubende Mädchen umwirbt. Ich blicke durch die überfüllte Küche zu den beiden hinüber, die am Ausgang zum Torhaus miteinander plaudern und trinken. Onkel Juniper, dessen richtigen Namen alle längst vergessen haben, beugt sich heftig gestikulierend zu Hugh vor. Bestimmt erzählt er ihm gerade irgendetwas Blutrünstiges. Ich frage mich, ob ich wirklich fähig sein werde, Hugh zu heiraten und mein restliches Leben mit ihm hier auf unserem Hof zu verbringen.

Ich verdrücke mich in die Ecke an der Feuerstelle, hocke mich mit dem Gesicht zum prasselnden Feuer, den Rücken gegen die warme Mauer gelehnt und die Röcke zwischen die Knie geklemmt. Neben mir steht ein hoher Lederkrug mit Bier auf der gusseisernen Platte, die jetzt vom Feuer weggekurbelt ist. Feine Dampfschwaden winden sich an dem heißen Feuerhaken empor, den Kate in den Krug gestellt hat, und wo der Haken den Rand berührt, riecht es nach versengtem Fleisch. Die Männer, die die Leichen weggetragen haben, kommen aus dem Holzkeller herauf. Kate, die am Tisch Drosseln rupft, blickt zu ihnen hinüber und ruft: »Holt euch Bier, Jungs! Ich glaube, ihr könnt es brauchen.«

Der Geruch der frisch gerupften Federn mischt sich mit den anderen Gerüchen der Küche – dem von schwitzendem, lebendigem Fleisch und dem nach versengtem, totem Fleisch.

Ich merke, dass meine Stimmung umschlägt. Aus meiner Angst und Verunsicherung wird allmählich Wut. Ich bin wütend auf die Männer, die über mich herfielen, wütend, dass Leos Hilfe so ausarten musste und aus mir gewissermaßen eine Mörderin gemacht hat, wütend über das unaufhörliche Pochen meiner Wunden und über den Verlust meines Messers, wütend, weil Vater uns allen die Hölle heiß machen wird, wenn er erfährt, was mit Verity los ist, und vor allem wütend, weil Leute, die zu alt und festgefahren sind, um zu wissen, wovon sie überhaupt reden, meinen guten Freund und Vetter Hugh unbedingt zu meinem Ehemann machen wollen.

Die vier Männer kommen herüber und schöpfen heißes Bier in ihre Krüge. Sie nicken mir zu, aber ich stelle mich schlafend. Auf der anderen Seite des Feuers repariert Leos Sohn Dickon den Blasebalg. Er faltet neues Leder in die Seiten, weil das alte brüchig geworden ist, und ohne sein Gehämmer wäre ich wohl tatsächlich eingeschlafen.

Meine Eltern sind noch nicht da. Ich übe im Stillen Sätze ein, mit denen ich Vaters Zorn vielleicht besänftigen könnte, wenn er erfährt, was mit Verity los ist. Dann wird er auch begreifen, dass aus den Plänen der Familie, sie mit Gerald zu verheiraten, damit die beiden Höfe in der Familie bleiben, nichts mehr wird. Einmal hat er sie zusammengeschlagen, weil sie sagte, sie wolle James heiraten, und James hat er versucht umzubringen. Ich weiß wirklich nicht, wie er auf die Nachricht reagieren wird, dass die beiden nun heiraten müssen.

Ich frage mich auch, was Gerald dazu sagen wird. Ich beobachte ihn, Hughs jüngeren, dunkleren, wilder aussehenden Bruder. Er unterhält sich mit Germaine, die auf einem Stuhl mit hoher Lehne sitzt und mit winzigen Stichen an Ärmeln aus Spitze herumnäht. Ich glaube kaum, dass er todunglücklich sein wird.

Tante Juniper taucht neben mir auf. Sie deutet auf Gerald und Germaine. »Schau dir das an, Nichte! Er unterhält sich so lange mit dieser Dienstmagd, dass er gar nicht mehr dazu kommt, deine Schwester zu besuchen. Er sollte jetzt eigentlich im Pfarrhaus von Wraithwaite sein. Ich weiß wirklich nicht, was aus dieser Familie noch werden soll.«

»Germaine ist ein bisschen mehr als eine Dienstmagd, Tante«, erwidere ich und frage mich im Stillen, warum ich die Person in Schutz nehme, die mir mehr auf die Nerven geht als alle anderen in diesem Haushalt.

»Unsinn! Sie ist lediglich eine Hausangestellte und außerdem doppelt so alt wie er. Es ist mir ein Rätsel, warum er die ganze Zeit mit ihr redet.«

Leute in unserer Nähe blicken herüber und grinsen. Vermutlich ist Tante Juniper der einzige Mensch, dem das ein Rätsel ist.

Mutter kommt herein. Ihre Wangen sind gerötet und ihr Haar schaut aus der Haube hervor. »Nun sind auch die letzten Fremden abgezogen«, erklärt sie. »Ich hätte nie gedacht, dass ich je einem Schotten für irgendetwas dankbar sein würde. Aber ich danke ihm dafür, dass er unsere Männer gezwungen hat, zu Hause zu bleiben.« Sie tritt zu uns ans Feuer. »Ich werde meinen Holunderwein aufmachen. Hilf mir bitte, Juniper. Wir haben einen Grund zum Feiern.«

»Die beiden drunten im Holzkeller nicht«, murmelt Kate.

Ich spähe um die Ecke der Feuerstelle, während Mutter und Tante Juniper zwei große, mit Holzstöpseln verschlossene Tonflaschen aus dem Warmhalteofen holen.

»Gib Kate um Himmels willen etwas zu trinken, Beatie«, weist Mutter mich an. »Ich kann ihr ständiges Gemecker nicht mehr hören. Hol die Silberbecher heraus. Ich benutze kein Zinngeschirr mehr. Cedric sagt, es zerfrisst das Gehirn.« Sie wuchtet die Flaschen auf den Tisch, stemmt die Hände in die Hüften und blickt sich um. »Ich kann immer noch nicht so recht glauben, dass unsere Männer nun doch nicht nach Schottland marschieren.«

»Vorerst nicht.« Kate schleudert ihr Nudelholz in einen Klumpen weichen Teig. »Zu meiner Zeit hätten wir nicht so schnell aufgegeben. Ich habe noch nie gehört, dass wegen einem einzigen Schotten ein ganzer Feldzug abgeblasen wurde.«

Ich nehme unsere besten Silberbecher einzeln aus dem Geschirrschrank; Mutter und Tante Juniper ziehen die Stöpsel aus den Flaschen. Ich weiß noch, dass Vater am Michaelstag mit diesen Bechern heimgekommen ist. Es sind fünfzig Stück aus feinstem Silber, in das wunderschöne Ornamente aus Reihern und Schilfgräsern eingehämmert sind. Als ich jedem einen Becher Wein gereicht habe, setze ich mich auf die Bank am langen Tisch. In diesem Augenblick poltert es im Bogengang zum Torhaus und Vater platzt herein. »Was gibt's denn zu feiern?«, bellt er und torkelt zum Küchentisch. »Sind die Toten aufgebahrt?« Er legt einen Arm um Kate, die gerade einen Teigdeckel auf die Drosselpastete legt. »Was ist in der Pastete, Kate?«

»Singvögel.« Kate sieht ihn missbilligend an. »Schon betrunken, gnädiger Herr? Sie haben keine Zeit verloren.«

»Das Leben ist zu kurz, um Zeit zu verschwenden. Die beiden drunten im Holzkeller sind der beste Beweis dafür.«

»Da haben Sie Recht, gnädiger Herr.« Sie sticht mit dem Teigmesser dreimal in die Pastete und murmelt dabei: »Vater, Sohn und Heiliger Geist.«

»Amen«, sagt Vater. Die beiden nicken einander trübsinnig zu.

Ich schenke mir Wein nach. Das süßlich riechende Zeug schwappt in dem glänzenden Becher hin und her und schimmert im flackernden Licht des Feuers rot, braun und lila. Mutter legt Tante Juniper den Arm um die Schultern und führt sie in die Ecke der Feuerstelle, in der ich vorhin gehockt habe. Sie setzen sich und stecken die Köpfe zusammen. Mutter redet, Tante Juniper hört zu. Ich ahne, dass Mutter ihr von Veritys Schwangerschaft erzählt. Plötzlich wünsche ich mir sehnlichst, meine Schwester wäre hier, zu Hause, wo sie hingehört. Ich habe in diesem Haus niemanden mehr, der so denkt wie ich, der mit mir über die Marotten unserer älteren Familienmitglieder lacht und bei Meinungsverschiedenheiten mit ihnen zu mir hält.

Plötzlich steht Leo neben mir. Ich zucke zusammen, denn ich habe ihn nicht kommen sehen. Ich trinke einen großen Schluck Wein und muss die Ellbogen auf den Tisch stützen, um mich gerade zu halten. Er setzt sich neben mich und fragt: »Wie geht es Ihnen, Fräulein?«

»Ganz gut.« Ich merke, wie unfreundlich ich klinge, und stehe auf, um ihm einen Becher Wein einzuschenken. »Danke der Nachfrage, Leo.«

Er fummelt an meiner Taille herum. Ich sehe eine Klinge blitzen. »Das wollen Sie doch sicher wiederhaben.« Er zieht mein Messer aus der Scheide an seinem Gürtel, in der es hinter seinem eigenen gesteckt hat. Ich starre das gute, alte Stück mit dem Horngriff und der gebogenen Klinge an. »Hast du es damit getan?«, frage ich ihn entsetzt. Unsere Blicke treffen sich. Es ist, als wären wir allein in einer menschenleeren Küche. Er tippt mit dem Zeigefinger auf sein breites Messer und dann an seinen Mund.

»Nein«, erwidert er. »Ich habe mein eigenes Messer benutzt. Es war mir ein Vergnügen, Fräulein.«

Weiterer Worte bedarf es nicht. Den überschwänglichen Dank, den ich heute Morgen hervorstammelte, kann ich hier nicht wiederholen. Ich versuche, meine Gefühle und Gedanken zu ordnen. Ich frage mich, ob Leo anders hätte handeln können. Nun haben wir ein gemeinsames Geheimnis. Ich fühle mich ihm seltsam nahe, so als wären wir verwandt. Vielleicht empfindet man so für einen Menschen, der einem das Leben gerettet hat. Nach einer Weile sagt Leo: »Ich werde auch über das andere schweigen, Fräulein.«

Ich muss kurz überlegen, was er meint, dann begreife ich, dass er auf John und den Kuss anspielt. »Ach so, ja, danke. Und ... Leo ... ich versichere dir ... auch ich werde niemandem erzählen, was passiert ist.«

Er nickt. Wir haben einen Pakt geschlossen.

Germaine bringt zwei große Platten. Auf der einen türmen sich dünne Scheiben Blutwurst und in Gänseschmalz geröstete Brotwürfel, auf der anderen kandierte Stachelbeeren und Marzipankonfekt. Wir lassen uns die Leckereien schmecken. Vater, der am Hackklotz lehnt, rutscht ab, als er versucht, sich zu bedienen, und schürft sich die Wange auf. Fluchend richtet er sich wieder auf, durchquert den Raum, als würde er eine Galliarde tanzen, pinkelt ins Feuer und torkelt wieder zurück. Dann hebt er mit beiden Händen eine der Flaschen an den Mund und trinkt. Der Wein läuft ihm den Hals hinunter und auf die Halskrause. »Zum Teufel mit den Schotten!«, ruft er. Die Gesellschaft erhebt ihre Becher. Das Feuer wirft ein diffuses Licht in den Raum. Germaine geht umher und zündet die Kerzen an. In der verrauchten Luft haben die Kerzenflammen regenbogenfarbige Lichthöfe. Leo tippt mir auf die Schulter und geht.

Kate setzt Gerstensuppe auf – für alle, die im Laufe des Nachmittags wieder nüchtern werden wollen. Ich bin es allmählich leid, den Leuten meine Verletzungen zu erklären. Wahrscheinlich fände ich ihre Fragen weniger lästig, wenn ich ihnen die Wahrheit sagen könnte.

Tilly Turner, die es sich auf der Eichenbank am Feuer gemütlich gemacht hat, fällt theatralisch in Ohnmacht und schlägt sich den Kopf an. Mutter hält ihr eine brennende Feder unter die Nase, damit sie wieder zu sich kommt, und tätschelt ihr heftiger als nötig die Wangen. Dann bringt unser Knecht William sie hinaus an die frische Luft. Kurz darauf kehrt er aufgeregt zurück und ruft Vater zu: »Gnädiger Herr, der Pfarrer kommt aus dem Wald!«

Vater grunzt und erhebt sich schwankend. William stützt ihn.

»Soll er hereinkommen, gnädiger Herr? Soll der Pfarrer hereinkommen?«

Alle warten auf Vaters Antwort. Seine Meinung über John Becker ist allgemein bekannt.

Ich schleiche durch die Küche und übernehme Tillys Platz auf der Eichenbank, hinter deren hohen Seitenlehnen ich mich verstecken kann. Ich hatte ganz vergessen, dass John vorbeikommen wollte. Ich bin nervös, verschwitzt und halb betrunken. Es wäre mir peinlich, wenn er mich so sähe. Germaine setzt sich neben mich. »Versteckst du dich, Beatrice?«, fragt sie. Ich nicke vorsichtig, aus Angst, dass mir schwindlig werden könnte. Germaine lacht. »Er mag uns alle zur Hölle wünschen, aber dich bestimmt nicht, meine Liebe.«

Mir kommt die Küche bereits wie die Hölle vor – sie ist heiß und voller Leute, die ihre Missetaten bald werden büßen müssen.

Vater tappt durch den Raum und stolpert dabei über Stühle und Bänke. »Bring ihn ruhig herein, William«, ruft er. »Ich wette, ein bisschen Wein würde diesem griesgrämigen Moralprediger nur guttun!«

Alle Blicke richten sich auf den Eingang. Wir hören die Tür schlagen und William laut sagen: »Sie sind alle in der Küche, Herr Pfarrer.« Vater baut sich breitbeinig mitten im Raum auf und stemmt die Hände in die Hüften. William kommt zurück und flüstert ihm etwas zu.

»Nein«, erwidert Vater laut. »Ich werde hier drinnen mit ihm reden. Ist er zu vornehm für die Küche, hä?« Er spricht mit schwerer Zunge. Seine Nase ist dunkelrot angelaufen und an ihrer Spitze zuckt eine Ader. William geht hinaus und kehrt mit John zurück.

Bei seinem Anblick wird mir ganz anders. John wirkt im Vergleich zu uns so blass, so nüchtern und sauber. Wir müssen für ihn wie eine Horde rotgesichtiger Trunkenbolde aussehen. Mir wird klar, dass ich wirklich keine passende Frau für ihn wäre, weder für ihn noch für sonst irgendeinen anständigen Mann, der nicht zu meiner Verwandtschaft gehört. Er blickt in die Runde. »Guten Tag«, sagt er zu allen. Dann wendet er sich an Vater. »Kann ich Sie privat sprechen, Junker Garth?«

Er ist schön und ernst. Allmählich erinnere ich mich wieder, wie es heute Morgen war. Er hat mich noch nicht gesehen.

»Sie können hier mit mir reden. Niemand wird uns belauschen«, erwidert Vater.

Nun wenden sich alle ab und tun so, als wären sie mit etwas anderem beschäftigt. »Wir feiern alle, dass wir noch leben.« Vater fuchtelt mit den Armen. »Ich denke, das können sogar Sie verstehen. Wollen Sie einen Holunderwein?«

»Gern. Danke.« John lächelt Mutter zu, die bereits einen Becher herüberreicht. »Der Weg hierher lohnt sich schon allein wegen Ihres Holunderweins, Columbine«, sagt er. Mutter nickt. Sie ahnt offenbar, warum er gekommen ist. Sein Bemühen, die Atmosphäre zu entspannen, wirkt etwas verkrampft. Er wendet sich wieder an Vater. »Bitte, Sir, ich muss Sie privat sprechen, oben in Ihren Gemächern. Es geht um eine sehr wichtige Angelegenheit.«

Alle hören zu. Germaine steht herum und kratzt mit dem Fingernagel vertrocknete Essensreste aus Messerkerben im Tisch. Kate betrachtet ihre Pastete. Die Knechte nicken einander bedeutungsvoll zu, als würden sie sich unterhalten. Da steht plötzlich Tante Juniper auf und läuft zu John hinüber. »Junger Mann, ich kann nicht verstehen, wie Sie das zulassen konnten«, stößt sie hervor. Alle in der Küche erstarren.

»Juniper …« Mutter versucht, sie wegzulotsen. »Es ist besser, wenn wir das unter uns besprechen.«

»Unsinn! Denkst du, du kannst diese Schande auch nur einen Augenblick lang geheim halten, Columbine? Meine Nichte befand sich in Ihrer Obhut, Pfarrer Becker …« Sie steht vor ihm, wedelt mit dem Zeigefinger vor seinem Gesicht herum und bringt vor Zorn kaum noch ein Wort heraus. Mutter läuft um sie herum und packt Vater beim Arm.

»Komm mit, Mann. Der Herr Pfarrer möchte uns privat sprechen.«

Vater schlägt mit der Faust auf den Tisch. »Worum geht es eigentlich? Was führt Sie her, Herr Pfarrer?«

John blickt von Vater zu Tante Juniper. »Es geschah, bevor Verity in meine Obhut kam, als sie noch hier bei ihrer Familie wohnte, gnädige Frau. Entschuldigen Sie mich jetzt bitte.« Er wendet sich wieder an Vater. »Ich sagte bereits, dass ich Sie privat sprechen möchte, Sir.« Er deutet zum Ausgang. »Würden Sie bitte mitkommen?«

Vater schweigt eine Weile. Er befreit sich aus Mutters Griff, stellt sich aufrecht hin und wischt ein paar Krümel von seiner Weste. Dann sagt er: »Ich dachte, Sie wären hergekommen, um das zu tun, wofür Sie bezahlt werden, nämlich die Toten einsegnen. Heute sind hier zwei Morde geschehen. Wir werden den Mörder finden, verlassen Sie sich darauf. Und bevor wir ihn aufknüpfen, werden Sie Gelegenheit haben, diese verlorene Seele zur Reue zu bewegen. Das sind die Pflichten, für die Sie bezahlt werden, Herr Pfarrer, aber ich glaube nicht, dass Sie zu entscheiden haben, wo und wann hoch gestellte Mitglieder Ihrer Gemeinde mit Ihnen sprechen sollten.«

John stößt einen gequälten Seufzer aus. »Also gut, Junker Garth, dann werde ich jetzt die Toten einsegnen. Hätten Sie die Güte, mich zu begleiten?«

Vater nickt huldvoll und marschiert zum Holzkeller hinunter, gefolgt von John und Mutter. Alle sehen ihnen schweigend nach. Tante Juniper ist in Tränen aufgelöst. Ich umarme sie.

»Hast du es gewusst, Beatrice?«, fragt sie.

Ich nicke.

Sie sinkt auf die Bank und schlägt die Hände vors

Gesicht. Hugh und Gerald eilen zu ihr, während Onkel Juniper aus einiger Entfernung zusieht und nervös von einem Fuß auf den anderen tritt.

»Was ist denn passiert?«, fragt Hugh mich, und da es bald sowieso alle wissen werden, erwidere ich: »Verity und James erwarten ein Kind.«

Kate prustet über ihre Pastete hinweg: »James Sorrell? Der Bauerntölpel? Unmöglich!«

»Es reicht, Kate«, fahre ich sie an.

Sie verzieht empört den Mund, stapft zur Feuerstelle, schleudert ihre Pastete in den Backofen und schlägt die schwere Eisentür so heftig zu, dass der Knall von den Wänden widerhallt.

Tante Juniper erhebt sich, sagt schroff zu William: »Sattle bitte unsere Pferde«, und rauscht aus der Küche. Ihr Mann und ihre Söhne folgen ihr.

Allmählich erfassen die Leute im Raum die Situation. Schockiertes Gemurmel ist zu hören und alle warten gespannt auf Vaters Reaktion. Die aber fällt anders aus als erwartet. Als er schließlich allein in die Küche zurückkehrt, setzt er sich ruhig an den Kopf des Tisches und verkündet: »Freunde, wir haben den Mörder gefunden. Vier Männer sollen mich sofort zum Low-Back-Hof begleiten, um James Sorrell gefangen zu nehmen.« Er deutet zu William und drei anderen Knechten hinüber, die am Ausgang zum Torhaus stehen.

»Nein!« Mutter ist ihm aus dem Holzkeller nach oben gefolgt. »Das ist doch Wahnsinn, Francis! James kann niemanden getötet haben!«

»Ruhe!«, ruft Vater. »Wir haben einen Zeugen.« Er winkt Michael zu sich, der Ende März als Knecht zu uns gekommen ist. Michael ist ein großer, durchtriebener Kerl, der keinem in die Augen sieht. »Du hast gesehen, wer es war, Michael, nicht wahr?«

Im ersten Augenblick wirkt Michael völlig verdattert, dann nickt er heftig. »Ja, gnädiger Herr.«

»Sag, was du gesehen hast.«

»Es war Herr Sorrell, gnädiger Herr.«

»Wirst du das vor dem Richter bezeugen?«

»Ja, gnädiger Herr.«

»Dann kommt Herr Sorrell noch vor dem Wochenende ins Gefängnis von Lancaster und kann dort auf die nächsten Gerichtstage und den Strick warten.«

Auf einmal ist mir nicht mehr heiß, sondern eiskalt, als würde kein Feuer brennen. Ich stehe auf und steige auf die Eichenbank. Die anderen blicken herüber. »Vater?«, rufe ich.

Er sieht mich finster an. »Was machst du denn da, Mädchen? Komm runter.«

»Vater, diese Verletzungen … sieh sie dir an.« Ich zeige ihm meine Arme und deute auf meinen geschwollenen Mund. »Ich bin nicht im Wald gestürzt, Vater. Diese zwei Männer sind tot, weil sie über mich hergefallen sind. Sie wollten mir etwas antun. Ich habe mich mit meinem Messer gewehrt und dabei muss ich wohl …«

Vater starrt mich mit offenem Mund an. Plötzlich ist er stocknüchtern und erstaunlich flink. Bevor ich weiß, wie mir geschieht, hat er mich bereits von der Bank gezerrt, mir die Arme auf den Rücken gedreht und schleppt mich aus der Küche. Ich schreie und versuche, mich loszureißen. Leute springen auf. Ich denke: Wo ist John, wo ist Hugh, wo sind sie, wenn ich sie brauche?

Vater ist sehr stark. Meine Knöchel schlagen schmerzhaft gegen die Kanten der Steinstufen, während er mich die Wendeltreppe hinaufschleift. Mutter läuft hinter uns her und ruft: »Pass doch auf, Francis! Du tust ihr ja weh.«

Die aufgeregten Stimmen aus der Küche sind kaum noch zu hören, als wir meine Kammer erreichen. Vater schubst mich hinein, knallt die Tür zu und postiert sich davor. Mutter stellt sich neben ihn. Ich will an den beiden vorbei und entwischen, aber Vater zieht mich weg von der Tür.

»Was soll das, Vater? Lass mich ...«

»Du bleibst hier, bis du aufhörst, dir irgendwelchen Unsinn einzubilden«, unterbricht er mich. Seine Stimme ist überraschend sanft. »Der Sturz auf den Kopf hat dich völlig verwirrt, Mädchen.«

»Mutter ...«, flehe ich.

Sie kommt zu mir und nimmt mich in die Arme. »Liebes, dein Vater hat ausnahmsweise einmal Recht.« Sie blickt ihn streng an, um angesichts dieser seltenen Einigkeit keine falschen Vermutungen aufkommen zu lassen. »Du hast wahrscheinlich eine Gehirnerschütterung und außerdem mehr Bier und Wein getrunken, als gut für dich war. Das hat dir den Kopf vernebelt. Du willst doch nichts sagen, was die Leute missverstehen könnten, nicht wahr? Wir wissen alle, dass du diese Männer nicht getötet hast. Allerdings glaube ich, dass du uns einiges verschweigst. Deshalb tu, was dein Vater sagt, und bleib erst einmal hier. Du kannst selbst entscheiden, wann du uns die Wahrheit erzählen willst. Ich sage Kate, dass sie dir etwas Gerstensuppe hochbringen soll.« Meine Eltern verneigen sich höflich voreinander und gehen hinaus.

»Nein!«, rufe ich. »Ich will nicht hierbleiben!« Dann versagt meine Stimme jämmerlich.

Mutter dreht sich noch einmal um, mit dem großen Eisenschlüssel in der Hand. »Ich komme bald wieder, Beatrice. Aber erst will ich noch ein Wort mit Pfarrer Becker reden.« Danach schließt sie die Tür hinter sich und sperrt ab. Die Stimmen meiner Eltern entfernen sich nach unten und klingen mit jeder Treppenstufe gereizter.

5. Kapitel

Es gibt Augenblicke im Leben, da kann man sich nur hinlegen und sagen: »Vorerst kann ich nichts tun; vorerst muss ich mich damit abfinden.« So lege ich mich auf mein Bett, mit dem Gesicht zur Wand. Dann richte ich mich auf, ziehe die Bettvorhänge zu und lege mich im Dunkeln wieder hin. Ich fühle mich verraten. Wie konnten meine Eltern mir das antun? Das Schlimmste daran ist, dass Mutter Vater auch noch geholfen hat, mich einzusperren. Wie konnte sie nur? Ausgerechnet sie, die sich selbst nicht an gesellschaftliche Regeln hält. Ich dachte, ich würde sie kennen. Noch nie habe ich mich so im Stich gelassen gefühlt.

»Beatrice, es ist zu deinem Besten«, sagt sie, als sie eine Stunde später wiederkommt und die Bettvorhänge öffnet. »Alle Leute haben gehört, was du gesagt hast. Du dummes Ding! Willst du etwa wegen Mordes gehängt werden? Ich glaube nie und nimmer, dass du es warst. Du versuchst offenbar, James zu schützen. Denkst du, dieser Tollpatsch kann nicht selbst auf sich aufpassen? Wir haben allen erzählt, du hättest durch den Sturz eine Gehirnentzündung bekommen und nicht gewusst, was du sagst. Nun müssen wir warten, bis die Aufregung sich legt, darum sei so gut und bleib vielleicht eine Woche hier in deiner Kammer, bis die Leute die Geschichte vergessen.«

»Und James?«, frage ich. »Soll er inzwischen gejagt und gehängt werden?«

»Wahrscheinlich nicht, wenn du uns sagst, wer diesen Mord wirklich begangen hat. James war es nicht, oder? Erzähl mir, was wirklich passiert ist. Wenn der Täter dich tatsächlich vor diesen Männern gerettet hat, wird er sicher glimpflich davonkommen. Wer war es, Beatrice? Du weißt es, oder?«

Ich wende das Gesicht ab. »Nein, ich weiß es nicht.«

»War es James?«

»Nein.«

»Dann weißt du also doch, wer es war. Komm schon, Beatrice, wer war es?«

»Ich weiß es nicht!«, schreie ich.

Mutter wendet sich ab. »Ich fürchte, dann wird dein Vater weiterhin James beschuldigen.« Sie geht zur Tür. Ich springe vom Bett und laufe ihr hinterher.

»Mutter, das darfst du nicht zulassen! Es ist doch offensichtlich, dass Vater ihn wegen Verity loswerden will.«

»Er lässt sich nicht davon abbringen. Ich habe es versucht.«

»Dann werde ich allen erzählen – auch dem Richter –, dass ich es war.«

Mutter läuft hinaus, knallt die Tür hinter sich zu und ruft von draußen: »Das wirst du nicht, Beatrice, nicht von hier aus!«

Es ist lächerlich – einfach lächerlich und demütigend. Ich begreife immer noch nicht ganz, wie ich es geschafft habe, mich in diese Lage zu bringen, aus der es anscheinend keinen Ausweg gibt. Ich habe schon von Mädchen gehört, die eingesperrt wurden, aber ich hätte mir nie träumen lassen, dass mir das passieren könnte.

Alle im Haus stellen sich schnell auf meine Gefangenschaft ein. Mir scheint beinahe, als hätten sie damit gerechnet, als bestünde zwischen ihnen eine stillschweigende Übereinkunft, dass ich übergeschnappt bin. Gegen Ende der Woche habe ich allmählich das Gefühl, tatsächlich an einer Gehirnentzündung zu leiden, weil die Langeweile und das Eingesperrtsein mich ganz krank machen. Nachts liege ich wach und lausche den Eulen, und am Tag höre ich das Gequieke der Schweine, denn wie jeden Herbst wird zurzeit im ganzen Tal geschlachtet. Das ist notwendig, damit wir den Winter über genug zu essen haben und Seife, Blutwürste und Lederhandschuhe herstellen können. Auf unserem Hof entscheide sonst ich, welches Schwein wann geschlachtet werden soll. Dieses Jahr sagt Mutter zu mir, unsere Leute würden die viele Arbeit, die im Herbst anfällt, ganz gut ohne mich bewältigen – die Scheunen seien gefüllt, und sie wolle Leo bitten, in vierzehn Tagen ein Schwein zu schlachten. Mit Überfällen der Schotten ist in diesem Jahr nicht mehr zu rechnen, deshalb kann man sich nun auf die Vorbereitungen für den Winter konzentrieren.

Eines Tages höre ich unten im Tal einen lauten Tumult. Später erfahre ich von Germaine, dass es auf dem Low-Back-Hof zu einer regelrechten Schlacht gekommen ist. Offenbar ist Verity inzwischen aus dem Pfarrhaus dorthin gezogen, und Vater hat mit seinen Knechten versucht, sie zurückzuholen und James gefangen zu nehmen. Doch James hat nun selbst Knechte, die Vaters Männer schließlich vertrieben haben.

Ein paar Leute dürfen mich besuchen. Jedes Mal wird die Tür hinter ihnen zugeschlossen und ein Knecht hält draußen Wache. Es ist wirklich demütigend. Sie behandeln mich wie eine Schwerkranke, immer unter dem haarsträubenden Vorwand, ich müsse zu meinem eigenen Besten in meiner Kammer bleiben. Mutter sieht besorgt und müde aus, aber ich kann mich nicht dazu überwinden, mit ihr zu reden. Kate bringt mir gewürzte heiße Milch mit einem Schuss Wein oder Bier und alle möglichen Leckerbissen aus der Küche. Von ihr erfahre ich, dass John jeden Tag vorbeikommt, aber nicht hereingelassen wird. Germaine bringt eine Handarbeit mit, wenn sie mich besucht, oder sie liest mir aus einem Gedichtband vor.

Irgendwann erwache ich aus einem Mittagsschläfchen und sehe durch einen Spalt zwischen den Bettvorhängen Germaine und Gerald in einer leidenschaftlichen Umarmung. Ich betrachte Germaines Kinn, während die beiden sich hingebungsvoll küssen, und werde traurig. Ich denke an Robert und an den Augenblick, in dem ich mich entschied, nicht mit ihm nach Schottland zu gehen. Zum ersten Mal bereue ich diese Entscheidung.

Das Wetter wird kalt und windig. Kate macht Feuer im kleinen Wandkamin meiner Kammer. Da es unter der Tür durchzieht, ist bald alles voller Rauch. Ich ersticke fast und Tränen laufen mir die Wangen hinunter – allerdings nicht nur wegen dem Rauch. Kate deutet mit dem Kinn zur Tür, die Michael, der hinterhältige neue Knecht, hinter ihr abgeschlossen hat. »Ich halte nichts davon, Sie hier einzusperren, wo es so viel zu tun gibt«, sagt sie. «Der Hof verwahrlost zusehends. Gehirnentzündung, dass ich nicht lache! Sie sind nicht verrückter als sonst auch. Ihr Vater bekommt von mir nur Knorpel statt Fleisch, so lange, bis er Sie herauslässt.« Sie pocht an die Tür, damit Michael ihr aufmacht.

»Kate«, flüstere ich, »Kate, bitte lass mich hier raus. Bitte, ich flehe dich an.«

Der Schlüssel dreht sich im Schloss. Kate blickt mich mit ihren kurzsichtigen Augen an. »Ach Fräulein, wir würden Sie alle gerne herauslassen, wenn wir könnten, aber was würde Ihr Vater dann mit uns machen? Unser Leben wäre nicht mehr lebenswert – falls wir überhaupt am Leben blieben.«

Michael steht in der Tür und hört zu. »Die gute, alte Kate … Nimm dich bloß in Acht«, sagt er grinsend.

Ich könnte ihn jetzt warnen, wie unklug es ist, sich Kate zur Feindin zu machen, aber ich lasse es. Lieber will ich mir mit hämischem Vergnügen ausmalen, was für schreckliche Dinge Kate von nun an mit seinem Essen anstellen wird.

»Danke für deinen Rat, Bursche«, sagt sie zu ihm, während sie die Tür zuzieht. »Ich werde ihn bestimmt nicht vergessen.«

Michael lacht selbstzufrieden.

Inzwischen ist es Sonntag und ich darf nicht einmal zur Kirche gehen. Nach dem Gottesdienst kommt John wieder zum Turm geritten. Ich höre sein Pferd, dessen bockiges Wiehern unverwechselbar ist, und als ich durchs Fenster spähe, kann ich ihn trotz des ungünstigen Blickwinkels kurz sehen. Ich höre Vater oben husten und schnaufen, aber er geht nicht hinunter. John pocht immer wieder an die Tür; niemand öffnet dem Besucher. Nach einer Weile gibt er das Klopfen auf und brüllt stattdessen zu den Zinnen hinauf. Schließlich reitet er um den Turm herum und sucht nach meinem Fenster. Ich hämmere gegen die Scheibe und endlich sieht er mich. Er richtet sich im Sattel auf, doch dann duckt er sich schnell, weil von den Zinnen ein Stein auf ihn herabfliegt.

Ich kann Vater oben brüllen hören: »Gib mir den Bogen, wenn du zu feige bist, ihn zu benutzen! Was, du hast noch nie auf einen Pfarrer geschossen? Was hast du denn dein ganzes Leben lang gemacht? Und du willst ein loyaler Knecht sein?« Ein Pfeil zischt an meinem Fenster vorbei, dann noch einer. Ich zucke entsetzt zurück. Als die Pfeile jedoch zitternd im Gras landen, begreife ich, dass sie John nicht treffen, sondern nur vertreiben sollen – so schlecht zielt Vater nicht.

John weicht nicht von der Stelle. Unbeirrt von den vorübersausenden Pfeilen, sitzt er mit verschränkten Armen im Sattel, als wollte er ganz allein den Turm belagern. Erst nach einer ganzen Weile wendet er sein Pferd und reitet zum Wald zurück.

Am Montag reicht es mir endgültig. Ich habe alle Fluchtmöglichkeiten durchdacht. Ich könnte mit dem Wärmstein aus meinem Bett das Fenster einschlagen.

Wenn ich meine Bettlaken zusammenknote, reichen sie vielleicht so weit hinab, dass ich auf den Boden springen kann. Das Problem ist, dass der Turm zu gut bewacht ist, um unbemerkt wegzukommen. Ständig hält jemand oben auf der Plattform Wache, und alle fürchten Vater zu sehr, um ein Auge zuzudrücken. Auch an Bestechung habe ich schon gedacht. Was hätte ich anzubieten, damit jemand die Tür offen lässt? Wofür würde jemand sein Leben riskieren? Will ich überhaupt, dass noch einmal irgendwer für mich sein Leben riskiert?

Am Ende aber ergibt sich ganz überraschend eine günstige Gelegenheit zur Flucht. Am Montagabend bringt Kate mir das Essen hoch und erzählt, dass Vater und seine Männer heute Nacht im Schutz der Dunkelheit wieder den Low-Back-Hof angreifen wollen. Sie glauben, dass sie sich bei dem stürmischen Wetter unbemerkt bis zum Bauernhaus vorschleichen können.

»Wenn alle zum Low-Back-Hof gehen, wer wird dann Wache halten?«, frage ich sie.

»Leo, dieses Schlitzohr. Dabei sollte der sich eigentlich um die Kühe kümmern.«

Noch bevor sie ausgeredet hat, steht mein Entschluss fest.

Als die Nacht hereinbricht, höre ich, wie die Männer sich auf den Angriff vorbereiten. Schwerter klirren und Zunderbüchsen klappern. Pfeile werden mit Stoff umwickelt und in heißen Teer getaucht, dessen Geruch zu mir heraufdringt. Ich spreche ein Gebet für Verity und James, dann zerre ich die Laken von meinem Bett, schiebe den Kleiderschrank vor die Tür, hole den

Wärmstein und warte darauf, dass es draußen still wird.

Es dauert lange. Vor Aufregung krampft sich mein Magen zusammen, während ich mit gespitzten Ohren warte. Der stürmische Wind peitscht Regentropfen gegen mein Fenster. Durch das nasse Glas sehe ich nur Schatten in der Dunkelheit tanzen.

Bald tobt der Sturm so laut um den Turm, dass ich nicht imstande bin zu erkennen, ob die Männer noch da oder schon weg sind. Ich kann bloß hoffen, dass auch die Geräusche meiner Flucht übertönt werden. Kate schläft bestimmt schon in ihrer Kammer hinter dem Küchenkamin. Bei Germaine bin ich mir nicht sicher; hoffentlich hat sie sich wieder heimlich fortgeschlichen.

Einen Augenblick lang bin ich unfähig, das Fenster einzuschlagen. Ich halte den Wärmstein aus grünem Granit in der Hand und denke daran, wie teuer das Glas war und wie kalt es in meiner Kammer war, bevor das Glas in mein Fenster eingesetzt wurde. Ich lausche nach oben. Hält Leo bei diesem üblen Wetter tatsächlich auf der Plattform Wache, obwohl die Gefahr eines schottischen Überfalls zu dieser Jahreszeit sehr gering ist und keiner kontrolliert, ob er seine Pflicht erfüllt? Was wird er tun, wenn er mich sieht? Schließlich bin ich hier eingesperrt, weil ich ihn nicht verraten habe. Ich hebe den Stein hoch über den Kopf und schleudere ihn gegen das Fenster.

Klirrend zerspringt die kostbare Füllung und die Scherben fliegen in die Nacht hinaus. Der Sturmwind braust herein und wirft mich beinahe gegen einen Bettpfosten. Jetzt muss ich mich beeilen. Ich befördere das verknotete Bettlaken aus dem Fenster, aber es wird immer wieder hereingeweht, und als es schließlich draußen ist, hängt es nicht nach unten. Ich muss daran denken, wie Robert auf seiner schwankenden Strickleiter die Mauer hochgeklettert ist, wie ich ihn weggestoßen habe, als sein Kopf im Fenster erschien, und wie schwer er sich bei dem Sturz verletzt hat. Plötzlich erscheint mir die Mauer beängstigend hoch und mein Plan viel zu gefährlich.

Der Sturm lässt etwas nach. Ist das der richtige Augenblick, um mich abzuseilen? Bisher scheint mich niemand gehört zu haben. Das Bettlaken flattert umher und verfängt sich in Glasscherben, die aus dem Fensterrahmen ragen. Ich mache es los, breche die Scherben weg und vergewissere mich, dass das obere Ende des Lakens immer noch fest um das Bettgestell gebunden ist. Von oben dringt ein Geräusch zu mir. Ich muss es einfach wagen, ohne an den gähnenden Abgrund zu denken und mich zu fragen, ob die Knoten wohl halten werden! Ich raffe meinen Umhang um mich und klettere rückwärts auf den tief gelegenen Fenstersims. Der Wind zerrt an meinen Röcken. Es kommt mir vor, als würde ich durch das schmale Fenster gesaugt, bevor ich zum Abstieg bereit bin. Ich knie auf dem Fenstersims, klammere mich am Laken fest und blicke ins Zimmer zurück. In diesem Moment bewegt sich der Kleiderschrank, den ich vor die Tür geschoben habe. Er ruckelt über den Fußboden auf mich zu. Ich starre ihn an, vor Schreck wie gelähmt. Jemand kommt herein und ich habe nicht einmal den Schlüssel gehört!

Als die Tür einen Spalt offen ist, fegt der Wind quer durch den Raum. Vorhänge rascheln und Asche wirbelt hoch. »Was ist denn mit dieser Tür los?«, fragt eine Stimme. »Ich habe geklopft, gnädiges Fräulein. Ist alles in Ordnung?« Mit einem heftigen Ruck verschafft Leo sich Zutritt zu meiner Kammer. »Ach du lieber Gott!« Er rennt zum Fenster und packt mich am Arm, während ich verzweifelt versuche, mich abzuseilen.

»Nein!« Ich schlage nach ihm. »Nein! Lass mich gehen, Leo! Lass mich sofort los!«

Fast mühelos zieht er mich zurück und stellt mich auf die Beine.

»Leo, du wagst es …«

»Pst!« Er geht zum Fenster, schleudert das verknotete Laken wieder hinaus und beobachtet, wie der Wind es herumwirbelt. Dann läuft er zur Tür, hält sie mir auf und verbeugt sich. »Dieser Weg ist leichter, gnädiges Fräulein. Ich habe nichts gehört bei diesem schrecklichen Wind.«

Wie sehen einander an. In diesem Blick liegt vieles: das Eingeständnis begangener Taten, das Versprechen, einander nicht zu verraten, gegenseitiges Vertrauen. Leo schaut zuerst weg, dann löst er ein dickes Seil von seinem Gürtel. »Los, junge Dame, hinaus mit Ihnen!«

Ich trete auf den schmalen Absatz der Wendeltreppe hinaus und sehe zu, wie Leo die Schnur um ein Bein des Kleiderschrankes schlingt und dann beide losen Enden von außen unter der Tür durchzieht. »Wollen Sie noch etwas mitnehmen?«, fragt er. Ich blicke zurück und schüttle den Kopf. Alles, was ich mitnehmen will, habe ich in einen großen Beutel gestopft, der an meinem Gürtel hängt. Ich sehe zu, wie Leo die Tür zumacht und abschließt und dann an den Enden der Schnur zieht, so dass der Kleiderschrank wieder vor die Tür rutscht und sie von innen versperrt.

»Danke.« Meine Stimme ist so belegt, dass ich mich erst räuspern muss. »Vielen Dank, Leo.«

»Kommen Sie, Fräulein, wir sollten besser schauen, dass Sie von hier wegkommen. Ich sattle gleich ein Pferd für Sie. Werden Sie zum Pfarrhaus reiten?« Ich nicke. Während Leo unten im windigen Gehege meinen Damensattel auf Germaines kleine Stute Mattie schnallt, stehe ich da und betrachte meine verknoteten Bettlaken, die hoch oben an der Turmwand im stetig stärker werdenden Sturm flattern.

6. Kapitel

Hätte ich nicht bei John Zuflucht gesucht, wäre alles anders gekommen.

In den ersten paar Tagen im Pfarrhaus bin ich ganz trübsinnig. Ich vermisse mein Zuhause, meine Kammer, den Rhythmus des Lebens auf dem Hof. Ich muss mich immer wieder selbst daran erinnern, dass ich dort eine Gefangene war und wie unerträglich ich das nach einer Woche fand. Jedes Mal, wenn Vater vergeblich gegen die Tür des Pfarrhauses trommelt, was in diesen ersten Tagen oft vorkommt, bin ich beinahe froh, ihn zu hören, nur weil sein Zorn mir so vertraut ist. Durch ein schmales, hohes Fenster sehe ich ihn zu der Tränke auf der Dorfwiese zurücklaufen, wo sein Pferd angebunden ist, und stelle fest, dass er stark hinkt – vermutlich eine Folge seiner letzten Auseinandersetzung mit James und den Männern vom Low-Back-Hof.

Mutter besucht mich nicht, schickt mir aber Kleidung für ein paar Tage und eine Nachricht, in der sie mir vorhält, dass ich mir bei meiner vermeintlichen Flucht durch das Fenster den Hals hätte brechen können. Außerdem ermahnt sie mich, meine Zunge zu hüten und unter keinen Umständen über den Tod der beiden Fremden zu sprechen.

Kurz nach meiner Ankunft im Pfarrhaus sitze ich am späten Nachmittag mit John in der Küche. Mutter Bain backt gerade Brot. Rauch quillt aus dem Brotofen, als sie die flachen, dunklen Laibe herauszieht und auf ein Holzgestell kippt. Der herbe Geruch von Roggen und Rauch erfüllt die Küche.

»Ich werde uns ein heißes Würzbier machen.« John sieht müde aus. Er hat die halbe Nacht bei einem Gemeindemitglied gewacht, das die Schwindsucht hat und im Sterben liegt. »Möchten Sie auch einen Schluck Bier?«, fragt er Mutter Bain.

»Nein, danke. Das Brot ist fertig. Ich würde mich jetzt gern ein wenig ausruhen. Euch beide kann man doch wohl unbesorgt alleine lassen, oder?«

Dieser Satz ist ein beliebter Scherz zwischen uns dreien geworden. John sieht ihr nach, als sie zu der Kammer hinter dem Kamin schlurft, die sie nach James' Auszug übernommen hat, weil ihr das Treppensteigen inzwischen zu beschwerlich ist.

»Wir sollten eine Anstandsdame für dich suchen«, sagt John, als sie weg ist. »Nichts gegen einen netten Scherz, aber es ist ein großer Unterschied, ob du hier wohnst oder Verity. Den Leuten ist sicher nicht völlig verborgen geblieben, dass wir beide uns zugetan sind.« Er legt den Schürhaken ins Feuer, damit er heiß wird. »Ich möchte, dass du hier bleibst. Ich möchte, dass du bleibst, solange du willst, und ich will nicht, dass irgendein dummes Gerede alles verdirbt.«

Um ihn nicht zu beunruhigen, erzähle ich ihm nicht, dass mein Einzug hier bereits viel mehr ausgelöst hat als bloßes Gerede und Spekulationen über meine Gefangenschaft und Flucht. Ich beobachte immer wieder, wie Leute von der Dorfwiese aus neugierige Blicke zum Pfarrhaus werfen. Etliche sind auch schon mit Kuchen und anderen Leckereien vorbeigekommen, angeblich um mich in Wraithwaite willkommen zu heißen. In Wirklichkeit wollen sie sehen, in was für einem Zustand ich bin, da Vaters berüchtigter Jähzorn nun offenbar auch seine zweite Tochter dazu zwang, hier Zuflucht zu suchen. Und jedes Mal, wenn Vater vor dem Pfarrhaus aufgaloppiert, sind auf einmal erstaunlich viele Leute mit irgendetwas Dringendem auf der Dorfwiese beschäftigt. John geht dann hinaus, schließt die Tür hinter sich ab und redet ruhig mit Vater, und dem bleibt in Gegenwart so vieler Zeugen nichts anderes übrig, als schließlich wieder abzuziehen.

»Es reicht doch aus, wenn Mutter Bain die Anstandsdame spielt«, erwidere ich. Im Stillen füge ich hinzu: »Es sei denn, du bist ein größerer Draufgänger, als ich dachte.«

John lächelt. »Das Problem ist, dass Mutter Bain nicht mehr gut sieht und hört. Und wegen ihrer Wahrsagerei meinen die Leute, sie sei anders als die meisten. Ich glaube, wir brauchen eine Frau mit strengen Grundsätzen und einem tadellosen Ruf. Die Witwe von einem der beiden Fremden, die im Wald getötet wurden, ist nach Wraithwaite gekommen und sucht Arbeit. Sie ist mittellos, nun, da ihr Mann tot ist. Ich habe mit ihr gesprochen. Sie scheint genau die Art von Frau zu sein, die wir brauchen. Ihr Name ist Brissenden.«

Ich starre ihn an. »Du hast mit ihr gesprochen, ohne mich vorher zu fragen, John? Ich habe schon von dieser Frau gehört. Sie soll eine richtige Schreckschraube sein, eine engstirnige Nörglerin, die an jedem etwas auszusetzen hat.«

»Um Himmels willen, du weißt doch, wie die Leute hier sind, besonders zu Fremden. Sie werden sich an Witwe Brissenden gewöhnen. Sie besitzt Verwandte in Hagditch, die eine sehr hohe Meinung von ihr haben. Bei ihnen wohnt sie, möchte ihnen jedoch nicht zur Last fallen, was nobel von ihr ist. Einer ihrer Neffen kam herübergeritten, um sie mir zu empfehlen. Es erscheint mir vernünftig, sie einzustellen, denn sie braucht eine Stellung und wir haben eine anzubieten. Außerdem finde ich, dass wir es ihr schuldig sind; schließlich wurde ihr Mann hier ermordet, während er unter dem Kommando deines Vaters stand.«

Ich stapfe in der Küche auf und ab. Ich bin wütend, aber ich kann es mir nicht erlauben, meinem Zorn Luft zu machen. Ich bin Johns Gast. Außerdem fühle ich mich mitschuldig daran, dass diese Frau nun Witwe ist. Doch mir graust bei dem Gedanken, dass sie mich ständig an den Überfall erinnern wird. Ich bleibe vor John stehen. »Bitte stell sie nicht ein, John. Ich werde nicht lange hier bleiben. Sonst hältst du dich doch auch nicht an unsinnige alte Sitten.«

Er gießt Bier in einen verbeulten Silberkrug und wirft ein paar Gewürznelken, eine Zimtstange und eine Muskatnuss hinein. »Ich tue es nur deinetwegen«, sagt er sanft. Er streift einen Handschuh aus Maulwurfsfell über, zieht den rot glühenden Schürhaken aus dem Feuer und taucht ihn in den Krug. Eine Dampfwolke steigt zischend auf und verbrennt uns fast die Wangen.

»Am Freitag kommt der Bischof«, fügt er hinzu, rührt die Mischung mit dem Schürhaken um und füllt unsere Tonbecher. »Ich will mit ihm nach Barrowbeck fahren, um mit seiner Hilfe – den Bischof wird dein Vater ja kaum abweisen – deinem Vater die Erlaubnis für die sofortige Verlobung und baldige Heirat von Verity und James abzuringen. Die Zeit verstreicht, Verity kann nicht so weitermachen. Der Bischof kann deinem Vater Geldstrafen auferlegen oder ihn aus der Kirche ausschließen, wenn er weiterhin den Low-Back-Hof angreift. Dieses Gebaren ist einfach lächerlich. Dein Vater muss endlich einsehen, dass er an der Situation nichts mehr ändern kann. Außerdem hatte ich vor, mit Hilfe des Bischofs deine Freilassung durchzusetzen, aber das ist jetzt ja nicht mehr nötig.«

Ich nehme ihm den warmen Becher aus der Hand. »Ich komme mit nach Barrowbeck.«

»Ich weiß nicht, ob das klug wäre. Dein Vater könnte dich wieder einsperren lassen und dann müsstest du noch einmal … ähm … aus dem Fenster klettern.«

»Zweifelst du daran, dass ich aus dem Fenster geklettert bin?«

»Meine liebe Beatrice, ich kenne dich. Du kannst nicht besonders gut lügen. Ich glaube, dass irgendein mutiger Mensch dich befreit hat. Mir ist das leider nicht gelungen.«

Ich starre ins qualmende Feuer. »Du warst auch mutig, John. Ich habe gesehen, wie du einem Hagel von Pfeilen getrotzt hast.« Ich verstumme. Bei dieser Erinnerung wird mir plötzlich ganz elend.

Er nimmt meine Hand. »Sag, wer hat dich herausgelassen? Ich werde es keinem erzählen. War es der ritterliche Hugh?«

Ich stehe auf, ziehe meine Hand weg und zwinge mich nicht länger, nett und höflich zu sein. »Oh bitte, fang du nicht auch noch damit an! Ich musste mir von Robert schon genug blöde Bemerkungen über Hugh anhören.« Ich schleudere ihm den Namen Robert ins Gesicht, um ihn zu verletzen: Weil ich wütend bin, dass er die Witwe Brissenden eingestellt hat, ohne mich vorher zu fragen, weil die Erinnerung, dass Vater auf ihn geschossen hat, mich ganz krank macht und weil ich mich im Augenblick an niemanden gebunden fühlen möchte. Es macht alles so schwierig. Und es überfordert mich. Schon bei Robert war es mir zu viel, und plötzlich weiß ich, dass es bei John noch schlimmer sein wird, weil er von meinem Geist, von meiner ganzen Person Besitz ergreift. Er ist zu klug. Er würde mich rasch besser kennen, als mir lieb ist. Könnte ich je wieder irgendwelche Geheimnisse haben, wenn ich John in meinen Kopf lasse?

Er schweigt.

»Wie beherrscht du bist, John«, bemerke ich.

»Das muss ich sein, Beatie. Das gehört leider zu meinem Beruf. Ich würde viel lieber herumlaufen und die Leute anschreien oder verdreschen.«

Ich muss lächeln. »Ich habe schon gesehen, dass du das auch ganz gut kannst. Entschuldige, dass ich eben so grob war. Bitte verzeih mir.«

Er steht auf. »Ich war selbst schuld. Ich hätte nicht versuchen sollen, dich auszufragen.«

»Nein.« Ich schüttle den Kopf. »Natürlich hast du das Recht dazu. Immerhin hämmert mein Vater ständig an deine Tür und es suchen alle Augenblicke Leute vom Barrowbeck-Hof bei dir Zuflucht.«

»Nun ist es aber gut, Beatrice.«

Wir schweigen eine Weile und schlürfen das viel zu heiße Bier. Schließlich sage ich: »Ich will nach Barrowbeck mitkommen, weil ich Verity besuchen möchte, John. Ich habe sie nicht mehr gesehen, seit sie auf den Low-Back-Hof gezogen ist, und ich mache mir Sorgen um sie, vor allem weil Vater zurzeit völlig unberechenbar ist.«

John sitzt entspannt auf seinem Stuhl, das Gesicht vom Feuer gerötet. Er sieht mich an und erwidert: »Ich glaube, dein Vater ist anderweitig beschäftigt, seit du hier bist. Das erspart Verity und James viel Ärger. Also gut, komm mit. Wir werden ihn von dir fernhalten. Ich freue mich über deine Gesellschaft. Außerdem möchte ich gern, dass der Bischof dich kennenlernt.«

Am Freitag trifft der Bischof ein. Er ist ein freundlicher Mann mit Charme und Humor. »Ich soll also Ihrem Vater die Stirn bieten«, sagt er zu mir, als wir in der Küche sitzen und die Flasche Bordeauxwein trinken, die er mitgebracht hat.

»Mein Gott, hoffentlich wird das kein allzu beängstigendes Erlebnis. Ich fürchte, er lässt sich vom Klerus ungern dreinreden.« Mir ist so bange vor dem morgigen Ausflug nach Barrowbeck, dass ich in der letzten Nacht kein Auge zugetan habe. Ich entschuldige mich und will gerade in meine Kammer gehen, um etwas Schlaf nachzuholen, als der Bischof John auf Lateinisch fragt: »Wird Fräulein Beatrice einen braven Ehemann aus Ihnen machen, John?« Ich bleibe auf der Türschwelle stehen. John sieht mich mit einer Mischung aus Belustigung und Verzweiflung an.

»Pastor John war mein Lehrer, Hochwürden«, erkläre ich dem Bischof, ebenfalls auf Lateinisch. Der Bischof schlägt die Hände vors Gesicht.

»Bitte vergeben Sie mir, mein Kind.«

»Ich fürchte, nach der Begegnung mit meinem Vater werde ich Sie um Verzeihung bitten müssen, Hochwürden. Also bitte vergessen Sie es einfach.«

Er erhebt sich, so dass ich aus Höflichkeit stehen bleiben muss. »Und die Antwort, Beatrice? Wie lautet die Antwort auf meine Frage?«

John schüttelt den Kopf, um ihn zum Schweigen zu bringen. Ich wünschte, ich läge schon in meinem Bett und müsste dieses Gespräch nicht führen. Ich mache einen Knicks und erwidere dem Bischof, es sei nicht so, wie er denke; ich wolle meinen Vetter Hugh heiraten. Doch während ich das sage, spüre ich, dass es nicht mehr stimmt.

Der Bischof ist in einer rot und golden verzierten Kutsche angereist, die sich als völlig ungeeignet für unsere Landstraßen erwiesen hat und auf seiner Reise hierher mehrmals im Matsch stecken geblieben ist. Deshalb reiten wir am folgenden Tag nach Barrowbeck. Wir besuchen zuerst den Low-Back-Hof und stellen fest, dass James begonnen hat, einen Wehrturm an sein Bauernhaus anzubauen. Unter der Anleitung von George und Martinus schaffen seine Knechte mittels Rollen Kalksteinblöcke heran, damit die irischen Bauhandwerker das Fundament legen können.

Ich stehe auf dem vertrauten Gelände, atme den

Geruch des ersten Frostes ein und lasse den Kummer der letzten zwei Wochen von mir abgleiten. Der Boden wird kälter. Ich kann ihn wie einen großen Stein unter den Füßen spüren. Über mir schreien Seemöwen und landeinwärts kündigt sich grimmiges Wetter an.

Ich freue mich sehr, Verity wiederzusehen. John, der Bischof und ich bleiben eine Stunde, trinken Wein und essen dazu geröstetes Weißbrot mit Butter. Verity hat sich Bienen angeschafft und zeigt uns ihre Bienenkörbe aus geflochtenem Stroh sowie den Arbeitsraum, in dem sie Honig, Bienenwachskerzen und Möbelpolitur herstellen will. Sie hat ordentlich zugenommen.

»Also, junge Frau, Sie müssen endlich heiraten«, sagt der Bischof streng, als wir uns verabschieden.

»Liebend gerne, Hochwürden, wenn Sie die Erlaubnis meines Vaters erwirken können«, erwidert Verity gereizt. »Ich möchte keineswegs so leben.«

»Falls nötig, werden wir auf die Erlaubnis Ihres Vaters verzichten.« Der Bischof lässt den Blick über das Tal zum Turm des Barrowbeck-Hofs schweifen, der alles überragt. »Doch zunächst einmal werden wir versuchen, vernünftig mit ihm zu reden.«

»Gott helfe Ihnen.« Veritys Gesichtsausdruck verrät, dass sie den beiden nicht zutraut, Vater zur Einsicht zu bringen, nicht einmal mit Gottes Hilfe.

Wir wollen gerade gehen, da kehrt James vom Holzfällen zurück. Er reitet ohne Sattel auf einem der beiden Pferde, die die Baumstämme ziehen. Als er uns sieht, springt er herunter und fragt, ob wir nicht noch eine Weile bleiben können. Ich staune, wie sehr er sich verändert hat. Der Bischof schüchtert ihn zwar sichtlich ein, aber er fasst sich ein Herz und unterhält sich mit uns, statt in Schweigen zu verfallen, wie er es bis vor kurzem noch getan hätte.

John erklärt ihm, warum wir gekommen sind, dann verabschieden wir uns herzlich voneinander und reiten das Tal hinauf. Ich habe John gesagt, dass ich meine Tante besuchen will, während er und der Bischof mit Vater reden. Aber den Grund meines Besuchs habe ich ihm nicht genannt. Aus dem ganzen Tal hinter uns sind die dumpfen Schläge von Äxten zu hören. Alle hacken Holz für den Winter. Auf einmal mache ich mir Sorgen wegen der Wintervorräte unseres Hofs. Hat irgendwer daran gedacht, rechtzeitig Bäume fällen zu lassen? Vater bestimmt nicht; er treibt sich die ganze Zeit in der Gegend herum und richtet irgendwelches Unheil an. Holz muss mindestens zwei Monate lagern, bevor es verbrannt werden kann. Letztes Jahr waren wir zu spät dran und hätten uns beinahe selbst ausgeräuchert, weil wir grünes Holz verfeuerten. Dann ist da noch der Rübenkeller. Die Pastinaken und Karotten waren bereits eingelagert und zum Schutz vor der Feuchtigkeit mit schwarzen Wolltüchern abgedeckt, als ich ging. Aber hat jemand daran gedacht, die ersten weißen Rüben zu ernten und einzukellern? Ich spüre wachsende Unruhe und Heimweh in mir aufsteigen. Mein Herz krampft sich zusammen, während ich an meine mit Liebe geschnittenen und getrockneten Sommerkräuter denke, die nun an s-förmigen Haken im Rübenkeller hängen und ihn mit ihrem herben Duft erfüllen. Diesen Winter werde ich als Gast in einem anderen Haus verbringen und alles wird anders sein.

Wir trennen uns am Waldrand. »Gib auf dich Acht«, sagt John. »Wir treffen uns bei Sonnenuntergang auf James' Hof.«

Ich führe mein Pferd auf einen wenig benutzten Pfad zum Mere Point, den Vaters Wache vom Turm aus nicht einsehen kann. Der Waldboden ist mit buntem Laub übersät. Beeren leuchten wie Juwelen zwischen den kahlen Büschen und Bäumen. Ich reite tief in den Wald hinein und muss mich immer wieder ducken, um herabhängenden Zweigen auszuweichen. Zum ersten Mal seit dem Überfall bin ich allein im Wald und auf dem ganzen Weg verfolgen mich zwei tote Männer mit durchschnittenen Kehlen.

7. Kapitel

Auf dem Mere Point wird ebenfalls Holz gehackt. Neben aufgeschichteten Baumstämmen am Waldrand schwingen Hugh und Gerald schwitzend und mit roten Köpfen ihre Äxte.

»Ich komme gleich«, ruft Hugh, als er mich auf den Turm zureiten sieht.

Es ist Ebbe. Das ferne Meer unter dem weiten blauen Himmel wirkt sehr friedlich. Seevögel kreisen über dem breiten Uferstreifen unterhalb der Klippen, stoßen herab und lassen sich vom Wind wieder nach oben tragen.

Ich finde Tante Juniper im Räucherhaus neben dem Turm. Sie steht auf einem alten Stuhl, reckt sich gefährlich weit über die Glut und hängt Blutwürste in den Rauchfang, in dem bereits Schweinehälften baumeln. Fettiger Rauch schwängert die Luft. Tante Juniper blickt sich um, während sie den letzten Wurstring an der Kette befestigt und dann an der Kurbel dreht, um die Würste weiter nach hinten zu befördern.

»Eigentlich sollte ich dich bitten, das für mich zu erledigen, Nichte«, sagt sie, »denn du hast anscheinend keine Angst vor gefährlichen Höhen.« Sie klettert vom Stuhl und umarmt mich. Ihr Gesicht ist fleckig von der Hitze. »Geht es dir gut? Bist du heil und gesund und in Sicherheit? Willkommen, meine Liebe. Die jungen Frauen von heute lassen sich wohl nicht mehr in Türme einsperren. Ich weiß wirklich nicht, was aus dieser Welt noch werden soll.« Sie lacht. »Bist du gekommen, um Hugh zu besuchen?«

Ich drücke mich um eine Antwort und winke stattdessen auf dem Weg zum Turm zu Hugh hinüber. Hugh wischt sich mit dem Ärmel übers Gesicht und winkt zurück. Plötzlich empfinde ich große Zuneigung für ihn.

»Ich räuchere das Schweinefleisch dieses Jahr mit Apfelbaumholz«, fährt Tante Juniper fort. »Das Rauchfleisch von deiner Mutter war letztes Jahr wirklich gut. Was nimmt sie dieses Jahr? Weißt du das? Ich habe vor lauter Aufregung wegen Verity ganz vergessen, sie danach zu fragen.«

»Sie nimmt Rosenholz und Holunder, glaube ich.« Ich bin froh, noch eine Weile über unverfängliche Themen plaudern zu können, aber schließlich kommt der Augenblick, in dem ich Tante Juniper am Küchentisch gegenübersitze und das heikle Thema nicht mehr umgehen kann, weil Hugh gleich erscheinen wird.

»Tante, ich bin hier, um dir etwas zu sagen. Du sollst es zuerst wissen. Ich kann Hugh nicht heiraten.« Ich rede, so schnell ich kann, dann warte ich.

Tante Juniper sieht mich an, schürzt die Lippen und spreizt die Hände auf dem Tisch. »Ist es wegen Pastor Becker, Beatrice? Es heißt, dass du ihn gern hast … dass ihr einander zugetan seid. Ist das wahr?«

Hugh kommt herein. Ich kann ihm vom Gesicht ablesen, dass er alles mitgehört hat. Seine Hände hängen schlaff und rot vom Holzhacken herab. Er lächelt nicht.

Ich wende mich ihm zu. »Es tut mir leid, Hugh. Ich liebe dich wie einen Bruder und das wird immer so bleiben. Wir stehen einander zu nahe, um ans Heiraten zu denken. Bitte verzeih mir.«

Hugh sieht gekränkt und verwirrt aus, so als sei sein Stolz verletzt, aber zugleich frage ich mich, ob ich mir nur einbilde, dass er auch ein wenig erleichtert wirkt. Tante Juniper schaut bestürzt und betrübt drein. »Ist es eine religiöse oder geistige Beziehung, die dich mit dem Pfarrer verbindet?«, will sie wissen.

Ich entscheide mich für die Wahrheit. »Ich weiß es nicht genau.«

Sie schüttelt den Kopf. »Erst geht Verity ihren eigenen Weg, und jetzt auch noch du. Was ist nur los mit der Welt, Beatrice? Ich glaube, die Königin hat diese neuen Sitten aufgebracht, weil sie sich gegen vier gute Ehemänner gesträubt hat. Gott schütze sie. Ich weiß wirklich nicht, wie das alles noch enden soll.«

Onkel Juniper kommt in die Küche, wirft ein großes Holzscheit ins Feuer und klopft mir auf die Schulter. »Sie sind richtig scharf, meine neuen Hunde«, dröhnt er. »Hörst du sie in der Scheune?« Ich lächle und nicke. Er zieht sich in eine Ecke zurück und kratzt sich zwischen den Beinen.

Tante Juniper stützt die Ellbogen auf den Tisch. »Beatrice, ich hoffe, du wirst in dieser Sache keine überstürzten Eintscheidungen treffen.«

Hugh wendet sich ab, rot vor Zorn. »Mutter, sie hat sich bereits entschieden! Deine Pläne können nicht immer klappen.« Er marschiert hinaus.

Tante Juniper blickt ihm erstaunt nach, dann fährt sie fort, als wäre sie nicht unterbrochen worden: »Siehst du, wie sehr du ihn verletzt hast, Beatrice? Ich hoffe, du wirst es dir noch einmal überlegen. Bei dem Eigensinn, den du an den Tag legst, ist es kein Wunder, dass deine Eltern dir Hausarrest erteilt haben. Habt ihr, du und deine Schwester, nie daran gedacht, wie viel Mühe und Kummer euer Verhalten uns bereitet? Die Ehe ist eine ernste Angelegenheit, nicht nur eine Frage von Vorlieben. Meine Güte, was glaubst du, was ein Dorfpfarrer verdient? Es erfordert viel Überlegung und Planung, eure Zukunft und euren Besitz zu sichern, um euch die größtmögliche Sicherheit zu verschaffen. Das ist meine Pflicht und ich tue das gern für euch. Aber ich muss bereits für Gerald eine andere Braut finden, nun, da Verity ausscheidet. Ich denke an Fräulein Fairweather aus Hagditch. Sie hat hässliche Pockennarben, aber genug Vermögen, um diesen Makel wettzumachen, und sie ist noch sehr jung für eine Witwe. Gerald würde einen guten Ehemann für sie abgeben; er wäre für jede junge Frau eine gute Partie.« Sie verstummt, als sei ihr gerade eine Idee gekommen. »Sag mal – könntest du dir vorstellen …?«

Ich beiße mir auf die Lippen. »Ich glaube, ich tauge

nicht für die Ehe, mit wem auch immer. Ich bin noch nicht einmal so weit, darüber nachzudenken, Tante.«

Eine Weile sitzen wir schweigend da. Hugh kehrt zurück und schenkt uns allen Holunderwein ein. Er wirft mir einen kurzen, wehmütigen Blick zu, der mich an den alten Hugh erinnert, und ich verspüre eine seltsame Mischung aus Erleichterung und Bedauern. Tante Juniper entgeht das nicht. Sie fragt schnell: »Möchtest du lieber zu uns kommen und hier wohnen statt im Pfarrhaus, Nichte? Dein Onkel und deine Vettern würden dich vor deinem Vater beschützen. Da brauchst du keine Angst zu haben. Du wärst näher bei Verity und deiner Mutter. Und für mich wäre es ein Segen, noch eine Frau im Haus zu haben. Du könntest mir abends aus der Heiligen Schrift vorlesen, während ich nähe.«

Aus dem Torhaus sind Stimmen zu hören. Wir blicken alle dorthin. Mir war vorhin, als hätte ich draußen Reiter gehört. Nun erscheint Gerald in der Tür. Er schaut hinter sich und streckt die Hand nach jemandem aus, der noch nicht zu sehen ist. Eine weibliche Stimme flüstert ihm ängstlich etwas zu. Gerald dreht sich um und verschwindet, dann kehrt er mit Germaine zurück. Er hat den Arm um sie gelegt und schiebt sie vorwärts. Tante Juniper starrt auf Geralds Arm und steht auf. »Um Himmels willen, was machst du denn da, Gerald?«, ruft sie aus. »Was machst du mit diesem Dienstmädchen?«

Er kommt herein, und Germaine bleibt nichts anderes übrig, als ihn zu begleiten. »Ich bin froh, dass du es begrüßt, noch eine Frau im Haus zu haben, Mutter«, sagt Gerald und küsst Tante Juniper auf die Stirn. »Denn Germaine ist gekommen, um hier einzuziehen. Sie wird in Zukunft bei uns wohnen.«

Ein Blick in Tante Junipers Gesicht sagt mir, dass dies ein guter Augenblick zum Aufbruch ist. Ich laufe um den Tisch und küsse Tante und Onkel auf die Wangen, was allerdings von den beiden, die vor Schreck wie erstarrt sind, kaum zur Kenntnis genommen wird. Ich schlendere in den strahlenden Herbstnachmittag hinaus, erleichtert, dass ich endlich reinen Tisch gemacht habe, und voller Bewunderung für Gerald und Germaine, weil sie das gewagt haben.

Als ich draußen vor den Ställen auf mein Pferd steigen will, höre ich das Geräusch zum ersten Mal – nur kurz, dann wird es wieder von den Schlägen vieler Äxte übertönt, die von den Klippen rings um die Bucht widerhallen. Mit einem Fuß im Steigbügel bleibe ich stehen und lausche. Da ist das Geräusch wieder. Der launische Herbstwind trägt es mal lauter, mal leiser übers Wasser. Es sind ebenfalls Schläge, aber sie klingen voller als die der Äxte und haben einen Rhythmus – zwei langsame, drei schnelle. Es ist eine Trommel. Ich sitze auf. Ich kann mir nicht recht erklären, warum da jemand trommelt – so kurz vor dem Winter sind keine kriegerischen Auseinandersetzungen zu befürchten –, aber es erscheint mir auch nicht weiter wichtig. Meine Gedanken schweifen zu der Auseinandersetzung zurück, die wahrscheinlich jetzt im Turm hinter mir im Gange ist, und bald habe ich die Trommel vergessen.

Als ich auf dem Low-Back-Hof eintreffe, warten John und der Bischof bereits mit Verity und James am Tor auf mich.

»Was haben Sie … ?« Ich brauche sie gar nicht zu fragen, was sie bei Vater erreicht haben. Ihre Gesichter verraten es mir.

Der Bischof hilft mir vom Pferd und erzählt: »Ihr Vater ließ uns immerhin herein, aber nur, um uns eine lange Strafpredigt zu halten und anschließend wieder hinauszuwerfen. Er war nicht bereit, sich unsere Argumente anzuhören.«

Ich sehe zu meinem Entsetzen, dass sein Gesicht auf einer Seite leicht gerötet und geschwollen ist. »Und das, Hochwürden?«

»Das war der Türpfosten. Ihr Vater hatte es so eilig, uns loszuwerden, dass er es für nötig hielt, ein wenig nachzuhelfen.«

Ich schlage die Hand vor den Mund. Das übertrifft meine schlimmsten Befürchtungen. »Oh, das tut mir leid, das tut mir ja so leid! Bitte vergeben Sie ihm. Er ist es nicht gewohnt, von anderen Ratschläge zu bekommen, wie er sich verhalten soll.«

»Ich habe ihm schon vergeben«, erklärt der Bischof großmütig. »Es war wahrscheinlich gut für mich, das Leben meiner wilden und weit verstreuten Herde in fernen Gemeinden wie dieser kennenzulernen. Solche Erfahrungen machen einen demütiger.«

Ich kann Verity von den Augen ablesen, dass sie trotz allem geneigt ist, für Vater Partei zu ergreifen. Sie führt den Bischof ins Haus, um ihn mit Wein und Kuchen zu trösten. James zögert. Er würde lieber bei uns bleiben, denn uns kennt er, aber als John mich am Arm packt und zurückhält, folgt er den beiden.

»Was ist?«, frage ich, als ich Johns besorgten Gesichtsausdruck sehe.

»Da ist noch etwas, Beatie. Ich glaube, deinem Vater geht es nicht gut.«

Ich blicke ihn beunruhigt an: »Inwiefern, John?«

»Er hat eine sehr ungesunde Gesichtsfarbe. Seine

Wangen und seine Nase sind bläulich rot angelaufen, weil er sich so aufgeregt hat. Er sieht richtig krank aus und scheint unter Atemnot zu leiden. Ich sagte zu ihm, dass er einen Arzt braucht, aber das schien ihn nur noch rasender zu machen. Ich meine, es wäre besser für ihn, wenn er noch heute einen Arzt oder den Muschelmann ruft.«

»War Mutter da?«

»Nein. War sie nicht bei deiner Tante?«

»Nein.«

»Dann wird sie bei Cedric sein.«

Ich blicke ihn an. »Findest du das verwerflich?« Er zögert. Um ihn nicht in die Verlegenheit zu bringen, antworten zu müssen, füge ich schnell hinzu: »Ich glaube, ich sollte einmal nach Vater sehen. Ich werde James fragen, ob George und Martinus mich begleiten dürfen.«

»Ich werde mitkommen.«

»Lieber nicht, John, danke.«

Als ich Verity Bescheid sage, besteht sie darauf, selbst mitzukommen. James, John und der Bischof begleiten Verity, die beiden Knechte und mich das Tal hinauf bis zum Waldrand und behalten uns im Auge, während wir über das offene Gelände zum Barrowbeck-Hof hinüberlaufen. Als wir uns dem Gehege nähern, erkenne ich, dass Vaters neuer Knecht Michael oben auf der Plattform Wache hält. Wir sehen, wie er irgendwem unten etwas zuruft. Einen Augenblick später fliegt das Tor des Turms auf und Vater kommt herausgestürmt.

Obwohl wir zu viert sind, weichen wir instinktiv zurück. Ich sehe sofort, was John meinte. Vaters Gesicht ist dunkelrot, und als er sich nähert, höre ich den

Atem in seiner Brust gurgeln wie Wasser, das aus einer Flasche läuft.

»Meine Töchter!«, ruft er und bleibt schwankend stehen. »Oh, meine Töchter, seid ihr zu mir nach Hause gekommen?«

»Ist er betrunken?«, flüstert Verity.

Ich schüttle den Kopf. »Das glaube ich nicht.« Ich mache einen Schritt auf ihn zu. Er taumelt. »Komm, Vater, ich begleite dich in den Turm zurück.«

Verity nimmt seinen anderen Arm. Seit dem Tag, an dem er James umzubringen versuchte, hat sie ihn nicht mehr berührt. Er bricht in Tränen aus. Ich fühle mich selbst den Tränen nahe. Behutsam bugsieren wir ihn, gefolgt von George und Martinus, den Hang hinauf und durchs Torhaus in die Küche.

Die Küche ist leer, aber ich höre Kate irgendwo unten in den Kellern singen. Vater ringt nach Worten. Die Anstrengung ist ihm anzusehen. »Töchter«, beginnt er erneut, »meine lieben Töchter ...«

Wir helfen ihm, sich auf die Bank zu setzen. Martinus bringt ihm etwas Wasser.

»Hast du nicht Wachdienst, Bursche?«, fragt Vater und mustert ihn mit zusammengekniffenen Augen.

»Du bist durcheinander, Vater«, sage ich zu ihm. »Martinus arbeitet doch gar nicht mehr hier. Trink das Wasser. Willst du nicht den Muschelmann kommen lassen?«

Vater stürzt das Wasser hinunter. »Nein, Mädchen, wozu denn?« Er wischt sich ein paar Tropfen vom Kinn. Seine Farbe bessert sich etwas. Er klingt ruhiger und klarer, als er fragt: »Beatrice, was höre ich über dich? Ich kann es nicht glauben. Du kannst doch nicht diesen vermaledeiten Pfarrer wollen! Unmöglich! Das kann alles nicht wahr sein, Mädchen. Komm nach Hause. Du wirst nicht mehr eingesperrt, das schwöre ich dir. Und das mit dem Fenster vergessen wir. Ich werde dich nicht dafür schlagen.« Vater streckt die Hand mit dem Becher aus, und Martinus beeilt sich, ihm Wasser nachzuschenken. Wie schnell er seine alte Rolle wieder eingenommen hat und diesem vertrauten Herrn dient, denke ich. Vater legt mir die Hand auf den Arm und sieht mir ins Gesicht. Ich merke, dass auch ich bereits in mein gewohntes Verhalten zurückgefallen bin.

Er sagt ruhig: »Beatrice, ich wollte immer nur dein Bestes, oder etwa nicht? Es war mir eine Freude, für dich zu sorgen. Viele Mädchen deines Standes werden mit zwölf verheiratet. Aber ich habe dich lernen lassen. War das nicht ein Privileg, das kaum eine junge Frau genießt?«

Ich schlage die Augen nieder. »Ja, Vater.«

»Na, siehst du.« Er lehnt sich zurück. »Und nun bitte ich dich, nach allem, was ich für dich getan habe, auch etwas für mich zu tun. Komm nach Hause zurück. Nimm deine Pflichten auf dem Hof wieder auf. Alles wird vergessen sein. Ich werde dir keine Vorhaltungen machen.« Er wendet sich an Verity, bevor ich etwas erwidern kann. »Das gilt auch für dich, Verity, und für dein Kind. Es wird mein Augapfel sein. Ich werde niemandem gestatten, es einen Bastard zu nennen, und es wird, zusammen mit den Kindern deiner Schwester, alles erben, was ich besitze. Du hast uns keine Schande bereitet. Der Kerl hat dich vergewaltigt, das weiß ich. Alle, die dich kennen, wissen das. Es war nicht deine Schuld. Komm zu mir nach Hause zurück, Verity.«

Verity beugt sich vor und nimmt seine Hand.

»Vater, liebster Vater, du weißt, dass ich dich liebe. Zweifle nie daran.«

Er nickt, mit Tränen in den Augen. »Zweifle nie daran«, wiederholt er leise.

Verity küsst ihn auf die schweißnasse Stirn und fügt hinzu: »Aber James liebe ich auch, Vater. Das – und ebenso James – musst du akzeptieren. Bitte, Vater!«

Bevor sie ein weiteres Wort sagen kann, springt er auf. Die Bank kippt um. George und Martinus stellen sich sofort schützend vor Verity. Vaters Gesicht verändert sich erschreckend, es wird lilarot um Wangenknochen und Nase. Er stößt George beiseite. »Ich muss, sagst du?«, brüllt er Verity an. »Du wagst es, deinem Vater Vorschriften zu machen? Du treulose Hure! Ich werde diesen Idioten nie akzeptieren. Niemals! Du plapperst nach, was diese hinterlistigen Pfaffen dir eingeredet haben. Aber das wird dir noch leid tun, und denen erst recht!« Wir sehen ihm mit offenem Mund nach, während er zum Ausgang stapft. »Die werden noch ihr blaues Wunder erleben! Diese prächtige Kutsche, die ich auf der Dorfwiese von Wraithwaite stehen sah, ist draußen auf der Landstraße schwer zu übersehen.« Er wankt aus der Küche und aus dem Turm.

Ich laufe ihm nach. Hinter mir höre ich Verity schluchzen. Das Eingangstor des Turms steht offen. Vater steuert mit unsicheren Schritten auf das Gehege unten am Hang zu. Sein schwarzer Hengst Caligula begrüßt ihn mit hellem Wiehern.

»Oh nein …« Ich renne ihm hinterher. »Vater!« Ich hole ihn schnell ein. Er keucht vor Anstrengung. »Bleib da, Vater! Du bist heute zu schwach …« Ich senke die Stimme. »Du bist zu krank, um auf Raubzug zu gehen. Man wird dich erwischen. Ich flehe dich an, Vater, geh jetzt nicht weg. Bitte, lass uns noch ein bisschen reden. Wenn du willst, dass ich zurückkomme, dann …« Aber er hört mir gar nicht mehr zu. Ich hoffe nur inständig, dass John, James und der Bischof außer Sichtweite bleiben, als Vater um die Gehegemauer zum Tor tappt.

Plötzlich bleibt er noch einmal stehen und dreht sich schwerfällig zu mir um. »Er macht mich rasend, dein Pfarrer. Er macht mich wirklich rasend! Und dein salbadernder Bischof regt mich noch mehr auf. Vielleicht wird Hochwürden heute Nacht lernen, dass Geben seliger ist als Nehmen.« Er ringt nach Luft. Dann legt er mir die Hand auf den Kopf und sagt: »Ich hoffe, dass du hier bist, wenn ich zurückkomme, Beatrice. Jetzt ist doch Zeit zum Schlachten, oder? Das Fleisch muss rechtzeitig eingepökelt werden. Sprich mit Leo. Du weißt am besten, welches Schwein dran ist. Auf Wiedersehen, Tochter.«

Er öffnet das Gehegetor und verschwindet unter dem grasbedeckten Vordach der Sattelkammer. Caligula trottet auf ihn zu. Für einen kurzen Moment höre ich wieder schwach die Trommel über dem Rauschen des Windes.

8. Kapitel

Ich versuche alles, um den Bischof zum Bleiben zu bewegen, aber er wird am folgenden Tag zur Morgenandacht in Hagditch erwartet und glaubt, dass ich ihn nur aus Höflichkeit immer wieder bedränge, noch nicht abzureisen.

Verity hat mir ihre goldäugige, dümmliche Stute Meadowsweet überlassen. Sie reitet nicht mehr, um ihr ungeborenes Kind nicht zu gefährden; außerdem ist sie bald zu rund dazu. Mutter hat ihr unseren zweirädrigen Karren gebracht, vor den sie eines von James' langsameren und gutmütigeren Pferden spannen kann. Ich habe bisher gezögert, meine tote Hilda durch ein anderes Pferd zu ersetzen. Aber als wir auf dem langen Weg um den Wald nach Wraithwaite zurückreiten, weil wir dem Bischof den steilen Felspfad nicht zumuten wollen, muntert das Klappern von Meadowsweets Hufen auf dem steinigen Grund mich auf.

Eine Schlehdornhecke säumt den Feldweg, der an James' Land entlangführt. Die Büsche haben inzwischen fast alle Blätter verloren; an den kahlen Zweigen hängen nur noch ein paar weiche schwarze Schlehen. Statt der Blätter sind dort nun lauter tote Maulwürfe aufgereiht – mit dem Kopf nach unten wie Fledermäuse, die winzigen rosigen Pfötchen von sich gestreckt. Als wir an ihnen vorbeireiten, geraten sie in Bewegung, als wäre noch Leben in ihnen. James wird wohl in diesem Winter neue Kniehosen aus Maulwurfsfell tragen.

Ich treibe Meadowsweet mit den Fersen zum Galopp an und lasse John und den Bischof hinter mir. Ich kann den Anblick der Maulwürfe nicht ertragen. Sie sind für mich der Inbegriff stummer Hilflosigkeit all derer, die sich nicht äußern können – so wie James, der den Mund nicht aufbringt und daher von Leuten wie meinem Vater nicht ernst genommen wird; oder wie mein Vater selbst, dessen Versuche, Zuneigung auszudrücken, von seinem eigenen Jähzorn zunichte gemacht werden; wie ich und alle anderen, die Vaters dunkles Geheimnis kennen und für sich behalten müssen. Ich muss auch das Geheimnis zwischen mir und Leo hüten, und, was noch schlimmer ist, ich kann niemals mit irgendwem über all das reden, was ich mit Robert erlebt habe. Darum muss ich weg von diesen Maulwürfen, die stumm an den Dornbüschen baumeln.

Meine Hutbänder peitschen mir ins Gesicht. Eines trifft mein Auge, das sofort zu tränen beginnt. Als der Bischof mich einholt, ist mein Gesicht tränenüberströmt. »Vergeben Sie mir, dass ich nicht mehr für Sie tun konnte, Beatrice«, sagt er, prescht vor und wendet sein Pferd, so dass ich langsamer reiten muss. »Machen Sie sich bitte keine Sorgen, meine Liebe. Ich hoffe sehr, dass Ihr Vater nachgeben wird, nun, da er aus der Kirche ausgeschlossen wurde. John wird Verity und James sofort miteinander verloben, ohne die Erlaubnis Ihres Vaters, und diesen Sonntag wird das Aufgebot verlesen. Alles wird gut. Ich werde Sie bald wieder besuchen.«

Kurz bevor er nach Hagditch aufbricht, gerade früh genug, um vor Einbruch der Dunkelheit dort zu sein, wiederholt er sein Versprechen. Als wir uns vor der Eingangstür des Pfarrhauses voneinander verabschieden, schaue ich zu dem Spruch hinauf, der in den Türsturz eingemeißelt ist: *Gottes Gnade und Wahrheit walte in diesem Haus*. Ich könnte dem Bischof die Wahrheit sagen. Es ist eindeutig falsch, diesen Mann in seiner auffälligen Kutsche auf die Landstraße hinausfahren zu lassen, denn ich weiß, was ihn dort erwarten kann. Doch wenn ich ihm erzählen würde, dass mein Vater ein Straßenräuber ist, wäre nicht nur Vater erledigt, sondern auch Mutter. Außerdem wird mir zum ersten Mal mit Sorge bewusst, dass John womöglich in der Kirche keine große Zukunft hätte, wenn herauskäme, dass er der Tochter eines Verbrechers Unterschlupf bietet. *Nehmen Sie eine zusätzliche Laterne mit. Nehmen Sie nicht die Landstraße, sondern die Küstenstraße. Warten Sie an der Kreuzung auf George und Martinus; die beiden werden Sie begleiten, falls irgendwo Straßenräuber lauern.* Verity und ich haben alles gesagt und getan, was wir konnten. Nun können wir nur noch beten.

»Ich liebe dich«, sagt John leise, als der Kutscher des Bischofs den schönen, gescheckten Wallach antreibt, der die Kutsche zieht. Der Bischof winkt und fährt davon.

Ich bin so in Gedanken, dass es einen Augenblick dauert, bis ich begreife, was John gesagt hat. Ich sehe zu ihm auf. Er kennt keine Geheimnisse. Er sagt, was er denkt, ohne Furcht vor Konsequenzen und in ruhigen Worten. Und dann hört er sich die Antwort an, wie sie auch lauten mag. Plötzlich bin ich voller Bewunderung für ihn. »Ich könnte dich sehr leicht lieben, John«, sage ich zu ihm. »Vielleicht tue ich es bereits.«

Er streckt mir seine Hand entgegen. Ich nehme sie und wir kehren Hand in Hand in die Küche zurück.

»Der Bischof ist ziemlich spät aufgebrochen. In einer knappen Stunde wird es dunkel.« Mutter Bain zündet am Küchenfeuer eine dünne Kerze an. Dann läuft sie umher und steckt damit die gelben Talgkerzen in den Wandhaltern an. Sie riechen nicht so gut wie unsere Bienenwachskerzen und tropfen ständig. Der Docht der Kerze neben mir ertrinkt im Talg. John zieht einen Schemel heran und setzt sich neben mich ins Halbdunkel. Mutter Bain rührt den Kanincheneintopf um, der im Kessel über dem Feuer vor sich hin brodelt. Abendlicher Frieden senkt sich über das Pfarrhaus. Wir seufzen alle drei, lächeln einander an und blicken ins Feuer.

Plötzlich klopft es laut an der Tür. Wir springen auf, als seien wir bei etwas Verbotenem ertappt worden. »Das wird die Witwe Brissenden sein«, sagt Mutter Bain. »Sie war vorhin schon einmal da, als Sie weg waren. Ich habe ganz vergessen, es Ihnen zu sagen.«

»O Gott!« John beißt sich auf die Lippe, doch Mutter Bain hat die Gotteslästerung gehört und schnalzt tadelnd mit der Zunge. »Es tut mir leid«, sagt er zu mir, während sie die Tür öffnen geht. »Ich habe gar nicht mehr daran gedacht, dass ich Witwe Brissenden eingeladen habe, damit ihr euch kennenlernt. Es wird wirklich bereits über uns geredet, Beatie. Es tut mir leid, aber ich musste etwas unternehmen. So kurzfristig war sonst niemand zu bekommen und ihre Familie scheint sie entbehren zu können.« Bei diesen Worten taucht eine große, schwarz gekleidete Gestalt in der Tür auf.

»Witwe Brissenden, Herr Pfarrer«, verkündet Mutter Bain, die hinter dieser Riesin fast verschwindet. Wir stehen auf, um den Gast zu begrüßen. Mich packt erneut die Wut, Wut auf John, weil er meint, dass ich bereit bin, nur um des guten Eindruckes willen mit dieser Fremden zusammenzuwohnen, und Wut auf Witwe Brissenden, weil sie sich bereits in der Küche umsieht, als sei sie die zukünftige Hausherrin. Wenn das Johns Vorstellung von Liebe ist, dann ist mir Vaters Art, Zuneigung zu zeigen, lieber! Er will, dass ich nach

Hause zurückkehre. Gut, genau das werde ich auch tun. Ich entschuldige mich, ohne mich um Höflichkeit zu bemühen, und gehe hinauf in meine Kammer.

Gleich darauf schäme ich mich. Diese Frau hat erst kürzlich ihren Mann verloren. Ich sollte Mitgefühl zeigen und sie freundlich aufnehmen. Ich höre, wie John ihr das Haus zeigt. Ihre Stimme dröhnt aus der Kammer nebenan, in der sie wohnen wird. Später kommt Mutter Bain und holt mich zum Essen. Als wir in die Küche kommen, schöpft sich Witwe Brissenden bereits Kanincheneintopf auf. Beim Essen sammeln sich Fleisch- und Gemüsestückchen und Brotkrümel auf ihrem ausladenden Busen. Von Zeit zu Zeit erwähnt sie ihren Ehemann und wischt sich mit einem großen Taschentuch theatralisch die Augen, die meiste Zeit aber erzählt sie uns von schockierenden Vorkommnissen in Hagditch und in ihrem mehrere Kilometer entfernten Heimatdorf. In vielen Fällen hat anscheinend nur ihr sofortiges Eingreifen eine Katastrophe verhindern können. John ist still und wirkt bedrückt. Mutter Bain entschuldigt sich nach dem Essen und geht zu Bett. Draußen ist es schon dunkel, und wir warten darauf, dass Witwe Brissenden sich endlich verabschiedet. Ich möchte zu John sagen: »Ich hab's dir gesagt. Siehst du, du kannst sie auch nicht leiden. Das nächste Mal hörst du lieber auf mich.«

Doch Witwe Brissenden will einfach nicht gehen. Nun beginnt sie, von ihren Schwiegertöchtern zu erzählen, von denen ihr keine gut genug für ihre vier Söhne ist. Als sie bei Schwiegertochter Nummer zwei angelangt ist, höre ich draußen aufgeregte Rufe. Stirnrunzelnd blicke ich John an und deute mit dem Kopf zur Tür. Wir stehen auf und gehen nachsehen, was los ist. Da verstummt Witwe Brissenden endlich und folgt uns.

Es ist zu dunkel, um viel zu erkennen, aber Leute mit brennenden Fackeln und Laternen kommen aus ihren Häusern gelaufen. Wir hören einen fernen Tumult, der immer näher zu rücken scheint, und schließen uns der Menschenschar an, die zum anderen Ende des Dorfes strömt. Ich schnappe die Worte »Straßenräuber« und »Mord« auf. Dann ruft jemand von ganz vorn: »Ich kann seine Leiche sehen!«

Erst als ich weit vor uns im Licht einer Fackel etwas rot und golden glänzen sehe, begreife ich, dass die Kutsche des Bischofs zurückkehrt. Mir wird vor Schreck ganz schlecht. Das Schlimmste befürchtend frage ich eine Frau, die sich durch die Menge schiebt, was geschehen ist, aber sie weiß auch nicht mehr als ich. »Wenn Straßenräuber sich hier herumtreiben, muss ich sofort heim zu meinen Kindern«, sagt sie und bahnt sich einen Weg zu den Hütten neben dem Gasthaus.

John und ich zwängen uns zwischen den Leuten hindurch, als die Kutsche sich nähert. Der Kutscher hockt vornübergebeugt auf dem Kutschbock; sein Gesicht ist dreckverschmiert. Der gescheckte Wallach hinkt. Die Kutsche bleibt stehen, als John sie erreicht. Die Menge schweigt gespannt, als er die Tür öffnet. Im ersten Augenblick ist drinnen niemand zu sehen, dann bewegt sich etwas und der Bischof erscheint. Zittrig ergreift er die Hand, die John ihm entgegenstreckt, und steigt aus der Kutsche. Eine alte Frau neben mir bekreuzigt sich.

»Gott sei Dank«, murmle ich. »Ich dachte, es hätte geheißen, er sei tot. Wer war denn dann gemeint? Wessen Leiche …?«

Die Leute um mich herum schütteln die Köpfe. Alle recken den Hals, um etwas zu sehen. John lotst die Kutsche um das Pfarrhaus, dann kehrt er zu mir zurück. »Komm herein, Beatie«, sagt er. »Ich fürchte, es ist etwas mit deinem Vater passiert.«

9. Kapitel

Ich renne durchs Haus zu den Ställen, vor denen die Kutsche steht, und sehe, wie John und der Kutscher meinen Vater herausheben und in die Küche tragen. Mutter Bain ist gerade erst aufgewacht. Sie kommt aus ihrer Kammer hinter dem Kamin gelaufen und reibt sich die Augen. Dann schiebt sie die Becher und Teller auf dem Küchentisch beiseite, um für Vater Platz zu machen. Sie legen ihn vorsichtig hin. Zuerst denke ich, er ist tatsächlich tot, dann erkenne ich, dass er atmet.

»Er lebt!« Ich stürze an seine Seite und nehme seine Hand. Er sieht erschreckend aus. Auf seinen Wangen und seiner Nase hebt sich ein feines Geflecht aus lilaroten Adern von der gespannten Haut ab. Sein nass glänzender Mund hängt schief und schlaff nach unten. Seine Hände, die übereinander auf der Brust liegen, zittern.

»Ja, er lebt, aber irgendetwas stimmt ganz und gar nicht mit ihm.«

Mutter Bain, die immer noch ihre Nachtgewänder anhat, hebt eines von Vaters Augenlidern und schaut ihm ins Auge, dann umfasst sie sein Handgelenk, um seinen Puls zu fühlen.

»Wenn Sie gestatten, meine Damen!« Witwe Brissenden drängt sich an uns vorbei. »Erlauben Sie bitte! Ich habe Erfahrung in diesen Dingen. Mein eigener Onkel, ein Choleriker, ist erst kürzlich an einem ähnlichen Anfall gestorben.« In unserer Verblüffung lassen wir sie gewähren. Sie wirft einen Blick auf Vater und verkündet, dass er zur Ader gelassen werden muss. »Ich habe Erfahrung darin«, prahlt sie. »Ich habe meine Instrumente in der Tasche im Gasthaus.« Ehe wir etwas erwidern können, ist sie bereits durch die Tür verschwunden.

Mutter Bain und ich sehen uns an. Dann setzt sie ihre Untersuchung fort, öffnet die Knöpfe und Bänder an Vaters Kleidung und legt ein Ohr an seine Brust. Hinter uns reden der Bischof und John leise miteinander.

»Sie wussten wohl nichts von Junker Garths anderer Betätigung, mein Sohn?«

»Von welcher Betätigung? Ich verstehe nicht, was Sie meinen, Hochwürden. Was um alles in der Welt ist denn geschehen?«

»Er hat uns zu Pferd aufgelauert. Er hielt sich bei Haggen Bottom zwischen den Bäumen versteckt.«

»Wer? Junker Garth? Sie wollen doch nicht etwa sagen, dass Junker Garth Sie *überfallen* hat?«

»Doch, genau das. Er war als Bauer verkleidet und mit einem schwarzen Tuch maskiert. Er kam mit einer langen Viehpeitsche auf uns zu, riss den Kutscher damit zu Boden und bedrohte mich mit einem Schwert. Ich versuchte, vernünftig mit ihm zu reden, und sagte ihm, dass ich nur sehr wenig Gold oder Silber bei mir hätte, aber es war zwecklos. Er stieg vom Pferd und raubte meine Taschen aus der Kutsche, dann spannte er mein Kutschpferd aus und versuchte, es in den Wald zu treiben. Mein Kutscher rannte hinterher.«

Ich drehe mich zu ihnen um. John starrt den Bischof mit offenem Mund an. Unsere Blicke treffen sich. Er mustert mich eine ganze Weile, dann wendet er sich wieder dem Bischof zu, der gerade erzählt, wie Vater danach sein Pferd bestieg und lachend in den Wald ritt. Erst als der Kutscher sein eigenes Pferd wieder eingefangen hatte und mit ihm zurückkehrte, hörten sie aus einiger Entfernung, wie aus dem Lachen ein Keuchen und Würgen wurde, gefolgt von einem Krachen im Gebüsch. Sie fanden Vater bewusstlos im Unterholz. Gemeinsam trugen sie ihn zur Kutsche und brachten ihn hierher.

»Wir brauchen Cedric.« Wir drehen uns alle um, als Mutter Bain spricht. »Ich weiß nicht, ob dein Vater wirklich zur Ader gelassen werden muss, Beatrice. Ich weiß nicht genau, ob sein Herz oder sein Gehirn betroffen ist, daher werde ich für beides eine Kräuterpackung anrühren. John, würden Sie bitte den Muschelmann holen, und Lady Columbine besser auch.«

»Soweit ich gehört habe, ist das derselbe Weg«, bemerkt jemand in bissigem und missbilligendem Ton. Es ist Witwe Brissenden, die wieder in der Tür steht. Sie ist mit einer Garnitur von Messern und einer Schüssel zum Auffangen des Bluts zurückgekommen. Wir erklären ihr höflich, dass ihre Dienste im Augenblick nicht benötigt werden. Mutter Bain fragt, ob sie wohl so freundlich sei, sich um den verletzten Kutscher zu kümmern. Er bedürfe der mitfühlenden Betreuung, für die sie bekannt sei. Beschwichtigt marschiert die Witwe zu dem unglücklichen Kutscher, der verschreckt in einer Ecke hockt.

Noch in derselben Stunde kehrt John mit Cedric und Mutter zurück. Allmählich scheint Vater zu sich zu kommen. Cedric verabreicht ihm einen Tee aus Weidenrinde, Weißdorn und Beifuß und bittet Mutter Bain, Schwarzwurz und Senf in die Kräuterpackungen zu mischen, die sie ihm auflegt. Mutter hält Vaters Hand und weint.

»Er ist nicht transportfähig.« Cedric tritt zurück und betrachtet seinen Patienten kritisch. »Er muss vorerst hier bleiben. Geht das in Ordnung, John?« Der große, bärtige, nach Fisch riechende Muschelmann ist der Liebhaber meiner eleganten Mutter, und in letzter Zeit geben die beiden sich keine große Mühe mehr, ihr Verhältnis zu verheimlichen. Mutter wurde mit Vater verheiratet, als sie sechzehn war, so alt, wie ich jetzt bin. Diese Ehe und alles, was sich daraus entwickelt hat, bestimmen seither unser ganzes Leben. Es erschreckt mich, dass inzwischen sogar Leute wie die Witwe Brissenden von dem Verhältnis zwischen Cedric und Mutter wissen. In dieser Nacht, da ich bis zum frühen Morgen in Mutter Bains kleiner heißer Kammer hinter dem Kamin an Vaters Bett wache, beschleicht mich das Gefühl, dass viele alte Gewissheiten nicht mehr gelten.

Als das erste Morgenlicht durch das hohe Fenster dringt, kommt Mutter mich ablösen. Sie sieht mitgenommen aus und ihre Augen sind verquollen. Sie nickt mir zu. Ich bin so müde, dass ich sie nur auf die Wange küsse und gehe. Hinter mir stöhnt und sabbert Vater im Schlaf.

Nach der heißen Kammer kommt mir die Küche

eiskalt vor. Es zieht unter der verzogenen Tür hindurch. Im Kamin ragt ein großes, unten verkohltes Holzscheit aus der kalten Asche. Ich gehe zu der Kiste mit dem Zunder, hole kleine Büschel getrocknetes Moos und Baumrindenschnipsel heraus und schiebe sie in die Asche, bis ein letzter Rest Glut sie entzündet und Rauch aufsteigt. Dann staple ich Äste darüber und lege ein neues Scheit schräg obenauf, so dass es erst in die Glut fällt, wenn die Flammen höher lodern. Als das Feuer wieder brennt, hole ich draußen am Brunnen einen Topf Wasser, hänge ihn an den Kesselhaken und kurble ihn über die kleinen Flammen. Wenn alle zum Frühstück erscheinen, wird das Wasser kochen.

Eigentlich lohnt es sich kaum noch, ins Bett zu gehen, aber ich lege mich trotzdem hin und falle sofort in einen unruhigen Schlaf. Nach ungefähr einer Stunde werde ich von lautem Stimmengewirr geweckt. Menschenscharen strömen draußen über die Dorfwiese. Es ist Sonntag, Zeit für den Gottesdienst, und ich bin zu spät dran! Schnell schlüpfe ich in meine Kleider und laufe hinunter. Heute sollte John eigentlich Verity und James offiziell miteinander verloben. Ich frage mich, ob er das nach allem, was inzwischen geschehen ist, wirklich tun wird. Doch als ich in die Küche komme, höre ich, dass der Bischof auf der Verlobung besteht und die Zeremonie nun selbst vollziehen will.

Bevor John zur Kirche aufbricht, fragt er mich noch: »Wusstest du von den Raubzügen deines Vaters, junges Fräulein?«

Ich blicke in sein schönes, nun so zorniges Gesicht und erwidere: »Ja.«

Wortlos verlässt er das Haus.

Ich sehe nach Vater. Gegen Kissen gelehnt liegt er

mit geschlossenen Augen da und atmet schwer. Mutter Bain beharrt darauf, bei ihm zu bleiben, damit ich an Veritys Verlobung teilnehmen kann.

Die Sonne steht tief am Horizont. Heute liegt der Winter in der Luft. Zum ersten Mal seit den letzten kalten Frühlingstagen ziehe ich meinen blauen, mit Biberpelz besetzten Wintermantel an und setze den dazu passenden Hut auf. Mutter und Cedric, der ebenfalls über Nacht geblieben ist, schließen sich mir an, als ich hinaustrete in die frostige Herbstluft. Es überrascht mich, dass Cedric ebenfalls den Gottesdienst besuchen will. Sonst hat er es vorgezogen, den Gemeindevorstehern Geldstrafen zu zahlen. Ich habe ihn noch nie in der Kirche gesehen.

Verity und James treffen mit unserem kleinen Pferdewagen ein. Hinter ihnen reiten George und Martinus, in Schaffelljacken eingemummt. Verity ist sehr bestürzt, als sie erfährt, was geschehen ist, und erklärt sofort, sie wolle lieber bei Vater bleiben, anstatt in die Kirche zu gehen und sich verloben zu lassen. Aber Mutter redet ihr das schnell aus.

Inzwischen hat sich herumgesprochen, was mit Vater geschehen ist. Leute aus dem Dorf und Bauern von den umliegenden Gehöften, alle mit Wollmützen und im Sonntagsstaat, drängen sich vor dem Pfarrhaus und fragen, wie es ihm geht. Nun kommen auch Gerald und Germaine, im Galopp und mit geröteten, strahlenden Gesichtern. Ein Stück hinter ihnen reiten Tante und Onkel Juniper, mit ernsten Mienen. Alle gehen wir in die Kirche und nehmen unsere üblichen Plätze am Eingang zur Marienkapelle ein.

Die Verlobungszeremonie ist schön und feierlich. Verity und James stehen Hand in Hand vor dem

Bischof, während er ihrer Verbindung den offiziellen Segen der Kirche gibt. Ich beobachte John, um herauszufinden, wie seine Stimmung ist, aber hier in der Kirche, wenn er predigt, ist seine Miene immer unergründlich.

Am Ende des Gottesdienstes wird das Aufgebot verlesen. Dann strömen wir alle in den strahlenden Sonnenschein hinaus. Unter den Bäumen auf der Dorfwiese leuchtet das Herbstlaub in so strahlendem Gold, als spiegelte es das Licht von oben wider. Ich schüttle John am Kirchentor die Hand und frage unsicher: »Bist du mir böse?«

»Ich muss mit dir reden«, sagt er. »Im Pfarrhaus. Gleich.«

»Ja, gut.«

Ich unterhalte mich noch ein Weilchen mit Germaine und Gerald. Als die letzten Gemeindemitglieder gegangen sind, sehe ich John mit wehendem Talar über die Dorfwiese davoneilen und folge ihm nach ein paar Minuten. Im Korridor sehe ich Mutter Bain und frage sie: »Wie geht es Vater?«

»Er schläft. Er ist immer noch nicht richtig bei sich, aber seine Farbe bessert sich. Fräulein Verity ist gerade bei ihm.«

»Ich will zu ihm.«

»Ich glaube, Sie reden besser erst mit John. Er ist oben im Schulzimmer.«

Ich runzle die Stirn. Das klingt fast so, als zitierte er mich zu sich. Trotzdem raffe ich meine Röcke hoch und steige die Treppe hinauf. Oben wartet John. Ich bleibe abrupt stehen, als ich sein Gesicht sehe.

»Was …«

Er stößt die Tür des Schulzimmers auf. Hier habe

ich viele Stunden meiner Kindheit verbracht. Zuerst war der alte Pastor Pattinson mein Lehrer, dann John. Es ist seltsam beruhigend, wieder in diesem vertrauten Raum zu sein, zwischen den Schulbänken, dem Tisch mit den Tintenflecken, den Bücherregalen, den hohen, eisernen Kerzenständern und dem Betpult in der Ecke. Ich lächle und will es John sagen, aber er fährt mich an, kaum dass er die Tür hinter uns geschlossen hat.

»Du hast es also gewusst! Du hast über deinen Vater Bescheid gewusst und mir nie etwas davon gesagt? All das ist vor meiner Nase geschehen, und du hast nicht daran gedacht, mir eine Chance zu geben, es zu unterbinden? Was glaubst du, wozu ich hier bin? Um nette Gottesdienste abzuhalten?«

Ich vermag ihm nicht zu antworten.

»Beatrice, ich dachte, wir würden einander etwas bedeuten. Wie lange hättest du mir das noch verschwiegen?«

Ich trete an das kleine Fenster. Das Glas ist grün und dick. Ich kann nicht hindurchsehen. »Bis an mein Lebensende, John. Ich hätte es dir nie gesagt. Glaub mir, ich habe versucht, ihn aufzuhalten. Das haben wir alle. Es ist mir ehrlich gesagt nie in den Sinn gekommen, dir davon zu erzählen. Wir waren alle so daran gewöhnt, es geheim zu halten. Es tut mir leid und ich verstehe deine Empörung. Aber das zeigt nur, wie schlecht wir zueinander gepasst hätten.« Ich will gehen und laufe zur Tür, aber als ich sie erreiche, klopft es laut.

»Herr Pfarrer?« Es ist Witwe Brissenden. »Herr Pfarrer? Kommen Sie jetzt herunter! Der Bischof wartet!«

John tritt vor mich und reißt die Tür auf.

»Selbst wenn die vier apokalyptischen Reiter auf

mich warten würden, wäre mir das völlig gleich, Gnädigste. Gehen Sie weg!«

Voll sprachloser Entrüstung richtet Witwe Brissenden sich zu ihrer vollen Größe auf. Dann blickt sie an ihm vorbei ins Schulzimmer und sieht mich. Ihr Mund klappt auf. »Fräulein Garth! Was machen Sie denn hier? Also, das schickt sich wirklich nicht. Wollen Sie mich bitte hinunterbegleiten?«

»Ich kann jetzt nicht einfach gehen, Frau Brissenden«, erwidere ich. »Pastor Becker wünscht mich zu sprechen.«

Witwe Brissenden runzelt die Stirn. »Sie sind noch jung, Fräulein Garth«, sagt sie gönnerhaft. »Aber wissen Sie, man kann auch zu entgegenkommend zu den Männern sein. Mir hat das noch niemand vorgeworfen. Das können Sie mir glauben.« Sie funkelt John an.

»Daran habe ich keinen Zweifel.« Ich versuche, John ebenfalls anzufunkeln. »Gut, ich komme mit. Ich glaube, Pfarrer Becker und ich haben eigentlich schon alles besprochen.« John presst die Lippen aufeinander und hält uns die Tür auf.

»Nun«, sagt der Bischof, als Witwe Brissenden und ich in die Küche kommen, »so aufregend es hier war, jetzt muss ich wirklich gehen. Mir bleiben nur noch zwei Stunden bis zur Abendandacht und ich darf meine Gemeinde in Hagditch nicht noch einmal enttäuschen. Soll ich Sie vielleicht mitnehmen, Frau Brissenden? Mir fiel auf, dass Ihre Verwandten richtig unglücklich aussahen, weil sie so lange ohne Ihre guten Ratschläge auskommen mussten.« Er lächelt sie an und bietet ihr seinen Arm.

»Ja, Sie haben zweifellos Recht, Hochwürden.« Witwe Brissenden lächelt geziert zurück. Es ist ein schreckenerregender Anblick. Als der Bischof sie zur Tür führt, blickt sie sich zu mir um. »Merken Sie sich, was ich Ihnen gesagt habe, junge Frau. Ich kann nicht überall gleichzeitig sein und allen Ratschläge geben. Ich wünschte, ich könnte es!« Sie seufzt und strahlt den Bischof an. »Sicher haben Sie das gleiche Problem, Hochwürden.«

Während John und ich die beiden verabschieden, steigt von der Dorfwiese Nebel auf. Eine leichte Brise wirbelt ihn umher wie Rauch. Nachdem der Bischof Witwe Brissenden in seiner Kutsche untergebracht hat, kommt er zurück und sagt zu uns: »Kinder, reitet zusammen aus, weg von uns Wichtigtuern. Nehmt etwas Wein mit. Ihr habt noch zwei Stunden bis zur Abendandacht.«

»Wollen Sie wirklich, dass Ihre Pfarrer sich mit Töchtern von Straßenräubern einlassen, Hochwürden?«, frage ich ihn. Der Bischof tätschelt mir den Arm.

»Entführen Sie ihn, Fräulein. Ich befehle es Ihnen. Das wird ihm guttun.« Mit diesen Worten zwängt er sich neben Witwe Brissenden in die Kutsche und fährt winkend davon. Wir stehen stumm da und schauen der Kutsche nach, bis sie außer Sicht ist.

In der kleinen Kammer hinter dem Kamin hat Vater inzwischen die Augen aufgeschlagen.

»Vater?«

Er starrt mich an, scheint mich aber nicht zu sehen. Dann richtet er seinen Blick verwundert auf den schrägen Lichtstreifen, der durch das hohe Fenster hereinfällt.

Wir reiten nach Little Cove. Es ist ein seltsamer Nachmittag. Wir reden miteinander, wie wir es noch nie getan haben. John erzählt mir von seinen Eltern, John und Naomi, die beide an der Pest starben, während er anderswo studierte. Ich rede über meine Eltern und ihre lieblose Ehe, und über Robert. Wir liegen im dichten Farnkraut, trinken Nesselwein und schauen zu, wie die Flut kommt. Wasservögel kreisen über ihrem schäumenden, weißen Saum, stoßen herab und schnappen sich Fische und alles, was nicht schnell genug ist. Der Wind trägt ihr heiseres Geschrei aus der Ferne herüber. John trägt statt seiner Robe nun ein blaues Hemd, das gut zu seinen Augen passt, eine Schaffelljacke und alte Hosen. Er versucht, einen vertrocknet aussehenden Farnwedel abzubrechen, aber der ist hart und zäh. Dann blickt er auf und sagt: »Heirate mich.«

Ich stütze mich auf einen Ellbogen und sehe ihn durch die braunen Wedel an. Mit der nahenden Flut wird es spürbar kälter. In der Luft liegt ein herber Geruch nach länger werdenden Nächten und nach Frost in den Adern der Blätter. Unsere Atemwolken treiben ineinander und lösen sich im Herbstnebel auf. Ich antworte: »Ja, das werde ich.«

10. Kapitel

»Aber noch nicht jetzt, John. Zuerst muss ich zu Hause für Ordnung sorgen und sehen, wie Vater sich erholt.«

John nickt. Wir stehen auf und laufen den grasbewachsenen Hang zum Ufer hinunter. Mein Umhang ist mit Stückchen von vertrocknetem Farnkraut übersät. Ich schüttle ihn aus, dann klopfe ich den Rücken von Johns Jacke ab. »Ich werde nun viel Zeit auf unserem Hof verbringen müssen, John. Dort ist bereits viel Arbeit liegen geblieben, bevor Vater krank wurde. Ich muss meine Zeit zwischen Barrowbeck und dem Pfarrhaus aufteilen, bis er transportfähig ist. Und wenn es so weit ist, werde ich für eine Weile auf den Hof zurückkehren.«

»Wir können beide unsere Zeit aufteilen. Ich werde dir helfen, alles zu erledigen. Gemeinsam schaffen wir das schon.«

Wir setzen uns an einen Felsen am Fuße der Klippen. Auf dem Strand vor uns blühen rosa Grasnelken in riesigen Teppichen. Es ist schon verrückt, dass diese Blumen ausgerechnet hier, wo das Meer sie zu verschlingen droht, so üppig wachsen, denke ich. John zieht mit den Zähnen den Stopfen aus der Weinflasche. »Wir können sie eigentlich vollständig leer trinken.« Er reicht mir die Flasche. Der Nesselwein ist leicht und prickelt. Ich gebe John die Flasche zurück und küsse ihn auf die Wange. Sie schmeckt salzig, so wie das Meer riecht. Eine leere, durchsichtige Krebsschere von der Farbe der Grasnelken hat sich in seinem Haar verfangen. Ich ziehe sie heraus und zeige sie ihm. Er wirft einen kurzen Blick darauf, dann legt er eine Hand an meinen Hinterkopf und küsst mich.

Will ich das wirklich? Darüber muss ich mir klar werden, jetzt, bevor ich mich binde. Salzig schmeckende Küsse, hier draußen, das war Robert. Das war etwas Neues und Gefährliches, nichts, was man von einem Menschen erwartet, den man schon viele Jahre kennt. Aber John ist mehr für mich: Freundschaft, Geborgenheit und Leidenschaft zugleich.

Er zieht sich zurück und sieht mich an: »Werde ich mich je mit Robert messen können?«

»Das hat nichts damit zu tun. Die Erinnerungen sind einfach noch zu frisch.« Ich ziehe die Schultern hoch. »Das ist wie eine Krankheit, von der ich mich erholen muss.«

Er nimmt mir die Krebsschere aus der Hand. »Hast du dir je gewünscht, du wärst mit ihm gegangen?«

»Nur einmal, als ich eingesperrt war, aber jetzt nicht mehr.«

»Dann, glaube ich, wirst du dich erholen.« Er wirft die Krebsschere in eine Pfütze in der Nähe. »Im Gegensatz zu dieser Krabbe hier.«

Wir gehen zu unseren Pferden zurück. Füchse bellen auf dem Hügel, während wir nach Wraithwaite zurückreiten. In dieser Jahreszeit bricht der Abend sehr früh herein. Gleich wird die Gemeinde zur Andacht herbeiströmen. Darum bringe ich die Pferde in den Stall, während John davoneilt, um sich fertig zu machen. Zu Hause konnte ich mein Pferd nach einem Ausritt einfach Leo oder Dickon übergeben. Diese Annehmlichkeit vermisse ich wirklich. Ich überlege mir, wen ich als Stallknecht einstellen könnte, wenn ich hier erst Hausherrin bin. Nachdem ich die Sättel auf die Haken gehängt habe, reibe ich die Pferde ab. Da höre ich wieder die Trommel. Sie klingt jetzt nicht mehr fern, sondern ziemlich nah. Ich laufe auf die Straße. Obwohl es inzwischen heftig regnet, hat sich draußen bereits eine Menschenmenge versammelt.

»Diese Trommel höre ich schon seit Wochen«, lallt ein Gemeindemitglied, das den Nachmittag offensichtlich im Wirtshaus verbracht hat. Wir blicken zum nördlichen Ende des Dorfes, von dort kommen die Trommelschläge. Ihr Rhythmus ist stets derselbe, zwei kurz, drei lang. Immer mehr Leute kommen aus ihren Häusern und schauen suchend die Straße hinauf. Manche haben ihre Sonntagskluft erst halb angelegt oder schon halb wieder ausgezogen. Nun stoßen auch ein paar Leute aus Barrowbeck zu der versammelten Gemeinde. Alle starren in dieselbe Richtung und warten.

Im letzten Tageslicht zieht eine Geisterkarawane die Landstraße entlang, die um die Bucht herum und über die Hügel im Norden nach Wraithwaite führt. Vorneweg marschiert ein junger Trommler in roter Uniform im Takt seiner Schläge – zwei langsame, drei schnelle, zwei langsame, drei schnelle. Hinter ihm reitet ein Hauptmann mit einem Schwert an der Seite, gefolgt von vier jungen Soldaten in rot-brauner Uniform. Die gezückten Schwerter ragen vor ihren Gesichtern auf. Dahinter schlurfen und stolpern gespenstische Gestalten, ausgezehrte Gefangene in dreckigen Lumpen. Einige sind halb nackt, andere barfuß. Die meisten haben eiternde Geschwüre am ganzen Körper, alle sind an Knöcheln und Handgelenken aneinandergekettet. Hinter ihnen marschieren zwei weitere Soldaten stramm im Gleichschritt, während die Gefangenenkarawane sich in keinem erkennbaren Rhythmus vorwärtsschleppt.

Die Menge ist verstummt.

»Was haben die angestellt?«, fragt Dickon, der gerade erst aufgetaucht ist. Allmählich finden die Leute ihre Sprache wieder.

»Das sind wahrscheinlich Diebe und Straßenräuber, die in Lancaster vor Gericht gestellt werden sollen.«

»Auf die wartet der Galgen.«

Einige Gefangene husten und zittern. Einer humpelt und blutet aus einer Wunde am Hals. Ihre Ketten sehen schwer, alt und rostig aus, und ihre Arme schlenkern, als hätten sie keine Gewalt über sie.

»Na jedenfalls wird ihnen der Prozess gemacht.«

»Vielleicht werden sie gestreckt und gevierteilt!« Tilly Turner ist eingetroffen.

»Unsinn, die sind bestimmt nicht allesamt wegen Verrats verhaftet worden.«

Als die Häftlingskolonne an der Menge vorbeizieht, die sich vor dem Pfarrhaus versammelt hat, erhebt der Hauptmann die Hand zum Gruß und die jungen Soldaten salutieren mit ihren Schwertern. John kommt heraus und bleibt entsetzt stehen. Er legt den Arm um mich und ruft zu dem Hauptmann hinüber: »Was sind das für Gefangene, Sir?«

Diese Frage hätte auch ich ihm beantworten können. Ich befreie mich vorsichtig aus seinem Arm und schiebe mich hinten an der Menge vorbei; dabei versuche ich, mich im gleichen Tempo wie die Gefangenen zu bewegen.

»Schotten, Herr Pfarrer«, höre ich den Hauptmann hinter mir erwidern. Die Menge erschaudert. Schotten, hier! Der Feind in Ketten, gedemütigt, ohne seine protzigen wollenen Gewänder und ohne Brecheisen und Sturmleitern.

»Ich kann Ihnen sagen, wir haben unterwegs schon ganze Truppen von rachedurstigen Landsleuten verjagt.« Der Hauptmann verbeugt sich grinsend. Die Menge beginnt, neben der Kolonne herzulaufen. Ich schlängle mich zwischen vorwärtsdrängenden Körpern hindurch und versuche schneller zu sein.

»Mag sein, aber die konnten sicher nicht so gut kämpfen wie unsere Truppen hier«, schreit ein junger Mann mit wildem, unstetem Blick.

Die Leute beginnen, die Gefangenen zu verhöhnen und anzuspucken. Ein Stein fliegt an meinem Kopf vorbei und trifft einen von ihnen. Ich sehe, dass Cedric sich nach vorne kämpft. »Wann werden sie vor Gericht gestellt, Hauptmann?«, ruft er.

Der Hauptmann dreht sich halb in seinem Sattel um. »Sie sollen noch in diesem Quartal, also im November, den zuständigen Richtern vorgeführt werden. Und während der nächsten Gerichtstage im März kommen sie vor das Geschworenengericht. Die Königin wünscht einen ordnungsgemäßen öffentlichen Prozess in ihrem Herzogtum Lancaster, um ein Exempel zu statuieren, Sie verstehen. Bei diesem Tempo können wir froh sein, wenn wir bis Weihnachten dort sind. Wir haben Wochen gebraucht, um diesen schwächlichen Haufen über die Hügel zu bringen.«

Ich erreiche das vordere Ende der Menschenschlange und sehe mir die vorbeiwankenden Schotten genau an. Sie sind völlig erschöpft. Ihre Ketten klirren. Ihre Glieder sind mit Wunden und blauen Flecken übersät. Obwohl es schon ziemlich dunkel ist, sehe ich, dass das angetrocknete Blut auf ihren Hand- und Beinschellen sich im Regen wieder verflüssigt und über ihre bleichen Hände und Füße läuft.

Robert ist der Letzte in der Reihe. Er trägt noch die Sachen, die er von mir bekommen hat. Seine Bewacher, halbe Kinder noch, marschieren wichtigtuerisch hinter ihm her. Er läuft aufrecht, aber mit gesenktem Blick an mir vorbei und schaut nicht mehr zu mir herüber. Es hat ihm wohl gereicht, mich in Johns Arm vor dem Pfarrhaus stehen zu sehen.

Die Trommel ist nicht mehr zu hören, als ich zum Pfarrhaus zurückkehre. Ich weiß, dass ich zu lange weggeblieben bin und die Abendandacht versäumt habe, aber der nasse Buchenwald außerhalb des Dorfes war der einzige einsame Ort in der Nähe, an den ich mich in meinem Schmerz verkriechen konnte.

Die Kirche ist aus. Ein paar Leute stehen noch draußen im Nebel und unterhalten sich. Ein Pferd läuft vorbei und schleudert mit seinen Hufen nasse Erdklumpen hoch. Aus den Hütten dringt flackerndes Licht. Ich höre Universe im Stall hinter dem Pfarrhaus wiehern.

Im kleinen Hof vor dem Pfarrhaus warten Mutter und Cedric auf mich.

»Kommt herein«, sage ich zu ihnen und streife an der Tür meine dreckigen Schuhe ab.

Mutter streckt die Hand nach mir aus. »Ach, Beatrice.«

Cedric tritt zu mir und legt den Arm um mich. Er riecht heute nicht so stark nach Fisch. »Alles in Ordnung, Beatrice?«, fragt er.

Ein Gefühl abgrundtiefer Schwäche überwältigt mich, aber ich versuche mich zusammenzureißen. »Sie haben es Mutter also erzählt«, sage ich zu ihm.

»Ich musste.«

Ich zucke die Achseln. »Nun denn, kommt herein. Es ist kalt hier draußen.« Ich werfe einen Blick über die Dorfwiese. Noch immer sind Leute unterwegs.

Nachbarn besuchen sich gegenseitig und reden über die Schotten. »Wo ist John?«, frage ich.

»In der Kirche.« Mutter weiß nicht, was sie sagen soll. Ich habe sie noch nie so gesehen.

Wir gehen ins Haus. Mutter Bain kommt in ihren Nachtgewändern aus der Küche. »Gott schütze diese armen Burschen und uns alle. Es ist noch warme Gemüsesuppe auf dem Feuer. Ich gehe jetzt ins Bett.« Sie küsst mich auf die Wange. Ich kann nicht sagen, ob sie etwas ahnt oder nicht. Als sie weg ist, frage ich Mutter und Cedric: »Wollt ihr einen Teller Suppe?«

Beide schütteln den Kopf. Mutter nimmt mich in den Arm und drückt mich. »Kommst du zurecht, Beatie? Soll ich lieber bleiben?«

Einen Augenblick lang bin ich wieder Kind. Mein Kinn beginnt zu zittern. Ich versuche, mich zu beherrschen. »Danke, Mutter, es geht schon. Du brauchst nicht dazubleiben.«

Als ich die beiden zu ihren Pferden begleite, die hinten im Stall stehen, sagt sie nachdenklich: »Und ich habe dich wie ein Kind behandelt.« Sie sitzt auf und tätschelt ihrem Pferd den Hals. »Ich komme morgen Früh wieder, um bei Vater zu wachen. Dann können wir reden. Jetzt zieh dir erst einmal trockene Sachen an.«

Ihre Worte rauschen an mir vorbei. Ich bin froh, als sie mit Cedric in die Dunkelheit davongeritten ist und ich wieder in dumpfes Schweigen verfallen kann.

Ich laufe durchs Pfarrhaus, von einem Zimmer ins andere, und überlege mir, wie man es herrichten könnte. Ich muss mich ablenken und irgendetwas tun, sonst werde ich heute Nacht verrückt. Oben im Flur nehme ich mir vor, ein paar verzogene Fußbodendielen austauschen zu lassen. Neben der Tür zu meiner Kammer steht eine geschnitzte Wäschetruhe aus Walnussholz. Ich könnte anfangen, meine Sachen in ihr zu verstauen. Links und rechts davon stehen zwei kunstvoll geschnitzte Stühle, und auf einem liegt eine Tischuhr aus Messing, die mit Motiven der vier Jahreszeiten verziert ist. Sie steckte in Vaters Satteltasche, als er bei Haggen Bottom zusammenbrach. Er muss an jenem Abend noch einen Reisenden auf der Landstraße überfallen haben. Vielleicht erfahren wir irgendwann, wer der Unglückliche war, und können ihm die Uhr zurückgeben. Einstweilen bleibt sie hier. Ich habe noch nie eine Uhr besessen. Sie ist wirklich ein kleines Wunderwerk. Laut John hat sie einen Wecker, der schrecklichen Lärm macht. Ich versuche gerade, ihn läuten zu lassen, als ich John zur Hintertür hereinkommen und auf die Treppe zusteuern höre.

»Beatrice?«

Ich laufe zur Treppe vor und blicke hinunter.

»Du bist spät dran.«

Er hat seinen Talar bereits abgelegt und die alten Sachen angezogen, in denen er immer Holz hackt. Er steigt ein Stück die Treppe hoch, dann bleibt er stehen. »Ist gut, Beatrice. Ist ja gut, es ist alles in Ordnung.«

»Was um alles in der Welt soll das heißen, es ist alles in Ordnung? Was ist in Ordnung? Wovon redest du?« Ich höre, wie schrill meine Stimme klingt. Ich wische meine verschwitzten Hände an den nassen Röcken ab, die ich immer noch nicht ausgezogen habe. Ich will allein sein, um meine Gedanken zu ordnen, um wenigstens solche Dinge zu ordnen, die in meiner Macht stehen: die Uhr stellen, die Wäschetruhe einräumen und die Dielen inspizieren.

»Welcher von ihnen war Robert?« John ist inzwischen oben angelangt.

»Was?«

»Meine Güte, Beatie, wir haben wahrlich schon genug über diesen verdammten Robert geredet. Da können wir es jetzt auch.«

»Der Letzte.«

»Aha.« John geht in meine Kammer.

»Der mit den hellbraunen, welligen Haaren.« Ich folge ihm.

Er setzt sich auf die Zedernholztruhe. »Ja, ich habe ihn gesehen.«

»Er hat dich auch gesehen.«

John blickt auf seine Hände hinab. »Diesmal kannst du nichts tun. Das muss ein schreckliches Gefühl sein, aber du musst dich damit abfinden.«

Ich setze mich auf die Bettkante. Mir ist kalt. Ich bin verzweifelt und verbittert. »Alles war umsonst, John! Ich habe Roberts Arm umsonst gesund gepflegt. Hilda ist umsonst gestorben und ich bin umsonst fast ertrunken. Robert wird in einem Kerker unter der Burg von Lancaster verrotten, bis sie ihn schließlich herauszerren und auf dem Galgenberg aufhängen.«

John setzt sich neben mich und nimmt mich in die Arme. Ich reiße mich los und stehe auf. »Hast du mir überhaupt zugehört?«, schreie ich. »Entschuldige, es tut mir leid, aber nichts ist in Ordnung!« Ich stelle mich an die Tür und halte sie auf. Nach kurzem Zögern geht er.

11. Kapitel

John hatte Recht. Gemeinsam schaffen wir es, alle nötigen Arbeiten zu erledigen. Jeden Tag reite ich frühmorgens auf dem schnellen Universe nach Barrowbeck. Ich habe ihn an den Damensattel gewöhnt, auch wenn er ihn nicht mag. Mutter kümmert sich um den Haushalt und die Milchkammer, ich um den Hof. An manchen Tagen kommt John mir zu Hilfe. Trotzdem fehlen Arbeitskräfte, seit Verity, Germaine und Vater nicht mehr da sind, und ich frage mich, was wir machen sollen, wenn es Frühling wird und der Wachdienst wieder beginnt.

Nachmittags reite ich zu Cedrics Hütte auf dem Mere Point, um die Heilkunst zu erlernen. Ich hatte mich eigentlich darauf gefreut, aber nun habe ich oft keine rechte Lust und nicht die nötige Geduld dazu. Eines goldenen Herbsttages begreife ich auf dem Weg zum Mere Point schlagartig, warum Vater auf den Landstraßen Reisende ausgeraubt hat. So etwas verleiht einem Macht und ist unheimlich aufregend. Vielleicht hätte ich lieber bei Vater in die Lehre gehen sollen als bei Cedric.

Vater geht es zu schlecht, um ihn nach Barrowbeck zurückzubringen. Mit jedem Tag wird klarer, dass er seine Sinne nicht mehr beisammen hat. Auf Kissen gestützt liegt er reglos in der kleinen Kammer hinter dem Kamin. Sein Kopf ruht auf der Brust, ein Bein hängt über die Bettkante. »Gut, dass er nicht weiß, wo er ist«, sagt Kate, als sie eines Tages mit Mutter herüberkommt, um ihn zu besuchen. »Vielleicht ist er nur verhext«, fügt sie hoffnungsvoll hinzu.

»O Kate, um Himmels willen.« Mutter schiebt sie aus dem Zimmer. Trotzdem fröstelt mich plötzlich, und einen Augenblick lang frage ich mich, was eine so seltsame Krankheit auslösen könnte, wenn nicht ein böser Zauber. Cedric zeigt uns die geplatzten Äderchen auf Vaters Wangen und Nase und sagt, dass in seinem Gehirn womöglich etwas Ähnliches geschehen ist. Mutter Bain braut einen Trank zusammen, der uns Tränen in die Augen treibt, wenn wir nur in seine Nähe kommen. Er reißt Vater kurz aus seinem Dämmerzustand, aber nichts hilft länger als ein paar Minuten. Ich wache bei Vater und lese ihm abends bei Kerzenlicht vor. Er starrt mich an, als spräche ich eine andere Sprache.

»Wir müssen ein Schwein schlachten, Fräulein«, sagt Leo zu mir, als Vater bereits über eine Woche krank ist. »Wir sind schon spät dran. Ich habe alle in den Stall getrieben. Sie haben zu entscheiden, welches es sein soll.«

Ich laufe den Hügel zum Schweinestall hinunter. Er wurde dort unten errichtet, damit man ihn vom Turm aus nicht riecht. Die Schweine schnüffeln nach mir und blicken mich durch das Gatter an. Sie sind nicht gerne eingesperrt; sonst streunen sie frei im Wald herum.

Ich seufze. Es läuft auf Veronika hinaus. Die anderen Schweine sind entweder zu jung oder zu mager oder zu fruchtbar. Sie spitzt die Ohren und sieht mich an. Leo kommt herein. Sie drängt die Schnauze durch das Gatter, weil sie Futter erwartet. »Wie geht es Ihnen, Fräulein?«, fragt Leo ungewöhnlich direkt. Mir wird bewusst, dass ich zum ersten Mal seit meiner Flucht aus dem Turm mit Leo allein bin.

»Schon besser, Leo, danke.«

»Gut. So was braucht Zeit. Dann ist also nichts Schlimmeres passiert.«

Dieses Gespräch behagt mir nicht. »Jedenfalls nichts so Schlimmes wie das, was du bald mit Veronika machen wirst«, antworte ich barsch.

»Aha, dieses Schwein soll es also sein. Dachte ich mir.«

Ich wende mich zum Gehen. Ich will nicht mit ansehen, wie er sich Veronika vorknöpft. Ich schwöre mir, den Schweinen in Zukunft keine Namen mehr zu geben. Plötzlich blitzt vor meinem geistigen Auge ein Messer auf, das zusticht. Ich muss mich am Torpfosten festhalten, weil mir plötzlich ganz schwach wird.

»Kommen Sie jetzt lieber weg von hier. Setzen Sie sich dorthin«, sagt Leo und führt mich zu der niedrigen Stützmauer vor dem Misthaufen.

Ich setze mich. Aus der Mauer fließt ein Rinnsal mit übel riechender Flüssigkeit den Hang hinunter.

»Es war nur ... nur der Gedanke daran, Leo. Arme Veronika.« Ich versuche ihm vorzumachen, ich hätte nur aus Mitleid mit Veronika einen Schwächeanfall bekommen und nicht, weil ihr Schicksal mich an das der beiden Männer erinnerte, die er mit demselben Messer getötet hat. Aber er scheint genau zu wissen, dass ich an unser gemeinsames Geheimnis gedacht habe.

»Sie ist dazu geboren, irgendwann geschlachtet zu werden. Ihr bleibt keine Zeit, darüber nachzudenken.«

Als Veronika mich wieder durch das Gatter anblickt, fühle ich mich furchtbar elend. Ihre Verwundbarkeit wird mir schmerzlich bewusst – und die von

Robert. »Ich bitte drei Knechte, dir zu helfen«, sage ich zu Leo und wende mich ab.

»Ja, Fräulein. Gehen Sie hinauf und schicken Sie drei Männer herunter. Später werden Tilly Turner und noch ein paar Frauen kommen, um die Borsten abzuschrubben. Sie legen sich am besten eine Weile hin.«

»Also, dann überlasse ich den Rest dir.«

Leos Hand streicht über das Messer an seinem Gürtel. Ich stapfe mit zitternden Beinen den Hügel hinauf, stolpere über ein Grasbüschel und richte mich wieder auf. Ich hätte bei Veronika bleiben sollen. Es gibt verschiedene Arten von Verrat. Ich versuche, sie als Lieferantin von Schinken, Blutwürsten, Schweinshaxen, Schweinesülze, Bratfett, Seife und schönen Lederhandschuhen zu betrachten, aber ich sehe nur vor mir, wie sie dreinschauen wird – so, wie alle Schweine schauen. Ihre kleinen Augen werden bis zum bitteren Ende offen und wachsam sein und nicht einmal zucken, wenn das Messer in ihren Körper eindringt.

Ich schicke William, Jonah und Michael zu Leo hinunter. Michael weiß mich offensichtlich nicht so recht einzuschätzen, jetzt, da ich den Hof führe und sein Herr und Beschützer nicht mehr da ist. Manchmal kann ich der Versuchung, ihn zu ärgern, nicht widerstehen. Ich stelle ihm verzwickte Fragen und beobachte, wie er zu erraten versucht, was ich wohl hören will. So reagiert er immer. Er ist es nicht gewohnt, ehrlich zu sein. Ich versuche vergeblich, mich dafür zu schämen, dass ich ihm die unangenehmsten Arbeiten übertrage. Zu gut erinnere ich mich, wie er sich mit Vater gegen James verschworen hat und mit welchem Vergnügen er dabei half, mich gefangen zu halten.

Die Männer laufen den Hügel hinunter. Ich steige

die Wendeltreppe zur Plattform mit dem kleinen Signalfeuerturm hoch und halte Ausschau nach einem Feind, der nicht kommen wird.

Ich höre lautes Gequieke, Männerstimmen und das Knarren der Schweinestalltür. Vor meinem geistigen Auge sehe ich die Männer, wie sie die Seile festbinden. Jemand ruft: »Hochheben!« Dann landet das Schwein, das schwerer ist als ein Mann, mit einem Plumps auf dem niedrigen, flachen Schlachtstein mit der Abflussrinne. Ich sehe die Szene vor mir, als wäre sie auf die Innenseite meiner Augenlider gemalt. Nun drücken sie den kleinen Ringelschwanz fest nach unten, so dass das Schwein sich nicht mehr bewegen kann, und ziehen die Seile straff.

Ich laufe weg. Ich will nicht mitbekommen, wie Veronika stirbt. Ich renne und stolpere die Wendeltreppe hinunter und durch den Bogengang zur Küche.

Ich hatte gehofft, ungehindert zum Bierfass zu gelangen, aber in der Küche sitzt Kate mit einer jungen Frau aus dem Dorf, Tilly Turners Tochter. Ich reiße mich zusammen und gehe langsam hinein.

»Guten Tag, Esther.«

»Oh, Fräulein Beatie.« Kate strahlt. »Sie kommen gerade rechtzeitig, um das Ohrläppchen zu halten. Die kleine Esther will sich schön machen wie ihre Mutter.« Das ist ein versteckter Scherz, denn Tilly Turner ist für ihren besonders auffälligen und geschmacklosen Schmuck bekannt. Die fahrenden Händler finden in ihr eine begeisterte Abnehmerin für die ausgefallensten Stücke. Jetzt ist also ihre Tochter Esther hier, um sich von Kate Löcher in die Ohren stechen zu lassen.

»Nein, Kate, mach das lieber selbst.« Ich gehe zum Bierfass hinüber, halte meinen Becher unter den Hahn und ziehe den Zapfen heraus. Es ist Bier vom letzten Jahr, fast klar und sehr stark. Ich fülle den Becher und trinke ihn aus.

Kate wischt Esthers Ohrläppchen mit Essig ab und zieht daran, bis die Haut ganz weiß und straff ist. Das Mädchen reißt vor Angst den Mund auf. In der anderen Hand hält Kate die lange Stopfnadel, deren Spitze regenbogenfarben schillert, weil sie sie in die Flammen gehalten hat. Sie holt aus und sticht sie durch das Ohrläppchen. Die Haut platzt auf, Esther kreischt. Im nächsten Augenblick dringt von draußen ein ferner, barbarischer Schrei herein, einem Echo gleich. Ich will davonlaufen, aber es ist zu spät. Die Wände drehen sich um mich wie kreisende Raubvögel, die Steinplatten vom Boden kommen hoch und schlagen gegen mein Gesicht.

»Sie hat sich zu viel zugemutet. Die Pflege ihres schwerkranken Vaters und dazu die ganze Arbeit auf dem Hof. Außerdem hat ihre Tante ihr ständig zugesetzt.«

Ich liege auf der Bank und Kate blickt auf mich herab. Auch Esther Turner schaut mich an. In ihrem einen Ohr steckt ein Splitter Weidenrinde, im anderen die Stopfnadel. Ich versuche aufzustehen. »Sie bleiben schön da liegen«, befiehlt mir Kate. »Ich lasse den Muschelmann kommen.«

»Nein, nein, das ist nicht nötig.« Ich richte mich auf und lehne mich gegen das Schaffellkissen, das Kate mir unter den Kopf geschoben hat. »Es hat mich ziemlich mitgenommen, dass Veronika gerade geschlachtet wurde. Das ist alles.«

Geistesabwesend dreht Kate die Nadel aus Esthers zurückzuckendem Ohr und steckt schnell einen Splitter Weidenrinde hinein. Blut läuft den Hals des

Mädchens hinunter in das Tuch, das Kate ihm um die Schultern gelegt hat. »Die Weidenrinde lindert den Schmerz. Lass sie drin, bis ich dir heute Abend die goldenen Ohrringe reinstecke«, sagt Kate in bestimmtem Ton. »Als Bezahlung kannst du den Muschelmann holen gehen.« Das Mädchen wird noch blasser und sieht aus, als würde es lieber den zehnfachen Preis bezahlen als den Muschelmann aufsuchen. Manchmal vergesse ich, wie gefürchtet Cedric bei den Leuten ist, die glauben, dass er Magie betreibt. Dabei praktiziert er lediglich seine eigene Art von Medizin.

Dieser Tag ist ein Wendepunkt. An diesem Tag erkenne ich, dass ich selbst mit harter Arbeit und hektischer Betriebsamkeit die Gedanken an Robert nicht aus meinem Kopf verdrängen kann. Die Tage werden immer kürzer. Bestimmt hat Roberts langer Marsch inzwischen in Lancaster geendet. Wahrscheinlich wurde er bereits von den zuständigen Richtern vernommen und wartet nun in einem unterirdischen Kerker auf seine Verhandlung vor dem Geschworenengericht. Vielleicht ist er krank oder wird in der Dunkelheit allmählich blind. Jeder weiß über die Kerker unter der Burg von Lancaster Bescheid. Sie müssen der schlimmste Ort der Welt sein.

John behandelt mich jetzt wie ein rohes Ei. Das finde ich unerträglich. Es wäre mir lieber, er würde mich anschreien. Er erfüllt ruhig seine Pflichten in der Gemeinde, bereitet Predigten vor, besucht Kranke und Trauernde, unterrichtet Jungen aus dem Dorf und Mädchen ebenfalls, wenn deren Eltern es erlauben. Die meisten sehen ihn befremdet an, wenn er sie zu überreden versucht, ihre Töchter lesen und schreiben lernen zu lassen, und ihnen erklärt, dass das keine so verrückte Idee ist, wie sie vielleicht meinen. Manchmal erinnere ich mich an einige der Gefühle, die mich dazu bewogen, seinen Heiratsantrag anzunehmen.

Vater braucht viel Fürsorge. Verity, Mutter und ich wachen abwechselnd bei ihm, doch der größte Teil seiner täglichen Pflege bleibt mir überlassen, weil ich im Pfarrhaus wohne. Ich füttere ihn mit einer Schnabeltasse, löffle ihm püriertes Gemüse in den Mund, als wäre er ein Kleinkind, und wechsle seine Kleidung und seine Bettwäsche.

Drei Tage nach Veritys Verlobung werden Germaine und Gerald in der Kirche miteinander verlobt. Eine Woche später heiraten Verity und James. Es ist ein fröhlicher Tag in einem schrecklichen Monat. Verity muss ihre Röcke und Leibchen nun lockerer schnüren. Ihr Zustand ist nicht mehr zu übersehen, aber niemand macht Bemerkungen darüber. Inzwischen haben sich alle daran gewöhnt.

Am Hochzeitstag nieselt es. Die feinen Tröpfchen treiben im Wind aufwärts, als ich Verity in ihrer früheren Kammer im Turm des Barrowbeck-Hofs beim Anziehen helfe. Nun, da wir wieder hier zusammen sind, scheint es unmöglich, dass inzwischen so viel geschehen ist und unser Leben sich völlig verändert hat. Mutter hat an alle Kleidungsstücke, die Verity heute tragen wird, Schleifchen aus bunten Bändern geheftet: Die an ihrem Unterkleid und ihren Unterröcken sind aus rostroter Seide, die an ihrem hellbeigen Leibchen und dem gleichfarbigen Reifrock sind aus gelbem Satin, und die an dem schönen, in weiser Voraussicht weit geschnittenen Übermantel, den Germaine ihr aus einem dunkelgrünen Stoff mit einem Muster in Herbstfarben genäht hat, sind aus roter und rehbrauner Seide. Die mit Perlen und Granaten besetzten Ohrringe passen gut zu den Rot- und Beigetönen der wattierten Überröcke. »Blut und Tränen«, murmelt Kate mit düsterer Miene.

Es ist mir gelungen, selbst in dieser Jahreszeit Blumen und Kornähren aufzutreiben, um Verity einen Brautkranz zu flechten.

»Sehe ich etwa so aus, als bräuchte ich Kornähren, um fruchtbar zu sein, Schwester?«, fragt sie, während sie sich im Spiegel betrachtet. »Ich sehe verdammt albern aus.« Mutter schnalzt missbilligend mit der Zunge und richtet Veritys komplizierte Haartracht aus Zöpfen und Kämmen.

In der Küche wartet der Brautkelch, ein großer Silberpokal, und sobald Verity fertig ist, gehen wir alle hinunter und trinken daraus. Dann stellt Kate einen mit Bändern geschmückten Rosmarinzweig hinein. So soll der Brautkelch nachher vor uns her nach Wraithwaite getragen werden.

Als wir in den Wohnraum hinaufgehen, um die Hochzeitstorte zu bewundern, die kunstvoll mit gefärbtem Marzipan verziert ist, nascht mein Kater Cäsar gerade an dem süßen Meisterwerk. »Ich bringe diese Katze um«, schimpft Kate. In diesem Moment spüre ich, wie sehr ich an meinem Zuhause und all seinen Bewohnern hänge. Von meinen Gefühlen überwältigt, hocke ich mich hin und fange an zu weinen, ohne recht zu wissen, warum. Kate versichert mir, dass sie ihre Drohung nicht ernst gemeint hat und dass ich bestimmt auch bald so eine schöne Hochzeitstorte bekomme und einen ganzen Tag lang im Mittelpunkt stehen werde. Ich hebe Cäsar hoch und drücke ihn an mich. Mein rotes Seidenkleid, das ich schon mehrmals fast ruiniert habe, besonders während meiner Abenteuer mit Robert, ist rasch voller schwarzer Katzenhaare.

Verity und James werden morgens getraut, so dass viel Zeit zum Feiern bleibt, bevor es dunkel wird. Aus dem ganzen Bezirk kommen Verwandte und Freunde angereist und alle sind in Feststimmung. Kirchenmusiker haben sich im Regen auf der Dorfwiese von Wraithwaite postiert und blasen ihre Schalmeien und Krummhörner, als wir dort eintreffen. In der Kirche selbst stehen Verity und James würdevoll vor der mit Schnitzereien verzierten Chorschranke und geloben einander Liebe und Treue. Ich bin tief bewegt. Es sind nur Worte, aber sie sind unwiderruflich.

Nach der Trauung laufen wir alle in einem langen Hochzeitszug zum Turm des Barrowbeck-Hofs zurück. Die selten benutzten, miteinander verbundenen Zimmer unter dem Wohnraum sind für diesen besonderen Anlass mit Blumen und grünen Zweigen geschmückt worden. An den Wänden hängen geflochtene Girlanden aus bunten Bändern und Kornähren. Die Musiker haben sich auf einer niedrigen Bühne vor der hinteren Wand des letzten Raumes versammelt.

Verity und James führen die erste Pavane an. Dieser förmliche Reihentanz, den wir nicht so gut beherrschen wie unsere Volkstänze, löst einige Verwirrung und allgemeine Heiterkeit aus. Das Paar, das ihn für diesen Tag am elegantesten vollführt, sind Hugh und seine Partnerin, Fräulein Anne Fairweather aus Hagditch, die wie immer verschleiert ist. Es sieht so aus, als würde Tante Junipers Verkupplungsaktion funktionieren, wenn auch etwas anders als geplant. Als wir dann – mit häufigen Erfrischungspausen – die Galliarde tanzen, kümmern die meisten sich bereits nicht mehr darum, ob sie die richtigen Schritte machen, sondern improvisieren einfach drauflos.

Später, nachdem der Regen aufgehört hat, tanzen wir auf der feuchten Weide unsere alten Tänze, bekommen nasse Füße und ruinieren unsere Schuhe. Die Musiker erklimmen die Bühne und spielen immer wilder. Ein paar Leute aus dem Dorf kommen das Tal herauf, um das fröhliche Treiben zu beobachten.

Ich tanze mit John. Ich tanze die ganze Zeit mit ihm. Heute will ich normal sein, so wie früher. Es ist leicht und macht Spaß. Am späten Nachmittag gehen wir alle zum Essen hinein und trinken fröhlich weiter. John und ich sitzen nebeneinander. Nach einer Weile lehne ich mich an ihn und er legt den Arm um mich. Ein paar Leute blicken zu uns herüber und lächeln. Tante Juniper hingegen macht ein finsteres Gesicht. Sobald der letzte Gang abgeräumt ist, wird die Hochzeitstorte angeschnitten und verteilt. Dann tanzen wir alle wieder hinaus in die Abenddämmerung und begleiten Verity und James zum Low-Back-Hof hinunter. In ihrem Wohnhaus werden die beiden unter vielen derben Scherzen die Treppe hinaufgeführt. Dann wird die Tür hinter ihnen zugeschlagen. »Es ist gut, die alten Bräuche zu pflegen, auch wenn sie nicht unbedingt notwendig sind«, sagt Tante Juniper.

Wir haben Vater in der Obhut der Witwe Brissenden gelassen. Ich sollte eigentlich auf dem schnellsten Weg ins Pfarrhaus zurückkehren. Stattdessen wandere ich mit John auf Trampelpfaden zwischen Farnen und Brombeersträuchern hindurch, Hand in Hand, wenn der Pfad breit genug ist, während die meisten Hochzeitsgäste in einer fröhlichen Schar den Hauptweg entlanglaufen. Ein Igel, der eigentlich schon Winterschlaf halten sollte, spaziert gemächlich über unseren Pfad. Nebel hängt in den Bäumen. Am Waldrand bleiben wir stehen.

»Jetzt wissen alle über uns Bescheid«, sagt John.

»Niemand schien überrascht.«

»Und niemand schien Anstoß daran zu nehmen.«

»Nur Tante Juniper. Was sagst du zu Hugh und Anne Fairweather? Ich bin froh. Nun habe ich kein so schlechtes Gewissen mehr, weil ich ihn abgewiesen habe.«

»Er sah glücklich aus.«

»Nicht gerade schmeichelhaft für mich.«

John lacht. »Ich bin sicher, du könntest es dir jederzeit anders überlegen.« Er umarmt mich. »Dein rotes Seidenkleid scheint dich heute ausnahmsweise einmal nicht in Schwierigkeiten gebracht zu haben; allerdings ist der Tag noch nicht ganz vorbei. Frierst du?« Er zieht mich unter einen Holunderbaum. Ich blicke zu ihm hoch. Heute war er ganz entspannt und hielt es nicht für nötig, mich wie ein rohes Ei zu behandeln. Seine blauen Augen blitzen vergnügt. Er sieht aus, als wäre er zu Unfug aufgelegt. Wir stehen nahe beieinander, nahe genug, um die Gedanken des andern zu erraten. Ich weiß, dass er sagen will: »Alles wird gut.« Aber er wagt es nicht, weil er damit an Dinge erinnern würde, die so gar nicht zur fröhlichen Stimmung des heutigen Tages passen, an Sorgen und Ängste, die dahinter lauern. Morgen kommt früh genug.

12. Kapitel

Am nächsten Morgen wache ich erst spät auf. Die Sonne scheint bereits durch das kleine Fenster und wirft ein Gittermuster auf mein Bett. Ich drehe mich um und denke an den Vortag und an Veritys Hochzeit zurück. Was gestern war, kommt mir heute unwirklich vor. Es war ein schöner Tag, ein unbeschwerter Tag. Es war ganz einfach, mit John zusammen zu sein. Ja, so sollte es sein. Solch ein Leben könnte ich zukünftig haben. Wir sind uns näher gekommen. Die Leute wissen über uns Bescheid und der Himmel ist nicht eingestürzt. Tante Juniper hat mich nicht öffentlich ausgescholten. Hugh sieht glücklich aus und wird reich sein, wenn er Anne Fairweather heiratet. Eine rosige Zukunft liegt vor uns allen, in greifbarer Nähe. Was soll's, wenn ein schottischer Räuber im Gefängnis verrottet? Was hatte er denn erwartet, als er über die Grenze kam, Bauernhütten niederbrannte und unseren Turm angriff?

Ich erinnere mich an seine blasse Haut mit den Sommersprossen auf Wangenknochen und Unterarmen und an seine Wimpern, die für einen Mann unerhört lang waren und in der Sonne rötlich schimmerten. Ich erinnere mich, wie gesund und hübsch er aussah, bevor er ging, und plötzlich übermannt mich wieder tiefste Melancholie, die nur zum Teil als Nachwirkung des vielen Weines gelten kann, den ich gestern getrunken habe.

John ist nicht da. Wie jeden Morgen verabreiche ich Vater gewürzte heiße Milch mit einem Schuss Bier und reite anschließend zum Barrowbeck-Hof hinüber. Ich bin gereizt gegenüber den Knechten, besonders

Michael gegenüber. Ich frage ihn, ob er je mit dem Gedanken gespielt hat, absolut ehrlich zu sein. Er ist so überrascht, dass er mir ins Gesicht sieht, was höchst ungewöhnlich für ihn ist, und erwidert: »Nein, gnädiges Fräulein.«

Um die Mittagszeit ist mir klar, dass ich wegmuss. Ich habe einen großen Teil des Morgens damit zubracht, die Vorräte im Rübenkeller zu überprüfen und aufzustocken und Veritys Abrechnungsbücher auf den neuesten Stand zu bringen.

Nun gehe ich in die Küche, schütte einen Löffel geröstete Gerste in einen Becher und schöpfe heißes Wasser darüber. Kate kommt mit einer Hammelkeule, die in blutverschmiertes Musselin eingewickelt ist, aus dem Keller hoch.

»Ich brühe Gerste auf. Willst du auch einen Becher?«, frage ich und rühre Honig hinein.

»Danke, Mädchen.« Sie schwingt die Hammelkeule. »Es lohnt sich kaum noch zu kochen, seit Sie alle weg sind. Ich finde, Verity und ihr Bauernbursche sollten hierher in den Turm ziehen und die beiden Höfe zusammenlegen.«

Ich blicke sie an. Die Idee ist verblüffend einfach und logisch.

»Später«, fährt sie fort, »in fünfzehn Jahren oder so, könnte Veritys ältestes Kind dann das Bauernhaus übernehmen, oder Ihres.« Sie grinst. »Vorausgesetzt, der Herr Pfarrer gewöhnt es sich ab, die Fleischeslust so vehement zu verdammen.«

Ich muss lachen, doch es fühlt sich unnatürlich an, wie ein Krampf im Gesicht. Mein Lachen passt so wenig zu meiner düsteren Stimmung, dass es einen Augenblick lang in Weinen umzuschlagen droht. Kate sieht mich an und klopft mir auf die Schulter. »Es wird alles gut.«

Ich bin drauf und dran, ihr von Robert zu erzählen. Ich verspüre ein so starkes Bedürfnis, über ihn zu reden, dass ich um ein Haar mit allem herausplatze. Stattdessen sage ich: »Danke, Kate. Ja, es wird schon alles gut.« Ich trinke meine Gerstenbrühe aus, küsse Kate auf die Wange und laufe hinaus auf die Weide.

Erst als ich schon mitten im Wald bin, wird mir bewusst, wohin ich steuere. Ich bin auf dem Weg zu der Einsiedlerhütte, in der Robert sich das Frühjahr und den Sommer über versteckt gehalten und von seinen Verletzungen erholt hat. Als es ihm am schlechtesten ging, bin ich mehrmals täglich diesen Pfad entlanggelaufen. Nun ist er mit Dorngestrüpp überwuchert. Ich bahne mir einen Weg hindurch. Dabei frage ich mich, ob Robert vielleicht bereits im Kerker gestorben ist und ob sein Geist hierher zurückgekehrt ist und auf mich wartet.

Als ich die Hütte erreiche, stelle ich fest, dass die Herbststürme das Dach weggeweht haben. Das macht mich so traurig, dass ich mich auf die halb verfallene Einfassungsmauer setze, das Gesicht in den Händen vergrabe und meine Tränen durch die Finger laufen lasse. Irgendwann kann ich nicht mehr weinen. Ich sitze da und sehe zu, wie eine Spinne ein paar törichte Fliegen tötet, die ihr ins Netz gegangen sind. Sie hat keine Eile, sondern wartet bei jeder Fliege ab, bis sie sich hoffnungslos verstrickt hat. Erst dann läuft sie hin und erledigt ihr Opfer. Robert und ich sind in einer ähnlichen Lage, denke ich. Inzwischen weiß ich, dass ich nach Lancaster muss.

Als ich am späten Nachmittag zum Hof zurückwandere, sehe ich, dass die Wiese vor dem Turm mit Nacktschnecken übersät ist. Es ist unmöglich, durch das Gras zu laufen, ohne auf sie zu treten. Einige sind lang, dick, braun und gemasert wie Holz. Andere sind kugelig und an den Rändern abgeflacht wie die Flundern in der Bucht und sie fühlen sich unter den Füßen genauso an wie ein im Sand versteckter Plattfisch. Einige platzen, wenn man auf sie tritt, wie ein Beutel voll klebrigem Saft oder eine schmalzgefüllte Blase. Sie explodieren förmlich. Ähnlich wie Menschen, auf denen man herumtrampelt, denke ich.

Es ist schon spät, als ich nach Wraithwaite zurückkehre. In der Dämmerung ist die Dorfwiese voller Schatten. Ich führe Universe zum Stall hinter dem Pfarrhaus. Inzwischen haben wir Dickon als Stallburschen eingestellt. Jetzt taucht er mit rotem Kopf aus dem hinteren Teil des Stalls auf. Ich blicke an ihm vorbei.

»Wie geht's deinen Ohren, Esther?«, rufe ich. Ich höre Geraschel, aber keine Antwort.

»Ich kümmere mich um das Pferd, Fräulein.«

Ich drücke ihm die Zügel in die Hand. »Danke, Dickon. Mir ist aufgefallen, dass Esthers frisch gestochene Ohrlöcher ganz entzündet sind. Ich weiß nicht, was sie hineingehängt hat. Sag ihr, sie soll zu meiner Mutter gehen und sich von ihr etwas Ringelblumensalbe geben lassen, bevor ihr die Ohren abfaulen.«

Er nickt nervös. Ich seufze. Seit ein paar Wochen vergnügen Esther und Dickon sich andauernd miteinander im Heu.

Ich sehe mir den Pferdewagen an, der hinten im Stall steht. Wenn ich nach Lancaster fahren will, werde ich ihn brauchen. Er sieht ähnlich aus wie unser kleiner Wagen, ist aber stabiler. Er hat zwei große, breite Räder, die nicht so schnell im Matsch stecken bleiben, und einen hohen Kutschbock.

Esther klettert flink die Leiter vom Heuboden herunter und huscht an mir vorbei, bevor ich etwas sagen kann. Sie glaubt offensichtlich, ich hätte ebenso feste moralische Grundsätze wie der Pfarrer. Wäre es nur so!

Die Achsen des Wagens scheinen gut geschmiert zu sein und seine Räder haben keine Macken. Die Speichen klingen fest, als ich mit einem Stock im Bogen an ihnen entlangfahre. Dieser Wagen wird mich ohne Schwierigkeiten nach Lancaster bringen. Ich bin noch nie alleine so weit weggefahren. Mir kommen Gedanken an Straßenräuber und Wegelagerer, aber ich weiß, dass Universe fast alles, was Beine hat, abhängen kann. Und gleich werde ich dem gefährlichsten Straßenräuber der Gegend seine allabendliche Haferschleimsuppe einflößen.

Kurz nach Sonnenuntergang bringt Mutter neue Arzneien, die Cedric für Vater zubereitet hat. Sie hat auch etwas für mich dabei.

»Du leidest unter melancholischen Verstimmungen«, verkündet sie in so strengem Ton, als sei ich selbst daran schuld – vielleicht bin ich das ja auch. Als sich Mutter Bain, die jetzt in der Kammer neben meiner wohnt, die Treppe hinaufgequält hat und John ins Schulzimmer gegangen ist, um eine Predigt vorzubereiten, setzt Mutter sich neben mich auf die Bank in der Kaminecke, um ein ernstes Wort mit mir zu reden. Ich seufze. Ich muss früh ins Bett, wenn ich vor Sonnenaufgang nach Lancaster aufbrechen will, aber irgendwann muss ich ihren Vortrag über mich ergehen lassen. Sie hat schon mehrmals versucht, mit mir über Robert zu reden, aber bis jetzt habe ich mich mit allen möglichen Ausflüchten davor gedrückt. Nun hält sie mir eine kleine Flasche hin. »Borretsch und Mariendistel. Nimm das regelmäßig morgens und abends. Ich glaube, wir sollten auch dein Arbeitspensum verringern. Kate sagte mir, du seist ohnmächtig geworden.« Sie mustert mich gründlich. »Du bist doch nicht schwanger von diesem Schotten, oder?«

»Mutter, um Himmels willen …«

»Da bin ich aber erleichtert. Dir ist hoffentlich klar, dass du niemandem davon erzählen darfst. Das ist noch schlimmer als die Sache mit den beiden Männern, denen die Kehle aufgeschlitzt wurde. Als wäre die Witwe Brissenden nicht schon schlimm genug, ist heute auch noch die Witwe des anderen Mannes auf unserem Hof aufgekreuzt und hat Geld gefordert. Sie sagte, sie sei zwar froh, ihren Mann los zu sein, aber nun müssten wir für ihren Lebensunterhalt aufkommen.« Mutter schüttelt den Kopf. »Und Leo …« Sie sieht mir direkt ins Gesicht. »Ja, ich weiß, dass er es war. Er hat mir angeboten, auf drei Monatslöhne zu verzichten, aber das war natürlich Unsinn. Schließlich hat er seine vielen Kinder zu versorgen und ein weiteres ist unterwegs. Jedenfalls habe ich der Frau eine Summe gegeben, mit der sie eine Weile über die Runden kommen müsste.«

Sie steht auf. »Ich muss jetzt leider gehen. Nimm die Medizin und ruh dich aus. Ich komme morgen wieder.« Sie geht zur Tür, dann dreht sie sich um. Ihre Mundwinkel zucken leicht und ihre Augen haben sich gerötet und glänzen. »Es tut mir leid, Tochter. Eigentlich wollte ich mit dir über etwas ganz anderes reden.

Hast du diesen Schotten geliebt? Bist du deshalb so traurig? Es tut mir ehrlich leid. Ich wünschte, ich könnte dir helfen.«

So etwas hatte ich nun überhaupt nicht im Sinn. Ich ziehe die Beine auf die Bank hoch, lege den Kopf auf die Knie und weine hemmungslos.

John kommt herein, dann Mutter Bain, aber ich kann einfach nicht aufhören. Nach einer Weile bringt Mutter Bain mich ins Bett und liest mir eine Bibelstelle vor, in der es um die Bewältigung eines Verlusts geht. Ich kann ihr nicht zuhören und stelle mich schlafend. Schließlich geht sie und ich schlafe endlich ein.

Ich träume, dass ich zu Hause bin. Ich stehe in der Tür des Turms, vor mir sind die Bauern aus der Umgebung versammelt. »Rette uns«, sagen sie.

Ich schüttle den Kopf. »Ich muss Robert retten«, erkläre ich ihnen, dann schlage ich die Tür zu und renne die Wendeltreppe hinauf. Roberts Gesicht schaut zum Fenster des Gemeinschaftsraums der Männer herein.

»Rette mich«, sagt er. Ich schüttle bedauernd den Kopf und stoße ihn weg.

13. Kapitel

Als ich aufwache, ist es dunkel und still im Haus. Ich ziehe die Bettvorhänge beiseite und setze vorsichtig die Füße auf den Boden. Das Feuer im Kamin ist fast erloschen und es ist sehr kalt im Raum. Nebenan höre ich Mutter Bain im Schlaf murmeln. Es knarrt im Gebälk des Hauses, als eine Windböe an ihm rüttelt. Ich zünde meine Kerze an und stelle sie vor den langen Spiegel, so dass sie den Raum erhellt. Dann öffne ich die Zedernholztruhe in der Ecke. Sie ist voller Bettwäsche. Ich beuge mich darüber, schiebe die Hand unter die nach Lavendel duftenden Laken und taste umher. Nur mit Mühe erreiche ich den Boden, aber schließlich finde ich die Rosenholzschatulle, die ich dort unten versteckt habe, und ziehe sie heraus. Sie ist mit geschnitzten Rosen und Perlmuttintarsien verziert, eine wunderschöne Arbeit. Und sie ist voller Goldstücke. Das ist meine Mitgift. Sie wird John gehören, wenn ich ihn heirate. Was ich vorhabe, ist Diebstahl. Ich zähle die Goldstücke, nehme die Hälfte heraus und stecke sie in meinen Lederbeutel. Dann kleide ich mich an und schreibe John einen Zettel.

Die Messinguhr liegt immer noch auf dem Stuhl im Flur, aber ich weiß nicht, wie man die Uhrzeit abliest. Ein Zeiger steht zwischen der Drei und der Vier. Vielleicht bedeutet das, dass es zwischen drei und vier Uhr ist. Ja, das könnte sein. Unter der Tür drehe ich mich noch einmal um und lasse den Blick durch meine Kammer schweifen, vom Bett mit den grauen Samtvorhängen über die rotbraune Wandtäfelung zu der Kommode, auf der meine Bürsten und Haarnadeln und die schwarzen Wollstrümpfe von gestern liegen, weiter zu dem hohen Spiegel mit den geschnitzten Weinranken auf dem Rahmen, aus dem mich mein verschwommenes Spiegelbild anblickt. Inzwischen liebe ich diesen Raum. Einen Moment lang habe ich Angst, ihn zu verlassen, und will nur noch in mein Bett zurück.

Ich gehe auf Zehenspitzen zu Johns Kammer. Eigentlich wollte ich den Zettel unter seiner Tür durchschieben, aber jetzt öffne ich sie vorsichtig und schleiche hinein. Er schläft im Sitzen, mit einem Buch auf dem Schoß. Seine Kerze ist noch an und fast heruntergebrannt. Ich stehe da und schaue ihn an. Sein Kopf liegt zur Seite geneigt auf den aufgetürmten Kissen. Er schläft tief und fest. Ich erkenne die Bettdecke wieder, die mit blauen Seidenblumen bestickt ist. Verity und ich haben sie zusammen angefertigt, als Germaine uns noch Handarbeitsunterricht gab und wir uns für Stickkünstlerinnen hielten. In jenem Jahr boten wir am Stand unserer Familie auf dem Maimarkt mehrere selbst genähte und bestickte Sachen feil. Ich habe gar nicht mitbekommen, dass John diese Decke gekauft hat.

Ich betrachte das überladene Blumenmuster, bei dem merkwürdige Phantasievorstellungen über die Natur gesiegt haben, denn solche Blumen gibt es gar nicht. Sie haben die gleiche Farbe wie Johns Augen. Einen Augenblick lang wünsche ich mir, er würde erwachen, mich sehen und mich aufhalten. Ich stecke den Zettel unter seinen Kerzenständer, blase die Kerze aus und gehe die Treppe hinunter.

Universe ist putzmunter, als ich ihn vor den Wagen spanne. Meadowsweet trottet in ihrer Box auf mich zu. Ich streichle ihre Nüstern. »Du musst dableiben und ein paar Tage lang den Pfarrer herumtragen«, sage ich zu ihr.

Ich öffne alle vier Teile der Stalltür und hake sie an der Wand fest. Hinter der Kirche wird es schon hell – die Uhr muss falsch gehen, oder ich habe sie falsch gelesen. Ich führe Universe hinaus. Der Wagen macht erschreckend viel Lärm, sein Rattern ist lauter als das Morgenkonzert der Vögel. Ich schließe die Stalltür wieder, raffe meinen Mantel hoch und klettere auf den Kutschbock.

Es macht Universe Spaß, den Wagen zu ziehen, und nun will er losrennen, aber ich zwinge ihn, langsam zu gehen, bis wir aus dem Dorf heraus sind. Dann knalle ich mit der langen Peitsche und lasse ihn galoppieren, obwohl die Straße kurvig und so aufgeweicht ist, dass schwarzer Schlamm um seine Hufe hochspritzt. Links von uns geht die Sonne auf. Als wir die King's Strete, die breite Landstraße nach Süden, erreichen, prescht Universe vorwärts. Ich will nicht länger wegbleiben als unbedingt nötig, und wenn ich mich voll darauf konzentrieren muss, den Wagen unter Kontrolle zu halten, kann ich nicht weiter darüber nachdenken, was jetzt im Pfarrhaus geschieht. John wird aufwachen und meinen Zettel finden.

Als wir schon ein gutes Stück des Weges hinter uns haben, lasse ich Universe eine langsamere Gangart anschlagen. Die tiefstehende Sonne färbt die Weiden links und rechts von uns rotgrün. Ich blicke zum Himmel hinauf und sehe einen pfeilförmigen Schwarm Graugänse über uns hinwegfliegen. Sie ziehen nach Süden, genau wie wir. Kurz vor Lancaster stößt ein Zwergfalke direkt vor uns herab und erschreckt Universe so, dass er den Wagen gefährlich ins Wanken bringt. Der Raubvogel greift sich im Flug einen Wiesenpieper, dann zieht er seine Klauen ein und erhebt sich mit einem Schrei wieder hoch in die Lüfte. Dies ist eine raue Gegend. Als ich an den ersten Bauernhöfen und Häusern am Stadtrand vorbeifahre, begreife ich, was für ein künstliches Gebilde so eine Stadt ist. Wo sie

dann lenke ich den Wagen etwas näher an die Soldaten heran. Er holpert über die Pflastersteine. Die Männer sehen mich neugierig an.

»Darf man die Schotten überhaupt besuchen?«, frage ich beiläufig. »Angenommen, die Mutter oder Schwester von einem käme vorbei …«

Der erste Soldat runzelt die Stirn. »Das kann ich nicht sagen, Fräulein. Vermutlich würden die ebenfalls eingesperrt.«

Sein Kamerad macht einen Schritt auf mich zu. »Warum wollen Sie das denn wissen, junge Dame?«

Ich ignoriere ihn. Der erste Soldat ist eindeutig zugänglicher. Ich schüttle den Beutel an meinem Gürtel, dass die Münzen klimpern. »Vermutlich werden Sie nicht besonders gut bezahlt, oder? Wären Sie daran interessiert, ein paar Kleinigkeiten für mich zu erledigen, wenn Ihr Dienst vorüber ist?«, frage ich mit kühler Stimme. »Nur so nebenbei?«

Der erste Soldat schüttelt bedauernd den Kopf. »Nein, gnädiges Fräulein, das ist uns nicht gestattet. Der Hauptmann würde uns dafür auspeitschen lassen.«

Ich seufze entnervt. Da beugt der zweite Soldat sich zu mir vor.

»Ich mach es, Fräulein.« Er versucht es mit einem anzüglichen Grinsen, besinnt sich aber eines Besseren, als ich ihn frostig anblicke. »Ich habe zu Hause eine Frau und Kinder zu versorgen. Und ich habe keine Angst vor dem Hauptmann.«

»Also …« Der erste Soldat scheint es sich noch einmal zu überlegen.

»Nein, ich mache es. Du hast deine Chance gehabt.« Der zweite Soldat runzelt die Stirn und funkelt ihn drohend an. »Ich bring dich um, wenn du mich verrätst.«

Der erste Soldat richtet sich kerzengerade auf und blickt trotzig in die Ferne.

»Ich kann Sie beide gebrauchen.« Ich frage mich, ob das ein Fehler war. Der erste Soldat ist offensichtlich nicht so bestechlich, wie ich hoffte, aber wenn er sich doch noch bestechen ließe, wäre er vielleicht zuverlässiger als der zweite. Ich halte jedem der beiden eine Silbermünze hin. »Hier ist eine halbe Krone als Vertrauensbeweis. Jeder von Ihnen wird zehn Sovereigns von mir bekommen, wenn ich mit Ihnen zufrieden bin.«

Sie machen große Augen. Zehn Sovereigns sind so viel, wie sie sonst in fünf Jahren verdienen.

»Also, machen wir aus, wo wir uns treffen, wenn Ihre Schicht vorbei ist, dann erkläre ich Ihnen, was Sie für mich tun sollen.«

14. Kapitel

Ich führe Universe um die Burg herum und bleibe vor einem Übertritt in dem Zaun stehen, der die Kirche umgibt. Es ist friedlich hier. Die Sonne wärmt mir den Rücken. Ich schlinge die Zügel um einen Zaunpfahl und lasse Universe grasen. Robert ist also unter dem Brunnenturm, nahe genug, um mich zu hören, wenn nicht Mauern und Erde zwischen uns wären. Ich beschließe, mich dem Turm von hinten zu nähern, und laufe weiter um die Burg herum. Hier werden die Soldaten mich nicht sehen. Ich will nicht, dass sie ahnen, was ich vorhabe, bevor das Geld verführerisch vor ihren Augen klimpert und ihnen die Lippen versiegelt.

Ich ziehe einen Zettel aus der Tasche und fasse an meinen Gürtel, um mich zu vergewissern, dass ich mein Messer dabei habe. Ich laufe schnell und leise. Es ist niemand in der Nähe.

Vor der dunklen, massiven Steinmauer des Brunnenturms bleibe ich stehen und blicke an ihr hinunter, dorthin, wo sie in der Erde verschwindet. Irgendwo da unten ist Robert.

»Robert«, sage ich laut. Um mich herum herrscht Stille. Kein Vogel singt. Robert, denke ich mit meiner ganzen Willenskraft.

Ich presse die Hände und die Stirn gegen die kalte Mauer und rufe mir ins Gedächtnis zurück, wie er aussah und wie er sich anfühlte. Ich erinnere mich an seine Haut, seine Augen und seine Hände. Ich erinnere mich an seinen Mut, der sich den Mauern von Barrowbeck eingeprägt hat. Er wird dort weiterleben, wenn er hier stirbt.

Ich hole den zusammengefalteten Zettel hervor, auf den ich einen alten Segensspruch für Menschen in großer Not geschrieben habe. Er stammt aus einer verblassten Inschrift auf der Ostwand der Marienkapelle unserer Kirche in Wraithwaite. Ich grabe mit meinem Messer neben der Mauer eine Furche in den Boden, stecke den Zettel hinein und drücke ihn mit der stumpfen Seite der Klinge tief in die Erde, die Robert gefangen hält. Dann sage ich aus dem Kopf den Spruch auf, der darauf geschrieben steht:

Dir, dessen Herz und Seel verzagen,
dem Mut und Sprache ganz versagen,
sag ich: Der größte Trost in deiner Not
ist stets doch der dreieinige Gott.

Ich bleibe noch eine Weile dort hocken, die Stirn an der Mauer. Schließlich stehe ich auf und gehe am Zaun entlang zurück. Dahinter befindet sich das kleine Sanktuarium der Kirche. Hätten Robert und seine Gefährten es nur erreichen können! Ich habe gehört, dass dort schon zwanzig oder mehr Verfolgte gleichzeitig Schutz gesucht haben.

Universe ist unruhig, doch ich will Robert noch nicht verlassen und habe eine Stunde Zeit bis zum Schichtende der Soldaten. Ich steige über den Zauntritt, laufe an der Vorderseite der Kirche entlang und blicke zu den römischen Ruinen und dem Fluss hinunter. Lancaster ist wirklich eine schöne Stadt. Aber nicht, wenn man verzweifelt ist. Als ich wieder auf den Kutschbock klettere, kann ich jenseits des Tals den Galgenberg sehen, der schreckliche anderthalb Kilometer von hier entfernt ist. Die fünf Galgen, die dort stehen, heben sich wie Baumgeäst vom Horizont ab.

Im Hof des Gasthauses *George* überlasse ich Universe dem Stallburschen, der ihn zur Tränke führt und füttert. Der Wirt begrüßt mich wie eine alte Bekannte, die er lange nicht gesehen hat. Es ist inzwischen Nachmittag.

»Haben Sie ein Zimmer frei, Herr Postlethwaite?«, frage ich ihn, während er mir ein Gläschen Kräuterschnaps bringt.

»Ja, gnädige Frau. Bitte sehr! Der Schnaps geht aufs Haus.«

»Vielen Dank. Dann würde ich gern über Nacht bleiben.« Ich muss husten, der Schnaps ist scharf.

Der Wirt nickt zufrieden. »Der wärmt von innen. Und er ist auch ein gutes Heilmittel gegen melancholische Verstimmungen, falls Sie darunter leiden sollten.«

Ich ziehe meinen Mantel aus. »Ob mir wohl jemand einen Umhang oder ein Umhängetuch ausleihen könnte, Herr Postlethwaite? Ich würde gern einen Spaziergang am Ufer Ihres schönen Flusses machen und möchte nicht auffallen.«

Der Wirt nickt. »Meine Frau tut Ihnen sicher gerne diesen Gefallen, gnädige Frau.«

Er geht hinaus und kommt kurz darauf mit einem gestrickten schwarzen Umhängetuch von beeindruckender Größe zurück. Ich lege es um und gehe hinaus.

Es ist kühler geworden. Sobald ich außer Sichtweite bin, ziehe ich das Tuch über den Kopf und schlinge es enger um mich.

Ich merke, dass die Leute mich trotz meiner Vermummung mustern, weil ich eine Fremde bin. Ich laufe die Chiney Lane hinunter, am Wirtshaus *Mare Maid* vorbei, dem ein solcher Biergeruch entströmt, dass es mir beinahe den Atem raubt, und dann die Bridge Road hinunter zum Fluss. Das Wasser saugt an der Uferböschung, weil an der Küste die Ebbe einsetzt.

Die Männer sind bereits da. Sie stehen an der alten römischen Stadtmauer. Ich halte meinen Geldbeutel mit beiden Händen fest und spüre, wie ich schwitze.

»Guten Tag, meine Herren. Da bin ich wieder.« Ich versuche forsch zu klingen. »Die Arbeit, die ich für Sie habe, erfordert Verschwiegenheit. Kann ich Ihnen vertrauen?«

Die beiden schauen einander an. »Erst wollen wir das Geld sehen, Fräulein«, sagt der zweite Soldat.

Ich zögere, zeige ihnen kurz das Geld und lasse es schnell wieder in den Falten meines Tuchs verschwinden. Plötzlich erscheint es mir ziemlich wenig. Schließlich sollen die Männer dafür ihr Leben riskieren. Sie nicken. »Ist gut«, sagt der erste Soldat.

»Ich brauche Ihre Hilfe, um einen Schotten aus dem Kerker herauszuholen.« Ich beobachte die beiden und warte.

Sie weichen zurück und starren mich an. Dann flüstert der erste Soldat dem zweiten etwas zu und geht. Der empörte Ausdruck, den ich auf seinem Gesicht gesehen habe, macht mir Angst. Der zweite Soldat ringt sich ein Lächeln ab, um mich zu beruhigen. »Er weiß, dass ich ihn umbringe, wenn er etwas ausplaudert«, sagt er. »Doch nun zur Sache. Alles ist machbar. Aber wenn ich die Arbeit von zwei Leuten mache, will ich natürlich auch den doppelten Lohn dafür haben. Die Hälfte davon jetzt gleich.« Er streckt die Hand aus und kommt näher. Er stinkt nach Bier.

»Sie bekommen das Geld erst nach getaner Arbeit.« Ich presse meinen Geldbeutel an den Bauch. »Erzählen Sie mir, wie Sie es machen wollen.«

Seine Augen verengen sich. »Es gibt da gewisse Möglichkeiten. Nachts. Ich muss ein paar Leute schmieren, damit sie beide Augen zudrücken, und vielleicht alle Kameraden der Nachtschicht vorher betrunken machen. Aber ohne Geld geht das nicht, Fräulein. Wann wollen Sie ihn denn draußen haben?«

Wann ich Robert draußen haben will? Ist es wirklich so einfach?

»Heute Nacht?«

»Ja, am besten gleich heute Nacht. Heute sind der Hauptmann und der Feldwebel nicht da.« Er hält wieder die Hand hin. Ein Passant pfeift. Ich öffne meinen Beutel.

»Ich gebe Ihnen jetzt einen Sovereign und den Rest später.«

»Zwei.«

»Einen, nehmen Sie ihn oder lassen Sie's.«

»Ist er Ihr Liebhaber, dieser Schotte?«

»Einen Sovereign jetzt, den Rest später.«

»Sie werden keinen anderen dazu überreden können, Fräulein. Zwei, oder ich laufe sofort zum Schloss hinauf und melde, was Sie vorhaben.«

»Hören Sie, ich will nicht stur sein, aber wenn ich Ihnen jetzt zwei Sovereigns gebe, könnten Sie in Versuchung geraten, das Geld einzustecken und nichts dafür zu tun.« Wird dieser Mann sich vernünftig zeigen?

Er überlegt einen Augenblick, dann hält er erneut die Hand auf. Ich lege einen Sovereign hinein.

»Kommen Sie im Morgengrauen hinter den Brunnenturm, Fräulein. Er wird da sein. Wenn etwas schiefgeht, können Sie ihn immer noch ins Sanktuarium bringen. Welcher von den Mistkerlen ist es?«

»Er heißt Robert Lacklie. Sagen Sie ihm, dass Beatrice Sie geschickt hat.«

»Beatrice.« Der Soldat sieht mich prüfend an. »Da ist noch was, Beatrice. Wenn er schon tot ist, bekomm ich die Hälfte des Geldes, das Sie mir versprochen haben. Schließlich habe ich auch dann einiges riskiert.«

»Einverstanden.«

Zu meinem hellen Entsetzen küsst der Soldat mich plötzlich. Ehe ich weiß, wie mir geschieht, presst er seinen Mund auf meinen und packt mich mit beiden

Händen am Hintern. In einer hält er noch die Goldmünze. Ich weiche zurück und schnappe nach Luft vor Schreck und Angst. Da läuft er lachend davon, die Böschung hinauf. »Du kannst nicht wählerisch sein, wenn du sogar einen Schotten nimmst«, ruft er mir über die Schulter zu. Ich höre ihn noch lachen, als er bereits aus meinem Blickfeld verschwunden ist.

Der Weg zurück zum Gasthaus *George* kommt mir lang vor, obwohl ich renne, so schnell ich kann. Ständig rechne ich damit, verfolgt und als Verräterin beschimpft zu werden. Der Wirt empfängt mich wieder an der Tür.

»Alles in Ordnung, junge Dame?« Er schaut mich genauer an, und mir wird bewusst, wie zerzaust ich aussehen muss.

»Ja, danke.« Ich bemühe mich, normal zu sprechen und zu atmen, und ziehe das schwarze Umhängetuch von Frau Postlethwaite aus. Der Wirt führt mich durch die düstere Gaststube. Zu meiner Überraschung sehe ich dort den jungen Hauptmann, der die Schotten nach Lancaster brachte, allein vor einem Krug Wein sitzen. Auf den Bänken im Raum hocken noch ein paar Gäste. Sie reden, lachen und trinken. Am Kaminfeuer schnarcht ein räudiger Hund.

»Herr Hauptmann?«

Der junge Mann blickt unwirsch auf und erhebt sich. »Ja, bitte?«

»Ich habe Sie gesehen, als Sie mit Ihren Gefangenen durch unser Dorf kamen.«

Der Wirt mustert mich. Plötzlich liegt Misstrauen in seinem Blick. Er denkt bestimmt, dass ich mich an den Hauptmann heranmachen will. Ich muss ihn von meiner Anständigkeit überzeugen, um mir sein Wohlwollen zu erhalten, falls ich seine Hilfe brauche. »Ich bin … ähm … ich bin die Frau des Pfarrers von einem Dorf im Westmoorland.« Ich werfe einen verstohlenen Seitenblick auf den Wirt, um herauszufinden, ob ihn das beruhigt.

Der Hauptmann verbeugt sich. »Sehr erfreut, gnädige Frau. Hauptmann Foreman.«

Aus dem Augenwinkel sehe ich, dass die Miene des Wirts sich entspannt hat. Von Pfarrersfrauen wird wohl erwartet, dass sie freundlich auf andere Leute zugehen. »Das war bestimmt eine lange und anstrengende Reise für Sie, Herr Hauptmann, mit diesen Gefangenen im Schlepptau«, sage ich mitfühlend.

Der Hauptmann nickt. »Allerdings. Wir stehen im Dienst von Lord Ravenswyck. Er hat der Krone vorübergehend seine Truppen zur Verfügung gestellt. Wir sind froh, wenn wir im April wieder nach Hause zurückkehren können.«

»Das kann ich mir vorstellen.« Ich setze mich auf die Tischkante und der Hauptmann nimmt wieder Platz. Inzwischen scheinen alle in der Gaststube zu lauschen – zwei Fremden, die über ungewöhnliche Dinge reden. Der Wirt schenkt uns beiden einen Becher Wein ein und setzt sich zu uns. Ein Koloss von einer Frau kommt aus dem Hinterzimmer, um uns besser hören zu können. Ihre Überröcke sind in den Gürtel hochgesteckt, so dass ihre Unterröcke hervorschauen, und ihr Kopf ist mit einem weißen Tuch umwickelt. Ich lächle sie an und bedanke mich dafür, dass sie mir ihr Umhängetuch ausgeliehen hat. Dann wende ich mich wieder an den Hauptmann. »Ich hörte, dass den Schotten erst im März der Prozess gemacht wird. Meinen Sie, dass sie bis dahin überhaupt noch leben? Sie sahen ziemlich lädiert aus, als sie durch unser Dorf kamen.«

Der Hauptmann zuckt die Achseln. »Einen haben wir unterwegs verloren, einen jungen Burschen, und die Gefängniswärter sagten, letzte Woche sei noch einer gestorben.«

»Wohl einer der Älteren, oder?«

»Nein, gnädige Frau, noch ein junger Bursche. Unter ihnen geht irgendeine Lungenkrankheit um.«

Ist Robert der junge Bursche? Er ist etwas älter als ich, aber für den Hauptmann macht das wohl keinen Unterschied.

»Wie sind Sie denn zu diesen Gefangenen gekommen, Herr Hauptmann?«

Der Hauptmann lehnt sich lächelnd auf dem einzigen gepolsterten Stuhl im Raum zurück und blickt sich um, seines Publikums sicher. »Wir haben sie im Grenzgebiet aufgegriffen. Die meisten wurden bei Überfällen gefangen genommen.«

»Waren keine Reisenden darunter? Leute, die vielleicht nur nach Schottland zurückwollten? Könnte es nicht sein, dass einige gar keine Räuber sind, sondern unschuldige Schotten?«

»*Unschuldige* Schotten?« Er lacht laut und blickt sich nach Zustimmung heischend um. Allgemeine Heiterkeit bricht aus.

Ich lasse nicht locker. »Sie mögen lachen, Herr Hauptmann, aber meinen Sie nicht, dass wir weitere Überfälle geradezu herausfordern, wenn wir verhaftete Schotten so schlecht behandeln? Vielleicht wäre es besser, über einen Gefangenenaustausch zu verhandeln.«

»Sie meinen also, wir sollen mit den Schotten verhandeln und die Gefangenen freilassen«, sagt er mit gespieltem Ernst, dann lacht er noch lauter. »Schlagen Sie das mal der Königin vor, junge Frau!« Er schüttelt den

Kopf, schaut in die Runde und zieht die Augenbrauen hoch.

Ich stehe auf und wende mich krampfhaft lächelnd an den Wirt: »Ach, Herr Postlethwaite, könnte ich Sie bitte kurz irgendwo sprechen?«

Er sieht mich neugierig an. »Ja, kommen Sie mit.« Er winkt seine Frau herbei. »Mach bitte das Zimmer der jungen Dame fertig, Schatz«, sagt er und fügt leiser hinzu: »Und verstreu ein bisschen Wermut.« Ich frage mich bange, gegen welches Ungeziefer das sein soll – gegen Fliegen, Läuse oder Wanzen oder vielleicht gegen alles zusammen? Der Wirt führt mich in ein Hinterzimmer, in dem Bierfässer gelagert sind. »Kommen Sie hinter die Fässer, gnädige Frau. Hier stört uns niemand. Also, was kann ich für Sie tun?« Er sieht aus, als sei er seltsame Wünsche von Gästen gewöhnt.

Im Flüsterton erkläre ich ihm, was er für mich tun kann. Es dauert eine Weile. »Und mein Wagen muss vor dem ersten Morgengrauen bereitstehen, Sir. Ich bezahle jetzt gleich für meine Unterkunft und Ihre Mühe. Und hier ist das Geld, das Sie für mich aufbewahren sollen. Würden Sie das tun? Kann ich mich auf Sie verlassen? Ich habe das Gefühl, dass ich Ihnen vertrauen kann. Ich hoffe, dass ich mich nicht in Ihnen täusche.«

Der Wirt streckt die Hand aus. Ich gebe ihm zwei Goldmünzen und einen fest zugebundenen Beutel, der laut klimpert, als er die Hände wechselt. Er sagt nichts, sondern tippt nur mit den Münzen an die Stirn und verbeugt sich. Als wir zur Gaststube zurückkehren, sagt er leise: »Die Leute sollten besser nicht mitbekommen, dass ich Ihnen gefällig bin, junge Frau.«

Ich nicke. »Ich werde im Hof etwas frische Luft schnappen, bis mein Zimmer fertig ist.«

Es ist ein stürmischer Abend. Auf dem Hügel läutet eine Glocke. Sie ist laut, wird jedoch vom Wind fast übertönt. Als ich Meadowsweet erblicke, kann ich mir im ersten Augenblick keinen Reim darauf machen. »Ja, Sir«, sagt der Stallbursche zu jemandem, der hinter ihr steht. »Im Gasthaus, Sir. Oh, vielen Dank, Sir.« Ich stehe reglos vor der Eingangstür, während Meadowsweet weggeführt wird. Da blickt John herüber und sieht mich.

»Beatrice.« Seine Stimme klingt beherrscht, aber seine Miene ist zornig.

»Ah, da kommt Ihr Mann, nicht wahr?« Es ist der Hauptmann, der aus Johns Kleidung diesen nahe liegenden Schluss zieht.

Der Wirt erscheint. »Ihr Zimmer ist fertig, gnädige Frau. Meine Frau wird Sie hinaufbegleiten.« Er ist überrascht, als er John entdeckt. »Oh, Herr Pfarrer, herzlich willkommen. Wir haben irrtümlicherweise angenommen, Ihre Frau wäre allein unterwegs.« Er blickt mich verunsichert an. Ich sehe ihm an, dass er sich fragt, ob mein Mann von den Sonderwünschen weiß, für deren Erfüllung ich ihm so viel Geld bezahle. »Aber wir haben ihr ein gutes Zimmer gegeben. Das ist groß genug für Sie beide«, fügt er hinzu.

»Gut. Besten Dank, Herr Wirt. Wir gehen gleich hinauf.« John packt mich am Arm, nickt dem Hauptmann und dem Wirt zu und führt mich ins Haus. Wir folgen Frau Postlethwaite nach oben. Das Treppenhaus mit den schiefen Holzwänden zu beiden Seiten ist fast zu schmal für ihre Körperfülle. Oben führt eine zum Innenhof hin teilweise offene Galerie zu den Gästezimmern, die sich an einem dunklen Gang reihen. Die Ställe befinden sich auf der gegenüberliegenden

Seite des Innenhofs, unter der Galerie. Ich kann das unverwechselbare Wiehern von Universe hören. John blickt über die Brüstung zu den Ställen hinüber.

»Möchten Sie etwas essen, meine Lieben?«, fragt die Wirtin, während sie uns das erste Zimmer an der Ecke zwischen Galerie und Gang zeigt. Es ist ein niedriger Raum mit einem breiten Bett, einem Tisch, einer Bank, zwei Sesseln und schmutziger Binsenstreu auf dem Fußboden.

Ich antworte, bevor John sich äußern kann, denn seinem Gesichtsausdruck nach zu urteilen hätte er wohl Nein gesagt. Ich bin hungrig und müde; außerdem fürchte ich, dass wir etwas Ablenkung brauchen können. »Ja bitte, Frau Postlethwaite. Haben Sie eine Pastete oder etwas dergleichen? Einen Krug Glühwein? Und vielleicht etwas Sauerkraut?«

»Gewiss, gnädige Frau.« Sie stapft keuchend hinaus und wir bleiben allein zurück.

John legt seinen Umhang ab und setzt sich auf die Tischkante, mit einem Fuß auf dem Boden und dem anderen in der Luft. Wie gut er aussieht! Ich frage mich, ob ich verrückt bin, weil ich für einen Schotten unsere Beziehung aufs Spiel setze.

»Also, Beatrice, was um alles in der Welt willst du hier? Ich habe in ganz Lancaster nach dir gesucht.«

Ich bleibe stehen, mit dem Rücken zur Tür. »Ich habe dir doch eine Nachricht hinterlassen und dir erklärt …«

»Ja, das hast du. Sie war auch sehr geschickt formuliert. Ich war wirklich ein guter Lehrer.«

Sein scharfer, sarkastischer Ton lässt mich erstarren. »Warum du hier bist, ist ja wohl völlig klar, oder?« John packt mich bei den Schultern. »Wie konntest du das tun, Beatrice?« fragt er mit lauter Stimme. »Wie konntest du einfach hierher fahren?«

»Ich will Robert retten!«, zische ich. »Sei um Himmels willen leise!«

»Was willst du? Robert retten? Weißt du, wie satt ich diesen verdammten Schotten allmählich habe?« Er ignoriert meine Bitte, leiser zu sprechen. »Meinst du wirklich, ich will tagaus, tagein über ihn reden und hören, was du für ihn empfindest? Und jetzt hast du wohl irgendeine aberwitzige Idee, wie du ihn aus dem Gefängnis befreien kannst, ja? Beatrice, diese gefährlichen Torheiten müssen endlich aufhören!«

Ich blicke in sein gerötetes, wütendes Gesicht und erschrecke. Plötzlich erkenne ich überdeutlich, was ich ihm antue. Ich küsse ihn. »Es tut mir leid, John. Ich muss das für Robert tun, aber ich wünschte, es würde dir nicht so viel ausmachen.«

Ich glaube, wir sind beide so überrascht über meinen Kuss, dass im ersten Augenblick keiner von uns weiß, was er tun soll. Dann nimmt John mein Gesicht in die Hände und küsst mich ebenfalls. »Ich bin so eifersüchtig auf diesen Schotten, Beatrice! Ich ertrage es einfach nicht.«

Ich umarme ihn. Immer haben neun Jahre Altersunterschied und ein vertrautes Schulzimmer zwischen uns gestanden; jetzt sind wir plötzlich nur zwei Menschen, die allein in einem fremden Zimmer in einer fremden Stadt sind. John hebt mich fast vom Boden, als er mich an sich zieht.

Da fliegt die Tür auf und knallt gegen die Wand. »Ihre Pastete, meine Herrschaften!« Die Wirtin kommt mit einer riesigen, heißen Pastete herein. Ihr Mann folgt ihr mit einem großen Tablett, auf dem eine Schüssel in

Butter gedünsteter Pastinaken, eine Schale Sauerkraut und ein dampfender Krug Glühwein stehen. »Das wird Sie aufwärmen.« Die Wirtin stellt die Pastete vorsichtig auf dem rissigen Tisch ab. Heiße Soße schwappt aus den drei Einschnitten im Teigdeckel und sickert wieder zurück. Einen Augenblick lang verspüre ich eine Mischung aus Heißhunger und überwältigendem Verlangen. Die Wirtsleute gehen mit würdevollen Mienen hinaus, aber gleich darauf hören wir Gekicher auf dem Gang. »Meine Güte, diese Leute aus dem Norden sind vielleicht heißblütig!«, ruft die Wirtin aus. »Vorhin machte er noch ein Gesicht, als wollte er sie umbringen.« Ich glaube, Frau Postlethwaite weiß gar nicht, was für eine kräftige Stimme sie hat.

»Ach, bei Geistlichen weiß man nie. Wahrscheinlich ist das für sie alles eins.«

Ich blicke zu John hinüber, der sich aufs Bett gesetzt hat. Er versucht, ein Lachen zu unterdrücken. Ich hocke auf der Tischkante und wippe mit dem Fuß, so wie er vorhin. Ich kann die Hitze der Pastete hinter mir spüren.

Durch die Tür hören wir einen Klaps und einen spitzen Schrei.

»Lass das, Matthew Postlethwaite! Was ist denn in dich gefahren?«

Jetzt fangen wir wirklich an zu lachen. Ich ziehe mein Messer aus dem Gürtel, um die Pastete anzuschneiden. Da sehe ich, dass noch etwas Erde an der Klinge klebt, und bekomme für einen Moment so weiche Knie, dass ich fast umkippe. Dann aber wische ich die schwarzen Krümel sorgfältig mit meinem Taschentuch ab, stecke es in mein Leibchen und stoße das Messer tief in die Pastete.

John tritt hinter mich. »Warum geben wir eigentlich vor, verheiratet zu sein, Beatrice?«

Ich blicke über die Schulter. »Ich muss ehrbarer erscheinen, als ich wirklich bin, John.« Ich hebe mit meinem Messer und einem Löffel dampfende Pastetenstücke auf die beiden Holzteller.

»Ich bin also ganz nützlich.«

Ich reiche ihm einen Teller. »Gelegentlich.«

»Wie genau willst du Robert denn retten?« Er nimmt den Teller und legt sich Pastinaken und Sauerkraut auf.

»Durch Bestechung.«

»Ich verstehe. Und du glaubst wirklich, dass du ihn aus dem Gefängnis von Lancaster herausbekommst? Du musst ihn sehr lieben.«

Ich lehne mich mit dem Besteck in den Händen an den Tisch. »John … nichts, was ich für Robert tue, ändert etwas zwischen dir und mir. Ich habe ihn beinahe getötet, als ich ihn vom Turm gestoßen habe, und das muss ich wieder gutmachen. Verstehst du das nicht? Er sitzt in einem Kerker, an die Wand gekettet. Er hungert und friert. Hast du denn gar kein Mitleid mit ihm?«

»Doch, natürlich, aber es gibt hunderte von bemitleidenswerten Häftlingen, und bei dir ist es doch mehr als nur Mitleid, oder?«

»Die anderen Häftlinge kenne ich nicht, John. Ich kenne nur Robert. Ich bestreite nicht, dass es mehr als Mitleid ist. Es ist … Ich weiß nicht … Ich fühle mich für ihn verantwortlich. Ich habe Cedric geholfen, seinen Arm zu heilen. Wir waren Freunde und haben manche Gefahren zusammen durchgestanden. Er wollte nach Schottland zurück, um seine Leute von weiteren Überfällen abzuhalten. Seine Verhaftung war ein fataler Fehler. Ich will ihm helfen, bevor sein Leben sinnlos zerstört wird.«

Ich kann John nicht sagen, dass ich unaufhörlich an Robert denken muss.

15. Kapitel

Seien Sie im Morgengrauen am Brunnenturm, hat der Soldat gesagt. Ich habe letzte Nacht kaum geschlafen und werde heute Nacht wohl auch nicht viel Schlaf finden. Beim Essen erzähle ich John, was ich bisher unternommen habe. Er macht ein grimmiges Gesicht. »Du bist verrückt«, sagt er. »Ich spiele den Ehemann einer Wahnsinnigen.«

Nach dem Essen setzen wir uns ans Feuer und trinken Wein. Ich nehme meine Haube ab und werfe die offenen Haare nach hinten. John legt noch ein großes Scheit aufs Feuer. Er sieht erschöpft aus. »Ich glaube nicht, dass ich schlafen kann«, sage ich zu ihm. »Bitte, nimm du das Bett.«

Er schüttelt den Kopf. »Nein, du wirst schon einschlafen, wenn du es versuchst. Ich werde dich vor dem Morgengrauen wecken.«

Am Ende dösen wir beide in den Sesseln. Wir lassen die Kerzen brennen, so dass wir die Mäuse sehen, die durchs Zimmer huschen.

Lancaster ist auch nachts eine laute Stadt. Das Gegröle und Gepolter draußen nimmt am späten Abend noch zu. Irgendwann in den dunklen Stunden nach Mitternacht sinkt mir der Mut. Ich frage mich, ob ich wirklich verrückt bin, weil ich versuche, die Mühlen der Justiz anzuhalten. Ich betrachte John, der mit seitwärts geneigtem Kopf schläft, und wenn es auf dem Fußboden nicht von Ungeziefer wimmeln würde, würde ich mich neben ihm hinknien und meinen Kopf in seinen Schoß legen, denn ich fühle mich sehr trostbedürftig.

Plötzlich wird der Straßenlärm noch lauter und klingt sehr nahe, als käme er direkt aus der Market Strete unten. John wacht auf. »Was ist los?«, fragt er. Das Feuer hat eine Seite seines Gesichts gerötet und er hat im Schlaf seine Schuhe abgestreift. Ich empfinde schmerzhafte Zärtlichkeit für ihn, während ich ihn so betrachte.

»Ich weiß nicht.« Ich gehe zu ihm hinüber und knie mich nun doch hin, trotz des Ungeziefers in der schmuddeligen Binsenstreu. Er streichelt mein Haar.

»Verrücktes Fräulein Becker, so könnte ich gut leben.«

Ich ignoriere eine Maus, die über meine Knöchel springt, und wende den Kopf, so dass Johns Hand meinen Mund berührt. »Ich liebe dich, John.« Ich nehme seine Hand und küsse die Innenseite. Er beugt sich zu mir herunter.

Doch irgendetwas stimmt nicht. Auf der Treppe sind Schritte zu hören und von der Galerie nebenan dringen Stimmen herein. Gleichzeitig brüllen raue Stimmen unten auf der Straße Befehle. Im Stockwerk unter uns trommeln Fäuste an Türen. John und ich springen auf die Füße. Im selben Augenblick fliegt die Tür unseres Zimmers auf. Der Wirt steht mit einer Kerze in der Hand auf der Schwelle und versperrt uns den Weg. Er hat sein Nachthemd in die Kniehosen gestopft. »Da sind Soldaten«, keucht er und blickt mich an. »Sie suchen nach einer schottischen Spionin.«

Seine Frau erscheint hinter ihm. »Du bist ja nicht bei Trost. Diese Dame hier ist eine Pfarrersfrau.«

»Das ist doch lächerlich.« John tritt vor.

»Sie durchsuchen das ganze Haus und werden bald hier sein«, fährt der Wirt fort und blickt mich unverwandt an.

John nimmt meinen Arm. »Also wirklich, Herr Wirt, was haben wir damit zu tun? Meinen Sie etwa, diese Dame sei eine schottische Spionin?«, fragt er mit einem spöttischen Lachen.

»Siehst du, das habe ich dir doch gesagt.« Frau Postlethwaite tritt ins Zimmer. In ihren Nachtgewändern wirkt sie noch unförmiger.

»Nichtsdestotrotz werden wir abreisen«, fährt John fort, »denn der nächtliche Krach hier in Lancaster stört uns sehr. Jetzt ist an Schlaf sowieso nicht mehr zu denken.«

»Das ist wahr. Eine weise Entscheidung.« Herr Postlethwaite tritt zurück und deutet über die Brüstung der Galerie zu den Ställen hinüber. »Ich habe eine Leiter an die Brüstung gestellt, damit Sie nicht durchs Haus laufen müssen. Auf der anderen Seite des Hofs, rechts von den Ställen, ist ein Durchgang zur Chennell Lane. Dort stehen ihre Pferde und ihr Wagen bereit. Diese Ecke haben die Soldaten bereits durchsucht. Am besten, Sie brechen gleich auf.«

John nimmt einen Geldbeutel von seinem Gürtel. »Was schulden wir Ihnen, Herr Postlethwaite?«

Der Wirt winkt ab. »Nein, Sir, ich ziehe es von dem Geld ab, das Ihre Frau mir gegeben hat. Das ist mehr als genug.« Er wendet sich an mich. »Hören Sie, ich würde das nicht tun, wenn ich Sie wirklich für eine schottische Spionin hielte. Ich glaube nicht, dass Sie bei Ihrem Gespräch mit mir und bei Ihrem Gespräch mit diesem Hauptmann Verrat im Sinn hatten. Darum helfe ich Ihnen. Zurzeit lodert hier der alte Hass auf die Schotten wieder auf. Der vernebelt den Leuten den Verstand.«

»Ich danke Ihnen für Ihr Verständnis, Herr Postlethwaite.« Ich drücke ihm kurz die Hand. »Mein Mann hatte überhaupt nichts mit dieser Sache zu tun.« Um das zu bekräftigen, sage ich zu John: »Es tut mir leid.«

Frau Postlethwaite starrt mich mit offenem Mund an. »Heißt das ... heißt das, Sie sind doch diese schottische Spionin?«

Ich schüttle ungehalten den Kopf. »Unsinn! Sehe ich etwa wie eine schottische Spionin aus? Aber einige Leute könnten mich – fälschlicherweise – dafür halten, nur weil ich eine Fehlentscheidung der Justiz verhindern will.« Ich raffe meine Sachen zusammen und steuere auf die Tür zu.

»Wir sollten jetzt lieber gehen, John.«

Der Wirt hält uns die Tür auf. »Ich helfen Ihnen auf die Leiter.«

»Es besteht keine Notwendigkeit, über eine Leiter zu flüchten«, entgegnet John frostig. »Wir werden das Haus durch die Vordertür verlassen. Und wenn wir unterwegs Soldaten begegnen, reden wir mit ihnen.«

Der Wirt macht ein bestürztes Gesicht und wird nervös. »Die Soldaten werden nicht mit sich reden lassen, Sir. Sie werden Ihre Frau einsperren. Das bedeutet Ärger, auch für das *George*. Der Hauptmann hat bisher noch nicht zwei und zwei zusammengezählt. Er war schon ziemlich betrunken, als Ihre Frau davon redete, diese Schotten freizulassen, aber wenn er sie sieht, fällt ihm wahrscheinlich alles wieder ein. Sie sollten lieber schauen, dass Sie wegkommen, Sir.«

John runzelt die Stirn. »Glauben Sie mir, es ist besser, sich dieser Sache zu stellen. Sie lässt sich in einem offenen Gespräch mit dem Hauptmann sicher leicht klären. Die Vorstellung, mitten in der Nacht aus der Stadt zu galoppieren, mit dem Militär auf den Fersen, gefällt mir ganz und gar nicht.«

Ich lege die Hand auf Johns Arm. »John, ich nehme die Leiter. Du kannst tun, was du willst. Es wird bald hell und ich habe noch etwas zu erledigen. Es gibt keinen Grund, dich in die Sache hineinzuziehen.« Ich wende mich an die Wirtin. »Verzeihen Sie mir, dass ich eben so schroff war. Ich habe es nicht so gemeint.«

Frau Postlethwaite neigt den Kopf. Ihr Mund steht immer noch offen. Ich trete auf den dunklen, schmalen Gang hinaus und bleibe stehen. Hier drängen sich bereits Soldaten. Es ist zu spät.

»Wir haben sie!«

»Sie hatten Recht, Sergeant.«

Arme versperren mir den Weg. Weitere bewaffnete Uniformierte laufen die düstere Galerie entlang, nun mit schnellen, schweren Schritten, da keine Notwendigkeit mehr besteht, sich anzuschleichen. Um mich herum herrscht lautes Stimmengewirr. Ich taumle zurück und pralle gegen John und den Wirt, die inzwischen auch aus dem Zimmer gekommen sind. Die Soldaten scheinen alle auf einmal zu brüllen. In der Dunkelheit kann ich nicht erkennen, ob die zwei, die ich zu bestechen versuchte, unten ihnen sind.

»Was machen Sie hier, junge Dame?«

»Wo wollen Sie denn mitten in der Nacht hin?«

Ich werde grob an den Armen gepackt. Hinter mir entsteht ein Handgemenge. Dann höre ich Johns wütende Stimme: »Lassen Sie sie sofort los!«

»Beruhigen Sie sich, Hochwürden. So benimmt sich kein Geistlicher, falls Sie wirklich einer sind.«

»Wir haben sie, Sir«, brüllt ein Soldat weiter hinten im Gang.

Das war's also. Das ist das Ende. Ich frage mich, ob sie mich zu Robert in den Kerker sperren werden. Kurz mischt sich eine makabre Freude in meine panische Angst. Dann höre ich aus der Ecke, aus der der Soldat herübergeschrien hat, ein hohes Jammern und werde losgelassen.

»Hier ist sie, Sir! Diese hier ist es!«

Eine Kerze leuchtet auf. Der Hauptmann erscheint am hinteren Ende der Galerie. Die Männer um mich herum verstummen und nehmen Haltung an. Im flackernden Kerzenlicht sehe ich, wie eine Frau aus einem Zimmer auf den Gang gezerrt wird. Sie ist mager, einfach gekleidet und ungefähr doppelt so alt wie ich. Zunderbüchsen klappern und weitere Kerzen gehen an. Die Frau sieht mir kurz in die Augen. Dann wird sie weggeschleppt.

»Wer …?«

Ich erhalte keine Antwort auf meine Frage. Die Frau jammert nicht mehr. Die Soldaten verziehen sich. Ich höre sie das Haus verlassen. Nur der Hauptmann ist noch da.

»Ich bitte um Verzeihung, gnädige Frau. Es tut mir leid, dass Sie belästigt wurden. Unser Informant sagte, die Frau sei oben im Gasthaus *George*, und als meine Männer Sie um diese Uhrzeit aufbrechen sahen, dachten sie natürlich, Sie wären es. Es handelte sich schlichtweg um eine Verwechslung. Es ist Ihnen doch nichts Schlimmes passiert, oder? Nun, dann wünsche ich Ihnen einen guten Morgen, meine Herrschaften.« Er verbeugt sich vor mir und der Wirtin, die neben mir steht, grüßt John und den Wirt und stapft die Galerie entlang und die Treppe hinunter.

Ein paar Sekunden lang spricht keiner von uns. Schließlich sagt der Wirt mit zittriger Stimme: »Ich hole uns allen einen Kräuterschnaps.«

Eine Stunde später klettere ich im stockfinsteren Hof auf den Kutschbock und John steigt wieder in den Sattel von Meadowsweet. »Je früher wir daheim sind, desto besser«, sagt er kühl. Seit meiner Drohung, allein aufzubrechen, ist er frostig zu mir. Er dreht sich um. »Nach allem, was wir gerade durchgemacht haben, hast du hoffentlich nicht mehr vor, am Gefängnis zu warten? Dort dürfte jetzt reichlich Wachsamkeit herrschen.«

Ich ergreife die Zügel. »Müssen wir das wirklich alles noch einmal bereden, John? Muss ich das, was ich tue, ständig vor dir rechtfertigen? Ich habe es satt. Ich brauche weder deine Hilfe noch deine Begleitung. Bitte reite nach Hause zurück.« Ich klopfe mit den Zügeln auf den Rücken von Universe und fahre aus dem Hof. Ich weiß, dass John wahrscheinlich Recht hat, dass es unter diesen Umständen kaum Sinn hat, meine Verabredung mit dem zweiten Soldaten einzuhalten. Die ist wirklich keine gute Nacht, um einen Schotten aus dem Gefängnis zu holen. Jetzt muss ich mich wohl auf die Vereinbarungen verlassen, die ich für den Fall, dass das Vorhaben misslingt, mit dem Wirt getroffen habe. Doch da ab und zu Wunder geschehen, fahre ich trotzdem den Hügel hinauf.

Vor den Toren der Burg und rund um die Zinnen brennen große Fackeln, die die Mauern erleuchten, als seien sie Kulissen in einem Maskenspiel. Soldaten patrouillieren auf und ab, aber keiner nimmt Notiz von uns – einer anständig gekleideten Reisenden, die in Begleitung eines Geistlichen vor dem Morgengrauen zur Kirche unterwegs ist. John reitet schweigend hinter mir her, als ich um die Burg herum zu der dunklen Kirche und dem Sanktuarium fahre. Unter dem Westhang des Hügels, wo der Fluss eine scharfe Kurve macht, schillert es grünlich aus dem Sumpf. Im Osten, hinter dem Brunnenturm, verblasst das messingfarbene Licht der Fackeln bereits im ersten Morgengrauen. Wir halten an. Niemand wartet hier auf uns.

Es ist sehr kalt. Wir warten lange, ohne miteinander zu reden. Allmählich habe ich den Eindruck, dass John stumm vor Wut ist. Ich selbst habe nichts mehr zu sagen. Es wird immer kälter. Überrascht stelle ich fest, dass eine kleine Feuerwaffe neben Johns Satteltasche hängt. Sie ist mit schönen Elfenbeinintarsien verziert und viel kleiner als alle Waffen dieser Art, die ich bisher gesehen habe, leicht genug, um freihändig damit zu schießen. Das dazugehörige Pulverhorn, ebenfalls kunstvoll verziert, ist daneben an einem Gurt befestigt. Ich deute auf die Waffe. »Ein schönes Stück.«

John zuckt zusammen, als hätte ich ihn aus einem Traum gerissen. »Oh … ich dachte, falls wir in der Dunkelheit zurückkehren, könnten wir das Ding vielleicht brauchen. Es ist eine Luntenschlossmuskete. Sie funktioniert wie die alte Arkebuse, die ihr im Turm habt. Leider bin ich nicht besonders geschickt im Nachladen. Nach einem Schuss auf einen Straßenräuber wären wir wahrscheinlich beide tot.«

Ich muss lachen und vergesse dabei meine Sorgen. John blickt mich verdutzt an. Ich weiß, dass ich die Muskete im Notfall schnell und sicher nachladen könnte, aber jetzt ist nicht der Augenblick, um mich damit zu brüsten. Außerdem sehe ich eher die Gefahr, dass John sich selbst den Fuß wegschießt, denn die Muskete hängt mit dem Lauf nach unten neben seinem Bein. Unter dem Vorwand, sie genauer betrachten zu wollen, steige ich vom Kutschbock und stecke sie hinter seine Satteltasche.

Als ich aufblicke und einen mitleidigen Ausdruck auf Johns Gesicht sehe, überkommt mich tiefe Trauer, denn in diesem Augenblick begreife ich, dass es völlig sinnlos ist, weiter zu warten und zu hoffen. Es ist bereits hell. Der Morgentau zerfließt auf dem Metall des Pferdegeschirrs zu silbernen Rinnsalen. Niemand ist gekommen und es wird auch niemand mehr kommen. Es ist Zeit, aufzugeben und zu gehen. Ich steige wieder auf den Kutschbock und ergreife die Zügel.

Wir fahren auf demselben Weg zurück, auf dem wir gekommen sind. Die Wachen am Torhaus sind inzwischen abgelöst worden. Ich stelle erschrocken fest, dass der erste Soldat wieder vor dem Tor steht, zusammen mit einem anderen Kameraden. Seine Miene ist streng und pflichtbewusst. Ich starre ihn an und Wut überkommt mich.

In strammer Haltung steht er da und lässt sich nicht anmerken, dass er mich kennt, als ich anhalte und vom Kutschbock klettere. Nur seine Augenlider zucken kurz.

»Wo ist er?« Ich stelle mich vor ihn hin und höre John hinter mir vom Pferd steigen.

»Wen meinen Sie, Fräulein?« Er weicht meinem Blick aus. Sein Kamerad blickt neugierig herüber.

»Wo ist Ihr Freund von gestern? Ich habe noch eine Rechnung mit ihm offen.«

John packt mich am Arm. »Steig wieder auf den Wagen, Beatrice.«

Ich reiße mich los. Der erste Soldat wirkt nun selbstsicherer. »Ich weiß nicht, wovon Sie reden, junge Dame«, erwidert er achselzuckend.

Ich würde ihn am liebsten am Kragen packen und schütteln. »Antworte mir, du Trottel! Ich bin nicht hier, um Rätselraten zu spielen!«

Sein Kamerad wittert Ärger und kommt näher, dann bleibt er stehen. Jetzt merke ich zu meinem Erstaunen, dass John mit der Muskete in den Händen neben mir steht und scheinbar in aller Unschuld mit seinem Ärmel die Elfenbeinintarsien poliert.

»Also wird's bald?«, herrsche ich den ersten Soldaten an. »Ich will wissen, was passiert ist.«

»Er war betrunken«, murmelt er mürrisch. »Er war schon blau und streitlustig, als der Feldwebel noch Dienst hatte, ebenso wie die Hälfte der Soldaten von der Nachtschicht. Sie waren sternhagelvoll. Er hat mit ihnen im *Naked Taylor* ein richtiges Saufgelage veranstaltet. Der Feldwebel hat alle eingesperrt und ihn auspeitschen lassen.«

»Danke.« Ich lasse ihn stehen. John streckt die Hand aus und hilft mir auf den Kutschbock.

Wir lassen Lancaster schnell hinter uns. Zu unserer Rechten geht die Sonne auf, während wir heimwärts galoppieren. Auf halbem Weg legen wir eine Rast ein und essen die Käsebrote, die Frau Postlethwaite uns eingepackt hat. »Ich werde mit dem Vikar von Lancaster sprechen. Vielleicht kann er die Schotten im Gefängnis besuchen«, sagt John. »Ich werde mich auch an den Bischof wenden. Aber mach dir keine großen Hoffnungen. Wahrscheinlich hilft das alles nichts.«

Hätten wir darüber nachgedacht, so wäre uns vielleicht klar geworden, dass es klüger wäre, getrennt zurückzukommen. Aber wir können ja nicht ahnen, dass das Pfarrhaus voller Leute ist, die alle von unserer nächtlichen Abwesenheit wissen und uns gemeinsam eintreffen sehen werden. Wie so oft kündigt sich der Ärger in Gestalt der Witwe Brissenden an. Sie empfängt uns mitten auf der Dorfwiese mit theatralischen Schreien der Erleichterung. Nachdem sie aus Mutter Bain herausbekommen hatte, dass wir beide seit gestern weg sind, empfand sie es als ihre Pflicht, das ganze Dorf von unserem »mysteriösen Verschwinden« zu unterrichten. Sie war bereits dabei, einen Suchtrupp aufzustellen.

»Ich habe versucht sie aufzuhalten«, sagt Mutter Bain später, als wir die feixenden Dorfbewohner weggeschickt haben. »Ich wusste, dass kein Grund zur Sorge besteht, aber sie war so fest davon überzeugt, dass sie sich nichts sagen ließ …«

Es klopft an der Tür, und ohne auf eine Antwort zu warten, tritt Mutter ein.

»Stimmt das?«, fragt sie aufgebracht. Ihr Haar ist vom schnellen Ritt hierher zerzaust und ihr Gesicht rot vor Wut. »Ich warte auf deine Antwort, Beatrice! Und auf Ihre, Pastor Becker! Ich weiß nicht, ob mich je ein Mensch mehr enttäuscht hat als Sie.«

Wir bitten sie, sich erst einmal hinzusetzen, und besänftigen sie mit Honigkuchen und gewürzter heißer Milch mit Wein. Ich erkläre ihr, ich hätte einen Ausflug nach Lancaster unternommen, weil ich eine Pause von der Arbeit auf dem Hof und von Vaters

Pflege brauchte und einmal etwas anderes sehen wollte. John habe sich Sorgen gemacht und sei mir nachgereist. Sie schüttelt verständnislos den Kopf. »Habe ich dir in all den Jahren gar nichts beigebracht?«, fragt sie. »Dein Ruf ist so gut wie ruiniert! Und Ihrer ebenfalls, John Becker. Die Leute werden Ihnen dasselbe nachsagen wie Ihrem Vorgänger. Ich hätte Sie für klüger gehalten. Sie versichern mir zwar, dass alles ganz harmlos war, aber wer außer mir wird das glauben? Also, wenn ihr zwei so zueinander steht, wie es scheint, dann halte ich es für das Beste, wenn ihr so bald wie möglich heiratet.«

16. Kapitel

Es spricht sich schnell herum, dass John und ich miteinander verlobt werden sollen. Als Termin für die Verlobungszeremonie in der Kirche wird das Fest des Heiligen Stephanus, also der Tag nach Weihnachten, festgesetzt.

Sofort verändert sich einiges, auch meine Stellung im Dorf. Die Leute scheinen mich nun nicht mehr als eine Außenseiterin zu betrachten. Ich erfahre Dorfgeheimnisse und höre zum ersten Mal, dass man sich in Wraithwaite Witze über die ziemlich wilden und unkultivierten Bewohner des Barrowbeck-Hofs und des Hofs auf dem Mere Point erzählt.

Die Eltern im Dorf gehen davon aus, dass ich

irgendwann in der Zukunft mein Glück darin finden werde, ihre Kinder zu unterrichten, die Jungen im Lesen und Schreiben und in Religion, die Mädchen in Handarbeit und Religion. Johns Ehrgeiz, allen Kindern, unabhängig von ihrem Geschlecht, das Lesen und Schreiben beizubringen sowie Handarbeits- und Religionsunterricht zu geben, halten sie für eine geistige Verirrung. Als ich ihnen versichere, dass ich das ebenfalls tun würde, schütteln sie verwundert die Köpfe. »Sie hat sich offensichtlich von seinen verrückten Ideen anstecken lassen«, höre ich Witwe Brissenden zu Mutter Bain sagen.

Witwe Brissenden ist inzwischen als meine Anstandsdame ins Pfarrhaus eingezogen und ich muss irgendwie mit ihr auskommen. Die meiste Zeit kümmere ich mich einfach nicht um sie. Manchmal rufe ich mir in Erinnerung, dass sie erst vor kurzem ihren Mann verloren hat, obwohl ihr das erstaunlich wenig auszumachen scheint. Und manchmal reizt sie mich so sehr, dass ich die Geduld verliere.

Wir geraten zum ersten Mal aneinander, als ich ein streunendes Kätzchen auflese. Ich vermisse meinen Kater Cäsar, den ich in seinem gewohnten Jagdrevier, dem Turm des Barrowbeck-Hofs, zurückgelassen habe. Als ich eines frostigen Morgens ein kleines graues Kätzchen halb tot auf der Treppe zum Pfarrhaus finde, kommt mir das wie ein Geschenk des Himmels vor. Ich nehme es mit ins Haus und wickle es am Kaminfeuer in eine Decke. Es ist völlig abgemagert und zum Teil kahl, hat unverhältnismäßig große Pfoten und ein angenagtes Ohr. Das Tier ist so entkräftet, dass es nur ein bisschen Wasser trinken und etwas Sülze vom Fleisch lecken kann, aber als ich es auf meinen Schoß hebe, beginnt es zu schnurren. Da ist es um mich geschehen. Ich nenne das Kätzchen »Geschenk«.

»Es muss aus dem Haus«, sagt die Witwe Brissenden zu mir. »Ich kann Katzen nicht ausstehen.«

»Nein, Sie müssen aus dem Haus«, entgegne ich gereizt – es war ein langer Tag –, nehme das Kissen von ihrem Stuhl und setze das Kätzchen darauf.

»Kannst du nicht wenigstens versuchen, mit ihr auszukommen? Musst du so feindselig sein?«, fragt John mich später.

Ich sehe ihn nur an, ohne zu antworten, und frage mich, was ich hier suche.

Ich reite immer noch jeden Morgen zum Barrowbeck-Hof hinüber und helfe dort aus. Ich weiß, dass bei der Verlobungszeremonie meine Mitgift hervorgeholt und in der Öffentlichkeit gezählt wird, und ich fürchte den Augenblick, in dem das Fehlen der Goldmünzen bemerkt wird. Als ich John erzählte, was ich in Lancaster gemacht hab, verschwieg ich ihm meinen Diebstahl.

Eines Morgens krieche ich in Vaters geheimes Versteck unter dem Lehmfußboden des Rübenkellers hinab und grabe die Kiste mit der Beute seiner Raubüberfälle aus. Die Tasche voll gestohlenem Gold, gehe ich in die Kapelle über dem Torhaus und bete um Vergebung. Dann reite ich schnell zum Pfarrhaus zurück und fülle meine Mitgift wieder auf.

Des Nachmittags nehme ich weiterhin bei Cedric Unterricht in Heil- und Kräuterkunde. Manchmal nimmt er mich mit zu seinen Krankenbesuchen. Eines Tages, als er mich alleine Arzneien anmischen lässt, stehle ich ein paar Bilsenkrautsamen aus einem Glas, das auf dem Regal über der Tür steht. Nach meiner

Rückkehr ins Pfarrhaus verstecke ich sie, in ein Tuch eingeschlagen, ganz unten in meiner Wäschetruhe.

Die Abende im Pfarrhaus sind wirklich öde. John schreibt oben im Schulzimmer Predigten, und Mutter Bain, Witwe Brissenden und ich sitzen mit unseren Handarbeiten am Feuer in der Küche. Ich webe wärmende Wandteppiche. Mutter Bain bestickt Kissenbezüge. Wegen ihrer zunehmenden Kurzsichtigkeit kommen höchstoriginelle Muster dabei heraus. Manchmal setzt sie die starke Brille auf, die John ihr beim fahrenden Händler gekauft hat, aber ansonsten lebt sie lieber in der verschwommenen Welt, die sie gewöhnt ist. Das alles wäre ganz nett, wenn die Witwe Brissenden nicht danebenhocken und so tun würde, als nähe sie Altartücher. Dabei späht sie ständig finster zu mir herüber, weil das Kätzchen auf meinem Schoß sitzt und mit seinen dicken Pfoten nach der bunten Teppichwolle grapscht.

Ich stelle Esther Turner als Küchenhilfe ein. Es wird offensichtlich, dass sie und Dickon so bald wie möglich heiraten sollten. Das sage ich ihr eines Morgens in der Küche, als sie ständig aufs Klo rennt, um sich zu übergeben. Wir beschließen, dass die beiden sich sofort verloben und an Weihnachten heiraten würden. Es ist ein seltsames Gefühl, solche Dinge nun mitentscheiden zu können. An diesem Morgen behandelt mich Witwe Brissenden wie eine Gleichgesinnte.

Als Weihnachten näher rückt, gehen wir in den Wald und sammeln Stechpalmenzweige und Efeu, um die Balken damit zu schmücken. Mutter Bain und ich backen Kuchen und Pasteten, packen sie in Wachstücher und bringen sie in die Krypta der Kirche, damit sie frisch bleiben. Ich helfe den Dorfkindern, aus Stroh und Holz einen kleinen Stall mit einer Krippe zu basteln. Das Jesuskind, das wir aus alten Leinenstrümpfen nähen und mit Sägemehl ausstopfen, soll erst am Weihnachtsmorgen hineingelegt werden. Cedric bringt uns einen Stern aus Muschelschalen, der glänzt und schimmert wie das Meer. Ich kaufe John auf dem Markt in Kendal ein gewagtes lila Seidennachthemd. Mutter Bain bemerkt entsetzt, er werde darin aussehen wie ein Hofnarr.

John unternimmt in diesen Wochen zwei Reisen, eine nach Lancaster zu Hugh Conway, dem Vikar, und eine nach Carlisle zum Bischof. Beide sind erfolglos. Die Schotten im Gefängnis scheinen keinen Besuch von einem protestantischen Geistlichen zu wollen, und der Bischof erklärt John, gegen den Willen der Königin sei er machtlos. Er rät John, im Interesse seiner eigenen Sicherheit in dieser Sache nichts mehr zu unternehmen und dem ungenannten Gemeindemitglied, das den Schotten helfen wolle, diese törichte Idee auszureden.

John und ich haben keine Gelegenheit mehr, uns so nahe zu kommen wie in jener Nacht im Gasthaus *George*, weil Witwe Brissenden uns ständig beobachtet. Ihre Anwesenheit zwingt uns, unsere Gefühle zu verbergen, als wären sie etwas Verbotenes. Eine Zeit lang versuchen wir Möglichkeiten zu finden, allein miteinander zu reden, aber das geben wir bald auf.

Das Wetter wird kälter. Vaters Zustand verschlimmert sich. Er liegt stumm in der kleinen Kammer hinter dem Kamin und schwindet immer mehr dahin. Ich frage mich, ob er Weihnachten noch erleben wird. In der Adventszeit gehe ich jeden Tag in die Kirche und zünde zwei Kerzen an: eine für Vater und eine für Robert. Ich lese den Segensspruch an der Wand der

Marienkapelle und frage mich, ob Robert bereits den Mut und die Sprache verloren hat, oder gar sein Leben. Und wenn ich über den unebenen, mit Binsen bedeckten Steinboden der Kirche zurücklaufe, denke ich an die Toten, die darunterliegen. Dieses tägliche Ritual ist ein Versuch, dem Tod seinen Schrecken zu nehmen, indem ich mir vergegenwärtige, dass er seinen Platz unter diesen Steinplatten hat. Der Fußboden ist uneben, weil manchmal die Knochen seit langer Zeit darunter begrabener Toter hochkommen, wenn neue Gräber ausgehoben werden. Heutzutage ziehen immer mehr Gemeindemitglieder den Kirchhof draußen als letzte Ruhestätte vor, weil sie befürchten, dass es ungeahnte Folgen haben könnte, wenn sie ihre Ahnen vor dem Jüngsten Tag stören. Umgeben von ihren Nachbarn, scheinen die Toten da unten in Frieden zu ruhen. Könnte ich hoffen, dass auch Robert solch ein friedliches Ende beschieden sein wird, so würde ich ihn ruhigen Herzens gehen lassen, aber ich fürchte, dass sein Ende alles andere als friedlich sein wird, wenn mein zweiter Plan ebenso misslingt wie mein erster.

Robert kommt in den Nächten zu mir; ich höre seine Schritte unter meinem Fenster und auf dem Flur vor meiner Tür. Tagsüber sehe ich ihn aus dem Augenwinkel in dunklen Ecken. Seine Stimme ist im Kamin, wenn die Holzscheite zischend verbrennen. Hallo, mein Schatz.

Eines Nachts träume ich, dass er die Arme um mich legt. Ich lasse mich hineinsinken, halte ihn fest und sage seinen Namen. Dann öffne ich die Augen und sehe, dass die Arme, in denen ich liege, gebrochen, schorfig und schmutzig sind. Es sind die Arme eines Untoten. Schreiend erwache ich. Ich setze mich auf und sehe, dass im Zimmer eine Kerze brennt. John sitzt am Fußende meines Bettes, eine Decke um die Schultern. »Du hast von Robert geträumt«, sagt er. Für einen kurzen Moment überträgt sich meine Sehnsucht auf ihn. Er war bei mir, während ich schlief, und hat mich vor den Schrecken der Nacht beschützt. Ich strecke ihm meine Hände entgegen. Seine Augen flackern im Kerzenlicht und er blickt weg, zum Fenster hinüber. »Es wird schon hell«, sagt er und zieht die Decke enger um sich.

In der zweiten Dezemberwoche machen fahrende Komödianten auf dem Weg zu ihrem Winterquartier in Carlisle Station in Wraithwaite. Wir geben ihnen für eine Nacht Unterkunft im Pfarrhaus und dafür spielen sie für uns. Dickon reitet nach Barrowbeck, um Mutter, Verity, James und Tante Junipers Sippe zu holen, und wir erleben zusammen einen zauberhaften Abend in der versunkenen Welt der Ritter und Burgfräulein und des Minnesangs. Beim anschließenden Abendessen mit Schweinebraten, Fischpastete, Pfannkuchen, Gemüse und eingekochtem Obst stellt sich heraus, dass die Komödianten die Nacht davor im Gasthaus *George* in Lancaster verbracht haben. Eine Zeit lang erörtern sie die jeweiligen Vorzüge der Gasthäuser *George*, *Mare Maid* und *Naked Taylor*. Als John das Zimmer verlässt, unterbreche ich ihre Unterhaltung mit der Frage: »Gibt es irgendwelche Neuigkeiten von den Schotten im Gefängnis?«

Der grauhaarige Chef der Truppe greift sich an den Hals und verdreht die Augen. »Nach allem, was man so hört, sterben sie wie die Fliegen.« Er grinst. »Das ist natürliche Gerechtigkeit, oder? Um diese Jahreszeit wird es in den Kerkern ein bisschen frisch. Es soll auch eine Frau dort eingesperrt sein.«

Die Gewandmeisterin der Truppe, eine alternde Schönheit mit rot gefärbtem Haar und gebleichter Haut, deren Vorbild offensichtlich die Königin ist, beugt sich so weit vor, dass ihr Busen fast aus dem Mieder fällt. »Die Frage ist, ob sie nur gehängt oder auch gestreckt und gevierteilt werden sollen. Der Wirt des *George* sagte, das sei ein kniffliges juristisches Problem. Streng genommen ist das, was die Burschen getan haben, kein Verrat, weil sie keine englischen Staatsbürger sind. Aber wen kümmert das, wenn es aufs Gleiche hinausläuft?«

Mutter, die zu meiner Rechten sitzt, nimmt unter dem Tisch meine Hand. »Ich muss sagen, Ihre Vorstellung heute Abend hat mir wirklich sehr gefallen«, sagt sie fröhlich. »Vielleicht können Sie im Mai wiederkommen und das Maskenspiel von Robin und Marion für uns aufführen.«

Sie nicken lächelnd und damit ist das Thema beendet. Ich schiebe meinen Teller weg und wische mein Messer an der Serviette ab, bevor ich es in die Scheide zurückstecke. Ich merke, dass Germaine vom anderen Ende des Tisches neugierig herüberschaut. Dann senkt sie den Kopf und unterhält sich wieder mit Onkel Juniper.

Unsere Gäste sind gegangen, und die Komödianten sind, nachdem sie sich mit ihren Servietten die Schminke abgewischt haben, die Treppe hinaufgestiegen. Ich folge ihnen. Im ersten Gästezimmer hilft der große, hübsche Bursche, der die Lady Guinevere spielte, dem Chef der Truppe aus den Stiefeln.

»Entschuldigen Sie die Störung.« Ich bleibe auf der

Türschwelle stehen. Sie nicken wohlwollend und warten, was ich zu sagen habe. Ich werfe einen verstohlenen Blick über die Schulter. Im Zimmer nebenan höre ich die Komödianten reden und lachen, und irgendwo beklagt sich die Gewandmeisterin, dass man hier über den Hinterhof laufen muss, um zum Klo zu gelangen. Ich trete ein. »Ich hätte im März Arbeit für Sie, wenn Sie daran interessiert sind.« Ich gehe zu dem niedrigen Eichenstuhl neben dem langen Spiegel hinüber. Der hübsche Bursche räumt die Töpfchen mit Schminke und Gänsefett weg, damit ich Platz nehmen kann.

»Ach ja?« Der Chef der Truppe sieht interessiert aus.

»Sind Sie um diese Zeit vielleicht in der Gegend von Lancaster, meine Herren?«, frage ich und setze mich, nicht aus Höflichkeit oder Bequemlichkeit, sondern weil mir die Knie schlottern, denn ich unterschreibe möglicherweise in diesem Augenblick mein Todesurteil.

Die männliche Lady Guinevere verfrachtet die Töpfe auf die Kommode. Dann kommen die beiden Männer näher. Der ältere hockt sich in Zuhörerpose vor mich hin – ein Knie ist auf dem Boden, das andere vor dem Körper angewinkelt; der Ellbogen ist aufs Knie gestützt und das Kinn in die elegant gespreizte Hand. »Könnte sein.« Er blickt seinen Freund an. »Erzählen Sie uns mehr darüber, junge Dame. Unterhalten Sie Ihre Gäste. Wir sind gespannt auf Ihre Geschichte.«

Der hübsche Bursche stellt sich lächelnd neben ihn. »Ja, Fräulein, wir lieben gute Geschichten. Bitte sagen Sie uns, wie wir Ihnen helfen können.«

17. Kapitel

In der dritten Dezemberwoche toben heftige Stürme. Der Wetterhahn auf der Kirche wird von einem Blitz getroffen und stürzt herab.

»Was soll's, er ist sowieso ein heidnisches Symbol«, sagt John, als er das verbogene schwarze Ding aufhebt.

»Aber nein, John!« Mutter Bain macht ein empörtes Gesicht. »Er ist eine Mahnung an alle guten Christen, immer auf die Ankunft des Herrn vorbereitet zu sein.«

John lacht. »Na, dann sollte er besser wieder aufs Dach. Obwohl er im Augenblick eher wie eine Erinnerung an die Hölle aussieht.« Manchmal weiß ich wieder, was ich an John so liebe.

Ich schlafe immer schlechter. Feuer in allen Zimmern halten das Haus trotz des kalten Wetters warm, aber in letzter Zeit lasse ich das Feuer im kleinen Kamin meines Zimmers niederbrennen und ausgehen. Ich will eine Ahnung davon bekommen, was Robert in seinem dunklen, bitterkalten Kerker durchmacht.

John schläft auch schlecht. Mehr als einmal begegnen wir uns mitten in der Nacht auf dem Flur oder in der Küche. Um diese Zeit können wir ungestört miteinander reden.

»Stell dir vor, wie es jetzt in den Kerkern sein muss«, sage ich.

»Vielleicht ist er schon tot, Beatie. Die Kräfte eines Menschen sind begrenzt.«

Zwei Nächte vor Weihnachten gehe ich früh zu Bett. Ich bin müde von den ganzen Festvorbereitungen und habe die Witwe Brissenden restlos satt. Das Feuer in meinem Zimmer ist fast aus. Ich nehme meine Haube ab, Haarnadeln fallen auf den Boden. Ich schubse sie mit dem Fuß beiseite; dann lege ich mein wollenes Umhängetuch ab, entferne Kragen und Ärmel, schnüre das Leibchen auf und ziehe Überrock, Unterrock und Unterkleid aus. Meine schwarzen Strickstrümpfe sind nach unten gerutscht. Ich löse die Strumpfbänder und massiere die Striemen, die sie wie immer hinterlassen haben. Als ich nackt bin, lege ich mich auf den kalten Holzfußboden und schließe die Augen. So kann man unmöglich schlafen! Erst als ich am ganzen Körper zittere und kurz davor bin, vor Kälte und Verzweiflung zu heulen, stehe ich auf und krieche ins Bett. Eigentlich wollte ich die ganze Nacht auf dem harten, kalten Boden liegen bleiben, um zu wissen, wie das ist, aber am Ende mache ich Ausflüchte: Es hilft Robert nicht, wenn ich schwach und krank bin; ich kann ihn nicht retten, wenn ich an einer Lungenentzündung sterbe. Wütend auf mich selbst, gehe ich ohne Nachthemd und ohne Wärmstein ins Bett und bibbere dort weiter. Wie soll Robert diesen Winter durchstehen? Und wie ich? Wie soll ich unter diesen Umständen fröhlich Weihnachten feiern?

Das Bett erwärmt sich allmählich und ich werde schläfrig. Ich versinke in der Kuhle meiner weichen Matratze und träume. Ich stehe in einem Feld voller Krähen, und die Leute aus dem Dorf schlagen mit Stöcken auf sie ein, um sie zu verscheuchen und die Ernte zu retten. Als alle Vögel tot oder weggeflogen sind und ich das Feld verlasse, finde ich eine verletzte Krähe, die sich in einem Gässchen des Dorfes verkrochen hat. Ich will sie gesundpflegen, weiß aber nicht, wie, selbst wenn es mir gelänge, sie zu fangen. Ich werde wach und denke zuerst, die Krähen sind die Schotten und die verletzte ist Robert. Dann dämmert mir, dass die Krähen in Wahrheit der Tod sind, den wir mit unseren Feuern und Festen zur Wintersonnenwende vertrieben haben, und dass die verletzte Krähe Roberts Tod ist, der sich vielleicht erholt und sein Werk vollendet – oder auch nicht.

Plötzlich merke ich, dass der Lärm aus meinem Traum draußen weitergeht.

»Die sind unbelehrbar. Ich könnte ebenso gut gegen eine Wand reden«, höre ich John von der Tür her sagen. Eine Kerze leuchtet auf.

Ich ziehe schnell die Bettdecke um mich. »Was ist los?« Der Radau scheint von der Kirche herüberzukommen.

John tritt an mein Bett und reicht mir meine dicken wollenen Nachthemden vom Fußende herüber. Er selbst trägt mehrere Schichten warmer Kleidung und darüber seinen Umhang. »Komm nach unten, wenn du etwas Neues über deine Nachbarn erfahren willst.«

Nach dem Traum vom Tod blicke ich nun aus einem warmen Bett in die warmen Augen eines lebendigen Menschen. »John …«, sage ich. Er setzt sich neben mich. Wir lehnen uns aneinander und wenig später küssen wir uns sanft.

»Heidenkult! Heidenkult!«, kreischt es vor der Tür. »Wir werden alle in die Hölle kommen!« Es ist Witwe Brissenden, die in wehenden Nachtgewändern den Flur entlangrauscht.

John prustet vor Lachen und steht auf. »Ich warte in der Küche auf dich, Beatrice. Komm dir anschauen, wie barbarisch wir in Wraithwaite den Winter feiern.«

Er neigt den Kopf und küsst mich noch einmal auf den Mund. »Das soll nicht heißen, dass ich das Spektakel da draußen gutheiße, aber was soll ich machen, zum Teufel.« Er verlässt das Zimmer.

Unten in der Küche ziehe ich meinen Umhang über die Nachthemden. Mutter Bain und Witwe Brissenden stehen in der offenen Tür. Es ist eine schneidend kalte Nacht. Ich schlinge den Umhang mit beiden Armen um mich und gehe zu John hinüber, der inzwischen draußen auf dem vereisten Hof steht. Er legt den Arm um mich und führt mich auf die Dorfwiese hinaus. Mein Atem schwebt vor mir her wie ein Geist. Wunderschöne Sterne funkeln aus dem Universum herab. Der Halbmond hängt tief am Himmel und beleuchtet die rosaroten Beeren des Spindelbaums auf der Dorfwiese von hinten mit weißem Licht. Irgendwo in der Dunkelheit vor uns wird musiziert und getanzt. John und ich laufen über den knirschenden Boden zur Kirche und zum Friedhof.

Leute aus dem Dorf tanzen im Mondschein über die Gräber, lachen, singen, grölen und trinken aus Krügen mit schmalen Schnäbeln. Sie tragen ihre besten Sachen, die rot, lila, blau, grün und orange in die Nacht leuchten. Wir sehen zu, wie sie einen Kreis bilden und sich langsam zu drehen beginnen, mit einem kleinen Hüpfer bei jedem vierten Schritt. Sie tanzen schneller, während die Musiker – Kirchenmusiker und andere – lachend das Tempo steigern und im Rhythmus mit den Füßen stampfen. Atemwolken steigen um die Köpfe der Leute auf. Die Tanzenden haben Efeuranken um den Hals, die Musiker Kränze aus Stechpalmenzweigen auf dem Kopf. Alan Smith, der Dorfschmied, hat sich Widderhörner aufgesetzt. Plötzlich klettert er auf die Friedhofsmauer, stürzt sich mit einem markerschütternden Schrei in die Mitte des Kreises und schlägt mit den Händen wie wild auf eine kleine Trommel, die ihm um den Hals hängt.

Ich erinnere mich an die Worte der Witwe Brissenden. »Heidenkult …«, flüstere ich.

»Ich konnte die Leute entweder gewähren lassen oder sie vor die Wahl stellen«, sagt John. »Aber ich fürchte, wenn sie denken, dass sie sich zwischen Christentum und Heidentum entscheiden müssen, könnten einige das Letztere wählen. Dann würden Kinder ungetauft bleiben und Ehen ohne Gottes Segen geschlossen. Das hier ist alles, was sie tun. Es ist ein alter Volksbrauch. Sie rufen den Sommer zurück, wie schon unsere Vorfahren es taten.«

»Aber sie tanzen auf den Gräbern.«

Er drückt mich an sich und blickt zum kalten Sternenhimmel hinauf. »Glaubst du, die Toten stört das? Vielleicht langweilen sie sich da droben beim Warten auf den Jüngsten Tag.«

Ich sehe ihn an. »Du machst dich über mich lustig.« Er lächelt. Ich umarme ihn und er schlägt seinen Umhang um mich. Wir küssen uns wieder, dann kehren wir dem heidnischen Treiben den Rücken und laufen zum Pfarrhaus zurück. Als wir in die Küche treten, rückt der große Zeiger von Vaters gestohlener Uhr, die nun auf dem Geschirrschrank steht, auf eine Minute nach Mitternacht und den Tag vor dem Heiligen Abend.

18. Kapitel

Der erste Weihnachtsfeiertag bricht strahlend an. Tauwetter liegt in der Luft. Um Mitternacht waren alle Bewohner von Wraithwaite, Barrowbeck und dem Mere Point in der ungeheizten Kirche und haben, umgeben von brennenden Kerzen, Weihnachtslieder gesungen. Viele hatten vor Ergriffenheit Tränen in den Augen. Seitlich von der abgeschirmten Marienkapelle waren Stühle für die Gehbehinderten und Schwangeren aufgestellt. Auf einem von ihnen thronte die inzwischen kugelrunde Verity, mitten unter uns.

Die vier hohen Buntglasfenster über dem Altar schimmerten dunkel und geheimnisvoll, da kein Tageslicht durch sie hereinfiel, und die Mienen der Statuen von Matthias, Markus, Lukas und Johannes schienen sich im Kerzenschein ständig zu verändern. Als es Mitternacht schlug, trug der nun ungehörnte Dorfschmid Alan Smith feierlich das Jesuskind aus Leinen und Sägemehl herein und legte es in die Krippe und die Dorfkinder sangen dazu mit ihren hellen Stimmen *In dulci jubilo*. Ich versuchte, gegen die Tränen anzukämpfen, indem ich mich daran erinnerte, dass dieselben Kinder die Enten auf dem Teich mit Steinen und die Eichhörnchen im Wald mit Nägeln bewerfen, aber es half nichts.

Als ich nun an diesem sonnigen Morgen Mutter Bain in der Küche Weihnachtslieder singen höre, überkommt mich zu meinem Erstaunen eine unbändige Freude, am Leben zu sein. Zu Weihnachten haben die Hexen keine Macht, Elfen und Kobolde verkriechen sich und alle möglichen Hoffnungen keimen wieder auf. Außerdem ist Witwe Brissenden über die Feiertage zu ihrer Familie gefahren.

Während ich die Treppe hinunterlaufe, stimmt Mutter Bain das lateinische Weihnachtslied *Personent hodie* an. In der Küche prasselt ein hohes Feuer. Esther und Dickon trommeln im fröhlichen Rhythmus des Liedes mit Holzlöffeln auf Kupferpfannen und tanzen im Raum umher. »Gott sei mit dir!«, ruft Mutter Bain und reicht mir einen Becher mit dampfendem Malvasierwein. Ich erwidere ihren Gruß und küsse alle. John erscheint hinter mir. Er sieht noch ziemlich verschlafen aus.

Plötzlich ertönen draußen Schalmeien, Krummhörner und flämische Dudelsäcke. Wir laufen alle zur Haustür und sehen einen Kirchenmusiker mit seiner Laute in den erhobenen Händen vor der Dorfkapelle her tanzen. Immer mehr Leute kommen aus ihren Häusern, teilweise noch in Nachtgewändern. Sie folgen den Musikern und singen ein altes Volkslied.

Sie tanzen auf das Pfarrhaus zu, und Mutter Bain reicht mir ein großes Tablett mit Gewürzkuchen, die sie und Esther seit dem frühen Morgen gebacken haben. Die Musiker und das halbe Dorf strömen in die Küche; die übrigen Leute drängen sich auf dem Flur, der Treppe, der Galerie und überall, wo sonst noch Platz ist. Am Feuer in der Küche öffnet John ein Fass vom besten Bier.

Unser Kirchenvorsteher Richard Battle ist nach einem alten Weihnachtsbrauch als »Herr des Unfugs« verkleidet. Er trägt ein Kostüm mit Glöckchen und bunten Bändern und hält einen kurzen Stock in der Hand. Er hüpft zu mir und gibt mir einen Kuss, dann schlägt er John mit dem bunt bemalten Stöckchen.

»Zum Teufel mit den Ungläubigen und allen ein fröhliches Weihnachtsfest!«, ruft er.

Andere greifen seinen Trinkspruch auf, nur ich bin nicht recht in der Stimmung dazu. Der Lautenspieler zwängt sich durch die Menge, lehnt ein Bier ab und klettert auf den Geschirrschrank. Ich setze mich in die Ecke neben dem Kamin und murmle ein Stoßgebet für unsere Teller. Der Musiker stimmt leise ein Lied an. Allmählich verstummen alle. »Macht den Schlag zu!«, brüllt jemand und die Haustür wird geschlossen. Die kleine Galerie um die Küche, auf der normalerweise nur Bierfässer stehen, knarrt bedenklich, als Leute sich auf ihr niederlassen. Der Lautenspieler zupft sacht die Melodie von *Uns ist ein Kind geboren* und die Leute beginnen ungewohnt zart mitzusingen.

John zieht ein Bierfässchen heran und setzt sich neben mich. Die Leute singen mit Kuchen im Mund und reichen die Humpen, die sie rein zufällig dabeihaben, zum Nachfüllen herüber. Ein Windstoß fegt durch den Kamin und wirbelt Asche auf meine Röcke.

»Ich habe das Feuer etwas herunterbrennen lassen, damit wir das Weihnachtsscheit hineinlegen können«, sagt Mutter Bain und setzt sich uns gegenüber.

Ich nicke wortlos.

»Ach Mädchen, in letzter Zeit bist du nur noch traurig.« Sie blickt mich nachdenklich an und schüttelt den Kopf. Dann sieht sie sich nach Dickon um. »Los, Dickon, hol mit John das Weihnachtsscheit aus dem Stall. Ich habe es mit einer Öltuchdecke vor dem Frost geschützt.«

Beim letzten Vers des Liedes greift Esther wieder nach einem Holzlöffel und trommelt damit auf eine umgedrehte Kupferpfanne, aber in einem versetzten

Rhythmus. So klingt das Lied fremd, wild und beunruhigend.

Unter lautem Beifall schleppen John und Dickon ein großes Stück von einem Baumstamm herein. Ich trete zur Seite und spreche ein kurzes Gebet für all die kleinen Geschöpfe, die darin wohnen. Die Leute am Kamin schreien auf und springen zurück, als das Weihnachtsscheit krachend im Feuer landet und Asche und Funken in die Küche stieben. Dann singen alle das Lied vom Efeu und der Stechpalme und marschieren wieder hinaus in den frostigen Morgen.

Wir haben gerade noch Zeit, zu frühstücken und uns herzurichten, dann beginnt schon der Gottesdienst. Etliche Leute aus dem Dorf sind betrunken. Einer muss während der Predigt immer wieder laut aufstoßen und zwei andere kippen um. »Das ist wohl die Kälte«, sagt Mutter, die neben mir steht. Trotz des einsetzenden Tauwetters ist es immer noch recht kalt. Chorpult und Chorschranke sind mit Eisblumen überzogen. Die Steinplatten unter unseren Füßen sind nicht mehr vereist, da so viele Leute darüber gelaufen sind, aber ich weiß, dass die Erde darunter immer noch gefroren ist. Ich denke an Robert. John schließt auch die Menschen, die in den Gefängnissen sitzen, in seine Gebete ein. Fröstelnd schließe ich die Augen.

Nach dem Gottesdienst kommen Mutter, Verity und James mit ins Pfarrhaus. Wir sitzen in der Küche um das Weihnachtsscheit, trinken, reden und richten das Mittagessen her. Dann gehen wir ins Esszimmer hinüber. Vaters Bett ist hereingetragen worden. Ich setze mich neben ihn und zerstampfe sein Essen. Mutter Bain, Esther und ich haben einen Schwan mit Wachtelfüllung, einen Schweinebraten in Rotwein, eine Spinatpastete mit Walnüssen, Quitten- und Hagebuttengelee, Essiggurken und Sauerkraut, Karotten in Butter und Zimt und mehrere Obstkuchen und Fruchtpuddings gemacht. Wie hätte Vater dieses Festmahl früher genossen, denke ich. Nun merkt er kaum, dass er etwas isst.

Den ganzen Nachmittag ist mir zum Heulen zumute. Bei jedem Weihnachtslied muss ich mein Taschentuch hervorholen. Ich kann die Tränen einfach nicht zurückhalten.

»Wie soll das erst werden, wenn du Kate singen hörst?«, sagt Mutter, als wir kurz vor Einbruch der Dunkelheit auf den Hof hinausgehen. Dort stehen Johns Pferdewagen, unser Wägelchen und Pferde bereit, um uns alle zum Barrowbeck-Hof zu bringen. Heute wird Vater endgültig nach Hause zurückkehren. Er wird gemächlich in einem bequemen Bett zum Turm gefahren, das wir ihm hinten auf dem Pferdewagen hergerichtet haben, und dann auf einer Trage über die Osttreppe in seine frühere Kammer hinter dem Kamin gebracht. Auch ich könnte heute nach Hause zurückkehren, wenn ich wollte.

Es dämmert bereits, als John und ich am Gehegetor absitzen. Wir übergeben unsere Pferde William, der gerade Dienst hat.

»Willkommen daheim, Fräulein Beatrice«, begrüßt er mich. John nimmt meine Hand und zieht mich beiseite.

»Bleib ruhig hier«, sagt er. »Das möchtest du doch, oder?«

Ich nehme sein Gesicht in die Hände. »Ja, das möchte ich, danke, John. Nach unserer Verlobung morgen werde ich hierher zurückkehren und bis zu unserer Hochzeit hier wohnen.«

Er zieht mich hinter den Holunderbaum neben dem Gehegetor und küsst mich.

»Sie haben Schlimmes auf dem Gewissen, junge Dame«, ertönt Kates Stimme aus der Milchkammer hinter uns. »Wie konnten Sie diesen frommen Mann zu unserem lockeren Lebenswandel verführen?«

Ich laufe lachend auf sie zu und umarme sie. Dann gehen wir alle zusammen zum Torhaus hinauf und in den Turm.

Alle Räume sind mit grünen Zweigen geschmückt. Mitten auf dem Tisch im Wohnzimmer steht eine mit Federn verzierte Pfauenpastete. Der Weihnachtstag ist der einzige Tag im Jahr, an dem Pfauenfedern nicht die Macht des bösen Blicks haben, was Kate stets ausnutzt.

Tante und Onkel Juniper, Gerald, Germaine und Hugh treffen ein. Wir vergnügen uns eine Stunde lang mit Spielen, bevor wir gemeinsam mit den Knechten sowie George und Martinus vom Low-Back-Hof das Abendessen einnehmen. Wir wechseln die Wache jede Stunde, so dass jeder einmal an der Reihe ist. Nach dem Festmahl öffnen wir die letzte große Flasche Holunderwein. Träge vom vielen Essen, machen wir es uns an dem langen Tisch zwischen den beiden Feuern gemütlich und erzählen uns Gruselgeschichten. Mutter erzählt die schaurige Geschichte von der kopflosen Lady aus Hagditch, die nachts auf den Landstraßen verzweifelt nach ihrem verlorenen Geliebten sucht. Ich weiß, dass ihre dramatische Beschreibung der irrsinnigen Sehnsucht der Lady auch deshalb so überzeugend klingt, weil Cedric nicht hier ist – es hätte den Anstand verletzt, ihn zu unserem Weihnachtsfest einzuladen. Ich kann ihr nachfühlen, wie lange einem

Weihnachten mit all seinen obligatorischen Ritualen vorkommt, wenn man die ganze Zeit über andere Dinge im Kopf hat, die einem keine Ruhe lassen.

Gegen Mitternacht spielt Germaine auf ihrer Laute und Kate singt *Morgen will ich tanzen*.

In Windeln gewickelt und in einer Krippe liegend,
so ärmlich, zwischen Ochs und armem,
dummem Esel,
lud ich meine wahre Liebe zum Fest.
Tanz, meine Liebe, sing, meine Liebe,
Das hab ich für meine wahre Liebe getan.

Ich lasse den Kopf auf den Tisch sinken und weine.

John und ich werden aufgezogen, weil wir uns am Fest eines Märtyrers verloben wollen. Unsere Verlobung soll morgen Vormittag nach der Trauung von Esther und Dickon stattfinden. Danach werde ich meine Sachen packen und hierher zurückkehren. Bereits heute werde ich wieder in meinem eigenen Bett schlafen. Als alle Gäste sich verabschiedet haben, steigen John und ich zur Plattform hinauf, um eine Stunde Wache zu halten. Der Wind peitscht Eisregenschauer, die nach Meer riechen, über die Zinnen und ein sichelförmiger Mond gleitet durch die Wolkenlücken. Heute Nacht sind keine Feinde hier. Wir lehnen uns gegen den kleinen Signalfeuerturm und umarmen uns. Und als William heraufkommt, um uns abzulösen, gehen wir hinunter in meine Kammer.

19. Kapitel

Am nächsten Morgen bin ich furchtbar angespannt. Esther und Dickon werden in der Vorhalle der Kirche getraut und danach werden John und ich verlobt. Vor der Familie und unseren Freunden geben wir uns das Versprechen für ein ganzes Leben – was könnte fester aneinander binden, frage ich mich, als wir vor dem Vikar von Hagditch am Altargitter stehen. Unsere Hochzeit soll im Hochsommer stattfinden. Der Bischof wird uns trauen.

Die zwölf Weihnachtsfeiertage vergehen sehr langsam. Auf das Fest des Märtyrers Stephanus folgen das Fest des Apostels Johannes, das Fest der unschuldigen Kinder und der Feiertag, den wir Neujahr nennen – nach einer merkwürdigen, alten Sitte aus der Zeit, als das Jahr noch am ersten Januar begann anstatt wie heute am fünfundzwanzigsten März.

An diesem Tag, dem ersten Januar, tauschen wir Geschenke aus. John ist begeistert von seinem lila Nachthemd. Unsere Beziehung hat sich seit der Weihnachtsnacht verändert. Vermutlich merken das alle. Auf jeden Fall gesteht man uns mehr Freiheiten zu, nun, da wir verlobt sind und nicht mehr unter einem Dach wohnen.

Es kommt mir immer noch ein bisschen unwirklich vor, dass eine gemeinsame Zukunft mit diesem Mann vor mir liegt, dessen Körper ich inzwischen genauso mag wie seinen Geist. Weiter werden wir erst nach unserer Heirat gehen. Wir können warten – auch wenn wir das wahrscheinlich nicht täten, wenn John einen anderen Beruf hätte.

Die Feiertage enden mit dem Dreikönigsfest. Wir gehen alle zu Tante Juniper, wo uns ein weiteres, allzu üppiges Festmahl erwartet. Inzwischen freue ich mich geradezu auf den Pflug-Montag, an dem das normale Leben wieder losgeht – vom normalen Essen ganz zu schweigen. Aber gleichzeitig wächst meine Angst, weil der März mit jedem Tag näher rückt. Jeder kahle Baum sieht für mich aus wie ein Galgen.

Inzwischen umwirbt Hugh Anne Fairweather mit ernsthaften Absichten. Wir kennen die reiche Witwe aus Hagditch bereits flüchtig von verschiedenen Geselligkeiten in der Gegend, aber am Dreikönigsfest begegnen wir ihr zum ersten Mal im Kreise der Familie. Anne ist etliche Jahre älter als Hugh; ihr gehört das schöne, große Herrenhaus in Hagditch. Ich bin erleichtert und gleichzeitig leicht gekränkt, dass Hugh sich so schnell getröstet hat.

»Da sie sonst alles hat, ist sie ganz versessen darauf, wieder zu heiraten«, meint Verity, während wir in Tante Junipers Küche die vorläufig letzten, schon welken Karotten schneiden.

Irgendwie umgibt Anne etwas Geheimnisvolles, teils, weil sie wegen ihrer Pockennarben immer einen Schleier trägt, und teils auch, weil sie reich ist und familiäre Verbindungen zum Adel hat.

Noch interessanter ist jedoch, dass Anne offenbar mit einem der Richter verwandt ist, die für Lancaster zuständig sind. Ich nehme mir vor, wesentlich näher Bekanntschaft mit ihr zu schließen.

Nach dem Essen im langen Speisesaal des Turms vertreiben wir uns die Zeit mit Spielen. Ich bekomme mit, wie Gerald John beim Blindekuhspielen beiseite nimmt. Als die beiden hinausgehen, zieht Germaine sich ebenfalls aus dem Spiel zurück und fasst mich beim Arm. »Ein Bote von Lord Ravenswyck war bei Gerald.«

Germaine benutzt inzwischen kein Rouge mehr, und sie dreht sich auch keine Locken mehr ins Haar, sondern kämmt es streng nach hinten und lässt ihr blasses Gesicht ungeschminkt. Und ihre Art ist lockerer, offener und direkter geworden, seit sie zur Familie gehört.

»Ein Bote?«, frage ich.

»Alle Gutsherren aus den nördlichen Grafschaften sollen sich am Fastnachtsdienstag mit ihren Männern in Newcastle versammeln.«

»Oh nein ...«

»John wird natürlich nicht mitgehen, Beatrice. Mach nicht so ein Gesicht.«

»Nein ... nein, natürlich nicht, aber Gerald ... oh, Germaine.«

Mir wird schlagartig klar, dass nun, da Vater nicht mehr einsatzfähig ist, der schneidige Gerald die Truppen anführen wird, denn der schusselige Onkel Juniper kommt für diese Aufgabe nicht infrage. Im Grunde ist nun Gerald der Gutsherr vom Mere Point. Ich sehe Germaine an. »Zu dieser Zeit brauchen wir die Männer doch auf dem Feld und ... ähm ... es ist bestimmt ein großer Fehler, während der Fastenzeit zu kämpfen ...« Mehr fällt mir nicht ein.

Hugh läuft mit einem Wärmsteinbezug über dem Kopf an mir vorbei. Anne Fairweather schreit auf und versucht ihm auszuweichen.

»Ja. Einige werden in der Fastenzeit auf vieles verzichten müssen.« Germaine krallt die Hände zusammen, bis die Knöchel weiß werden. »Andererseits haben wir vielleicht bald kein Land mehr zu bestellen, wenn die Schotten uns weiter angreifen.«

Ich hocke mich auf die Fensterbank. »Also wird Gerald unsere Männer anführen?«

Germaine setzt sich neben mich. »Das muss er wohl. Mein Schwiegervater würde nicht weiter kommen als bis zum nächsten Hundekampfplatz.«

»Werdet ihr vorher noch heiraten?«

»Wir hoffen, dass wir an Lichtmess heiraten können. Es bleibt gerade genug Zeit für das Aufgebot. Gerald fragt gerade John.«

Ich küsse sie auf die Wange. »Gott schütze dich, Kusine.«

Ich starre in die Dunkelheit hinaus. Trotz des Festlärms im Raum höre ich das Meer gegen die Klippen branden und erahne die furchteinflößende Welt da draußen, die Welt der räuberischen Seevögel, der aufgesperrten Fischmäuler, der zuschnappenden Krebsscheren und der unheimlichen, zu Stein gewordenen Geschöpfe in den Felsen – der Salamander, die sich vor langer Zeit in geschmolzenen Stein brannten. Alles in dieser Welt ist so alt ist wie das Wasser und auch so vernunftlos. Man könnte verrückt werden, wenn man darüber nachdenkt, und doch ist diese Welt in uns allen, in denen, die hierbleiben, und in denen, die über die Grenze marschieren.

»Beatrice«, sagt Germaine plötzlich und reißt mich aus meinen Gedanken, »dein Schotte … ist er unter denen, die im Gefängnis von Lancaster sitzen?«

»Ja.« Ich bin überrascht, wie nüchtern ich klinge, obwohl ich alles so schrecklich sinnlos finde. »Ich hätte nicht erwartet, dass wir so bald einen Feldzug nach Schottland unternehmen. Ich habe gehofft, die Königin würde diese Schotten vielleicht als Geiseln benutzen. Dass Robert wenigstens für einen guten Zweck leidet.

Aber nun fallen wir trotzdem in Schottland ein und Robert verrottet völlig umsonst in diesem Kerker.«

Germaine nimmt meine Hand. »Vergiss nicht, wie er hierher kam, Beatrice. Keiner hat ihn dazu gezwungen. Die Schotten werden uns weiterhin überfallen, wenn wir nicht hart zurückschlagen.«

Erbost ziehe ich meine Hand weg und laufe aus dem Speisesaal.

Gut drei Wochen später werden Gerald und Germaine in der Kirche von Wraithwaite getraut. Damit wird unsere einstige Hausangestellte meine Kusine und letzten Endes Gutsherrin.

Es tut gut, wieder auf dem Barrowbeck-Hof zu sein, bei Mutter und der vertrauten Mannschaft aus Leo, Kate, Tilly Turner und den Knechten; nur der hinterhältige Michael wirkt verschreckt, denn er dachte, er sei mich endlich los. Ich sage zu Tante Juniper, dass er vielleicht gut zur Witwe Brissenden passen würde. Die sehne sich sicher nach Gesellschaft, nun, da ihre Pflichten als Anstandsdame beendet seien. Meine gute Tante ist angetan von diesem Vorschlag und verspricht mir, die Erfolgsaussichten zu prüfen. Esther und Dickon sind ebenfalls ins Tal zurückgekehrt und arbeiten zurzeit für Verity. Germaine hat ihre Schwiegermutter, mit der sie besser auskommt, als wir zu hoffen wagten, dazu überredet, die Witwe des zweiten Ermordeten als Dienstmagd einzustellen und zur Köchin auszubilden. Zunächst war Tante Juniper skeptisch, aber inzwischen gefällt ihr die Vorstellung, nicht ständig selbst kochen zu müssen. Neuerdings putzt sie sich nachmittags öfters heraus und macht Besuche im ganzen Bezirk.

Bei mildem Wetter bessern die Männer Zäune aus und reinigen Gräben. An Tagen, an denen die Milch im Kübel und das Wasser im Brunnen gefriert, hacken sie Holz und reparieren und schärfen ihre Geräte.

Während der kalten Winterabende, an denen unser Atem in der Luft zu Eis wird, lerne ich mit John im Kuhstall und in der Milchkammer einige sehr irdische Freuden kennen. John ist wirklich ein schöner Mann. Er ist dunkel, wo Robert goldbraun war. Es ist ein seltsames Gefühl, mit einem anderen Mann ganz ähnliche Dinge zu erleben wie mit Robert. John nennt mich seinen Schatz, seine Liebste. Er kann auch richtig frech und witzig sein. Ich entdecke ganz neue Seiten an ihm. Wir lachen viel. Die Leute grinsen wissend, wenn sie uns über irgendeinen albernen Witz kichern hören, den sonst keiner versteht. Wenn ich nicht wüsste, dass Robert im Gefängnis sitzt, wäre ich glücklich.

Im Laufe der Woche bereiten die Männer die Felder für die Aussaat vor. Sie graben Steine aus und füllen die Löcher mit Erde und Kompost. Als der Boden schließlich weich genug ist, fangen wir an zu pflügen. Verity und ich verlesen das Saatgut – Weizen, Gerste, Roggen und Bohnen. Dabei muss ich an die winzigen, schwarzen, nierenförmigen Samen denken, die unten in meiner Wäschetruhe liegen – Bilsenkraut, das letzte Mittel für Verzweifelte. Ich erinnere mich an einen lange zurückliegenden Tag im unwirtlichen Heideland vor dem Mistholme-Moor, an dem Mutter zu mir sagte: »Fass diese Pflanze nicht an, Beatrice! Sie ist gefährlich!« Damals betrachtete ich die beige und lila gemusterten Blüten der Pflanze, ohne zu ahnen, wozu ich sie später einmal verwenden könnte. Ich habe auch schon die lila gefleckten Stängel des Schierlings gesehen, sowie Tollkirschen und weitere Pflanzen, vor denen ich gewarnt wurde. Ich fahre mit den Fingern durch die Getreidesamen wie durch einen Haarschopf. Nicht anfassen. Nicht anfassen. Nun habe ich diese Pflanze doch angefasst, und sie ist wirklich gefährlich.

Die Nachmittage, an denen ich bei Cedric die Heilkunst erlerne, sind seltener geworden. Er kommt jetzt öfter zu mir herüber und lehrt mich das Schröpfen als Therapie für Kates geschwollene Gelenke, die Zubereitung einer Arznei aus Weißdorn und Maulbeeren für Vaters Blut und das Anrühren eines Breiumschlags aus Schwarzwurz für seine wund gelegenen Stellen. Manchmal betrachte ich Vater bekümmert und kann nicht fassen, dass er sich so verändert hat. Wann hat er all seine dunklen Haare verloren? Seit wann ist sein Mund so eingefallen? Wann wurden seine Wangenknochen so spitz? Ich nehme seine knochige Hand und erzähle ihm von Robert. Er starrt mich an und nickt.

Eines Morgens, als ich mit Verity in ihrer Küche sitze und aus Rosmarinasche und zerstoßenem Alabaster Zahnpasta herstelle – nach einem ganz neuen Rezept aus London, das Anne Fairweather uns empfohlen hat – krümmt sie sich plötzlich auf ihrem Stuhl zusammen und sagt: »Schwester, ich habe Schmerzen im Bauch und meine Stiefel sind voller Wasser!«

Ich hatte fast vergessen, dass das geschehen würde. Das Kinderbettchen und die Laken für die Geburt sind längst hergerichtet, aber über Weihnachten war so viel los; außerdem haben wir uns bereits daran gewöhnt, dass Verity kugelrund ist. Ich springe auf. »Herrje, Verity! Ich hole Mutter. Wo ist James?«

Sie beugt sich vor und stöhnt. »Ich glaube, er arbeitet an den Befestigungsanlagen, Beatie. Schick bitte auch nach Sanctity Wilson und Mutter Bain. Geh schon. Ich komme zurecht.«

Jetzt ist vieles gleichzeitig zu tun. Ich überziehe das Bett mit den Laken und helfe Verity hinein. Ich suche George und Martinus, finde sie an der Werkbank im Gerätekeller und schicke sie Mutter, Sanctity Wilson und Mutter Bain holen. Sanctity erscheint mit einem Gebräu aus Himbeerblättern, Mutter Bain mit ihrer Gobelintasche voller Medikamente. Kate bringt einen Stapel bequemer Kissen und eine Decke aus Maulwurfsfell für das Baby.

»Sie sollte sich bewegen«, sagt Sanctity, zieht ihren roten Hebammenkittel an und hilft Verity, sich zu strecken, zu beugen und umherzulaufen. Mutter beobachtet die beiden skeptisch, sagt aber nichts, weil allgemein bekannt ist, wie mühelos und schnell Sanctity ihre vielen Kinder zur Welt gebracht hat. Mittags essen wir mit dem Teller auf dem Schoß in Veritys Zimmer und trinken eine Flasche französischen Wein. Dann legen wir große, trockene Holzblöcke ins Feuer, damit es bis zum Nachmittag brennt.

Als die kalte Wintersonne untergeht, ist Verity der Geburt nicht näher als in den Stunden zuvor. Sie hat starke Wehen, aber in großen Abständen. Gegen Mitternacht sehen die älteren Frauen besorgt aus. Ich trete hinaus auf den Flur, auf dem James die ganze Zeit auf und ab gelaufen ist, aber nun ist er nicht mehr da. Ich finde ihn auf dem dunklen Feldweg, wo er weinend mit seiner Sichel auf die Dornbüsche eindrischt.

Als ich zurückkomme, horcht Mutter Bain gerade die Herztöne des Kindes ab. Alle im Raum sind verstummt und Verity ist bleich vor Erschöpfung. »Gnädige Frau ...« Die Alte richtet sich auf und bedeutet

Mutter, ihr zu folgen. Ich stehe in der Tür und kann die beiden hören. Mutter Bain sagt leise: »Das Kind hat kein Fruchtwasser mehr. Es muss jetzt geboren werden. Sie wird Koboldbrot essen müssen.«

Mutter schnappt nach Luft. »Oh … gibt es wirklich kein anderes Mittel, Mutter Bain? Eine Geburt ist auch ohne Koboldbrot schon schlimm genug.«

»Ihre Wehen folgen nicht schnell genug aufeinander. Es muss sein, gnädige Frau, sonst wird das Kind sterben.«

Ich blicke zu Verity hinüber. Sie beobachtet uns argwöhnisch. Mutter Bain zieht ein Tütchen aus ihrer Tasche und schüttet ein paar schwarze Brotstücke in ihre Hand. Dieses Brot enthält Mutterkorn, den üblen Getreidepilz, der in schlechten Jahren die Armen Dämonen sehen lässt und manche dazu treibt, sich selbst oder andere zu töten. Mutter Bain hat das Brot aufbewahrt und benutzt es als Mittel, um Geburten zu beschleunigen. Mir kommt der Gedanke an Hexerei, aber ich schiebe ihn beschämt beiseite.

Kate schleppt die schwere Holzwiege mit Kufen an mir vorbei. »Koboldbrot? Gott steh Ihnen bei, Verity!«, ruft sie aus. »Denken Sie immer daran, dass das, was Sie sehen, nicht wirklich da ist.«

»Sei still, Kate!«, fährt Mutter sie an.

Kate zuckt die Achseln. »Ich habe ein Messer mitgebracht. Das müssen wir über die Wiege hängen, um die Elfen fern zu halten, die sich Kinder schnappen.« Sie schwingt ein großes Transchiermesser. Mutter rollt mit den Augen und führt sie weg.

Nachdem Verity zwei Stückchen von dem Koboldbrot gegessen hat, ziehen sich alle ins Dämmerlicht der Kerzen zurück, damit sie sich ausruhen kann, nur ich rücke einen Stuhl an ihr Bett mit den roten Vorhängen und nehme ihre Hände. Sie schließt die Augen und sagt, fast ohne die Lippen zu bewegen: »Denk daran, dass du Patin sein wirst, Beatrice. Kümmere dich an meiner Stelle um dieses Kind.«

Es hat keinen Sinn, ihr zu antworten. Ich sehe, dass sie weit weg ist und mich nicht hören kann. Ich verspreche es ihr mit einem Händedruck.

Am frühen Morgen schlägt Verity schreiend nach Dingen, die wir nicht sehen können. Als es erneut Mitternacht wird, ist sie still. Wir sind alle auf die Knie gesunken. Ich döse immer wieder ein, mit dem Gesicht auf der Bettdecke. Manchmal wache ich auf, weil ich keine Luft mehr bekomme, manchmal, weil mir die Knie eingeschlafen sind. Ich schrecke hoch, als Mutter Bain auf der anderen Seite des Bettes aufsteht und ihren roten Kittel glatt streicht. Die Gebete, die rund um das Bett wie Beschwörungsformeln gemurmelt werden, verstummen abrupt. Die alte Frau legt die Hand an Veritys Wange. »Sie ist in sehr kritischem Zustand«, sagt sie zu meiner Mutter. »Sie müssen den Muschelmann rufen. Er kann ihr den Bauch aufschneiden.«

Kate sinkt mit einem spitzen Schrei zu Boden.

»Nein!« Mutters Antwort hallt von den Wänden wider. *Nein, nein, nein.*

»Er könnte das Kind vielleicht retten, gnädige Frau, obwohl ich es bezweifle.«

Bisher hat Verity mit geschlossenen Augen ganz ruhig dagelegen. Ihr Geist schien weit weg zu sein. Doch nun krampft ihr Körper sich plötzlich zusammen und sie stöhnt laut auf.

»Hebt sie auf die Knie!«, ruft Sanctity. »Etwas hat sich verändert.«

Mutter Bain eilt zum Fußende des Bettes. »Der Kopf ist draußen. Gott sei Dank!«

Gemeinsam hieven wir Verity aus den zerwühlten Bettlaken auf die Knie. Sie ist total schlaff und sehr schwer. Ich schiebe meine Schulter unter ihre Achselhöhle, um sie zu stützen, und spüre, wie ich mich mit ihr anstrenge. »Presse, Verity! Gib dich nicht auf!«, murmle ich. »Presse! Dann wirst du alles haben, was du wolltest – James, den Hof und ein Kind. Du darfst nicht sterben. Denk an deine Ziele. Denk immer an deine Ziele.«

Aus ihrer Kehle dringt nur undeutliches Geflüster. Ich schwanke unter ihrem Gewicht. Die Leute im Raum weinen. Dann hören wir einen leisen Schrei, eine neue Stimme in der Welt.

Triumphierend hebt Mutter Bain das winzige, blutverschmierte Neugeborene hoch. »Es ist ein Junge!« Sanctity bindet die Nabelschnur an zwei Stellen ab und durchtrennt sie mit geübter Hand. Dann wischt sie dem Kleinen den Mund ab. Mutter hält schon ein Leinentuch und die Decke aus Maulwurfsfell bereit und wickelt das Kind hinein, ohne es vorher zu waschen. Dann reicht sie es mir.

»Wärme ihn, Beatie. Er ist halb tot. Du musst deine Patenpflicht erfüllen, stellvertretend für seine anderen Pateneltern. Später ist noch genug Zeit, ihn zu waschen.«

John, der ebenfalls einer der Paten sein wird, hat immer wieder vorbeigeschaut, während Verity in den Wehen lag, doch jetzt ist er gerade bei einem sterbenden Bauern auf dem Mere Point. Für einen Mann ist sowieso kein Platz in einem Geburtszimmer. Hugh und Gerald sind weitere Paten des Kindes, Germaine seine zweite Patin. Ich halte meinen Neffen im Arm und lausche aufmerksam seinen leisen Atemzügen. Er hat rotes Haar, dunkelblaue Augen und winzige Händchen, die zu Fäusten geballt sind. Sein fester, kleiner Körper fühlt sich wunderbar an.

»Wenn er den Tag überlebt, überlebt er die Woche«, sagt Kate.

Wie die meisten Hebammen haben Mutter Bain und Sanctity vom Bischof für den Notfall alle Utensilien bekommen, die man für die Taufe eines Neugeborenen braucht. Jetzt treten die beiden in ihren roten Kitteln vor das Kind. Etwas Heiliges umgibt sie, inmitten der irdischen Körperlichkeit solch einer Geburt. Sanctity gießt geweihtes Wasser in eine Schale, und Mutter Bain hüllt den Kleinen in unser Familientaufkleid aus Seide und Wolle. Dann tauft sie ihn auf den Namen Thomas Francis, nach seinen beiden Großvätern.

»Halten Sie ihn zur Sicherheit lieber auch noch zwischen die Äste eines Holunderbaums«, rät Kate. »Man kann nie vorsichtig genug sein.«

Mutter wischt sich mit beiden Händen die Tränen aus dem Gesicht und erwidert: »Vielleicht später.« Thomas hört auf zu wimmern, als ich ihn hin- und herwiege, und blinzelt ins erste Sonnenlicht, das durchs Fenster hereinfällt.

20. Kapitel

Als im Laufe des Tages klar wird, dass Thomas überlebt, feiern wir seine Taufe. John und ich schenken ihm eine Garnitur silberner Apostellöffel und einen Beißring aus Koralle. Der fahrende Händler hat Zitronen mitgebracht – ein seltener Genuss – und so bereitet Kate zur Feier des Tages einen Hasenbraten in Zitronenmarinade zu. Verity hat schwarze Ringe unter den Augen und ihre Stimme ist noch etwas zittrig, aber sie ist überglücklich. »Danke, dass du mich ins Leben zurückkommandiert hast«, sagt sie, als wir nach draußen gehen, um die Fortschritte der Männer bei der Befestigung des Anwesens zu besichtigen. »Ich habe dich aus weiter Ferne gehört.«

Eine Zeit lang scheint das Leben in diesem Februar fast wieder normal zu laufen. Strenger Frost hindert uns am Pflügen, aber wir sind froh, dass er den Boden mürbe macht. Die viele Arbeit, die nun anfällt, drängt Gedanken an den bevorstehenden Feldzug nach Schottland in den Hintergrund, wobei einige der jungen Männer, die Tag für Tag die harte, eintönige Feldarbeit verrichten, die Aussicht, im März in Schottland einzumarschieren, durchaus aufregend finden. Für mich wird es Zeit, meine eigenen Pläne weiterzuverfolgen, denn es ist schon Mitte Februar. Bald ist Roberts Verhandlung. Manchmal finde ich nachts keinen Schlaf oder habe Albträume. Jede harmlose Kette auf dem Hof wird zu einer Fessel für Häftlinge und jedes harmlose Stück Seil zu einem Henkersstrick.

Ende Februar besuchen Mutter, Tante Juniper und ich Hughs neue Heiratskandidatin Anne Fairweather in ihrem Haus in Hagditch. Ein irischer Wolfshund bewacht das Eingangstor und an der Haustür empfängt uns ein ältlicher Diener. »Willkommen, meine Damen, darf ich Sie hereinbitten?«, sagt er. Wir sind beeindruckt. Ich frage mich, ob ich einem unserer Knechte solche Umgangsformen beibringen könnte.

Wir sind auch beeindruckt von Annes Tafelbesteck aus Gold und Silber, den Kerzenschirmen aus Perlmutt, den leuchtend bunten Wandteppichen und anderen schönen Sachen in ihrem Haus. In der Bibliothek steht ein Spinett mit einem blau, rot und golden bemalten Deckel und kunstvoll geschnitzten Tasten. Anne spielt für uns darauf, während Mutter und Tante Juniper im Garten vor dem offenen Fenster der Bibliothek zwischen den Schneeglöckchen umherspazieren. Ich lasse meinen Blick über die Bücherregale wandern. Als ich finde, was ich gesucht habe, sage ich zögernd: »Anne?«

Sie blickt vom Spinett herüber und lächelt. »Ja, Beatrice?« Sie hat ihren Schleier über die Haube zurückgeschlagen. Als ich ihr bezauberndes Lächeln sehe, stelle ich fest, dass Pockennarben eigentlich gar nicht schlimm sind.

»Anne, ein Vetter von dir ist doch Richter in Lancaster, nicht wahr?«

Sie nickt. »Ja, mein aufgeblasener Vetter Edward.«

»Oh … aufgeblasen?«

»Einfach unerträglich, meine Liebe. Interessierst du dich für die Rechtsprechung? Du kannst Edward kennenlernen, wenn du möchtest. Er kommt am Sonntag zum Mittagessen. Du bist herzlich eingeladen.«

Das ist mehr, als ich erhofft habe. Im Herbst habe ich den Richtern von Lancaster in einem anonymen Brief geschrieben, dass Robert Lacklie sich für ein Ende der schottischen Überfälle einsetzen wollte, aber wie erwartet gelang es mir nicht, ihre Meinung zu ändern.

»Danke … vielen Dank. Ich komme sehr gern. Wird Hugh auch da sein?«

»Ähm, nein. Diesmal nicht. Bring John mit, als Ausgleich für den schrecklichen Edward.«

»Warum lädst du deinen Vetter denn ein, wenn du ihn nicht leiden kannst, Anne?«

Sie blättert eine Seite in ihrem Notenheft um und beginnt, ein schnelles und schwieriges Stück zu spielen. Sie konzentriert sich einen Augenblick, dann blickt sie wieder auf. »Weil er für mich jemanden aus dem Gefängnis holen soll, Beatrice.«

Ich lasse das Buch fallen, das ich in der Hand gehalten habe.

Anne hört auf zu spielen. »Bist du schockiert? Ich hatte angefangen, dich für eine Gleichgesinnte zu halten. Sag mir nicht, dass ich mich geirrt habe.«

Unsicher setze ich mich auf einen geschnitzten Stuhl aus Kastanienholz. Anne spielt weiter. »Vielleicht findest du meinen Vetter Edward gar nicht schrecklich, sondern charmant, Beatrice. Er versucht, Damen zu imponieren, und ist ein sehr stattlicher Mann, trotz seines Wanstes.«

Ich beuge mich vor und hebe das Buch auf, das ich fallen ließ. Es ist *Das große Kräuterbuch*.

»Wer … wen willst du denn aus dem Gefängnis holen, Anne?«

Sie seufzt. »Oh, die Frau eines Pächters meiner Kusine Elspeth. Ich habe schottische Verwandte, leider. Natürlich haben wir kaum Kontakt. Diese törichte Frau hat versucht, als Wäscherin verkleidet in das Gefängnis zu gelangen, um ihren Sohn zu befreien.

Er sitzt wegen Beteiligung an einem Grenzüberfall ein. Die Frau konnte fliehen, wurde aber in irgendeinem Gasthaus in Lancaster wieder aufgegriffen und steckt nun selbst im Gefängnis. Es wäre einfach nicht richtig, sie mit den anderen aufzuhängen.« Sie klappt den Deckel des Spinetts zu.

Ich gehe zu ihr hinüber und lege die Hand auf das Instrument. Ich kann noch die Schwingungen der Musik darin spüren. »Ich will auch jemanden aus dem Gefängnis holen, Anne«, sage ich und werfe einen Blick über die Schulter, weil Mutter und Tante Juniper gerade am Fenster vorbeilaufen.

Anne zieht die Augenbrauen hoch. »Oh, darf man fragen …?«

»Es ist ein Schotte. Er heißt Robert.«

»Weißt du, Beatrice, früher dachte ich, du wärst langweilig. Aber inzwischen glaube ich, dass wir echte Freundinnen werden könnten. Ist er dein Geliebter?«

Mutter und Tante Juniper kommen wieder herein.

»Dürfte ich mir wohl dieses Buch ausleihen?«, frage ich und presse das Kräuterbuch an mich.

»Selbstverständlich.« Anne öffnet das Spinett wieder und spielt etwas, das sehr nach einem Tanz aus dem schottischen Hochland klingt.

Am Abend reite ich zum Pfarrhaus hinüber. John ist nicht da und Mutter Bain schläft bereits. Ich laufe die Treppe hinauf, greife tief in meine Wäschetruhe und taste umher. Die Bilsenkrautsamen und das fest zugestöpselte Fläschchen sind noch da. *Falls die Zeit es zulässt, erzielt man die besten Ergebnisse, wenn man die Samen vor dem Zerstoßen in Wein einlegt,* heißt es in Annes Buch. Die Zeit lässt es zu, und ich hoffe, dass der Whisky, den ich sorgsam aufbewahrt habe, eine noch bessere Wirkung haben wird als Wein. »Whisky …« Ich übe die Aussprache, die Robert mich gelehrt hat. Vielleicht erweist sich das, was ich jetzt tue, nach einem Gespräch mit dem schrecklichen Edward als überflüssig, aber ich will kein Risiko eingehen.

Ich kippe den Whisky aus dem Fläschchen in einen kleinen Mörser aus Marmor, stelle Berechnungen an, überprüfe das Ergebnis zweimal und gebe die errechnete Anzahl Samen in den scharf riechenden Schnaps. Wie schwarze Kommas schwimmen sie an der Oberfläche. Dann decke ich den Mörser ab und schiebe ihn in die hinterste Ecke des Wärmeschranks über dem Brotofen. Das ist ein sicheres Versteck, denn die kleine Mutter Bain kann nicht so weit nach hinten reichen. Als symbolische Entschuldigung beim Allmächtigen für meine Versuche, das Recht zu beugen, stelle ich einen Topf mit Raute aus Cedrics Kräutergarten ins Fenster.

Am Sonntag reiten John und ich direkt nach dem morgendlichen Gottesdienst nach Hagditch. Edward ist bereits da. Er ist tatsächlich ein recht stattlicher Mann mit kastanienbraunem Haar, glatter, rosiger Haut und sehr selbstbewusstem Auftreten. Bei einem fürstlichen Mittagessen erklärt Anne ihm ausführlich, warum er für die sofortige Freilassung der unglücklichen Pächtersfrau sorgen muss. Edward hört ihr mit einem gönnerhaften Lächeln zu, dann schüttelt er den Kopf und beteuert ihr, dass das völlig unmöglich sei, aber trotz seines blasierten Gehabes erkenne ich an dem schmachtenden Blick, den er ihr zuwirft, dass es keineswegs unmöglich ist.

Nach dem Essen nimmt Anne John beim Arm. »Ich

mache mit deinem Verlobten einen kleinen Spaziergang im Garten, liebe Beatrice. Ich möchte ihn verderben, er ist nämlich viel zu tugendhaft.«

John lächelt und lässt sich wegführen. Nun bin ich mit Edward allein. Ich fühle mich schrecklich unbeholfen im Vergleich zu der charmanten und redegewandten Anne. Edward spaziert in der Bibliothek herum und nippt an seinem Glas Beerenwein.

»Also«, sagt er nach einem kurzen Schweigen, »wenn ich meine Kusine richtig verstanden habe, möchten Sie ebenfalls, dass jemand freigelassen wird. Wenn das so weiterginge, wäre das Gefängnis bald leer. Vielleicht könnten Sie mir eine Begründung geben.«

Ich fühle Aufregung und Hoffnung in mir aufsteigen. »Ja, Sir. Ich habe ebenfalls eine Verbindung nach Schottland, wie Sie und Lady Anne. Ich weiß, dass der Schotte, vom dem ich spreche, wollte, dass die Überfälle endlich aufhören. Seine Familie hat genug Einfluss, um sie zu beenden. Er heißt Robert Lacklie. Seine Freilassung könnte zumindest Teilen der Grenzregion den Frieden bringen, während seine Hinrichtung wahrscheinlich nur weitere Racheakte zur Folge hätte.«

»Ihre Motive sind also edel und uneigennützig.«

»Es geht mir … auch um Gerechtigkeit. Robert ist kein Feind Englands.«

»Ist er je in unser Land eingefallen?«

Ich zögere. »Er bereut alle Überfälle, an denen er beteiligt gewesen sein mag, und ist daher umso mehr um Wiedergutmachung bemüht.«

Edward wendet sich abrupt von den Bücherregalen ab und blickt mich scharf an. »Junge Dame, nur weil meine hochherzige Kusine sich für Sie verwendet hat, sehe ich davon ab, Sie zu dieser Angelegenheit offiziell zu vernehmen, obwohl ich das eigentlich müsste. Ich vertrete das Gesetz, und nichts kann mich davon abhalten, ihm Geltung zu verschaffen, außer vielleicht in seltenen Ausnahmefällen die Liebe zu meiner Kusine Anne. Ich verachte mich dafür. Selbst sie verachtet mich dafür, aber wie Sie ja offensichtlich aus eigener Erfahrung wissen, tut man aus Liebe manchmal seltsame und unvernünftige Dinge.« Er macht eine Pause, holt tief Luft, verschränkt die Arme vor seiner breiten Brust und blickt mich böse an, als hätte ich ihn dazu verleitet, zu viel zu sagen. Dann fügt er hinzu: »Sie sind ein Mitglied der Familie, die mir meine Kusine ein zweites Mal wegnehmen will, obwohl ich mir beim besten Willen nicht vorstellen kann, was sie an Ihrem Vetter Hugh findet. Nun, ich hoffe immer noch, ihr diese Torheit ausreden zu können. Manchmal haben Damen solche Schwächen. Sie brauchen ein wenig Führung, um zu erkennen, was das Beste für sie ist. Ihr Vetter Hugh macht sich offensichtlich Hoffnungen. Das kann ich zwar verstehen, aber ich werde mein Möglichstes tun, damit sie unerfüllt bleiben. Was Sie betrifft, junge Dame, so kann ich Ihnen nur dringend raten, Ihre Beziehung zu diesem Schotten noch einmal zu überdenken.« Er dreht sich um und stolziert zur Tür. »Ich kann nichts für Sie tun. Selbst wenn ich könnte, würde ich Ihnen nicht helfen. Guten Tag.«

Ende Februar hole ich den Mörser aus dem Wärmeschrank und zerstoße die schwarzen Samen in dem hellen Schnaps. Sie sind jetzt größer und weicher. Wenn ich sie mit dem Stößel stampfe, quellen winzige, dunkle Würstchen heraus. Ich drücke die Samen gründlich aus, bis die ganze Mischung schwarz und dickflüssig ist und die leeren Hülsen wie Käferflügel oben schwimmen. Dann filtere ich das Gebräu durch feinen Musselin in das Fläschchen. Als ich den dünnen Stofffetzen voller schwarzer Hülsen hinten ins Feuer werfe, schlagen dunkelviolette Flammen hoch.

In zwei Wochen werden die Männer aufbrechen, um am Fastnachtsdienstag in Newcastle zu sein. Während sie sich dort mit anderen Männern aus allen nördlichen Grafschaften versammeln, um gemeinsam nach Schottland zu marschieren, werden in Lancaster die Gerichtstage beginnen.

21. Kapitel

Es ist fast März. Ich wünschte, die Zeit würde langsamer vergehen. Ich fühle mich noch nicht bereit für das, was ich tun muss. Mutter und ich treffen bereits Vorbereitungen für meine Hochzeit im August. Es ist eine harte Geduldsprobe, mit ihr, Germaine und Tante Juniper dazusitzen und Wäsche zu besticken. Immer, wenn ich zum Pfarrhaus hinüberreite, um fertige Stücke in meine Wäschetruhe zu legen, werde ich an die Bilsenkrautsamen erinnert, die bis vor kurzem dort versteckt waren. Nachts liege ich oft wach, von Angst und Selbstzweifeln gequält.

Ich tröste mich mit Besuchen bei Verity und Thomas. Beide erholen sich gut von den Strapazen der Geburt. Am Tag vor dem Aufbruch der Männer wünsche ich James, dass er wohlbehalten heimkehren möge. Verity kocht Strumpfwolle mit Erlenrinde auf, um sie einlaufen zu lassen und schwarz zu färben. Ihr Gesicht ist nass vor Tränen und Dampf. Der kleine Thomas schnarcht leise in seinem Kinderbettchen.

»Der Dampf ist gut für seine Atmung«, erklärt mir Verity, und dann sagt sie: »Vielleicht kommt James nicht zurück.«

Ich umarme sie. Mir wird das Herz schwer, als ich meinen kleinen Neffen betrachte. Er wirkt so zart und verletzlich. Morgen zieht sein Vater in den Krieg. In fünfzehn Jahren wird er vielleicht dasselbe tun.

In unserer Küche backt Kate eine erste Ladung Fastenkuchen. Ich schlage die Mandelbutter dafür schaumig. Wir arbeiten schweigend zusammen. Was gibt es zu sagen, wenn Männer in den Krieg ziehen? Es ist wie ein böser Traum. Diesmal wird kein Fest veranstaltet. Keinem ist zum Feiern zumute.

Nach dem Mittagessen reite ich zum Mere Point hinüber, um meinen Vettern Glück und eine gesunde Heimkehr zu wünschen. Onkel Juniper marschiert nicht mehr mit. »Es muss sich doch jemand um die Felder kümmern«, sagt er verlegen zu mir. Tante Juniper sitzt zitternd vor dem Feuer in der Küche. Ich nehme ihre Hände und tröste sie. Dann küsse ich meine Vettern zum Abschied und gehe auf die windige Klippe hinaus. Germaine kommt mit einem Korb voller Treibholz – Material zum Entfachen des Warnfeuers – den Felspfad herauf. Sie sieht aus, als hätte sie seit Wochen nicht mehr geschlafen. Sie setzt ihren Korb ab. Wir stehen beide da und blicken über die Bucht.

»Du hast Glück, dass Pfarrer nicht kämpfen müssen«, sagt sie.

»Ich weiß.«

Es ist ein strahlender Frühlingstag. Der Wind spielt mit unseren Haaren und Röcken. Jenseits der Bucht erstrecken sich die Hügelketten des Seengebiets bis zum Horizont. Sie sehen aus wie hintereinander kauernde Echsen. In ein paar Tagen werden unsere Männer sie hinter sich gelassen haben. In wenigen Wochen müssen wir wieder anfangen, an den Warnfeuerplätzen Wache zu halten. Germaine sieht mich stirnrunzelnd an. »Was hast du vor, Beatie?«

Sie hat mich überrumpelt. »Ich weiß nicht, wovon du redest«, erwidere ich, spüre aber, wie ich rot werde.

»Kusine, ich kenne deine Pläne nicht, aber eins sag ich dir: Dein Platz ist bei den Lebenden. Vergiss das nicht. Robert ist so gut wie tot.«

»Nein!«, stoße ich leise hervor. »Nein, das ist er nicht.«

Germaine kneift die Lippen zusammen. »Weißt du überhaupt, wie glücklich du dich schätzen kannst, dass du John hast? Die Hälfte der Frauen hier aus der Gegend würde ihm zu Füßen fallen, ohne auch nur eine Sekunde zu zögern. Was hast du im Sinn, du törichtes junges Ding? Wir alle haben Sorgen. Wir alle haben unsere Bürde zu tragen, aber wir gehen trotzdem weiter. Wir können uns nicht so von unserem Kummer beherrschen lassen, wie du dich von diesem Schotten beherrschen lässt.«

Ich wende mich ab, so dass der Wind mir ins Gesicht bläst. Er trägt den Duft von Blumen und frischem Gras heran. Ich denke an Robert, wie er zwischen den duftenden Kräutern auf dem Fußboden der Einsiedlerhütte lag und mich anlächelte.

»Es lässt mir einfach keine Ruhe, Germaine. Ich will nur, dass es ihm gut geht. Wäre er in Schottland, in Sicherheit, könnte ich ihn vergessen.« Ich erkenne die Sinnlosigkeit meines Versuchs, etwas zu erklären, was ich selbst nicht verstehe, und senke den Blick. »Ich würde mit ihm tauschen, Germaine.«

Germaine greift nach ihrem Korb. »Kusine, du bist wie ein verzogenes Kind. Du willst alles gleichzeitig haben.« Sie klingt unsagbar müde. Im Weggehen ruft sie mir über die Schulter zu: »Vielleicht kommst du nie darüber hinweg. Vielleicht wird es dir immer nachgehen. Aber spar dir deine Wehmut für die dunklen Stunden auf und lebe tagsüber in der Wirklichkeit. Geh deinen Verlobten besuchen und sei dankbar.«

Sie verschwindet im Turm. Ich würde ihr am liebsten nachlaufen, sie trösten und ihr sagen, dass Gerald bestimmt zurückkehrt, aber im Augenblick ist sie wahrscheinlich nicht zu trösten.

Als die Männer am nächsten Tag aufbrechen, einige zu Pferd, andere zu Fuß, versammeln sich die Frauen von Barrowbeck, Wraithwaite und dem Mere Point auf der Dorfwiese von Wraithwaite, um ihnen nachzuwinken. Musiker aus der Dorfkapelle von Wraithwaite marschieren mit Trommeln und flämischen Dudelsäcken an der Spitze der Truppe. Als sie längst hinter dem Hügel verschwunden sind, hören wir die Musik immer noch.

Drei Wochen später, am Tag nach den ungewöhnlich ruhigen Neujahrsfeiern, treffe ich die letzten Vorbereitungen für das, was ich tun muss. Ich laufe zum Gehege hinunter, um unseren kleinen Pferdewagen zu inspizieren. Nein, den kann ich nicht nehmen. Seine Räder sind zwar groß, aber nicht breit genug für aufgeweichte Landstraßen. Ich würde auf dem Weg nach Lancaster ständig im Matsch stecken bleiben. Ich werde Johns Wagen nehmen müssen. Ich bete um Frost, strengen Frost, denn auf hart gefrorenem Boden käme ich schneller voran. Ich habe einen Vorwand gefunden, um die nächsten Tage wieder im Pfarrhaus zu wohnen. Ich habe gesagt, ich wolle die Reparaturarbeiten an den Türen und Wandtäfelungen beaufsichtigen. Da der Bischof fand, dass John und ich unser Eheleben nicht in einem zerfallenden Haus beginnen sollten, zahlt die Diözese eine gründliche Renovierung. So reite ich an diesem feuchten, nebligen Morgen wieder nach Wraithwaite und warte auf Nachricht.

Kurz nach Mittag trifft sie ein. Ein abgerissener junger Bursche in einer grauen Weste und ausgefransten schwarzen Kniehosen kommt auf das Pfarrhaus zugeritten und klopft an die Tür. John macht gerade Krankenbesuche und Mutter Bain hält ihr Mittagsschläfchen.

»Fräulein Garth?« Der Bote überreicht mir ein gefaltetes Stück Papier. Ich lese die Nachricht noch an der Tür, dann lasse ich ihn drinnen warten, während ich sie beantworte.

»Geben Sie das bitte Herrn Postlethwaite.« Ich reiche ihm meine gefaltete und versiegelte Nachricht. »Und der ist für Sie.« Ich gebe ihm einen Schilling. Dann hole ich das Fläschchen aus dem Wärmeschrank. »Transportieren Sie es sehr vorsichtig. Stecken Sie es aufrecht in Ihre Satteltasche. Ich habe es mit Öltuch umwickelt und eine Nachricht darumgebunden.« Vor

Aufregung habe ich einen Kloß im Hals. »Es ist für einen der Komödianten, die zurzeit im Gasthaus George wohnen. Sein Name ist Guinevere. Er weiß Bescheid.« Dann gebe ich dem Boten einen Krug vom besten Bier und schicke ihn wieder los.

Danach sitze ich lange am Feuer in der Küche, mit der Nachricht in der Hand. Sie ist in Herrn Postlethwaites holpriger, aber gut lesbarer Handschrift geschrieben. *Alle verurteilt, auch Robert Lacklie. Sie sollen morgen um die Mittagszeit gehängt werden. M. Postlethwaite.*

22. Kapitel

Ich darf nicht einschlafen. Immer wieder gehe ich meinen Plan im Kopf durch und überlege mir, ob ich auch nichts vergessen habe. Den Wagen und Meadowsweets Geschirr habe ich überprüft. Erst wollte ich den schnellen Universe nehmen, aber ich darf auf dieser Reise nicht auffallen. Mein Kapuzenumhang und ein schwarzer Fastenschleier hängen neben der Küchentür. Ein in schwarzes Tuch eingeschlagenes Bündel ist schon im Wagen.

John ist heute Abend spät und sehr müde nach Hause gekommen. In Hagditch sind die Pocken ausgebrochen. Anne Fairweather hat die Betreuung der Erkrankten übernommen. John scheint sehr gut mit ihr auszukommen. Er ist heute Früh hinübergeritten und hat einen Ballen roten Flanell mitgenommen, um die Fenster der Betroffenen damit zu verhängen. Im Übrigen soll das Einwickeln der Kranken in solches Tuch die Bildung bleibender Narben verhindern. Beim Abendessen sprachen wir über die Situation in Hagditch, aber John war ziemlich wortkarg. Diesmal habe ich ihm keinen Zettel geschrieben. Ich werde ihm einfach die Nachricht des Wirts dalassen.

In der dunklen Stunde nach Mitternacht springe ich aus dem Bett und ziehe mich beim Licht einer Kerze an. In meiner Hast bin ich ungeschickt. Hoffentlich bin ich nicht zu ungeschickt, um Robert zu helfen. Hoffentlich komme ich nicht zu spät. Die Treppe knarrt, als ich hinabschleiche. Unter der Küchentür ist ein schwacher Lichtschein zu erkennen. Das Feuer brennt noch, zum Glück, denn mir ist sehr kalt. So kann ich mich gründlich aufwärmen, bevor ich aufbreche. Ich werde in den alten Arbeitskleidern, für die ich mich entschieden habe, noch genug frieren, wenn auch nicht so sehr wie andere. Ich gehe auf Zehenspitzen in die Küche und zum Feuer. Ein frisches Scheit liegt darin. Ich bleibe verdutzt stehen.

»Du bist also bereit, für diesen Mann alles aufs Spiel zu setzen?«

Ich blicke in die Ecke, in der John im Halbdunkel sitzt. Während ich um Fassung ringe, merke ich, dass ich wütend bin, ebenso wütend wie er. Ich muss schauen, dass ich wegkomme, ich kann mir keine Verzögerungen leisten. »Du hast hoffentlich nicht vor, mich aufzuhalten.« Ich laufe zu den Kleiderhaken und nehme meinen Umhang und den Schleier herunter. »Wie hast du es erfahren?«

»Du bist nicht der einzige Mensch, der Wirte bestechen kann.«

»Ich verstehe.«

Er hat über dem Feuer gewürztes Bier heiß gemacht. Nun bringt er mir einen Humpen und stellt ihn auf die Anrichte. »Beatrice, ich möchte, dass du dir noch einmal gut überlegst, was du da vorhast. Du warst noch nie bei einer Hinrichtung. Ich schon, früher, um den Verurteilten Beistand zu leisten. Du kannst dir nicht vorstellen, wie grauenvoll es ist. Die Geräusche … der Anblick. Und wenn es jemand ist, den man gern hat, und man kann nicht das Geringste für ihn tun …«

Ich blicke auf das Bier und schiebe es weg.

»Du wirst ihm nicht helfen können, Beatrice. Ich weiß, dass du das glaubst, aber rings um die Galgen werden bewaffnete Soldaten stehen. Du wirst dich nur selbst in große Gefahr bringen. Du hast doch schon erlebt, wie eine aufgestachelte Menschenmenge sich verhält. Wenn die Leute denken, dass du etwas mit den Schotten zu tun hast … Gott bewahre! Früher wurden nahe Verwandte zu den Galgen vorgelassen, um … um den Verurteilten zu helfen, schneller zu sterben, aber heute darf niemand mehr zu ihnen. Du wirst ihm nicht helfen können. Ich sage dir das nur, um dir begreiflich zu machen, worauf du dich da einlassen willst. Robert würde sicher nicht wollen, dass du hingehst.«

Ich setze meine Haube auf, werfe den Schleier darüber und lege mir den Umhang um die Schultern. »Ich nehme den Wagen, John, und Meadowsweet, nicht Universe.« Ich steuere auf die Hintertür zu. John läuft durch die Küche und versperrt mir den Weg. Ich bleibe stehen. »Willst du mich zwingen, durch die Vordertür hinauszugehen und um das Haus herum zum Stall zu laufen, John?«

»Warte. Nur einen Augenblick. Ich komme mit.«

Ich schaue ihn entsetzt an. Jetzt sehe ich, dass er ebenfalls seine grobe Arbeitskleidung trägt. Er zieht eine dicke Wolljacke über und holt seine Stiefel, die er am Feuer gewärmt hat.

»Nein, John! Ich will nicht, dass du mitkommst. Wenn ich Hilfe brauche, gehe ich zu Herrn Postlethwaite oder zum Vikar.«

»Du kannst nicht alleine da hingehen. Das werde ich nicht zulassen.«

Sein Verhalten macht mich rasend. Jahrelang habe ich den Barrowbeck-Hof praktisch alleine geführt, und nun will dieser Mann mir sagen, was ich kann und was nicht. Nun ist mir völlig klar, warum die Königin, die ein ganzes Land zu regieren hat, nicht heiraten will. Ich hole tief Luft und stelle mich ans Feuer. Ich kann mich ebenso gut wärmen, während ich John zum Bleiben überrede. Ich schlage den Schleier über meine Haube zurück und betrachte ihn, als er herüberkommt. Ich muss sagen, in seinen alten Klamotten und mit dem müden, geröteten Gesicht gibt er einen prächtigen Bauern ab. Meine Wut verraucht.

»Bleib da, Liebling. Bitte! Bleib einfach da.« Ich packe ihn an der Jacke und schüttle ihn ein wenig. Der schwere Wollstoff fühlt sich kratzig und warm an.

Er blickt zu mir herunter. »Spar dir die Worte. Ich werde auf keinen Fall dableiben.« Er zieht meinen Schleier herunter und küsst mich durch ihn hindurch. Ich lache auf und winde mich aus seinen Armen. Dann blicken wir uns an, werfen den Schleier weg und küssen uns erneut. Ich lehne mich gegen die gewölbte Seitenwand des warmen Kamins. Die Kerze erlischt, nur das Feuer glüht noch. Beinahe gelingt es ihm, mich herumzukriegen. Einen Augenblick lang denke ich: Er hat Recht. Es ist Wahnsinn. Doch dann schiebe ich ihn weg.

»Ich habe keine Zeit mehr. Ich muss jetzt los.«

Er seufzt und hebt den Schleier auf. »Ich überprüfe den Wagen.«

»Das habe ich schon gemacht.«

»Nur einen Augenblick noch. Ich will Mutter Bain eine Nachricht hinterlassen.«

Ich warte ungeduldig, während er ein Blatt aus einem Gebetbuch reißt, eine Burg und einen Halbmond darauf malt und es auf den Küchentisch legt. Dann nimmt er meine Hand und wir laufen zusammen in die Dunkelheit hinaus.

Eine seltsame Mischung aus Wärme und Verwirrung herrscht zwischen uns, als wir aus Wraithwaite hinausfahren. Dabei zittern wir vor Kälte. Wir haben die Laternen zu beiden Seiten des Wagens angezündet, doch nach ein paar Kilometern klettere ich nach hinten und mache sie aus. Ein trüber Morgen dämmert, während wir am Mistholme-Moor vorbeigaloppieren. Der Torfboden bebt unter den Hufschlägen, doch er dämpft sie und die Geräusche des Wagens. Aneinandergekauert sitzen wir auf dem Kutschbock und halten abwechselnd die Zügel. »Wir könnten immer noch umkehren«, sagt John.

Ich sehe ihn an, ohne zu antworten.

»Ahnst du überhaupt, wie sehr ich dich liebe?«, fragt er. »Lass uns schon vor dem August heiraten.«

Er reißt den Wagen herum, um einem verschlafenen Dachs auszuweichen, der aus einem Dickicht wilder Pflaumenbäumchen herausschlurft. Seine Schnauze ist lila vom Fallobst des letzten Herbstes.

»Wenn das Militär uns nicht vorher wegen unseres

Fahrstils ins Gefängnis wirft, könnten wir das schon, aber was würden die Leute sagen?«

»Ach, was kümmert uns das Gerede der Leute.« Unwirsch zuckt er die Achseln.

Die Erwähnung eines Gefängnisses hat ernüchternde Wirkung auf uns. Eine Zeit lang schweigen wir vor uns hin. Ich frage mich, ob ich John sagen sollte, was ich tatsächlich vorhabe. Er meint offenbar, dass ich nur nach Lancaster will, um Robert in seiner Todesstunde beizustehen. Er hat sehr viel Mitgefühl. Aber würde er mir helfen, das Gesetz zu brechen? Ich beschließe, meine Absichten erst im Laufe des Tages deutlich werden zu lassen.

Am Stadtrand von Lancaster begegnen wir den ersten Menschenscharen. Ich hatte den Schleier unterwegs hochgeschlagen, aber nun ziehe ich ihn herunter und die Kapuze über den Kopf.

»Du siehst wie ein rettender Engel aus«, lautet Johns Kommentar.

Die meisten Leute sind zu Fuß unterwegs, nur ein paar fahren oder reiten in die Stadt. Einige Frauen tragen ebenfalls Fastenschleier. Der dunkle Himmel über uns lässt Regen befürchten. Wir brauchen sehr lange, um die Brücke zu überqueren. Auf der anderen Seite ist die Menschenmenge noch dichter. Wir fahren die Bridge Lane entlang, an der alten römischen Stadtmauer vorbei, die mich an den unwillkommenen Kuss des Soldaten erinnert, und dann den Hügel hinauf. Die Leute müssen meilenweit aus der Umgebung herbeigeströmt sein, um die Hinrichtungen zu sehen. Soldaten in rot-grünen Uniformen bemühen sich, die aufgeregte Menge in Schach zu halten. Meter um Meter bewegen wir uns vorwärts. Während Meadowsweet sich am steilen Hang quält, blicke ich hinauf zu der finsteren Burg auf dem Hügel und versuche, mir Robert auf der anderen Seite der eisenbeschlagenen Tore vorzustellen. Ich versuche zu erahnen, wie er sich fühlt.

Wir rollen am Pfarrhaus vorbei und erreichen die Kuppe des Hügels. Das Gedränge wird so groß, dass John den Wagen anhalten muss. Er übergibt mir die Zügel. »Ich stehe kurz auf und schaue, ob wir da vorne durchkommen.« Er steigt hinten in den Wagen und blickt über die Köpfe der Menge hinweg. Um uns herum mischen sich Soldaten mit gezogenen Schwertern unter die Leute. Neben unserem Wagen schubst ein junger Bursche einem Soldaten die Mütze über die Augen. Die Umstehenden schreien auf, als der Soldat mit erhobenem Schwert herumschnellt. Kaum hat er den Übeltäter ausgemacht, da presst er ihm die Schwertschneide so fest an den Hals, dass die zarte Haut dort eine kleine Falte wirft. Der Bursche erstarrt und wird kreidebleich. Der Soldat lacht und dreht sich wieder um.

Ich habe Angst, aber ich muss die Antwort auf eine Frage wissen, die mir schon viele Albträume bereitet hat. »Sir …« Ich beuge mich zu dem Soldaten hinab. »Werden die Schotten nur gehängt oder auch gestreckt und gevierteilt?«

Er blickt zu mir hoch, mit einem Grinsen auf dem derben, jungen Gesicht. »Wie hätten Sie's denn gern, Fräulein? Sehen Sie gerne zu, wie Mörder langsam ersticken und wie man ihnen dann die Bäuche aufschlitzt und die Gedärme herausreißt?« Er betont jedes Wort genüsslich, dann macht er plötzlich einen Satz nach hinten, weil vor seinem Gesicht eine Peitsche knallt. Die Menge kichert.

»Sie werden wohl imstande sein, der Dame höflich

zu antworten.« Es ist Johns Hand, die die dünne Reitpeitsche schwingt.

»Sie werden gehängt.« Der junge Soldat sieht wütend aus. Er schielt auf die Reitpeitsche und fügt hinzu: »Man hielt es für gesetzwidrig, sie zu strecken und zu vierteilen, leider.«

Ein älterer Soldat stößt dazu. »Was ist los, Kamerad? Machen die beiden da Ärger? Schaut, dass ihr weiterkommt, ihr zwei! Wir brauchen hier keine Bauerntrampel, die Unruhe stiften. Uns reichen die verdammten Schotten.« Er wedelt mit dem erhobenen Zeigefinger vor John herum. »Wir behalten euch im Auge!«

Ich spüre die feindseligen Blicke der Soldaten im Rücken, als John wortlos die Zügel nimmt und der Wagen sich wieder vorwärtsbewegt.

Wir gelangen ein Stück um die Burg herum, aber nicht in die Nähe der Tore. Kuchenverkäufer und Bierwagen säumen die Straße zu dem großen Torhaus mit den beiden Türmen und den Schießscharten, und die Leute, die als Erste dort eingetroffen sind, lassen sich nicht von ihren Plätzen verdrängen. Rings um uns schreien viele Stimmen durcheinander.

»Hier gibt's die besten Pasteten! Kauft die leckeren Pasteten der dicken Lizzy!«

»Trinkt, solange ihr noch könnt! Der Sensenmann kommt her, und wer weiß, wen er außer den Schotten noch niedermäht. Holt euch einen Becher von Teds bestem Bier!«

Auch alle anderen müssen schreien, um in dem Lärm gehört zu werden.

»Das wird bestimmt ein tolles Schauspiel.«

»Ist doch gut, wenn alles da ist, wo's von Natur aus

hingehört: Blätter hängen an Bäumen, Schotten am Galgen.«

»Hält die Kolonne wie üblich unterwegs am *Saint Bridgie's* an?«

»Nein, soweit ich gehört habe, nicht. Schotten dürfen sich nicht vorher in einem Wirtshaus bis zur Besinnungslosigkeit besaufen. Die sollen mitbekommen, wie sie langsam ersticken.«

»Wer soll das auch bezahlen? Es sind ja keine Verwandten da. Es sei denn, der Teufel erscheint.«

Dieser Scherz löst schallendes Gelächter aus. Aber einer weiß es besser. »Nein, Titus, sie halten am Wirtshaus an, so wie immer. Das weiß ich vom Wirt. Jemand hat dafür bezahlt.«

Einige äußern Zweifel, andere empören sich. »Wer soll denn Geld für eine Horde Schotten hinlegen, hä? Der müsste mit ihnen aufgeknüpft werden!«

John sieht mich an. Ich weiche seinem Blick aus.

Es herrscht eine mordlüsterne Atmosphäre, wie wohl vor jeder Hinrichtung. Mir kommt es vor, als sei der Teufel bereits erschienen.

Wir warten lange. Meadowsweet macht das laute Gegröle und Gelächter immer nervöser und störrischer. Plötzlich ertönt aus der Burg ein Trommelwirbel. Jubel bricht los. Das rostige, mit Spinnweben verhangene Fallgitter rasselt hoch und die gewaltigen Torflügel öffnen sich nach innen. Der Trommelwirbel geht in regelmäßige, dumpfe Schläge über. Die Menge beginnt, im Rhythmus mitzuklatschen.

Ich raffe die Zügel zusammen und drücke sie John in die Hände. Ich glaube, er merkt erst, was ich tue, als es zu spät ist. Ich bin bereits vom Wagen geklettert und zwänge mich durch die Menge. »Gestatten Sie bitte. Entschuldigen Sie«, murmle ich ständig auf dem Weg nach vorn.

»Beatrice!«, höre ich Johns zornige Stimme hinter mir schreien.

»Beatrice!«, äfft die Menge ihn nach und wiederholt meinen Namen im Rhythmus der Trommelschläge: »Bea-trice! Bea-trice!«

Ich ignoriere die Rufe, denn nun kommt der erste Wagen aus dem Innenhof der Burg. Langsam holpern drei primitive Pferdekarren heraus. Das Gedränge ist so groß, dass sie anhalten und auf ihre Eskorte warten müssen.

Darauf war ich wirklich nicht vorbereitet. Ich glaube, die anderen Leute sind ebenso bestürzt wie ich.

»Nein, schau nur, wie die aussehen!«

»Ziemlich übel, was?«

»Klar, diese Kerker sind nicht höher als einen Meter achtzig, höchstens zwei Meter.«

»Die haben offenbar nur Hungerkost bekommen.«

Einige Leute wenden sich ab.

»Sieh dir diesen armen Teufel an.«

»Ich geh nach Hause.«

»Dann geh halt. Ich mach mich jetzt auf den Weg zum Galgenberg, um einen guten Platz zu erwischen …«

Die Menschenmenge setzt sich in Bewegung. Trotz des lauten Stimmengewirrs um mich herum höre ich John immer noch brüllen, dass ich zum Wagen zurückkommen soll.

Bestimmt steigt er gleich vom Kutschbock und zerrt mich zurück.

Nach meinem ersten Schock über den Zustand der Verurteilten mustere ich sie genauer. Robert ist nicht unter ihnen. Keine dieser abgemagerten, gebeugten und zitternden Elendsgestalten hat auch nur die geringste Ähnlichkeit mit ihm. Nur wenige haben noch Haare auf dem Kopf. Einige sehen halb blind aus. Ihre Augen sind zu Schlitzen zugeschwollen. Keiner scheint noch aufrecht stehen zu können. Ihre Münder, Wangen und Schultern sind eingefallen. Ihr bestialischer Gestank wirft einen fast um. Die Bärte einiger älterer Männer scheinen zuerst lang geworden und dann in Strähnen ausgefallen zu sein.

Die Frau ist nicht dabei. Offenbar hat Edward sie freibekommen. Traurig schaue ich die Verurteilten an. Ihre Hände sind mit kurzen Seilen nach vorne gefesselt. Ihre Särge – grob zusammengezimmerte Kisten aus rohem Holz, aus denen Nägel herausragen – sind ebenfalls auf den Wagen festgebunden. Einige stehen hochkant hinter dem Kutschbock, andere liegen im Wagen und dienen den Männern als Sitzbänke.

Ich schlage meinen Schleier hoch, um besser zu sehen, stelle mich neben den mittleren Wagen und betrachte noch einmal alle Verurteilten der Reihe nach, nur um ganz sicher zu sein. Er ist wirklich nicht dabei. Keiner sieht auch nur ein kleines bisschen so aus wie mein großer, schöner Robert. Er ist sicher bereits tot und in einer besseren Welt. Gott sei Dank! Gott sei Dank ist sein Leiden zu Ende. Ich werde nie erfahren, was er durchgemacht hat, aber wenigstens ist es vorbei. Ich kann heimfahren und John heiraten und im Stillen um Robert trauern. Ich drehe mich um, um mich zu unserem Wagen zurückzukämpfen.

Da sagt eines der Skelette: »Bea.«
Ich blicke mich um. Ich weiß nicht, wer es war.
»Bea.«
Es ist, als hätte der Todesengel gesprochen.

23. Kapitel

Zuerst merkt es niemand. Ich halte mich seitlich am Pferdekarren fest, um nicht in Ohnmacht zu fallen, starre das Skelett an, das Robert ist, und schäme mich, dass in unserer Kultur so etwas möglich ist.

Ich erkenne seine Stimme nicht wieder, als er krächzt: »Warst du im Herbst schon einmal hier?«

Ich versuche, in diesem Wrack den jungen Mann zu sehen, den ich kannte, aber es gelingt mir nicht. Sind wir Menschen denn alle nur Truggestalten?

»Ja, ich war im Herbst hier.«

»Ich wusste es. Ich habe es gespürt.«

Die Menge drängt sich um die drei Pferdekarren, drückt gegen meinen Rücken und verhöhnt die Schotten. Ich sehe, dass einer in Roberts Wagen kleiner und schmächtiger ist als die anderen. Er hat den Körper eines Halbwüchsigen, und sein Gesicht ist kindlich weich, auch wenn auf seinem Kinn bereits ein paar Barthaare sprießen. Bevor der Kerker ihn altern ließ, war er wahrscheinlich ein abenteuerlustiger Halbstarker, der gerne zechte, junge Mädchen und laute Fidelmusik liebte. Nun weint er und macht sich in die Hosen. Ein paar Leute sehen das und grölen vor Schadenfreude.

Hinter mir ist irgendetwas los. Mir wird bewusst, dass dieser Tumult schon eine ganze Weile zu hören ist. Plötzlich fällt in der Nähe ein Schuss. Schießpulvergeruch dringt herüber. Leute schreien auf. Ich nehme das alles wahr, wage es aber nicht, den Blick von Robert abzuwenden, weil ich fürchte, er könnte danach verschwunden sein. Ich werde von der verschreckten Menge gegen das nächste Wagenrad gestoßen. Der vordere Wagen macht einen Ruck vorwärts.

»Zurücktreten! Treten Sie zurück, Herrschaften!« Zwei Soldaten kommen aus dem Innenhof des Schlosses geritten und benutzen ihre Pferde, um sich einen Weg zur Spitze der Wagenkolonne zu bahnen. Zwei weitere Kavalleristen postieren sich an ihrem Ende. Jeder der Wagen wird von zwei Pferden gezogen; neben den edlen Reitpferden der Soldaten wirken sie wie müde Klepper. Überall riecht es nach Pferd. Bisher fand ich diesen Geruch immer tröstlich, doch nun wird er zum Geruch des Todes. Die Kutscher klatschen die Zügel auf die knochigen Rücken ihrer grauen, graubraunen und schwarzen Gäule. Die Särge wackeln und schlagen aneinander. Robert lässt sich auf einem nieder. Ohne mich anzusehen, flüstert er: »Geh jetzt nach Hause, Bea. Ich bin sehr froh, dass ich dich noch einmal gesehen habe.«

»Ich begleite dich.« Ich hebe die Hand und streichle seinen Arm. Er zuckt zurück.

»Nein. Wenn du das tust, wird es viel schlimmer für mich. Ich brauche jetzt keinen Trost mehr. Erinnere dich nur daran, wie es war.« Er schaut mich an, dann sieht er weg. »Ich hoffe nur, dass sie mich an der Nordseite des Baumes aufknüpfen, mit dem Gesicht zur Heimat.«

Tränen steigen mir in die Augen. Ich schlucke und blinzle, um sie zurückzuhalten. Die Nordseite des Baumes ist die Seite, auf der Moos wächst; das hilft müden Wanderern, den Weg nach Hause zu finden. Plötzlich spüre ich die wachsende Feindseligkeit um mich herum.

»He, was soll das?«

»Was sagt er? Was sagt sie?«

»Was ist da los?«

Leute beginnen mich herumzustoßen.

»Die gehört auch auf den Karren, wenn du mich fragst!«

»... spioniert für die verdammten Schotten ...«

Verwirrt blicke ich mich um. Im ersten Augenblick begreife ich kaum, was los ist. Ich muss Robert in meinen Plan einweihen, aber nun scharen sich immer mehr Leute um mich. Ich kann die Wagen mit den Verurteilten nicht mehr sehen, nur noch eine Wand aus unfreundlichen Gesichtern. Ein alter Mann schubst mich mit beiden Händen. »Verräterin! Schottenhure!«

Ich schnappe nach Luft und blicke mich nach John um. Er ist spurlos verschwunden. Auf dem Kutschbock müsste er eigentlich gut zu sehen sein, aber ich kann weder ihn noch Meadowsweet entdecken. Die vorrückende Menschenmenge hat uns wohl getrennt und ihn den Hang hinabgedrängt. Ich höre, dass die Wagen mit den Verurteilten schneller werden, und kämpfe mich durch das Gedränge zurück an Roberts Seite. Ich werde gestoßen und angerempelt. Ein paar Jugendliche klettern blitzschnell hinten auf die Wagen, um die Schotten anzuspucken.

Ich wage es nicht mehr, mit Robert zu sprechen. Wenn ich selbst gefangen genommen werde, kann ich ihm nicht mehr helfen.

Am Rande der Menge bewegen sich Pferdewagen, Kutschen und Reiter in Richtung Galgenberg. Wo um alles in der Welt ist John? Ohne ein Transportmittel kann ich meinen Plan nicht durchführen. Ich beginne Leute zu fragen, ob sie ihn gesehen haben, aber niemand weiß, wen ich meine. Die Pferdekarren fahren nun recht schnell. Ich verschaffe mir Platz und laufe hinterher. Robert beobachtet mich. Sein Mienenspiel ist schwer zu deuten. Als der Abhang steiler wird, holpern die Wagen noch schneller abwärts. Die Räder klappern und das Strahlenmuster der Speichen verschwimmt. Allmählich falle ich zurück und die Menge schließt sich hinter der Kolonne. Ich bleibe stehen, lege schützend die Arme um mich und lasse sie an mir vorbeiziehen.

Vor den Toren der Burg putzt ein junger Soldat seine Muskete. Er ruft mir zu: »War alles ein bisschen viel für Sie, nicht wahr, Fräulein?«

Ich gehe zu ihm hinüber und blicke mich um, nun, da die Menge sich verzogen hat. John ist nirgendwo zu sehen. Wurde er womöglich überfallen und der Wagen gestohlen? Das hätte ich doch mitbekommen – oder vielleicht auch nicht, da meine ganze Aufmerksamkeit Robert galt. Ich habe plötzlich ein mulmiges Gefühl in der Magengrube. Wie konnte ich John da hineinziehen, in etwas, das die Leute für eine Verschwörung mit den Schotten halten könnten?

»Ist vor kurzem irgendetwas passiert?«, frage ich den jungen Soldaten. »Gab es einen Zwischenfall oder so etwas … etwas, das einen Pfarrer mit einem Wagen betraf? Ähm … das heißt, er war nicht angezogen wie ein Pfarrer …« Ich zögere und verstumme.

»Das weiß ich nicht, Fräulein. Ich habe gerade erst meinen Dienst angetreten«, erwidert der Soldat freundlich.

Ich habe keine Zeit, hier zu warten. Ich blicke über das Tal zu dem Hügel hinüber, von dem die Galgenbäume wie dürre Zweige aufragen. Wie machtlos wir sind, wie Insekten, die von Zweigen vernichtet werden können.

Ich nicke dem Soldaten zu, dann ziehe ich meinen Schleier wieder herunter und laufe den Hang hinab. Ich kann nur hoffen und beten, dass John nichts zugestoßen ist und dass er rechtzeitig wieder auftaucht. Vielleicht hat er mich aus den Augen verloren und geglaubt, ich hätte mich bereits auf den Weg zum Galgenberg gemacht. Wenn nicht, wenn alles andere nicht klappt, werden Robert und die anderen Verurteilten zumindest bewusstlos sein, bis sie auf dem Galgenberg ankommen.

Ich bin todmüde und benommen, weil ich letzte Nacht kaum geschlafen habe. Es ist sogar anstrengend, die Saint Mary Strete hinunterzulaufen. Immer noch höre ich die Menschenmenge in der Ferne. Ich will ihren Vorsprung nicht zu groß werden lassen und laufe schneller. Schwach höre ich nun auch noch jemanden zum Takt der Trommel Dudelsack spielen. Hoffentlich hält die Wagenkolonne tatsächlich am *Saint Bridgie's* an! Das sagte vorhin zwar jemand, aber es kann immer noch etwas schief laufen. Hoffentlich hat mein Fläschchen die Reise unversehrt überstanden.

Beim Steinbrunnen im Tal setze ich mich kurz hin. Vor mir liegt die Moor Lane. Ich hatte vergessen, wie steil sie ist. Jetzt kann ich die Menge sehen. Die Kolonne hat tatsächlich am *Saint Bridgie's* angehalten. Im Geiste danke ich Herrn Postlethwaite überschwänglich, weil er meine Goldstücke auftragsgemäß weitergegeben hat.

Ich lasse meinen Blick den langen Hang hinaufschweifen. Weiter oben lichtet sich der Wald und geht in wildes Heideland über. Dort haben Mutter und ich einmal am Michaelistag Brombeeren gesammelt, nachdem wir den Gesindemarkt besucht hatten. Ich war damals noch sehr jung. War es das Jahr, in dem wir Germaine einstellten? Ich weiß es nicht mehr. Aber ich erinnere mich noch, dass ich aus den Brombeeren eine dunkle klebrige Soße für die Michaelisgans machen durfte.

Ich beginne, die Moor Lane hinaufzulaufen. Mein Mund ist staubtrocken und meine Zunge fühlt sich geschwollen an. Dieser Hügel raubt einem den Atem. Ich zerre an meinem Kragen, um ihn zu lockern. Der Lärm der aufgeregten Menge wird lauter.

»Sollen wir Sie mitnehmen?«

Überrascht blicke ich mich um. Ich habe diesen schnittigen modernen Pferdewagen gar nicht kommen hören. Auf dem Kutschbock sitzen zwei Soldaten, hinten im Wagen liegen lauter Musketen und Pulverhörner. Ich erkenne den Offizier neben dem Kutscher wieder. Es ist Hauptmann Foreman aus dem Gasthaus *George*. Da ich aber verschleiert bin, erkennt er mich nicht. Ich will schon ablehnen, doch dann überlege ich es mir anders und nehme das Angebot dankend an. Der Hauptmann steigt herab, hilft mir galant in den Wagen und küsst mir mit einer schwungvollen Gebärde die Hand. Ich finde einen unbequemen Platz auf einer länglichen Munitionskiste, zwischen den Waffen.

»Vielen Dank, Sir.«

Der Wagen, der von zwei schwarzen Pferden gezogen wird, setzt sich in Bewegung. Ich betrachte die Waffen um mich herum. Es sind Musketen, wie John eine dabeihatte, mit einem Luntenschloss wie an unserer viermal so großen Arkebuse zu Hause. Einige schauen halb aus ihren gewachsten Schutzhüllen heraus und sind offenbar schon geladen, denn aus ihren Läufen rieselt Schießpulver.

Wir sind kaum losgefahren, da halten wir bereits wieder. Wir sind am *Saint Bridgie's* angelangt. »Kommen Sie mit, Fräulein, ich lade Sie zu einem Bier ein.« Der Hauptmann reicht mir die Hand. »Irgendein Spinner mit mehr Geld als Verstand hat den Schotten Bier spendiert, damit sie ihre Angst darin ertränken können, als wären sie ganz gewöhnliche Kriminelle.«

»Oh nein, wie bedauerlich!« Ich nehme seine Hand, klettere vom Wagen und schaue mich nach John um. Wenn er mich an der Burg aus den Augen verloren hat, dann ist er vielleicht hierher gefahren.

Es stehen viele Wagen da, aber unserer ist nicht dabei. Ich zögere und sehe den Hauptmann an. Er könnte wissen, ob vorhin irgendetwas vorgefallen ist. Außerdem kennt er John bereits aus dem Gasthaus *George*. Mich natürlich auch, aber er darf auf keinen Fall merken, wer sich hinter dem Schleier verbirgt, wenn ich Robert retten will, ohne hinterher als Verräterin verfolgt zu werden. Ich frage mich, ob ich töricht und naiv bin, ob mein Plan völlig aussichtslos ist. Ach, Sie sollen nur einen kleinen Aufruhr anzetteln, meine Herren, damit ich Robert in dem Chaos unbemerkt wegschaffen kann, habe ich dem grauhaarigen Chef der Komödianten erklärt und dem Burschen, der die Lady Guinevere spielte. Damals, im Gästezimmer des Pfarrhauses, klang das völlig vernünftig.

Ich betrachte die Menschenmenge, die noch wilder wird, als Bierhumpen herumgereicht werden. Ich sehe die Soldaten, die ihre Waffen in den Händen halten. Dann blicke ich zu den Galgen auf der Hügelkuppe hinauf. Es beginnt zu regnen.

Jetzt erst merke ich, dass der Hauptmann mit mir spricht. »Sind Sie ohne Begleitung hergekommen? Haben sie keinen Ehemann?« Er bietet mir seinen Arm an.

»Doch, er muss irgendwo in der Menge sein, aber ich kann ihn nicht finden. Ich mache mir langsam Sorgen um ihn. Ist es vielleicht zu Ausschreitungen gekommen?«

»Nein, Fräulein, bisher hat noch niemand Ärger gemacht, abgesehen von einem Raufbold mit einer Muskete oben an der Burg. Aber mit dem sind wir schnell fertig geworden.«

Man sagt ja, dass einem das Blut in den Adern gefriert. Bisher habe ich das bloß für eine Redewendung gehalten. Doch jetzt spüre ich, was damit gemeint ist. Ein eiskalter Schauer durchläuft langsam meinen Körper von den Schultern bis hinab zu den Beinen, die zu zittern beginnen. Der Hauptmann redet immer noch. ». . . meine Jungs hatten vorher schon Ärger mit diesem Kerl und waren froh, dass sie ihn los waren ...«

Mir ist ganz schlecht. In meinem Kopf höre ich wieder den Schuss, der droben bei der Burg hinter mir fiel, und die Worte des Soldaten, dem John mit der Peitsche drohte: »Wir behalten euch im Auge!« In meinem Schock über Roberts Zustand und in meiner Angst, von der verschreckten Menge erdrückt zu werden, habe ich mich nicht einmal umgedreht, um zu sehen, was hinter mir los war.

Ich schlage meinen Schleier zurück. »Sir, erinnern Sie sich noch an mich? Wir sind uns vor ein paar Monaten im Gasthaus *George* begegnet. Ich war mit meinem Mann dort. Könnte es sein ... war der Mann mit der Muskete womöglich mein Mann, der Pfarrer? Und falls er es gewesen sein sollte ... könnten Sie mir dann bitte sagen, was mit ihm geschehen ist?«

Der Hauptmann mustert mich verblüfft. Einer seiner Männer versucht, seine Aufmerksamkeit zu gewinnen. »Sir! Sir! Da drüben in der Menge gibt's Ärger!«

Der Hauptmann winkt ab. »Ruhe! Ich unterhalte mich gerade mit der Frau des Pfarrers.«

Der Soldat kommt näher und sieht mich an. »Ich finde, sie sieht nicht nach einer Pfarrersfrau aus, Sir«, sagt er.

Ich frage mich, ob es ein Fehler war, meine alten Arbeitsklamotten anzuziehen. Der Hauptmann blickt den Soldaten missbilligend an. »Mag sein, aber sie ist wirklich eine Pfarrersfrau. Ich bin ihr schon einmal begegnet. Ihr Gatte ist ein strenger Gottesmann. Gnädige Frau, ich habe den Verhafteten nicht gesehen, aber halten Sie es denn für möglich, dass Ihr Mann meine Leute mit einer Muskete bedrohte?«

»Durchaus, weil Ihre Leute heute schon sehr unhöflich zu mir waren. Also bitte, was ist mit ihm geschehen?«

Der Hauptmann zögert. Da durchzuckt mich der schreckliche Gedanke, dass John tot sein könnte. Schließlich sagt der Hauptmann: »Gnädige Frau, was hier vor sich geht, erscheint mir ein bisschen seltsam. Bei einem früheren Besuch in Lancaster haben Sie sich nach den Schotten erkundigt, und nun, da die Kerle verdientermaßen gehängt werden, sind Sie wieder da, zusammen mit Ihrem Mann, von dem Sie sagen, dass er Pfarrer ist. Nun, ich kann Sie beruhigen. Er ist nicht tot. Aber er könnte sich ein paar blaue Flecken zugezogen haben. Als meine Soldaten ihn abführen wollten, weigerte er sich mitzukommen. Wie ich hörte, kam es zu einem Kampf, bei dem die Muskete losging. Ich nehme an, dass Ihr Mann zurzeit im Brunnenturm der Burg inhaftiert ist. Vielleicht sollten Sie mich besser begleiten, gnädige Frau. Dann werden wir sehen, ob wir Sie wieder mit ihm vereinen können. In der Zwischenzeit können Sie mir erklären, warum er als Bauer verkleidet war.« Er nimmt meinen Arm und hält ihn fest.

»Sir …« Der Soldat versucht es erneut. »Die Leute versuchen, zu den Schotten ins Wirtshaus zu gelangen, Sir. Es passt ihnen nicht, dass die Schotten drinnen saufen, während sie ausgesperrt sind.«

Ich blicke zum Eingang des Wirtshauses hinüber, vor dem eine Rauferei ausgebrochen ist. Der Hauptmann lässt meinen Arm los. »Entschuldigen Sie mich, gnädige Frau. Ich werde gebraucht. Bleiben Sie bitte in der Nähe, damit ich Sie wiederfinde. Feldwebel!« Er drängt sich durch die Menge, aber bevor er das Wirtshaus erreicht, schleicht eine Frau sich an ihn heran, stellt sich ihm direkt in den Weg und legt ihm ihre weiße Hand auf die Brust. Sie blickt kurz in meine Richtung. Ich lächle der Gewandmeisterin verstohlen zu.

John lebt und ist nicht ernsthaft verletzt! Das ist die Hauptsache. Er wird schon wieder daheim sein, wenn ich ins Pfarrhaus zurückkehre. Die Erleichterung verleiht mir neuen Mut. Ohne den Wagen und das Bündel, das darin liegt, wird es noch schwieriger, Robert in Sicherheit zu bringen, aber ich werde eben, wenn es sein muss, ein anderes Transportmittel finden. Ich blicke zu den Kutschen und Pferdekarren am Rande der Menschentraube hinüber. Alle sind besetzt. Die Leute werden immer hitziger. Immer mehr drängen dorthin, wo die Schlägerei ausgebrochen ist. Ich werde angerempelt und gestoßen. Titus, der Witzbold von vorhin droben an der Burg, versucht sich gewaltsam Zugang zum Wirtshaus zu verschaffen. Ich erkenne den Chef der Komödianten wieder, bevor er Titus einen Schlag versetzt.

Ich weiß noch, wie dieser elegante, grauhaarige Mann, der in dem Maskenspiel seiner Truppe den König Artus spielte, mich im Gästezimmer des Pfarrhauses gefragt hat: »Aber wie genau zettelt man einen Aufruhr an, Fräulein?«

»Ich weiß es auch nicht. Man könnte vielleicht jemanden schlagen, der viele Freunde hat, oder etwas stehlen, das alle anderen auch haben wollen, Bier zum Beispiel.«

Fast im selben Augenblick, in dem ich daran denke, höre ich Leute »Dieb! Dieb!« rufen.

Die Luft riecht nach Schweiß und Pferdemist. Vom Wirtshaus dringen Bier- und Essensdünste herüber. Ich schiebe mich gegen den Strom vorwärts, klettere über den langen Holzblock, der neben dem Wirtshaus als Aufsitzhilfe für berittene Gäste aufgestellt ist, und dann über den Komposthaufen, der einen widerlichen Geruch nach verrottendem Gemüse verströmt, während ich schwankend darüber hinwegsteige. Ich kämpfe mich seitlich am Wirtshaus vorbei, auf seine Rückseite zu. Da ruft es hinter mir: »Aus dem Weg!

Aus dem Weg!« Ich sehe zu meinem Erstaunen, dass es der Kutscher von vorhin ist, der den Wagen mit den Waffen auf den Hinterhof des Wirtshauses zusteuert. Ist das ein glücklicher Zufall? Ich lasse ihn vorbeifahren und folge ihm. Mit meinen schmierigen Stiefeln rutsche ich auf dem Steinpflaster des Hofs beinahe aus.

Hier hinten ist es ruhiger. Der Pferdewagen verschwindet in einem Stall jenseits des Hofs. Ich komme an einem kleinen Nebengebäude vorbei und spähe hinein. Ich erkenne viele Fässer und alte Sättel und eine staubige Werkbank. Auf einmal sehe ich, dass noch zwei Leute hier sind, aber die beiden küssen sich so hingebungsvoll, dass sie mich gar nicht bemerken. Wahrscheinlich würden sie es nicht einmal mitbekommen, wenn die ganze Menschenmenge zur einen Tür herein- und zur anderen wieder hinausstürmen würde. Ich schleiche auf Zehenspitzen an ihnen vorbei.

Es erweist sich als überraschend einfach, durch die Hintertür in das Wirtshaus zu gelangen. Ich frage mich, warum andere Leute nicht auf diese Idee gekommen sind. Drinnen begegne ich dem jungen Herrn Guinevere, der aus einem Nebenraum kommt und ein Fass Bier vor sich her rollt, als hätte er das sein Leben lang gemacht.

»Guten Morgen, Fräulein. Robert Lacklie hockt neben der Hintertür der Gaststube. Ich habe versucht, seine Stricke zu zerschneiden, aber ich glaube, ich habe sie nicht ganz durchbekommen. Es waren zu viele Leute in der Nähe, um einfach draufloszusäbeln. Jedenfalls weiß er, dass etwas im Gange ist. Aber das Zeug, das ich von Ihnen geschickt bekam und wie gewünscht in das Bierfass der Verurteilten geschüttet habe, hat sie glatt umgehauen. Wollen Sie, dass die Leute draußen jetzt durch die Vordertür reinkommen?«

»Vielleicht besser erst in ein paar Minuten. Es ist alles schief gelaufen, Herr Guinevere. Ich habe keine Verkleidung für Robert. Sie war im Wagen, bei John, und der ist verhaftet worden.«

Der blonde Jüngling flucht, dann denkt er kurz nach. »Es bleibt keine Zeit mehr, um eine neue zu besorgen. Es sei denn ... einen Augenblick, ich will mal sehen, ob die Gewandmeisterin etwas hat, was wir nicht mehr brauchen.« Er stellt das Fass neben einer halb offenen Tür ab und bedeutet mir, dass ich mich daraufsetzen soll.

Ich sage etwas lauter, weil von draußen ein Heidenlärm hereindringt: »Ich glaube, für die Summe, die ich Ihnen bezahlt habe, müsste ich auch etwas bekommen, wofür Sie noch Verwendung gehabt hätten, Herr Guinevere.« Er grinst und verschwindet in einem dunklen Treppenhaus.

Ich spähe durch die Tür und blicke in Roberts Gesicht. Ich sehe sofort, dass er zu betäubt ist, um mich zu erkennen. Er liegt gegen den Türpfosten gelehnt, halb auf der rohen Holzbank. Ein Soldat steht bei ihm. Bestürzt blicke ich mich um. Ich hatte nicht erwartet, dass der Inhalt meines Fläschchens die Schotten so schnell bewusstlos machen würde. Überall in der Gaststube sinken sie auf die Tische oder zu Boden. Ihre beunruhigten Bewacher ziehen sie hoch, lassen sie aber wieder fallen, als der Aufruhr draußen sich immer bedrohlicher anhört. »Schau lieber nach, ob der Hauptmann da draußen Hilfe braucht«, sagt Roberts Bewacher zu einem anderen Soldaten. »Ich halte hier die Stellung. Diese Burschen hier gehen nirgendwo mehr hin. Ich schätze, der Wirt wird ein paar Fragen zu den Zutaten seines Biers beantworten müssen.«

Ich sehe, wie noch ein Schotte vornüberkippt und mit der Nase in seinem Humpen landet. Vielleicht hätte ich Herrn Guinevere doch nicht anweisen sollen, zusätzlich noch einen halben Liter Whisky in das Fass zu schütten. Damals hielt ich das für eine vernünftige Vorsichtsmaßnahme, denn ich dachte, die Wirkung des Bilsenkrauts würde erst etwas später einsetzen und Robert würde zumindest noch halbwegs laufen können.

Ein Fenster in der Vorderwand des Hauses geht klirrend zu Bruch. Inmitten des Lärms flüstere ich: »Robert!« Er reagiert nicht, aber der Soldat, der ihn bewacht, blickt mich an. Seine Kameraden laufen alle nach vorn, doch er weicht nicht von der Stelle. »He, Sie da!«, sagt er und packt mich am Arm. In diesem Augenblick stürmt die Menge herein.

24. Kapitel

Überall um mich herum wird gekämpft. Ein Ellbogen sticht mir in den Rücken. Ein Bierhumpen trifft mich auf den Kopf. Als neben mir ein Soldat einen Kämpfenden vom Tisch herunterzerrt, reißen die herumschwingenden Beine des Mannes mich zu Boden. Ich krieche auf die Hintertür zu. Der Soldat, der Robert bewacht hat, steht nicht mehr dort. Robert liegt mit aufgerissenen, glasigen Augen auf der Türschwelle.

»Der ist tot.« Ein junger Mann, der stark nach Bier riecht, blickt auf ihn hinab. Er trägt eine Schürze und sieht aus wie ein Kellner des Wirtshauses. »Verdammt traurig, was?«, fragt er mit betrunkener Sentimentalität in der Stimme.

»Ja, ein Jammer. Helfen Sie mir, die Leiche hinauszutragen.«

Der junge Mann gehorcht widerspruchslos. Er packt Robert bei den Schultern, ich bei den Füßen. Ich bin schockiert, wie leicht Robert ist, denn ich erinnere mich noch gut daran, wie schwer er war, als ich ihn im Wald gepflegt habe.

Wir tragen ihn durch die Hintertür auf den Hof. »Bringen wir ihn in den Stall da drüben.« Ich deute mit dem Kopf zum Pferdestall.

Vornübergebeugt und ungeniert rülpsend schlurft der junge Mann rückwärts über das glitschige Steinpflaster. Ich laufe ebenfalls gebückt, denn ich bin noch ganz benommen von dem Schlag auf den Kopf. Im Pferdestall steht der Wagen mit den Waffen. Es ist niemand in der Nähe.

»Legen Sie ihn in diesen Wagen. Ja, dorthin, auf die Musketen. Haben Sie vielen Dank.« Während der junge Mann Robert hochhebt, hole ich einen meiner letzten Schillinge heraus. »Hier, kaufen Sie sich etwas dafür. Ich bin Ihnen wirklich sehr dankbar.«

Der junge Mann schüttelt den Kopf und verneigt sich schwankend. »Zu Ihren Diensten, Fräulein.« Dann kippt er in einen Heutrog und bleibt besinnungslos darin liegen.

Gleich darauf erscheint Herr Guinevere mit einem roten Rock, einem roten Leibchen und einem wallenden goldenen Umhang. Ich starre die Sachen entsetzt an. »Damit werden wir ja bestimmt nicht auffallen«, sage ich zu ihm.

»Etwas anderes konnte ich auf die Schnelle nicht finden. Die Truhe mit den Kostümen war abgeschlossen und den Schlüssel hat die Gewandmeisterin.«

Mühsam zwängen wir Robert in die Sachen. Ich trete zurück und betrachte ihn. Nein, das geht wirklich nicht – er sieht unmöglich aus! Ich nehme ihm den goldenen Umhang ab, lege ihm meinen eigenen um, ziehe ihm die schwarze Kapuze über den Kopf und verhülle sein Gesicht mit meinem Schleier. Dann setzen wir ihn hinten im Wagen so zurecht, dass sein Kopf auf die Knie herabhängt. So gebeugt und schwarz gekleidet, sieht er nun aus wie eine alte Frau, ich dagegen in dem goldenen Umhang wie ein Flittchen.

Ich fürchte, dass der Kutscher des Wagens jeden Augenblick zurückkommen könnte. Wie lange wird es noch dauern, bis der Hauptmann beschließt, Musketen gegen die Krawallmacher einzusetzen? Ich wende mich um, um Herrn Guinevere zu danken und Lebewohl zu sagen, aber er ist schon weg.

Ich drehe den jungen Mann im Heutrog auf den Rücken und hole ein paar Arm voll Heu, mit denen ich die Waffen zudecke. Dann führe ich die beiden Pferde zur Stalltür und klettere auf den Kutschbock. Es kommt mir vor, als machten wir einen Höllenlärm, während wir in den Regen hinausrollen. Ich halte an. Das Paar vom Nebengebäude steht mitten im Hof und beobachtet uns.

»Was machen Sie mit diesem Wagen, Fräulein?«, fragt der Mann argwöhnisch. Da kracht es und die Hintertür des Wirtshauses fliegt auf. Wir drehen uns alle um. Herr Guinevere wankt mit einer weiteren schlaffen Gestalt in den Armen heraus. Es ist der Halbwüchsige, der gegenüber von Robert im Pferdekarren saß und weinte. Er ist ebenfalls bewusstlos. Seine Füße schleifen durch den Dreck und sein Kopf baumelt gegen die Schulter des Komödianten.

»Ich habe noch einen herausbekommen«, keucht Herr Guinevere. »Oh!« Er bleibt stehen, als er das Paar sieht. Die Frau weicht in die Hofeinfahrt zurück, als wolle sie ums Haus laufen und Hilfe holen.

Ich blicke zuerst sie und dann den Mann an. »Bitte, im Namen der Barmherzigkeit ...«

Die beiden zögern und sehen sich an, dann flüstert die Frau: »Gott schütze euch.« Und der Mann kommt her, um Herrn Guinevere zu helfen, den jungen Schotten in den Wagen zu heben. Der schmächtige Körper sackt zwischen die Waffen.

»Danke! Haben Sie vielen Dank!« Ich klettere nach hinten und ziehe meinen goldenen Umhang aus. Herr Guinevere wickelt den Jungen schnell damit ein, dann legt er ihn in eine Ecke des Wagens, neben Robert. Inzwischen regnet es in Strömen. »Ich werde Ihnen meinen Umhang holen, Fräulein«, sagt er.

»Danke, aber dafür ist keine Zeit mehr.« Ich häufe Heu über den Körper des Jungen. Da der goldene Umhang eine ähnliche Farbe hat wie das Heu, ist er kaum zu sehen. Ich nehme zwei Musketen mit nach vorn und setze mich wieder auf den Kutschbock. »Gott wird Sie behüten, Fräulein.« Das kann ich nur hoffen, doch ich bin keineswegs davon überzeugt, dass dem Allmächtigen mein Tun gefällt. Ich schnalze mit der Zunge, klopfe den Pferden mit den Zügeln auf den Rücken und fahre los.

Es ist leichter als ich dachte, mit dem Wagen die

raufende und schreiende Menge zu durchqueren. Im Gegensatz zu der sanften Meadowsweet sind diese Pferde es gewöhnt, sich durchs Gewühl zu drängen. Schwierig wird es erst, als ich den Rand des Menschenauflaufs erreiche, hinter dem sich Soldaten in einer Reihe aufgestellt haben, um die bereits ermüdenden Raufbolde in Schach zu halten. Als ich freies Gelände erreiche und etwas schneller fahre, sieht mich ein Soldat. Unglücklicherweise ist es der Kutscher.

»He! He, Sie da!« Er stürmt mit erhobenem Kurzschwert auf mich zu. Ich treibe die Pferde an, greife nach einer Muskete und fummle mit der anderen Hand, in der ich die Zügel halte, die Zünderbüchse auf. Als ich versuche, die Lunte anzuzünden, gleiten mir die Zügel aus der Hand. Ich ziele über den Kopf meines Verfolgers und das Schießpulver explodiert mit ohrenbetäubendem Knall.

Ich kann nicht sagen, ob meine Ohren tatsächlich betäubt sind oder ob es um mich herum auf einmal still geworden ist. Ich sehe eine große Ringeltaube vom Himmel fallen und hinter mir auf dem Boden aufschlagen. Federn schweben durch die Luft. Die Pferde preschen in Panik den Hügel hinunter und der Wagen rumpelt und schaukelt hinterher.

Ich falle beinahe vom Kutschbock. Ich halte mich seitlich fest und beuge mich vor, um nach den Zügeln zu greifen, während wir um die erste scharfe Kurve rattern. Unten im Tal springen die Leute schreiend beiseite. Ich höre einen Knall hinter mir und riskiere noch einen Blick über die Schulter. Statt Verfolgern sehe ich, dass die Ladeklappe heruntergefallen ist und Musketen hinten vom Wagen rutschen.

Als wir die Chiney Lane erreichen, bekomme ich die Pferde endlich unter Kontrolle. Ich packe die Zügel mit meinen schwitzenden Händen, wickle sie mir um die Finger und setze mich wieder richtig auf den Kutschbock. Die Pferde werfen immer noch die Köpfe hin und her, schnauben und stoßen in den Kurven mit den Schultern zusammen, aber ihre Panik ist vorbei.

»He!«

»Sie da!«

Ich fahre herum. Die Rufe kommen von zwei alten Männern, die vor dem Gasthaus *Mare Maid* stehen. Ich richte den Blick nach vorn und fahre weiter.

»Haltet sie an!« Leute am Straßenrand geben die Aufforderung weiter. Zwei betrunkene junge Männer stellen sich mir in den Weg. Einer greift in die Zügel und bringt die Pferde erneut aus dem Takt. Dabei dreht er sich um und verliert den Halt, so dass ich den Wagen anhalten muss, damit er nicht von der Deichsel erschlagen wird.

»Aus dem Weg!«, schreie ich.

»Warum soll ich sie eigentlich anhalten?«, fragt der Betrunkene in vorwurfsvollem Ton. Die beiden alten Männer humpeln keuchend herüber.

»Das Muttchen ist umgekippt!«, schreit einer. »Sie liegt auf dem Rücken, die arme Alte. Können Sie nicht besser auf Ihre Großmutter Acht geben?«

Ich blicke mich um. Durch das Geholper des Wagens ist Robert zur Seite gefallen und abgerutscht. Seine dünnen Waden schauen unter dem Saum des roten Rockes hervor. Der Rest von ihm ist noch in den schwarzen Umhang eingehüllt. Er stöhnt leise. Von dem anderen jungen Schotten ist nichts zu sehen.

»Großer Gott!«, rufe ich bestürzt aus. Ich frage mich, wann er vom Wagen gefallen ist.

»Regen Sie sich nicht auf, Fräulein. Sie wird sich schon nicht verletzt haben.« Der erste Alte versucht auf den Wagen zu klettern, schafft es aber nicht.

»Würden Sie für mich die Pferde halten?«, bitte ich den Betrunkenen und klettere mit zittrigen Beinen nach hinten. Ich sehe gleich, was geschehen ist. Als die Musketen vom Wagen gerutscht sind, hat sich das Heu hinten zu einem Haufen zusammengeschoben und den Jungen unter sich begraben. Nun bewegt sich der Haufen leicht. Rasch setze ich mich darauf und hieve Robert wieder hoch.

Er nuschelt unter seiner Kapuze hervor: »Dies ist ein düsterer Tag, Beatrice.«

»Ja, allerdings ...« Ich schiebe ihm die Kapuze tiefer ins Gesicht und setze ihn wieder in die Ecke.

»Was hat sie gesagt?«, fragt der zweite Alte und zieht sich hoch auf den Wagen. Jetzt sehe ich, dass eine übrig gebliebene Muskete unter dem Heu hervorschaut; ich setze einen Fuß darüber, so dass meine Röcke sie verdecken. Ich hoffe inständig, dass der Mann, der die Pferde hält, zu betrunken ist, um die beiden Musketen unter der Kutschbank zu bemerken.

»Bitte bemühen Sie sich nicht, guter Mann«, sage ich schnell zu dem Alten. »Meine arme Großmutter ... ich fürchte, sie ist übermüdet.«

Er tätschelt Robert die Schulter. »Keine Bange, Muttchen. Es ist alles in Ordnung. Sie sind nur umgekippt. Am besten bringen Sie Ihre Großmutter nach Hause, Fräulein, und verabreichen ihr eine Tasse heiße Brühe.«

Ich stopfe den schwarzen Schleier fest in Roberts

Kapuze. »Ja, das werde ich tun, vielen Dank. Es war ein langer Tag.«

Der Alte klettert vorsichtig vom Wagen und macht die Ladeklappe auf beiden Seiten zu. Ich wende mich ab, um wieder auf den Kutschbock zu steigen, und erstarre. Der Betrunkene, der auf einmal erstaunlich nüchtern wirkt, richtet eine der beiden Musketen auf mich.

»Sir …« Ich starre auf den glänzenden Lauf und kann das Schießpulver riechen.

»Es ist traurig«, sagt er, hebt den Lauf und späht an ihm entlang. Es herrscht tiefes Schweigen. Niemand bewegt sich. Er stellt seinen Fuß auf eine Radspeiche, um einen besseren Stand zu haben, doch stattdessen dreht er dadurch das Rad ein Stück weiter. Er macht einen Hüpfer, um mit dem Wagen Schritt zu halten. »Es ist traurig, wenn die Dinge nicht so sind, wie sie scheinen.«

Ich presse die Hände zusammen und bemühe mich, ruhig zu sprechen. »Ich fürchte, ich verstehe Sie nicht, Sir.«

»Sehen Sie diese Straßen?« Er deutet mit ausladender Geste zur Brücke und zur King's Strete. »Sie sehen ganz friedlich aus, oder?«

Ich nicke.

»Aber das sind sie nicht.«

»Nein?«

»Nein.« Er schüttelt den Kopf. »Sie sind voller Räuber, Fräulein. Es war richtig, dass sie diese Dinger mitgenommen haben, um sich verteidigen zu können.« Er wirft die Muskete unter die Kutschbank zurück. Dann gerät er ins Schwanken, während er versucht, seinen Fuß aus dem Rad zu ziehen. »Seien Sie auf der Hut!« Er richtet sich auf. »Einen schönen Tag noch.« Er reicht mir die Zügel und torkelt davon.

Ich hole tief Luft und steige mit weichen Knien auf den Kutschbock. »Leben Sie wohl!« Ich winke den beiden Alten zu und fahre los.

Ich habe zu viel Zeit vergeudet. Das Militär ist uns jetzt sicher schon auf den Fersen, obwohl wir mit halsbrecherischer Geschwindigkeit durch die Stadt gerast sind und die Soldaten erst ihre Pferde holen und sich vielleicht anderswo mit neuen Musketen ausrüsten mussten, bevor sie die Verfolgung aufnehmen konnten. Ich lasse die Pferde eine Weile traben, um sie zu beruhigen, doch als wir uns der Brücke über den Fluss nähern, fahre ich schneller. Ich blicke zu der Burg auf dem Hügel zurück und denke an John, der jetzt dort eingesperrt ist. Er wird ohne meine Hilfe freikommen. Der Bischof oder der Vikar werden ihn aus dem Gefängnis holen. Trotzdem fühle ich mich schlecht, weil ich einfach davonfahre und ihn dort zurücklasse. Er braucht nicht die Hilfe von mir, die Robert braucht, aber er braucht mich, ebenso wie ich ihn brauche. Mit furchtbaren Gewissensbissen treibe ich die Pferde zum Galopp an.

25. Kapitel

Bei Kerne Forth holen sie uns ein. Es ist reiner Zufall, dass ich kurz davor die Landstraße verlassen habe und an den Waldrand gefahren bin, um die Laternen anzuzünden. Der düstere Himmel und herabhängende Äste waren eine gute Tarnung für uns, aber nun, da es zu dämmern beginnt und noch heftiger regnet als zuvor, sehe ich fast nichts mehr.

Die beiden im Wagen waren fast die ganze Fahrt über ohne Bewusstsein. Der Junge hat gelegentlich gewimmert und Robert hat einmal ein irres Lachen von sich gegeben, aber die meiste Zeit fühlte ich mich hier oben auf dem Kutschbock von ihnen abgeschnitten und hatte große Angst, dass sie da hinten sterben könnten. Nun klettere ich im flackernden Licht der Laternen auf den Rücksitz, um nach ihnen zu sehen. Die beiden stinken erbärmlich. Robert ist beängstigend still. Seine Haut ist warm und er atmet, aber sehr flach und schnell. Er ringt nach Luft, so als träumte er, er hätte einen Strick um den Hals.

»Robert.« Ich berühre seine Wange. »Kannst du mich hören?«

Der Junge neben ihm hustet. Ich wische ihm das Heu vom Gesicht. Er stöhnt und versucht sich aufzusetzen. »Ruhig«, flüstere ich. »Sei ganz ruhig.« Robert liegt immer noch reglos da. Ich schnüre sein rotes Leibchen auf und lege mein Ohr an seine Brust, um das Herz abzuhören. Es rast. Ich frage mich voller Angst, ob das Gebräu aus Bilsenkraut und Whisky eine unvorhergesehene, gefährliche Nebenwirkung hat. Sein Herz müsste eigentlich langsamer schlagen. Ich flüstere ihm ins Ohr: »Du wirst bald zu Hause sein, Robert.«

Zu meiner Verblüffung habe ich Roberts Herzschlag immer noch im Ohr, als ich auf den Kutschbock zurückkehre. Es dauert einen Moment, bis ich begreife, das es Hufschläge sind, die ich da höre. Hektisch lösche ich die Laternen und fahre auf einem Weg, der so schmal ist, dass Äste die Seiten des Wagens zerkratzen, vorsichtig tiefer in den Wald hinein. Der Regen rauscht in Böen durch die Blätter und durchnässt mich bis auf die Haut. Ich lenke den Wagen um eine große Eiche herum, die sich eine eigene Lichtung geschaffen hat, und beobachte zitternd die Landstraße, die durch das Gebüsch zu sehen ist.

Mehrere Reiter nähern sich. Die Bäume oben auf der Straßenböschung heben sich schwarz vom Himmel ab und nun auch die Silhouetten von acht oder zehn vorbeigaloppierenden Soldaten mit Schwertern an der Seite, die elegant und bedrohlich zugleich wirken.

Als sie weg sind, warte ich noch ziemlich lange. Um mich herum knarren die Bäume im auffrischenden Wind. Ich wage nicht mehr, nach rechts oder links zu blicken. Ich weiß, dass mich Wesen sehen können, die ich nicht sehen kann.

Es ist völlig dunkel, als wir wieder aus dem Wald kommen. Ohne Licht fahre ich langsam weiter. Wir dürfen die Soldaten nicht einholen. Erst nachdem ich von der Landstraße in eine kleinere Straße abgebogen bin, die durch ein anderes Gehölz zum Meer führt, wage ich es, die Laternen wieder anzumachen. An einem Bach halte ich an, lasse die Pferde saufen und ziehe meine feuchte Zunderbüchse hervor, um die fettigen Dochte der Lampen anzuzünden, die in gebogenen Röhren aus Horn stecken. Bei dem Wind und dem Regen erweist sich das als kompliziert und langwierig. Ungeduldig schwenke ich die Flamme hin und her, um das Wachs zu schmelzen, das die kleinen Luftlöcher verstopft. Ich bin kurz davor, aus lauter Verzweiflung und Erschöpfung zu heulen, da gelingt es mir endlich, die Lampen zum Brennen zu bringen. Ich hänge sie wieder an den Wagen. Robert ist immer noch bewusstlos und der Junge auch wieder.

Als wir am Südzipfel des Mistholme-Moors vorbeifahren, fegt ein schneidender Wind über das flache Moorland um Hagditch. Er schlägt mir so heftig ins Gesicht, dass ich den Kopf senken muss. Ich spüre die Finger nicht mehr, mit denen ich die Zügel halte, und meine Ohrläppchen schmerzen, als sei das Blut darin gefroren. Endlich erreichen wir den Weg, der durch eine Schlucht in den Klippen südlich vom Mere Point zu den Salzsümpfen an der Küste hinabführt. Ich kann die Flut hören, die sich irgendwo in der Dunkelheit da draußen zurückzieht. Langsam und vorsichtig lenke ich die müden Pferde den unebenen und glitschigen Felspfad hinunter. Der Wagen holpert und schlittert. Wir umfahren die Klippe und erreichen die erste Höhle, ein schwarzes Loch oben in der Felswand, etwa auf halber Höhe. Diese Höhle wäre ein ideales Versteck, denn sie ist tief, trocken und windgeschützt, aber ich weiß, dass ich Robert und den Jungen nicht allein dort hinaufschleppen kann. Außerdem kann ich hier nirgendwo den Pferdewagen verstecken. Wir fahren weiter, an stinkenden Brackwasserpfützen und Inseln von ausgebleichten Grasnelken und salzigem Gras vorbei, die im schaukelnden Licht der Laternen schemenhaft zu erkennen sind.

Die zweite Höhle liegt auf Uferhöhe in einer kleinen Schlucht, in der ich auch den Wagen verbergen kann. Die Pferde wiehern und werfen die Köpfe hin und her, als ich sie am Höhleneingang anhalte. Ich habe weder die Zeit noch die Nerven, um sie abzuschirren. Außerdem würde sich das sowieso kaum lohnen, da ihre Arbeit noch lange nicht beendet ist. Aber ich mache sie wenigstens von der Deichsel los. Ich bin dankbar für das frische Regenwasser, das sich in Felslöchern gesammelt hat. Die Pferde stillen ihren Durst und fressen angeschwemmte, vertrocknete Seegrasbüschel. Der Wind ist hier schwächer und das Rauschen des Meeres leiser.

Nun muss ich Proviant für die Männer besorgen und herausfinden, wo die Soldaten sind. Irgendwie muss ich Robert und den Jungen von hier wegbringen, wenn nicht nach Schottland, so doch wenigstens nach Cartmel zu den Augustinermönchen. Allerdings sind sie vielleicht selbst *dort* nicht mehr sicher, wenn die Soldaten so weit nördlich nach ihnen suchen. Über mein eigenes Schicksal kann ich mir jetzt noch keine großen Gedanken machen. Ich frage mich, ob John inzwischen wohlbehalten ins Pfarrhaus zurückgekehrt ist und welche Wahl mir jetzt noch bleibt.

Ich steige vom Kutschbock, nehme eine Laterne herunter und leuchte damit in den Wagen. Roberts Augen sind offen. Er starrt mich an.

»Die anderen … sind nun tot«, sagt er.

Beim Klang seiner Stimme erfasse ich die neue Situation erst so richtig: Robert ist hier, bei mir. Er ist nicht mehr in einem Kerker eingesperrt. Die grauenvollen Monate sind vorbei. Hastig löse ich die Ladeklappe und steige hinten in den Wagen. Ich nehme Robert in die Arme und drücke ihn an mich. Er ist schmutzig, vom Kerker gebeugt und krank, aber er lebt. Dieser Mensch, den ich so schwer verletzte und den meine Landsleute nun noch viel schlimmer zugerichtet haben, ist von den Toten zurückgekehrt.

»Ach, Robert.« Ich küsse sein Gesicht und sein Haar, knie mich auf das Heu und wiege ihn hin und her. Als ich aufblicke, sehe ich, dass der Junge uns beobachtet.

Ich bringe die beiden in die Höhle. Auf mich gestützt und mit vielen Pausen schaffen sie es, sich hineinzuschleppen. Die Höhle ist tief und dunkel. Drinnen riecht es nach Salz und feuchter Erde. Im Mondlicht, das ab und zu durch Wolkenlücken dringt, sind neben dem Eingang braune Streifen auf den weißen Wänden zu erkennen, und Wasser tröpfelt auf beiden Seiten herab. Hinten, wo der Boden zu einem breiten, sandbedeckten Felssims ansteigt, ist die Höhle trocken. Dort ist der hohe, schmale Spalt, der zu Cedrics Hütte oben auf den Klippen führt.

Als ich letzte Woche hier war, um die Gezeiten zu berechnen, war es warm in der Höhle. Jetzt ist es bitterkalt. Ich helfe den beiden auf den Felssims. Hier drinnen, wo jedes Geräusch von den Wänden widerhallt, höre ich deutlich, wie unregelmäßig Robert atmet.

»In deinem Zustand solltest du eigentlich nicht reisen, Robert«, flüstere ich, »aber ich fürchte, wenn du dich eine Weile ausgeruht hast, müssen wir weiter.« Ich klemme eine der Laternen in eine Felsspalte. In ihrem zuckenden Licht blitzen Spukbilder und lange Fratzen aus der Dunkelheit auf.

Der Junge kauert sich in einer Nische zwischen zwei Felsen zusammen und zieht seinen glänzenden Umhang um sich. Robert streift meinen schwarzen Umhang ab und will, dass ich ihn umlege, aber ich weigere mich. Am Ende setze ich mich neben ihn und hülle uns beide in den Umhang ein. »Wie heißt du?«, frage ich den Jungen.

»Jonathan.« Er zögert. »Wissen Sie, was mit meiner

Mutter geschehen ist, Fräulein? Sie war eine Zeit lang mit uns auf der Burg eingesperrt.«

»Komm herüber.« Ich strecke den Arm nach ihm aus. »Setz dich zu uns und wärm dich. So, das war also deine Mutter. Ich glaube, sie ist in Sicherheit, Jonathan.«

Er kommt herüber und kuschelt sich an mich wie ein Kind. Ich lege ihm den Arm um die Schultern. »Ich bin ihr einmal nachts begegnet, Jonathan. Wenn du sie siehst, dann grüße sie von der Frau aus dem Gasthaus *George*.«

Nach einer Weile schlafen sie. Jonathan lutscht am Daumen. Robert keucht bei jedem Atemzug. Ich lasse die beiden dort, in den Geruch des Kerkers eingehüllt, auf den Tagesanbruch warten.

Mit der zweiten Laterne zwänge ich mich seitwärts durch die schmale Felsspalte am Ende der Höhle. Ich kenne Cedrics Geheimgang noch nicht, obwohl er schon mehrmals gesagt hat, er wolle ihn mir zeigen. Kaum bin ich drinnen, geht das Licht aus. Nun ist es völlig dunkel um mich herum. Ich überlege, ob ich lieber umkehren und den langen Weg nehmen soll – ich müsste den Felspfad hinaufsteigen und dann durch den Wald zu Cedrics Hütte zurücklaufen –, aber ich darf keine Zeit verlieren. So taste ich mich mit Händen und Füßen durch die Finsternis und horche auf Geräusche, denn es macht mir Angst, nicht zu sehen, wo ich hinfasse.

Alles kommt mir plötzlich so unwirklich vor, aber ich bin zu müde, um darüber nachzudenken. Habe ich Robert wirklich vor dem Galgen gerettet oder ist das alles nur ein Traum?

Ich bleibe immer wieder stehen. Zwar weiß ich von Cedric, dass es in diesem Höhlengang keine gefährlichen Felsspalten oder Fallen gibt, aber unterwegs ist mir eingefallen, dass ich keine Ahnung habe, wie man am anderen Ende wieder herauskommt. Ich könnte zurückgehen und die andere Laterne holen, aber die Zeit ist so knapp, dass ich mich dagegen entscheide. Ich muss ständig daran denken, wie leicht die Pferde und der Wagen in der kleinen Schlucht entdeckt werden können. Wenn es hell wird, könnte jeder, der dort unten vorbeikommt, sie sehen und die Höhle durchsuchen.

Nun geht es steil aufwärts. Ich stolpere, bleibe stehen und strenge meine Augen an, aber ich sehe nicht den leisesten Lichtschimmer. Die Wände zu beiden Seiten, an denen ich mich bisher entlanggetastet habe, hören plötzlich auf. Ich greife ins Leere. Ich prüfe mit den Füßen den Boden. Es geht weiter aufwärts, aber rechts und links von mir ist nichts mehr. Dann finde ich auf einer Seite die Felswand wieder und folge ihr mit der Hand. Sie macht eine Kurve. Auf der anderen Seite ist es in entgegengesetzter Richtung genauso. Ich befinde mich an einer Gabelung und weiß nicht, wie ich gehen soll. Wenn ich eine Lampe hätte, würde ich wahrscheinlich sehen, wo der richtige Weg verläuft. Nun muss ich doch umkehren, denke ich. Da höre ich etwas.

Mich schaudert. Zwischen den Felsen hat sich etwas bewegt! Ich lausche angestrengt in die Dunkelheit. Das müssen Fledermäuse gewesen sein. Vielleicht sind ein paar dageblieben, anstatt mit den anderen auszuschwärmen. Irgendwo tropft Wasser. In der Ferne tosen der Wind und das Meer. Plötzlich stelle ich erstaunt fest, dass ich das Meer auch riechen kann. Aus all den unterirdischen Gerüchen, die mich hier an diesem finsteren Ort umgeben, rieche ich das Meer so deutlich heraus, als wäre es ganz nah. Dann höre ich Atemzüge.

26. Kapitel

Ich erstarre vor Angst. Hier in den Tiefen der Erde, wo ich eigentlich nichts zu suchen habe, lebt etwas und beobachtet mich vielleicht gerade. Ich bewege mich vorsichtig in den engen Gang zurück. Ich höre, dass *es* sich bewegt. Es ist erschreckend nah. Dann berührt es mich.

Ich zucke zurück, pralle gegen die Felswand, schnappe nach Luft und schlage wie wild um mich.

»Wer ist da?«, zischt eine Stimme mir ins Ohr.

»O Gott, o Gott!« Ich möchte mit den Füßen aufstampfen und im Erdboden versinken. Ich könnte ihn umbringen. »Cedric! Um Himmels willen, was machen Sie denn hier im Dunkeln?« Ich presse die Hände an mein klopfendes Herz.

»Pst!« Kräftige Arme umfassen mich und der Geruch des Meeres – Cedrics Geruch – hüllt mich ein. »Sei still. Sonst hören sie uns noch. Die Soldaten sind in meiner Hütte.«

»O nein!«

Eine Zunderbüchse klappert, eine Kerze leuchtet auf. Cedric stellt den kupfernen Kerzenständer auf einen Felsen. Nun sehe ich, dass wir in einer breiten, niedrigen Höhle sind, die am hinteren Ende nicht einmal mehr kopfhoch ist. Wasser tröpfelt von den Wänden herab und rinnt durch Felsspalten. »Es gibt einen Weg zu meiner Hütte hinauf, durch eine Falltür.« Cedric deutet zu einer Art Treppe aus Felsbrocken, die hinter dem niedrigen Überhang am Ende der Höhle nach oben führt. »Was ist passiert, Beatrice?«

»Ich habe Robert freibekommen. Und noch einen anderen Schotten.«

Im Kerzenschein sieht es so aus, als verzöge Cedric ungläubig das Gesicht. »Wo sind sie?«, fragt er.

»In der Höhle unten.« Ich deute hinter mich. »Aber John wurde gefangen genommen. Er ist in der Burg eingesperrt. Könnten Sie bitte dafür sorgen, dass er herauskommt? Den Bischof verständigen? Ich muss schauen, dass ich mit Robert von hier wegkomme. Würden Sie uns über die Sandbänke führen?«

Nach einem kurzem Schweigen erwidert er: »Ich werde Robert über die Sandbänke bringen. Du brauchst nicht mitzukommen. Ich bringe ihn zu den Mönchen von Cartmel. Geh du nach Hause zurück.«

»Das kann ich nicht. Die Soldaten kennen mich. Ich habe ihren Wagen gestohlen, weil sie unseren mit John zur Burg gebracht haben.«

Er starrt mich bestürzt an. »Ich verstehe. Wissen sie, dass du Robert befreit hast? Könntest du nicht behaupten, du hättest ihren Wagen gestohlen, weil du nicht wusstest, wie du sonst heimkommen solltest?«

»Sie können sich wahrscheinlich ausrechnen, dass ich es war. Der Hauptmann war bereits misstrauisch, weil ich ihn nach den Schotten fragte. Außerdem fürchte ich, dass Robert nicht einmal in Cartmel vor den Soldaten sicher ist. Es ist für sie naheliegend, ihn dort zu suchen. Wir müssen weiter nach Norden, bis nach Schottland.«

Cedric kneift die Lippen zusammen. Bevor er etwas einwenden kann, nehme ich ihn bei der Hand und führe ihn schnell den Höhlengang hinab, den ich nun im Kerzenlicht sehen kann. Vor der großen Höhle unten ist der Himmel immer noch beruhigend dunkel. Drinnen schlafen Robert und Jonathan ausgestreckt auf dem Sand. Jonathan stöhnt leise. Cedric kniet sich hin und schaut sich die beiden an. Nach einer Weile schüttelt er den Kopf. »Beatrice, wenn du jetzt, während ein Feldzug nach Schottland im Gange ist, mit diesen kranken Männern in einem gestohlenen Fahrzeug nach Norden zu flüchten versuchst, wirst du mit Sicherheit erwischt. Wir müssen die beiden erst einmal verstecken. Euren Turm haben die Soldaten bereits durchsucht. Im Rübenkeller haben sie Diebesgut von deinem Vater gefunden. Sie sagten, Barrowbeck sei eine Verräter- und Räuberhöhle, aber als sie sahen, in welchem Zustand dein Vater ist, ließen sie ihn in Frieden. Ich glaube nicht, dass sie noch einmal dort hingehen. Sie wollen nach Hause. Es sind Männer von Lord Ravenswyck, die der Krone zur Verfügung gestellt wurden. Ihre Dienstzeit ist fast abgelaufen. Und du solltest auch nach Hause gehen. Falls nötig, kannst du dich ja im Geheimgang unter dem Gehege verstecken. Ich bringe Robert und den anderen Burschen in die innere Höhle, in der wir gerade waren, und kümmere mich dort um sie. Und in ungefähr einem Monat bringen wir sie nach Cartmel hinüber.«

»Cedric, Sie verstehen nicht. Ich habe die beiden bis hierher gebracht und darf kein Risiko eingehen. Wir müssen sofort weiter. Die Soldaten werden nicht so schnell aufgeben. Vermutlich wird man für den Diebstahl eines Heeresfahrzeugs gehängt. Ich muss weg, und die beiden auch.« Ich berühre Roberts schlafendes Gesicht. »Wir werden zu den Mönchen gehen und vielleicht dort übernachten, aber dann müssen wir weiter, über die Grenze. Da unsere Männer von Newcastle aus nach Schottland marschieren, werden wir die Westküste hinauffahren. Ich habe keine Ahnung, wo Robert lebt, aber vermutlich ist er bis dahin wach genug, um es mir zu sagen. Könnten Sie ihm nicht irgendetwas geben, damit er wieder zu sich kommt? Ich habe mich verschätzt. Es war wohl doch etwas zu viel Bilsenkraut und Whisky.«

Cedric zieht die Augenbrauen hoch. »Bilsenkraut und Whisky?« Er lacht auf. »Du scheinst es mit dem Holzhammer zu halten, Beatrice.« Er streicht sich über den Bart. »Ja, ich werde den beiden Senf, Mariendistel und Kohle geben, um sie zu entgiften, dazu Zuckertang, um ihre Lebensgeister zu wecken. Zum Glück habe ich einen Kräutervorrat in der inneren Höhle, denn in meine Hütte kann ich im Augenblick nicht zurück.«

»Was machen die Soldaten überhaupt in Ihrer Hütte, Cedric? Was wollen sie denn von Ihnen?«

»Sie haben dich in Wraithwaite gesucht, Beatrice, und die gute Witwe Brissenden nannte ihnen meine Hütte als einen Ort, den du vielleicht aufsuchst.«

Ich bebe innerlich vor Wut auf Witwe Brissenden und bedaure zutiefst, dass ich keine Gelegenheit mehr haben werde, ihr diese Gemeinheit heimzuzahlen.

»Das tut mir wirklich leid, Cedric. Es tut mir so leid, dass Sie in die Sache hineingezogen wurden.«

Er lächelt. »Ich stecke doch schon länger drin, Beatrice.«

Ich merke plötzlich, dass ich ihn jetzt besser sehen kann als vorher. Draußen beginnt es zu dämmern.

»O Gott, Cedric. Es wird schon hell. Wann können Sie uns über die Bucht bringen?«

Er blickt zum Höhleneingang. »Vor der nächsten Flut schaffen wir es nicht mehr. Ich könnte euch am Vormittag hinüberbringen, wenn wieder Ebbe ist. Aber am helllichten Tag besteht ein großes Risiko, dass wir gesehen werden. Reicht es nicht, wenn wir heute Abend bei der nächsten Ebbe aufbrechen?«

»So lange können wir nicht warten. Wir müssen es wagen. Ich werde in Barrowbeck Proviant und Wasser holen. So lange können die beiden sich noch ausruhen.« Ich weiß, dass ich in Wahrheit nicht wegen des Proviants zum Barrowbeck-Hof will, sondern weil ich ihn noch ein letztes Mal sehen muss. Ich denke an Mutter, an Verity und Thomas, an Tante und Onkel Juniper und alle anderen, die ich vielleicht nie mehr sehen werde. Und ich denke an John.

Dann höre ich Cedric sagen: ». . . in eurem kleinen Pferdewagen fällst du weniger auf als in diesem Munitionswagen.« Er geht zum Höhleneingang, vor dem die Pferde im Schlaf schnarchen. »Diese beiden Schönheiten lassen wir irgendwo laufen, wo die Soldaten sie finden. Ich bleibe mit den beiden Burschen in der inneren Höhle und tue, was ich kann, damit sie in einem etwas besseren Zustand die Heimreise antreten können.«

Mit Mühe schleppen und schieben wir die stolpernden Schotten den Höhlengang hinauf. Während wir sie in der feuchten inneren Höhle hinlegen, schlafen sie sofort wieder ein. Cedric blickt mich an. »Beatrice, überleg dir das noch einmal gut. Diese Männer sind wirklich nicht reisefähig.« Er stellt die Laternen und den Kerzenständer neben sie, dann zieht er eine Holzkiste hinter dem Felsüberhang hervor und holt zwei große Schlafsäcke aus Hasenfell heraus. Sie sehen aus wie die, die Sanctity Wilson näht und verkauft. »Hilf mir, die Burschen in die Dinger hier zu packen«, sagt er.

Plötzlich scheint seine Geduld am Ende zu sein. Als wir die beiden zitternden Schotten auf die muffig riechenden Felle heben und die Seiten zuschnüren, sagt er gereizt: »Denk an John, Beatrice. Denk an deine Mutter. Wie kannst du so etwas auch nur in Erwägung ziehen?«

Wir blicken einander an, dann tappe ich in den Höhlengang und lasse ihn im flackernden Halbdunkel zurück.

Ich fahre mit dem Wagen der Soldaten so leise ich kann den Strand entlang, zu den Klippen hinauf und durch den Wald zum Barrowbeck-Hof. Irgendwo hinter den Wolken bricht ein trüber, feuchter Morgen an, doch ich bin froh, dass es so düster ist. Ich betrachte die Landschaft, dich mich mein ganzes Leben lang umgeben hat. Ich will sie mir einprägen, damit ich sie im Geiste immer vor mir sehen kann, wenn ich an einem ganz anderen Ort bin.

Seit mehr als zwei Tagen habe ich nicht geschlafen. Zweimal döse ich unterwegs auf dem Kutschbock ein und falle beinahe herunter. Ich fahre zu der Wegkreuzung, an der die Old Corpse Road beginnt, lasse den Wagen am Bach zurück, damit die Pferde trinken können, bis sie gefunden werden, und lege den Rest des Weges zu Fuß zurück. Am Waldrand bleibe ich stehen und blicke zu dem Turm hinüber, der mein Zuhause war. Ich erkenne, dass Michael Wachdienst hat. Das Schicksal macht es mir nicht leicht. Ich warte, bis seine Runde ihn ans hintere Ende der Plattform führt, dann renne ich über das offene Gelände auf den Turm zu, so schnell wie damals, als ich vor den schwer bewaffneten schottischen Angreifern floh, unter denen sich auch Robert befand.

Das Tor ist von innen verriegelt. Es ist also noch keiner auf. Ich bin bestürzt, dass alle noch schlafen, obwohl es bereits hell ist. Mit dem Hof geht es langsam bergab. Wir alle sind so sehr mit anderen Dingen beschäftigt, dass der gewöhnliche Tagesablauf völlig durcheinandergeraten ist. Kates Vorschlag, dass Verity, James und der kleine Thomas in den Turm ziehen sollten, wurde nie aufgegriffen. Jetzt wird mir klar, dass es wirklich das Beste für den Barrowbeck-Hof wäre.

Plötzlich höre ich, wie jemand drinnen die Riegel aufschiebt. Ich will flüchten und mich verstecken – was ist, wenn ein paar Soldaten dageblieben sind? –, aber es ist zu spät. Das Tor schwingt auf und Michael steht auf der Schwelle.

Er verbeugt sich. »Guten Morgen, Fräulein.« Dann tritt er zurück, um mich vorbeizulassen. Ich gehe vorsichtig hinein.

»Guten Morgen, Michael. Der Herr Pfarrer und ich wurden in Lancaster aufgehalten. Wie geht's?«

Seine Miene ist undurchdringlich. Wie viel weiß er? »Gut. Ihnen auch, Fräulein?«

Ich nicke. »Ja, danke. Du kannst jetzt wieder auf Wache gehen.«

Er verbeugt sich noch tiefer. Sein Getue geht mir wirklich auf die Nerven. Hier auf dem Barrowbeck-

Hof geht es nicht so vornehm zu, dass wir uns ständig voreinander verbeugen. Michael steigt die Wendeltreppe hinauf und ich laufe durch den niedrigen Bogengang in die Küche.

Die Küche – wie kann etwas so Banales wie eine Küche Tränen auslösen? Ich führe es auf meine Übermüdung zurück. Auf dem Tisch steht ein ungespülter Kochtopf mit angetrockneten Rübenstückchen am Rand. Neben der Feuerstelle ragt ein Schürhaken aus einem Krug, in dem Würzbier heiß gemacht wurde. Das Feuer ist zusammengefallen, aber die Glut unter der Asche gibt noch Wärme ab.

Am liebsten würde ich ein letztes Mal den ganzen Hof ablaufen – die Milchkammer, um die aufgereihten Milchkübel zu sehen und Mutter hereinkommen und mit Tilly Turner schimpfen zu hören, dann den Geheimgang unter dem Gehege, um mich zu vergewissern, dass die Wolfsgrube verschlossen ist, damit niemand zu Schaden kommen kann, und natürlich meine Kammer, in der noch so viele Sachen sind, an denen ich hänge. Ich möchte am kleinen Signalfeuerturm stehen und nach Räubern Ausschau halten. Aus Angst, Kate zu wecken, die in der Kammer hinter dem Kamin schläft, schleiche ich auf Zehenspitzen durch die Küche. Mein Kater Cäsar streift um meine Knöchel. Ich schiebe ihn weg. Dann breche ich in Tränen aus, hebe ihn hoch und drücke ihn an meine Brust. Er schnurrt und legt seinen Kopf an meinen Hals, doch als sein Fell immer nässer wird, hat er genug und will wieder herunter.

Ich bin so benommen, als hätte ich selbst Bilsenkraut genommen. Ich zünde eine Kerze an und haste in den Rübenkeller hinunter. Dort packe ich Brot und

Käse in ein Öltuch und fülle eine Lederflasche mit Wasser aus dem Kupferbehälter. Danach laufe ich wieder in die Küche hinauf. Sie ist immer noch leer, aber irgendwo im Turm schlägt eine Tür. Die Bewohner werden wach. Ich muss gehen.

Im Gehege spanne ich Calisto, das zweitbeste Pferd meines Vaters, vor unseren kleinen Pferdewagen und verstaue das Öltuchbündel unter der Kutschbank. Ich blicke zur Plattform empor, kann Michael aber nirgendwo entdecken. Da führe ich Calisto durch den steinernen Torbogen und schließe das Gehegetor hinter mir.

27. Kapitel

Der Himmel beginnt von Osten her aufzuklaren, und die Sonne scheint durch Wolkenlücken und verbreitet ein seltsames Licht, während ich auf dem Felsweg zur Höhle hinunterfahre. Ich bin angespannt und wachsam. Meine Müdigkeit ist verflogen. Cedric wartet schon auf mich. Gemeinsam helfen wir den beiden Schotten in den kleinen Pferdewagen und verstecken sie unter Bergen von Fischernetzen. Cedric übernimmt die Zügel. Die Bucht leuchtet korallenrot, als wir sie im Galopp überqueren. Wir sehen keinen Menschen unterwegs.

Das alte Kloster wurde von den Truppen König Heinrichs, der den Papismus ausrotten wollte, schwerer zerstört, als ich dachte. Nur ein Teil der Kirche steht noch. Cedric erklärt mir, dass er Gemeindechor genannt wird und erhalten blieb, weil König Heinrichs Soldaten ihn für die Pfarrkirche des Dorfes hielten. Den Mönchen ist der Zutritt nun verboten.

Wir fahren ein Stück weiter und kommen zu einem einfachen Langhaus, das neben einer zerstörten Mauer steht. Sein Strohdach ist zerfleddert, die mit Kalk verputzten Lehmwände sind fleckig und rissig. Es sieht armseliger und baufälliger aus als die schäbigste Bauernkate in unserem Tal. Zwei Männer in abgetragenen schwarzen Kutten tauchen neben dem Haus auf und winken uns zu. Sie schleppen Schultertragen, an denen zylindrische Blecheimer hängen. Ein anderer Mönch, der auf einer rustikalen Sitzbank aus einem behauenen Baumstamm gesessen und ein Buch gelesen hat, kommt zu uns herüber. Irgendwo hinter dem Haus singt jemand eine schöne Melodie mit komplizierten Tonfolgen. Nach einer Pause wiederholt er sie mit Variationen.

Robert setzt sich hinten im Wagen auf und fragt mit zittriger Stimme: »Wo sind wir? Wer singt da *De Profundis*?«

»Wir sind in Cartmel, Robert.« Ich strecke ihm meine Hand hin, und er ergreift sie. Cartmel, endlich, nach so langer Zeit. »Wir machen hier eine kurze Rast«, füge ich hinzu und merke, dass meine Stimme ebenfalls bebt.

»Und dann?« Er kniet sich hin und nimmt meine Hände.

»Schottland.«

Cedric dreht den Kopf weg.

»Guten Morgen, Cedric!« Der Mönch, der in dem

Buch gelesen hat, ist neben unserem Wagen stehen geblieben.

»Pater Wolf vom Augustinerorden; Fräulein Garth und zwei Flüchtlinge, die Ihre Hilfe brauchen«, stellt Cedric uns gegenseitig vor.

Pater Wolf nickt und hilft mir herunter. »Gott segne Sie, Fräulein. Ich gehe zwei Brüder holen, die sich um Ihre Freunde kümmern werden.«

Als er im Haus verschwindet, blicke ich Cedric an.

»Die Mönche kennen Sie?«, frage ich.

»Ich komme zur Messe hierher.« Er springt vom Kutschbock.

Ich schließe kurz die Augen und lache. »Ach, Cedric.«

Ich frage mich, warum ich nie darauf gekommen bin, aber wie sollte ich auch? Der Papismus ist verpönt. Ab und zu werden noch immer Papisten verbrannt. »Warst du immer schon ein Papist?«, frage ich ihn.

»Ja«, erwidert er, geht nach hinten und lässt die Ladeklappe herunter.

Robert und Jonathan werden ins Krankenzimmer gebracht, Cedric und ich dagegen in die Küche geführt, wo ein junger Mönch uns ein heißes Getränk aus gerösteter Gerste, Sahne und süßem Weißwein zubereitet. »Das ist ein vorzügliches Stärkungsmittel«, versichert er uns, setzt mit einer schwungvollen Drehung des Handgelenks ein Sahnehäubchen obendrauf und verziert es mit einem Salbeiblatt.

»Hüte dich vor der Sünde des Hochmuts, Bruder Leofric«, murmelt Pater Wolf und führt uns in einen Garten hinter dem Haus. Wir setzen uns auf eine wurmstichige Bank und nippen an unseren dampfenden Bechern. Der Sänger steht mit dem Rücken zu uns unter den Überresten einer Rosenlaube und singt weitere komplizierte Melodien von zerfledderten Notenblättern ab. Dann dreht er sich um, nickt uns zu und entfernt sich. Dieser wunderschöne Garten ist offenbar auf den Ruinen eines Gebäudes angelegt worden, denn zwischen den blühenden Sträuchern sind überall Mauerreste zu erkennen. Ein verbogenes Metallkreuz, das aussieht, als hätte es im Feuer gelegen, lehnt gegen einen Holzstapel. Früh blühende Rosen wuchern an einem Zaun aus Flechtwerk und erfüllen die Luft mit ihrem Duft. Neben mir wachsen Mispelsträucher und Maulbeerbüsche und dahinter liegt ein dicht bepflanzter Kräutergarten. In einer Weide singt ein Rotkehlchen, ohne sich von einem jungen Mönch stören zu lassen, der ein Stück tiefer Streifen aus der Rinde schneidet und sie in einen Korb wirft.

Plötzlich stellt Cedric seinen Becher ab. »Beatrice, geh nicht. Es gibt Verstecke, wo die Soldaten dich nicht finden, zum Beispiel die Höhlen am Strand oder die Einsiedlerhütte im Wald. Die Soldaten werden bald abziehen und dich vergessen.«

Ich wollte nicht weinen. Das ist nicht der richtige Augenblick. Ich greife nach einem kleinen, ledergebundenen Buch, das einer der Mönche auf der Bank zurückgelassen hat. Es scheint ein Gedichtband von einem Schotten namens William Dunbar zu sein. Ich lese die aufgeblätterte Seite.

All Freuden hier sind eitel nur.
Vergänglich ist die falsche Welt,
das Fleisch ist schwach, der Satan listig:
Furcht vor dem Tod verwirrte mich.

Ich lese die Zeilen zuerst still, dann laut. Cedric schüttelt den Kopf. Wir weinen nun beide. Pater Wolf erscheint, nimmt mir das Buch aus der Hand und setzt sich. »Aber nicht doch«, sagt er ernst. »Wir kümmern uns um Ihre Freunde. Wir pflegen sie gesund. Schauen Sie doch! Wen haben wir denn da?«

Cedric und ich drehen uns um. Zwei Gestalten kommen aus dem Haus – Robert und Jonathan in derben schwarzen Kutten ohne Kapuze, die noch schäbiger sind als die der Mönche. Die Kutte von Robert ist abgewetzt und viel zu kurz für ihn. Seine nackten Füße und Waden schauen unter dem Saum hervor. Er und Jonathan sind gewaschen und rasiert und haben einen neuen Haarschnitt. Sie gehen zwar immer noch gebeugt und mit unsicheren Schritten, aber ihre Augen sind klarer und ihre Wangen rosiger.

»Was halten Sie von unseren neuen Novizen?«, fragt Pater Wolf. »Sie sind gründlich abgeschrubbt worden. Ich glaube, schon allein deshalb sind sie kaum wiederzuerkennen.«

Ich muss lachen. Ich gehe hinüber zu Robert. »Alle Achtung, du gibst wirklich einen wunderhübschen Mönch ab!«

Er lächelt. Es ist wie ein Wunder.

Plötzlich wird mir bewusst, dass ich schon seit einer Weile aus der Ferne ein Geräusch höre. Ich weiß nicht, was es ist.

Im selben Augenblick kommt ein junger Mönch um die Hausecke gerannt. Sein Gesicht ist gerötet und schweißnass.

»Bruder Wolf!«, ruft er. Wir drehen uns alle zu ihm um. Pater Wolf geht hinüber und der junge Mönch flüstert ihm etwas ins Ohr. Nun erkenne ich schaudernd, was für ein Geräusch das ist: Es sind Hufschläge.

»Um Himmels willen, nicht schon wieder!« Pater Wolf zögert und reibt die Hände aneinander, dann eilt er zu uns zurück. »Die Soldaten kommen. Ich nehme an, sie sind hinter euch her, oder? Folgt Bruder Oswald. Er versteckt euch alle in der Krypta unter den Ruinen des Klosters. Los, Bruder Leofric, fahr diesen Wagen ums Haus und dann aus der Stadt. Irgendwohin. Schnell!«

Der junge Bruder Oswald läuft mit wehender Kutte auf uns zu und nimmt mich beim Arm. Obwohl er nicht viel älter ist als ich, sagt er: »Hier entlang, Tochter. Kommen Sie. Wir sind das schon gewohnt. Wir werden diese garstigen Soldaten irgendwie loswerden.« Er führt uns im Laufschritt über Beete mit ordentlichen Reihen von Setzlingen hinweg zu einer kleinen Gattertür am hinteren Ende des Gartens. Die Reiter müssen jetzt schon ganz nahe sein. Ich höre das Klirren von Pferdegeschirr und laute Kommandos. Hinter dem Gartenzaun liegt ein mit Gebüsch bewachsenes Gelände und dahinter die Klosterruine. Wir haben das Gelände halb durchquert, als Hauptmann Foreman hinter einem Busch hervortritt.

28. Kapitel

Es ist erniedrigend und schrecklich. Ich versuche mein Messer zu ziehen, aber jemand packt mich von hinten an den Armen. Nur ein paar Soldaten sind zur Vorderseite des Langhauses geritten, die meisten haben sich von hinten angeschlichen, um uns hier aufzulauern. Wir wehren uns alle, selbst Bruder Oswald, der erstaunlich flink mit den Fäusten ist. Robert schöpft von irgendwoher neue Kraft und schafft es, ein paar Soldaten zu Fall zu bringen, doch dann wirft ihn ein Schlag mit einer Muskete halb betäubt auf die Knie.

Die Soldaten fesseln uns die Hände auf den Rücken und zerren uns zum Langhaus zurück. Davor stehen die anderen Mönche in einer Reihe nebeneinander, bewacht von bewaffneten Soldaten.

»Sollen wir die ganze Bande erschießen?«, fragt ein Soldat mit dickem Bierbauch und halb offenem Hosensack.

Hauptmann Foreman schüttelt den Kopf und lacht.

»Um Himmels willen, nein, Victor! Wo sollen wir denn in Zukunft nach flüchtigen Verbrechern suchen, wenn wir die Mönche erschießen? Nein, nein, halte sie nur in Schach, bis wir die Verräter und die Schotten auf den Wagen geladen haben.« Dann sagt er grinsend zu mir: »Diesmal fahren Sie nur mit, junge Dame, auch wenn wir vielleicht schneller vorankämen, wenn wir Sie selbst fahren ließen.«

Ich starre den Wagen an, der mich bis hierher verfolgt hat. »Sehr spaßig, Herr Hauptmann«, murmle ich. »Können Sie uns nicht die Hände losbinden? Ihre

Männer sind so schwer bewaffnet, dass wir ihnen wohl kaum entkommen werden.«

»Na, na, Frau Becker …, oder sollte ich besser sagen, Fräulein Garth? Denn wie es aussieht, haben Sie uns in mehrfacher Hinsicht getäuscht. Meine Güte, der Verfall der Sitten hier im Westmoorland macht anscheinend nicht einmal vor dem Klerus Halt. Ich bin wirklich froh, dass ich mit meinen Männern bald in die Zivilisation zurückkehren kann.« Er gibt seinen Soldaten Handzeichen. »Ladet sie auf! Aber geht mit der Dame jetzt etwas sanfter um.«

Die Soldaten scheuchen uns vors Haus. Dort sind bereits ein paar Schaulustige aus dem Dorf versammelt. Sie gaffen uns an und zeigen mit den Fingern auf uns. »Das sind Schotten«, höre ich eine Frau zu ihren Kindern sagen. »Aber habt keine Angst, meine Lieblinge, die werden von hier fortgebracht.«

Ich sehe, dass Pater Wolf, Bruder Oswald und einige Mönche stille Gebete sprechen. Der Soldat Victor schnaubt verächtlich und spuckt nach ihnen. Robert schwankt. Er kann sich kaum auf den Beinen halten. Sein Kopf blutet an einer Seite. Cedric befreit sich aus dem Griff der Soldaten. »Lasst die Brüder wenigstens die Wunde dieses Mannes versorgen, bevor ihr uns fortbringt«, sagt er in bestimmtem Ton.

Hauptmann Foreman sieht aus, als wäre er zu diesem Zugeständnis bereit, doch in diesem Augenblick nimmt Jonathan Reißaus. Da er klein und schmächtig ist, haben ihn die Soldaten kurz aus dem Blick verloren. Einige Schaulustige rennen schreiend vor ihm davon, doch er kommt nur bis zu den Bäumen auf der anderen Straßenseite, dann zerren ihn zwei Soldaten zurück. Er tritt nach ihnen, heult und schreit: »Bringt mich doch um, ihr englischen Schweinehunde! Bringt mich um und fertig!«

»Das lässt sich machen«, sagt Hauptmann Foreman gereizt zu ihm. »Ich würde dich auf der Stelle erschießen, wenn ich nicht den Befehl hätte, dich zur Hinrichtung nach Lancaster zurückzubringen. Leider legt der Lordrichter großen Wert auf die Einhaltung der Gesetze.« Er wendet sich an den Soldaten Victor. »Fessle ihnen die Füße, Victor. Diese Bande wird uns mehr Mühe machen, als sie wert ist.«

Die Stricke um meine Handgelenke scheuern und sind so eng, dass meine Hände bereits taub werden. Es ist beängstigend und beklemmend, gefesselt zu sein. »Bitte nicht!«, flehe ich Victor an, bevor ich mir auf die Zunge beißen kann.

Victor mustert mich von oben bis unten, dann hebt er mich hoch und wirft mich hinten in den Wagen, so dass ich auf meinen gefesselten Handgelenken lande. Der Schmerz ist unerträglich. Dann wickelt er einen Strick mehrmals um meine Knöchel und bindet die Enden zu einer Schleife zusammen. »Das steht Damen wie Ihnen«, flötet er. »Sie wollen auf dieser Reise doch besonders hübsch aussehen. Im Kerker sieht Sie nämlich keiner mehr. Darauf können Sie Gift nehmen.«

Ich schnappe nach Luft vor Schmerz, als die Soldaten Cedric, Robert und Jonathan zu mir auf den Wagen stoßen, nachdem sie ihnen ebenfalls die Füße gefesselt haben. Robert ist nur noch halb bei sich.

»Bitte, Hauptmann Foreman!«, rufe ich. »Dieser Mann wird sterben, wenn Sie nicht gestatten, dass seine Kopfverletzung behandelt wird!«

Der Hauptmann lässt einen Arm über die Seitenwand des Wagens baumeln. Seine Miene ist ausnahmsweise einmal nicht schelmisch oder spöttisch. »Meinen Sie nicht, dass es besser für ihn wäre, jetzt zu sterben, wenn man bedenkt, was ihn erwartet?«, fragt er mich leise. »Diese Männer wurden bereits verurteilt. Es gibt keinen Grund, ihre Hinrichtung weiter hinauszuzögern, wenn sie wieder in Lancaster sind.«

Er steht dicht neben mir. Ich sehe, dass seine schmucke Uniformjacke staubig und schmutzig ist und dass er sehr müde, trübe Augen hat. Zwischen uns herrscht Schweigen, während wir einander neu einschätzen. Ich bin jetzt nicht mehr die Dame, zu der man galant sein muss, sondern seine Gefangene. Und er ist ein ganz gewöhnlicher Mann in einer schmuddeligen Uniform, der erschöpft und weit weg von zu Hause ist. Fast habe ich Mitleid mit ihm, bis er hinzufügt: »Ihr Schicksal, Fräulein Garth, wird sich etwas später entscheiden, aber ich fürchte, es ist ebenfalls besiegelt. Sie werden sicherlich des Verrats für schuldig befunden und auf dem Scheiterhaufen verbrannt. Es wäre besser für euch alle, im Treibsand zu versinken. Leider kann ich auch das nicht zulassen, weil wir den langen Weg um die Bucht nehmen.«

Ich schließe die Augen. Als ich sie nach einer Weile wieder öffne, ist er immer noch da. »Wie haben Sie uns gefunden, Herr Hauptmann?«, frage ich mit beschämend zittriger Stimme. »Woher wussten Sie, wo Sie uns finden?«

Nun sieht er aus, als wolle er gehen, als würde das Gespräch ihm unangenehm. »Ihr Knecht, Michael heißt er, glaube ich.« Er tritt zurück und gibt dem Kutscher ein Zeichen. Über die Schulter fügt er hinzu: »Ein echter Patriot, dieser Michael. Er folgte Ihnen bis zu der Höhle, dann kam er zur Hütte dieses Heilers, um uns Bescheid zu sagen. Ihre Spuren führten über die Bucht. Wir brauchten ihnen nur zu folgen.«

Der Augenblick der Menschlichkeit zwischen mir und dem Hauptmann ist vorbei. Nun hasse ich ihn. Und Michael und die Witwe Brissenden hasse ich ebenfalls. In Schottland wäre es mir besser ergangen. Ich hätte vor einem halben Jahr mit Robert fortgehen sollen. Und heute hätte ich lieber weiterfahren sollen, anstatt hierher zu kommen. Alle Glieder tun mir weh und meine Handgelenke sind wund. Mir ist übel vor Schmerz, Angst und Wut. Die Soldaten sitzen auf und bilden eine Eskorte um den Wagen. Ich versuche mich aufzusetzen, damit meine Arme nicht mehr so schmerzen und meine Ellbogen nicht auf dem Holz scheuern. Cedric und Jonathan machen Anstalten, sich ebenfalls in eine bequemere Lage zu bringen. In ihrem Blick liegt Verzweiflung. Victor überprüft, ob die Ladeklappe richtig zu ist, dann sitzt er ebenfalls auf und bleibt direkt hinter uns. Hauptmann Foreman klettert auf den Platz neben dem Kutscher. Die Pferde setzen sich in Bewegung, der Wagen fährt mit einem Ruck an. Robert liegt dicht neben mir. Ich wünschte, ich könnte den Arm um ihn legen. Stattdessen stoßen wir bei jeder Bewegung mit Ellbogen und Schultern aneinander oder prallen gegen die Seitenwand des Wagens.

Wir fahren nicht den Weg zurück, den wir gekommen sind, sondern in die entgegengesetzte Richtung, durch Cartmel und dann durch eine wilde Landschaft. Ich will Jonathan fragen, wie es ist, in den Kerkern unter der Burg eingesperrt zu sein, um mich darauf vorbereiten zu können, aber als ich den verlorenen Ausdruck auf seinem Gesicht sehe, lasse ich es.

Ich frage mich, ob John noch im Gefängnis sein

wird, wenn Cedric und ich dort eintreffen, und ob man mir erlauben wird, meine Familie zu benachrichtigen. Ich stelle mir vor, wie es ist, zu verbrennen.

Die Soldaten vor uns zügeln ihre Pferde, obwohl wir erst eine kurze Strecke zurückgelegt haben.

»Halt!« Die Pferde bocken und der Wagen kommt ruckartig zum Stehen. Ein Reiter ist an einer Wegkreuzung aus dem Wald aufgetaucht. Einen verwirrten Augenblick lang glaube ich, es sei Vater, der sich erholt hat und seine Straßenräubermontur trägt. Dann sehe ich, dass es sich um einen in Pelz gekleideten Herrn auf einem stämmigen Schimmel handelt. Wahrscheinlich will er sich nur am Anblick der Gefangenen ergötzen, denke ich. Doch seine Stimme kommt mir irgendwie bekannt vor, als er ausruft: »Gut gemacht, Hauptmann Foreman! Ich gratuliere! Das ist ja kaum zu glauben. Ich dachte, sie wären längst über die Grenze entwischt.«

»Sir Edward!« Hauptmann Foreman springt vom Kutschbock und salutiert.

»Oh, oh, jetzt wird's richtig unangenehm für euch«, kommentiert Victor. »Das ist der Lordrichter. Kaum jemand diesseits der Grenze ist so brutal wie er. Der soll Gefangene eigenhändig foltern.«

Edward. Es ist Anne Fairweathers Vetter Edward. Jetzt erkenne ich die Stimme wieder und sehe kurz sein rundliches Profil zwischen den Soldaten.

Edward lenkt sein Pferd neben den Wagen und blickt auf uns herab. »Das haben Sie wirklich gut gemacht, Hauptmann. Ich will diese Frau verhören, um ein paar wichtige Dinge zu klären. Ich verdächtige sie schon seit langem des Verrats an Königin und Vaterland.« Er wendet sich an mich: »Dachten Sie, ich hätte mich im Haus meiner Kusine auch nur einen Augenblick von ihrem albernen Unschuldsgebaren täuschen lassen, Fräulein? Ich weiß, mit wem ich's bei Ihnen und Ihrer Familie zu tun habe.«

»Edward … Sir Edward …« Ich suche verzweifelt nach den richtigen Worten, nach dem förmlichen, höflichen Ton unserer Unterredung in Anne Fairweathers Haus, und wünsche mir etwas von Annes Redegewandtheit und Selbstsicherheit, die ihn so offensichtlich beeindruckt haben. Aber mir fällt nichts ein. Ich bin erschöpft, zerschunden und schmutzig. Die Haare hängen mir über die Augen und meine Kleider sind zerrissen. Ich habe keine Eingebung, weiß keine Antwort, die mich oder irgendeinen von uns retten könnte. Edward blickt mich mit spöttischem Lächeln an. Schließlich stammle ich: »Bitte, Sir Edward, können Sie mir sagen, was mit Pfarrer Becker geschehen ist? Er wurde nach einem Vorfall mit einer Muskete ins Gefängnis von Lancaster gebracht.«

Edward sieht mich ungläubig an. »Ich interessiere mich nicht für Pfarrer mit Musketen, Fräulein.« Er wendet sich an Hauptmann Foreman. »Ich habe keine Lust, jetzt bis nach Lancaster zu reiten. Doch ich fürchte, dass hier eine größere Verschwörung im Gange ist, an der diese Leute beteiligt sind. Folgen Sie mir bitte zur Burg Clough. Dort werden wir sie uns vorknöpfen.«

Hauptmann Foreman zögert. »Wir werden in Lancaster erwartet, Sir. Wir müssen die Schotten zur Hinrichtung zurückbringen. Ihre Burg dagegen liegt nördlich von hier. Wir werden uns verspäten, wenn wir warten müssen, bis Sie die Gefangenen … verhört haben.«

Edward sieht ihn verärgert an. »Wenn Sie diese Leute aufhängen, kann ich sie nicht mehr verhören, oder? Denken Sie doch nach, Mann! Es gilt eine Verschwörung aufzudecken. Schotten werden über die Grenze hin- und hergeschmuggelt. Die Sicherheit der Königin ist bedroht. Natürlich müssen Sie warten. Sie werden in meiner Burg gut untergebracht und verpflegt. Und jetzt Schluss mit dem Gerede. Folgen Sie mir!« Er wendet sein Pferd. Hauptmann Foreman stellt sich ihm in den Weg.

»Sir Edward, meine Männer sind erschöpft und unser Dienstherr, Lord Ravenswyck, erwartet uns zurück. Eigentlich sollten wir schon seit einer Woche zu Hause sein. Es sind bereits Soldaten von Lord Allysson in Lancaster eingetroffen, um uns abzulösen. Bitte verstehen Sie doch, Sir. Dies ist unser letzter Auftrag und er ist so gut wie erledigt.«

Sir Edward blickt wütend zu ihm hinunter. »Meinetwegen, dann bringen Sie die Gefangenen eben nur zur Burg Clough, und ich lasse sie von Lord Allyssons Männern abholen, wenn ich sie verhört habe.«

Hauptmann Foreman sieht erleichtert aus. Er salutiert. »Ich danke Ihnen, Sir!« Er klettert wieder auf den Kutschbock. »Ihm nach!«, ruft er seinen Männern zu. Sie formieren sich wieder zur Eskorte und es geht weiter. Wir folgen Sir Edward auf einen Weg, der in einen dichten Wald führt. Ich betrachte Edward, der stocksteif vor uns herreitet, und plötzlich überkommt mich entsetzliche Angst. Er hasst uns, weil Hugh Anne den Hof macht, und nun hat er Gelegenheit, sich zu rächen.

Ich flüstere Cedric zu: »Ist es wahr, dass er Gefangene foltert?«

Cedric macht ein grimmiges Gesicht und zuckt die Achseln, aber Victor hat mich gehört. Er lacht. »Das hätten Sie sich früher überlegen sollen, nicht wahr, Fräulein Hochwohlgeboren? Zum Glück sind wir euch bald los. Das spart uns ein paar Meter Strick.«

Jonathan beginnt zu schluchzen. Wir erreichen eine große Lichtung. Die Pferde vor uns werden langsamer, und als der Wagen anhält, sitzt Victor ab und richtet seine Muskete auf uns, als könnten wir plötzlich unsere Fesseln sprengen und in den Wald flüchten. Auf einer Anhöhe vor uns steht ein Wehrturm, der ganz ähnlich aussieht wie der von Barrowbeck. Er ist nur etwas größer.

»Öffnet das Tor!«, höre ich die Wache oben von der Plattform rufen.

»Willkommen auf Burg Clough. Bringen Sie sie in den Innenhof, Hauptmann«, sagt Edward, reitet einmal um den Wagen und betrachtet uns zufrieden.

»Ich finde es etwas übertrieben, diesen Turm eine Burg zu nennen, Sir Edward«, murmle ich. Er wirft mir einen bösen Blick zu; ich hätte lieber den Mund halten sollen. Der Wagen fährt durch ein großes Torhaus in den Innenhof und hält links von der Einfahrt. Victor lässt die Ladeklappe herunter und zerrt uns nacheinander auf die Beine, doch wir können auf unseren gefesselten Füßen kaum stehen, und Robert bricht sofort zusammen.

Victor stolziert um uns herum. »Dann sollte ich mich jetzt wohl von euch verabschieden.« Er grinst. »In den Kerkern von Sir Edward sind schon etliche Leute auf Nimmerwiedersehen verschwunden.«

»Ihr Hosensack ist offen«, bemerke ich. Er hebt die Hand, als wollte er mich schlagen, besinnt sich jedoch eines Besseren, da Hauptmann Foreman auf uns zukommt.

»Auf Wiedersehen, Fräulein«, sagt der Hauptmann. »Sie hatten schlechten Umgang, und ich fürchte, nun müssen Sie dafür büßen. Was euch betrifft …« Er sieht Robert und Jonathan an, dann schüttelt er den Kopf und wendet sich zum Gehen.

»Hauptmann«, rufe ich ihm nach. »Würden Sie bitte meine Familie auf dem Barrowbeck-Hof wissen lassen, was mit mir geschehen ist?«

Er zögert. »Das darf ich leider nicht, Fräulein, denn es könnte ja sein, dass man Ihnen zu folgen versucht.« Er entfernt sich schnell, bevor ich ihn weiter bedrängen kann. »Aufsitzen!«, ruft er seinen Männern zu. Dann reiten sie davon und der Wagen rattert hinterher. Ich frage mich, ob Bruder Leofric mit unserem Wägelchen entkommen konnte und wo es jetzt ist.

Sir Edwards Knechte poltern die Treppe herunter und betreten den Hof. Edward überlässt einem von ihnen sein Pferd und sagt zu den anderen: »Bindet diese Leute los und sperrt sie in den Turm des Torhauses. Dort soll Flo sich um sie kümmern.« Er zeigt auf Robert. »Der hier muss von seinem Elend erlöst werden.« Ich schreie auf, aber Edward marschiert bereits davon.

Flo. Der Name ist furchterregend. Ein Folterer namens Flo.

Ich spüre meine Füße nicht mehr, als die Knechte sie losbinden. Ich habe das Gefühl, auf hohlen Holzklötzen zu laufen. Wir brauchen lange, um die Wendeltreppe hinaufzutorkeln. Robert muss getragen werden. Die Knechte sperren uns in ein Turmzimmer über dem Torhaus und verschwinden.

Es ist ein kleiner Raum mit Eichenbänken an den Wänden und einem runden, mit Schnitzereien verzierten Tisch in der Mitte. Sobald wir allein sind, gehen Cedric und ich zu Robert hinüber und sehen uns seine Kopfwunde an.

Er stöhnt und versucht sich aufzusetzen. »Bea, das alles tut mir so leid«, murmelt er. »Bist du in Ordnung?« Er versucht die Augen zu öffnen.

»Ja, ich bin in Ordnung.« Ich nehme seine Hand.

»Warum kann ich die Augen nicht aufmachen?« Er umklammert meine Finger.

»Sie sind mit Blut verklebt. Wir werden es abwaschen. Dann kannst du wieder sehen.«

»Es ist nur eine Fleischwunde. Der Schädel ist nicht gebrochen«, murmelt Cedric. »Ich glaube, er steht immer noch unter der Wirkung des Bilsenkrauts. Aber er wird wieder.«

»Gut.« Die Stimme kommt von der Tür. Wir drehen uns um. Es kommt mir vor, als läge die Welt hinter Glas, hinter einer Wand aus Schlaf und Träumen. In der Tür steht eine kleine, mollige Frau mit einer Schüssel und Tüchern in den Händen, und hinter ihr entdecke ich Anne Fairweather. »Dann wollen wir uns den Burschen mal vornehmen«, sagt die mollige Frau, die einen Krankenschwesternkittel trägt. »Gütiger Himmel, ihr seht ja alle furchtbar aus.«

Anne tritt ins Zimmer. Ihr Schleier ist über die Haube nach hinten geschlagen.

Ich setze mich. »Anne, du hast mit dieser ganzen Sache sicher nichts zu tun, oder?« Ich merke, dass Jonathan zur Tür späht, die sie nicht hinter sich abgeschlossen hat.

»Ich bin Flo«, sagt die mollige Frau zu Cedric.

»Und Sie sind der Muschelmann. Ich habe schon von Ihnen gehört.« Sie reicht ihm die Schüssel und die Tücher. »Hier, bitte, Muschelmann. Ich möchte mich nicht in die Behandlung Ihres Patienten einmischen. Ich kümmere mich um die anderen.«

Anne legt mir die Hand auf den Arm. »Flo, ich muss kurz mit dieser jungen Frau reden.« Ich blicke zu ihr auf – in ein vertrautes Gesicht, das ich von zu Hause kenne. Ihr Kinn zittert. Im ersten Augenblick frage ich mich, ob sie uns am Ende den Folterern ausliefern muss. »Meine liebe Beatrice«, flüstert sie, »es sind schreckliche Zeiten. Ich fühle mit dir. Würdest du bitte mitkommen? Da ist jemand, der mit dir reden möchte.« Sie führt mich ein Stück die Wendeltreppe hinunter und dann in ein Zimmer mit Wandteppichen und einer langen Bank neben dem Kamin, auf der troddelbesetzte Kissen liegen. Ein Mann steht mit dem Rücken zu mir vor einer Schießscharte. Anne schließt die Tür hinter uns. »Nach seiner Freilassung ist er direkt zu mir gekommen«, sagt sie. Der Mann dreht sich um.

Es ist John.

29. Kapitel

John sieht bleich und verstört aus. Er trägt noch dieselben Sachen, in denen er mit mir nach Lancaster gefahren ist. Mir kommt es vor, als wäre es schon eine Ewigkeit her. Er scheint ebenso erschöpft zu sein wie ich. Wann haben wir beide das letzte Mal geschlafen?

Ich höre Anne aus dem Zimmer gehen. John fährt sich mit der Hand über das Gesicht. »Wie geht es dir?«, fragt er.

»Einigermaßen gut, danke. Und dir?«

Er schüttelt den Kopf und blickt weg, als fände er diese Unterhaltung absurd. Ich betrachte meine Hände, weil etwas mit ihnen geschieht: Sie beginnen zu zittern. Ich strecke sie ihm entgegen. Sie sind schmutzig und die Handgelenke sind aufgescheuert. Jetzt scheine ich von Kopf bis Fuß zu zittern. »Ich bin froh, dass du wieder frei bist«, sage ich zu ihm. »Was passiert ist, tut mir sehr leid.«

Er läuft durchs Zimmer, dann zögert er. Ich strecke die Arme nach ihm aus.

Wir sind hundemüde, dreckig und stinken, aber wir befinden uns beide im gleichen erbärmlichen Zustand. Wir umarmen uns. »Mein Gott …« Ich schüttele den Kopf, presse das Gesicht an seinen Hals und trommle mit den Fäusten auf seinen Rücken. »Ich habe mir solche Sorgen um dich gemacht! Solche Sorgen!«

Er sagt in mein Haar hinein: »Du bist verrückt. Warum hast du mir nicht gesagt, was du vorhast? Warum hast du mich nicht gewarnt?«

»Ich weiß es selbst nicht, ehrlich. Vielleicht, weil … weil du so ein hochanständiger Mensch bist, John? Du bist nicht so wie ich oder meine Familie. Wir waren immer schon Gesetzesbrecher. Aber du hast einen guten Ruf zu wahren. Ich glaube, wir hätten uns nie vornehmen sollen zu heiraten – ich würde dir sowieso nur Schande bereiten mit dem, was ich tue.«

Er küsst mich auf den Kopf. »Unsinn. Ich denke, du hast nur stets gefürchtet, dass du nicht mehr deine gewohnte Freiheit hast, wenn du mich heiratest.«

»Nein, nein, das stimmt nicht. Mir ist einfach klar geworden, dass du nie Bischof würdest, wenn du mich heiratest. Es darf nicht sein, dass ich deine Zukunft … deine Beförderung … auf dem Gewissen habe.«

John führt mich zu der Bank. Wir setzen uns auf die Kissen. »Beatie, das kann doch nicht dein Ernst sein … nach allem, was wir füreinander geworden sind.«

Ich hätte mich nicht hinsetzen dürfen. Nun bricht die Müdigkeit in großen Wellen über mich herein und macht mich ganz schwindlig. »Oh, Liebling, das ist doch jetzt sowieso egal, weil ich nach Schottland fliehen muss!« Ich lehne den Kopf an seine Schulter. Seine Kleidung, die nach den Ereignissen der letzten Tage voller Staub und Schmutz ist, scheint plötzlich nach Gefängnis zu riechen. Ich zucke zurück. »Haben sie dich etwa in den Kerker geworfen?«, frage ich entsetzt.

»Um Himmels willen, nein! Gott sei Dank nicht. Aber ich war in den Kerkern. Sie haben mich hineingelassen, um mit den armen Teufeln zu reden, die noch dort eingesperrt sind.«

Ich blicke zu ihm auf. Ich habe das Gefühl, alles wegzuwerfen, was auf der Welt gut ist. »John, ich bereue so sehr, dass ich dir das alles angetan habe. Und ich bin so froh, dass ich dich noch einmal gesehen habe, bevor ich in den Norden aufbreche! Erzähl mir, was du in Lancaster erlebt hast.«

Er zieht mich wieder an sich. »Ach, ich hatte eine Meinungsverschiedenheit mit den Soldaten, mit denen wir vorher schon aneinandergeraten waren. Sie müssen uns auf den Hügel gefolgt sein. Sie suchten Streit und fanden die Muskete, die du in dem Kleiderbündel hinten im Wagen versteckt hattest. Als sie sie herausziehen wollten, ging sie los. Da haben sie mich verhaftet.«

»Das tut mir leid. Es tut mir leid, dass ich die Muskete mitgenommen habe und dass ich nicht gesehen habe, was geschehen ist.«

»Du warst mit Robert beschäftigt. Nein …« Er lässt mich nicht zu Wort kommen. »Das ist doch klar. So hätte jeder mitfühlende Mensch reagiert. Ich auch, wenn die Soldaten nicht aufgetaucht wären.«

»Hinterher habe ich dich gesucht. Als ich endlich herausfand, dass sie dich zur Burg gebracht hatten, konnte ich nichts mehr tun. Es ging alles so schnell.«

»Liebste Beatrice …« John gibt etwas zwischen einem Lachen und einem Schluchzen von sich. »Um Himmels willen. Du musst doch nicht ständig Leute retten – mich zumindest nicht.«

Ich streiche über die Stoppeln auf seinem Kinn. »Du siehst aus wie ein Bandit. Ich würde dich einsperren, garantiert. – Und was war dann? Wie bist du wieder herausgekommen?«

»Ich sagte ihnen, wer ich bin, aber sie glaubten mir nicht, bis der Vikar sich einschaltete und meine Aussagen bestätigte. Als ich wieder auf freiem Fuß war, hatte es sich schon in ganz Lancaster herumgesprochen, dass zwei Schotten befreit wurden.«

Ich unterbreche ihn. »Weißt du, ob es den Komödianten – Herrn Guinevere und den anderen – gut geht?«

»Ich habe nichts Gegenteiliges gehört. Ich glaube nicht, dass irgendwer wusste, dass sie etwas damit zu tun hatten. Ich fand nur heraus, dass das Militär hinter dir her war. Ich fuhr mit dem Wagen direkt zu Anne Fairweather und erzählte ihr alles. Dann ritten wir zusammen hierher. Mir war klar, dass ihr Vetter Edward als Einziger die Soldaten aufhalten und dich in Gewahrsam nehmen konnte. Ob er das tun würde, war eine andere Sache, aber Anne konnte ihn dazu überreden.«

Ich denke an Edward, den ich in Annes Haus als einen überheblichen und unzugänglichen Wichtigtuer erlebt habe und der heute aus Liebe zu ihr die Soldaten abgepasst und ausgesprochen raffiniert und überzeugend Verrat begangen hat. »Er würde alles für sie tun«, erwidere ich.

John sieht mir ins Gesicht und ich betrachte seines, jeden Schmutzfleck darauf und jede seiner schönen, salzigen Augenwimpern. Nach einer Weile fährt er fort: »Anne und ich mussten den langen Weg um die Bucht nehmen, weil Flut war. Ich hatte Angst, wir könnten zu spät bei Edward eintreffen. Wir sahen deine Mutter auf dem Dorfplatz von Barrowbeck und erzählten ihr von unserem Vorhaben. Sie war gerade dabei, euren Knecht Michael und Witwe Brissenden an den Pranger zu stellen und sie mit Unrat bewerfen zu lassen. Ich glaube, sie hätte die beiden sogar steinigen lassen, wenn Germaine sie nicht davon abgehalten hätte.«

Ich muss mich erst wieder fassen, bevor ich sprechen kann. Ich bin zu alt, um nach meiner Mutter zu wimmern; außerdem würde es sowieso nichts nützen. Schließlich frage ich: »Also, was nun, John? Bedeutet das, dass Edward uns nicht verhören wird?«

»Ich denke, er wird euch alle laufen lassen. Robert und den anderen jungen Schotten auch. Er wird sagen, er hätte euch der hiesigen Justiz überantwortet oder so etwas. Dann werden die Leute das Schlimmste denken und weitere Gerüchte über seine vermeintliche Brutalität verbreiten. Ich glaube, es wäre nicht das erste Mal, dass er Gnade vor Recht ergehen lässt, denn in der Vergangenheit sind schon öfter Häftlinge aus der Burg Clough verschwunden, und niemand wollte zu viele Fragen stellen. Seine Familie hat viel Macht und Einfluss. Und sie hat Verwandte in Schottland, was auch eine gewisse Rolle spielen könnte.«

Ich nehme Johns Gesicht in meine Hände. »Du weißt, dass ich gehen muss, nicht wahr? Ich werde als Kriminelle gesucht. Ich habe keine andere Wahl.«

»Das ist lächerlich! Du musst nicht gehen. Du kannst dich verstecken, bis Gras über die Sache gewachsen ist.«

»Ich wäre eine Gefahr für alle, John. Die Soldaten halten mich für eine schottische Spionin. Cedric werden sie wahrscheinlich nicht behelligen, weil er wenig mit der Sache zu tun hatte. Aber was ich getan habe, das vergessen die Hüter des Gesetzes nicht, ganz gleich, wie oft die Truppen wechseln.«

»Ist es wegen Robert, Beatrice? Möchtest du mit ihm nach Schottland gehen? Wenn es so ist, dann sag es einfach.«

Ich gehe zu einer Schießscharte hinüber. Eine kalte Brise weht herein. Auf dem tiefen Fenstersims wirbeln rosarote Blütenblätter umher. Ich blicke zu John zurück. »Mach es uns nicht noch schwerer, als es schon ist. Du hast gesehen, wie Robert aussieht, in was für einem Zustand er ist. Ich muss dafür sorgen, dass er diesmal wirklich entkommt, damit das alles hier ein Ende hat. Was ich danach tue …« Ich zucke die Achseln.

Schweigen breitet sich zwischen uns aus. Von draußen dringen die alltäglichen Geräusche des Burglebens herein: Rufe, das Klappern von Geschirr, Axtschläge. Dann höre ich unten im Hof ein vertrautes Wiehern und das Rattern von Wagenrädern. Ich beuge mich erstaunt über den Fenstersims, spähe hinaus und sehe gerade noch unseren kleinen Pferdewagen hinter einer Mauer verschwinden. Ich drehe mich um. »Es ist ...« John ist hinter mich getreten. Ich zögere. »Es ist unser Wägelchen«, sage ich leise zu ihm.

»Oh, gut! Das freut mich. Beatrice, bitte entschuldige.«

»Schon gut.« Ich betrachte sein Gesicht, bis es verschwimmt, weil es so nahe ist, dass wir uns berühren. Sein Kinn ist rau. Ich sage dicht an seinem Mund: »Du bist zu kratzig zum Küssen. Ich habe heute schon genug Schrammen abbekommen und möchte mir nicht noch mehr zuziehen. Ich gehe jetzt hinunter, denn ich will wissen, was Bruder Leofric mit meinem Wägelchen gemacht hat.«

John küsst mich trotzdem und hält mich mit sanfter Gewalt in der Fensternische fest. Ich lege ihm die Arme um den Hals, umfasse seinen Kopf und erwidere den Kuss. »Ich werde zurückkommen«, sage ich leise zu ihm. »Eines Tages werde ich in der Küche des Pfarrhauses sitzen, wenn du hereinkommst.«

Er lässt mich gehen.

Unten im Hof unterhält Edward sich mit Bruder Leofric. Ein Knecht führt Calisto zu den Ställen; der kleine Pferdewagen steht an der Mauer.

»Ich bin stundenlang herumgefahren«, erzählt der Mönch und seufzt. »Oh, Tochter, Gott sei Dank sind Sie hier! Wenn jemand mich nach Cartmel zurückbringen könnte ...«

Ich bin so erleichtert, ihn gesund und wohlbehalten wiederzusehen, dass ich mich vergesse und ihn umarme. »Wie froh bin ich, dass es Ihnen gut geht, Bruder Leofric! Sicher kann Sie jemand nach Cartmel mitnehmen. Cedric muss auf jeden Fall in diese Richtung.«

Der Mönch strahlt. Ich blicke Edward an, der mich kühl betrachtet. »Danke«, murmle ich. »Haben Sie vielen Dank.«

Er geht ohne ein Wort weg.

Ich steige wieder zu dem Zimmer hinauf, in dem ich vorhin mit John geredet habe, aber er ist nicht mehr da. Ich finde ihn zusammen mit Cedric bei Robert, der im Krankenzimmer der Burg Clough liegt. In dem weiß getünchten Raum befinden sich drei bezogene Betten, Regale mit medizinischen Instrumenten und beschrifteten Steingutflaschen und ein großer Ofen statt eines offenen Feuers. Die anderen zwei Betten sind leer. Die drei Männer drehen sich um, als ich eintrete, und John sagt: »Ich begleite euch zur Grenze, Beatrice. Edward hat vorgeschlagen, noch einen Knecht mitzuschicken, aber ich glaube, es ist besser, wenn seine Unterstützung so geheim wie möglich bleibt. Es ist schon auffällig genug, wenn wir zu viert nach Norden reisen.«

Die Tür öffnet sich erneut und Anne kommt herein. Sie ist wie immer wunderschön gekleidet, ganz im Gegensatz zu uns. Sie setzt sich auf eine Bank und fächelt sich mit einer Bandage Luft zu. »Beatrice, was wirst du tun, nachdem du Robert und Jonathan sicher zur Grenze gebracht hast? Hast du einen Plan?«

»Hm …« Ich zögere. »Nein, ich habe noch keinen direkten Plan. Natürlich kann ich eine Zeit lang nicht nach Barrowbeck oder Wraithwaite zurück. Wenn Hauptmann Foreman und die anderen Männer von Lord Ravenswyck weg sind, suchen mich vielleicht Lord Allyssons Soldaten, die sie ablösen. Ich könnte mich ein Jahr oder länger in Landgasthäusern im Norden verstecken. Ich habe noch genug von meiner Mitgift übrig.« Ich werfe John einen entschuldigenden Blick zu.

Anne legt die Bandage weg, beugt sich vor, stützt die Ellbogen auf die Knie und faltet ihre langen, gepflegten Hände. »Beatrice, ich hätte einen Vorschlag. Edward und ich haben eine schottische Verwandte, Elspeth MacCrundle. Die Schottin, die von Edward aus dem Gefängnis von Lancaster geholt wurde, war die Frau eines ihrer Pächter. Sie macht von ihrer Seite der Grenze aus das Gleiche, was Edward hier macht. Sie hat schon mehreren Engländern das Leben gerettet und ihnen zur Flucht in den Süden verholfen. Sie würde dich aufnehmen.«

Flo kommt mit einem Tablett herein, auf dem Suppentassen mit heißer Fleischbrühe stehen. Sie setzt es ab und geht wieder. Anne verteilt die Tassen. »Verstehst du, wir verabscheuen dieses gegenseitige Töten.« Sie legt die Hände um ihre dampfende Tasse. »Sowohl die Hinrichtungen wie die Grenzkriege. Wir konnten schon einige Leute retten, aber es sind nie genug. Leider können wir … vor allem Edward … nicht allen helfen. Das würde schnell auffallen und dann wäre alles zu Ende. Wir konnten nichts für deine Schotten tun. Das wäre zu riskant gewesen. Meistens haben wir nur eine Chance, Leute zu retten, wenn wir sie abfangen können, bevor sie auf der Burg abgeliefert werden.«

Hinter uns hustet jemand. Edward kommt zur Tür herein. Er nimmt sich die Tasse Brühe, die noch übrig ist. »Damit meint meine Kusine, dass wir immer Hilfe gebrauchen können, und Sie, Fräulein Garth, scheinen für solche Dinge erstaunlich begabt zu sein. Bestimmt würde meine Kusine Elspeth MacCrundle sich über Ihre Unterstützung freuen und Ihnen gerne Schutz gewähren.« Er trommelt mit den Fingern gegen die Tasse.

»Sie meinen ... ich soll in Schottland bleiben?«

»So lange, bis Sie gefahrlos zurückkehren können.«

Edward geht zu Robert hinüber und sieht sich seine Kopfverletzung an. »Vielleicht wollen Sie ja auch mithelfen, Lacklie.«

Robert zieht die Augenbrauen hoch. »Ja, das könnte sein.«

Cedric, der die medizinischen Instrumente in den Regalen betrachtet hat, dreht sich um. »Wenn Sie einen Führer über die Sandbänke brauchen ... oder medizinische Hilfe ... können Sie sich jederzeit an mich wenden.«

Edward nickt. Ich frage mich, ob er weiß, wie man lächelt. »Davon bin ich ausgegangen.«

John steht auf. »Wir haben eine Krypta unter der Kirche von Wraithwaite. Wenn jemand sich verstecken muss, können Sie ihn eine Weile dort unterbringen. Die Leute aus dem Dorf wagen sich nicht hinein, weil sie glauben, dass es dort spukt.« Er zögert. »Hat Ihre Organisation einen Namen?«

Anne und Edward blicken einander an. Edward stößt mit dem Fuß die Tür zu. »Eine Organisation würde ich es nicht nennen«, erwidert er. »Aber das Losungswort lautet *Salamander*, falls jemand von uns Sie irgendwann danach fragen sollte.«

»*Salamander*«, wiederholt John leise, »das Fabeltier, das im Feuer lebt ...«

»… und es dadurch löscht.« Edward geht zur Tür. »Apropos Feuer, ich finde, es ist Zeit, eine Flasche von Flos Kräuterschnaps aufzumachen.«

30. Kapitel

Ich schlafe wie ein Stein, nicht nur wegen des Schnapses. John schläft im Zimmer nebenan. Wir sind hoch oben im Turm. Gegen Morgen träume ich von heulenden Wölfen, und als ich erwache, höre ich den Wind um die Zinnen tosen. Ich zünde eine Kerze an, stehe auf und gehe ins Zimmer nebenan. John ist nicht mehr da. Als ich in mein Zimmer zurückkomme, sitzt Robert im Kerzenschein auf meinem Bett.

Er steht auf. »Bea, ich hoffe, ich störe nicht …«

Ich starre ihn verblüfft an. Er trägt nicht mehr seine Mönchskutte, sondern eine elegante Lederjacke, ein grobes Wollhemd, lederne Kniehosen und hohe Stiefel. »Die Sachen sind von Sir Edward«, sagt er verlegen. »Er sagte, er sei aus ihnen herausgewachsen.« Ich sehe, dass Robert etwa gleich groß ist wie Edward, aber natürlich viel schmaler.

»Wie geht es dir?« Ich setze mich aufs Bett und er setzt sich neben mich.

»Besser. Großartig. Ich weiß gar nicht, wie ich dir je danken soll. Ich hoffe, du wirst mit zu mir nach Hause kommen, damit meine Eltern sich gebührend bei dir bedanken können.«

Ich betrachte diesen jungen Mann, der von den Monaten im Kerker gezeichnet ist. Sein Gesicht ist blau geschlagen und verbunden. Seine Augen sind eingesunken. Er besteht nur noch aus Haut und Knochen. Es grenzt an ein Wunder, dass er seine Zähne noch hat. Sie wirken riesig in dem ausgezehrten Gesicht. Sein Blick ist trotz allem wach und aufmerksam.

Er berührt meine Hand mit einer Scheu, die ich gar nicht von ihm kenne. »Ich muss dir etwas sagen, Bea. Du sollst wissen, wer ich bin, wem du da geholfen hast. Dann tut es dir vielleicht leid, dass du mich vor dem Galgen gerettet hast. Die Wahrheit ist, dass ich die Überfälle organisiert habe. Ich habe dich in dem Glauben gelassen, dass ich nur ein Mitläufer war, der tat, was von ihm erwartet wurde, aber in Wirklichkeit war ich einer der Anstifter. Es hat mir Vergnügen bereitet. Ich habe die Engländer gehasst.«

Er stellt sich vor den dunklen Fensterauslass. Er ist so gebaut, dass es kaum hereinzieht, aber jetzt zerzausen ein paar besonders heftige Windböen Roberts Haar. In diesem düsteren Licht ist er auf einmal wieder so, wie ich ihn kannte, goldbraun und wild, ein Teil des Waldes. »Ich weiß, dass ich schuld daran bin, dass du fliehen musst«, sagt er. »Ich weiß auch, dass du den Pfarrer liebst und in vielleicht einem Jahr zurückkehren willst, aber falls du je deine Meinung änderst und zu mir kommen möchtest, werde ich mich mein Leben lang bemühen, alles wieder gutzumachen.«

Ich verschränke die Arme vor der Brust. Plötzlich erinnere ich mich mit allen Sinnen an die Tage und Nächte, die ich mit Robert in der Einsiedlerhütte im Wald verbracht habe, während ich ihn gesund pflegte. Ich versuche sein erschütterndes Geständnis zu verarbeiten und stelle fest, dass es mich eigentlich nicht sonderlich überrascht.

»Hasst du die Engländer immer noch?«, frage ich ihn. »Vermutlich schon, nach allem, was wir dir angetan haben.«

»Wir behandeln unsere Feinde auch nicht besser, Bea. Aber ich bin mir nicht mehr sicher, dass es so sein muss. Im Innern sind wir doch alle gleich, oder nicht? Ich werde mich für ein Ende der Überfälle einsetzen. Wir wohnen nur einen Hügel von den MacCrundles entfernt.« Er macht eine Pause. »Ich hatte keine Ahnung von ihren Aktivitäten.«

»Du wirst deiner Familie doch nichts davon sagen?«

»Nein, natürlich nicht.« Er streckt mir die Hände entgegen. »Es ist wundervoll, dich ein Jahr lang in Schottland zu haben. Ich werde dich besuchen. Ich werde nicht ewig solch ein Wrack bleiben.«

Ich lächle. »Lieber Robert. Ich habe dich schon in einem schlimmeren Zustand gesehen.« Ich halte seine Hände. Seine Finger fühlen sich dürr und hart an, wie Zweige zum Feuermachen. »Ich hoffe, du wirst so friedfertig bleiben, mein Lieber, denn ich habe eine schlechte Nachricht. Unsere Männer sind inzwischen in Schottland eingefallen. Vielleicht wirst du deine Meinung ändern, wenn du siehst, was sie angerichtet haben. Sie sind jetzt wahrscheinlich schon auf dem Rückweg nach Newcastle, darum müssen wir aufpassen, dass wir ihnen auf unserer Reise in den Norden nicht begegnen.«

Robert schweigt eine Weile. Er lässt meine Hände los. »Ich habe einen Vetter, Bea. Er heißt Duncan. Wir waren immer schon Rivalen. Als ich nicht zurückkam, hat sicherlich *er* die Planung der Überfälle übernommen. Er ist sehr rachsüchtig. Wenn die Engländer uns erneut angegriffen haben, wie du sagst, dann wird es schwierig werden, ihn aufzuhalten. Eine Partei muss irgendwann den ersten Schritt tun und mit den Überfällen aufhören, aber wenn es nach Duncan geht, werden das wohl nicht wir sein. Ich werde mein Bestes tun, doch es kann lange dauern, bis die Leute ihre Einstellung ändern.« Er greift in sein Hemd und zieht ein kleines, ledergebundenes Buch heraus. »Ich möchte, dass du das hast. Pater Wolf hat es mir gegeben.«

Ich schlage das Buch auf. Es ist der Gedichtband von William Dunbar, den ich im Garten der Mönche liegen sah. Er ist ganz warm, weil Robert ihn am Körper getragen hat. Ich lege ihn an die Wange. Draußen singen die ersten Vögel. Es ist Zeit zu gehen.

Edward wird Robert, Jonathan und mir für unsere Reise nach Norden drei gute, kräftige Pferde leihen, denn ich habe beschlossen, Calisto und den kleinen Pferdewagen Cedric mitzugeben. Ich ziehe schnell die sauberen Kleider an, die Flo mir geschenkt hat, und verabschiede Cedric im ersten Morgengrauen.

Obwohl Robert und Jonathan noch schwach sind, waren wir uns einig, dass es besser ist, gleich aufzubrechen, bevor sich womöglich herumspricht, dass Schotten in die Burg gebracht wurden. Wir können vielleicht nicht schnell reiten, aber wenn wir alles mitnehmen, was wir unterwegs brauchen, müssen wir nicht riskieren, in einem Bauernhof oder Dorf zu übernachten und Proviant zu besorgen, und wir können in zwei Tagen die schottische Grenze erreichen. Wenn unsere bewaffneten Männer einfach so über die Grenze marschieren können, dann müsste es uns doch gelingen, uns unbemerkt hinüberzuschleichen.

Wir verlassen die Burg am frühen Morgen, weil um diese Zeit nur ein verschwiegener Knecht Wache hält und keiner groß darauf achtet, wer kommt und geht. Anne und Edward verabschieden uns und winken uns nach. Anne lächelt, Edward macht ein finsteres Gesicht.

Mein Pferd, eine Stute namens Mirabella, ist jung und verspielt. Wir gewöhnen uns schnell aneinander. Als wir aus dem Wald herauskommen, beruhigt sie sich, stellt die Ohren gegen den Wind und fällt in einen gleichmäßigen Trab. Später lässt der Wind nach und Nebel zieht auf. Wir reiten über feuchtes Moorland und schiefergraue Hügel, bis die Landschaft sich verändert und unbekanntes Gebiet vor mir liegt.

Für Immer dein, in dieser Welt und der nächsten, hat Robert vorne in das Buch von Dunbar geschrieben. Ich lese es am Feuer während unserer nächtlichen Rast. Auf der anderen Seite des Feuers schlafen die Männer, in Decken eingehüllt, zwischen den Wurzeln einer Kiefer. Ich betrachte sie, dann schlummere auch ich ein, mit dem Kopf auf meinen Satteltaschen und dem Geruch von Kiefernnadeln in der Nase. Wir lassen das Feuer brennen, falls sich noch Wölfe herumtreiben, die im Winter aus dem Norden gekommen sind. In einer stockdunklen Stunde, als der Mond und die Sterne hinter Wolken verschwunden sind, taucht Robert wie ein Geist zwischen den Bäumen auf. Er hat Holz für das Feuer gesammelt.

»Wie fühlt man sich, wenn man nach so langer Zeit nach Hause zurückkehrt?«

»Mir ist bange. Ich fürchte, dass sich einiges verändert hat, und ich habe Angst, dass meinen Eltern etwas passiert sein könnte. Sie müssen das ganze letzte Jahr über gedacht haben, ich sei tot. Und wer weiß, wie ihr Engländer unsere Häuser und unser Land zugerichtet habt.«

»Vielleicht wirst du uns bald wieder hassen.«

Er legt schweigend einen Ast nach dem andern aufs Feuer.

Wir überqueren Gebirgspässe, sumpfiges Gelände und Flüsse, die so grau sind wie Wölfe, und wir reiten im dichten Nebel auf schmalen Pfaden am Rande steil abfallender Felswände entlang. Wir orientieren uns an der Sonne, und wenn es im Wald zu dämmrig wird, an dem Moos, das auf der Nordseite der Baumstämme wächst. Auf einer sonnenbeschienenen Heide, auf der sich nur ein paar Büsche zwischen Stechginster und Heidekraut im Wind neigen, hält Robert sein Pferd an. »Schottland«, sagt er.

Wir sitzen ab. Jonathan blickt sich um. Plötzlich verfinstert sich seine Miene. »Da stand immer ein Grenzstein«, erklärt er mir, »bis die Engländer ihn weggenommen haben. Die lassen fast alles mitgehen.«

»Hasst du uns auch?«, frage ich ihn.

Gestern hätte er noch gezögert, doch jetzt sagt er offen: »Sie nicht, Fräulein, aber den Rest schon.«

Dort an der Grenze sage ich John Lebewohl. Robert und Jonathan tränken inzwischen die Pferde an einem Bach. John und ich umarmen uns lange. Als die beiden Schotten zurückkommen, drückt er ihnen die Hand und wünscht ihnen alles Gute. Ich sitze auf, um das Abschiednehmen zu beenden. Ich lege mein rechtes Knie über das Lederhorn meines Damensattels und zupfe meine Röcke zurecht. John sagt: »Lass mich zusehen, wie du auf schottischen Boden reitest.«

Jonathan hält inne. »Für uns ist dies alles schottischer Boden«, sagt er ernst. »Für uns ist das alles *ein* Land, und seine Königin ist eine Schottin.«

Robert legt den Kopf schief, als wolle er Jonathan zu verstehen geben, dass jetzt nicht der Augenblick für einen Vortrag ist. Er sitzt ebenfalls auf und er und John nicken einander zu. »Tausend Dank!«, sagt Robert. »Vielleicht sehen wir uns wieder, denn auf die eine oder andere Art leben wir alle im Feuer.«

Ich wünsche mir meinen Fastenschleier herbei, als wir zu dritt die schottische Grenze überqueren, denn ich kann meine Tränen nicht länger zurückhalten. Als ich mich umblicke, hat John sich bereits auf den Weg nach Süden gemacht. Ich sehe ihm nach, einer einsamen Gestalt, die auf den Wald zureitet. Er schaut nicht zurück.

Robert, Jonathan und ich reiten bis zum Mittag durch eine Hügellandschaft. Dann kommt vor uns in einem flachen, von Kiefernwäldern umgebenen Tal ein kleiner Wehrturm in Sicht. »Dort wohnen die MacCrundles«, sagt Robert zu mir.

Die Wache auf der Plattform hat uns bereits gesehen. Sie dreht sich um und ruft den Leuten unten etwas zu. Wir halten auf einem Felsvorsprung an. »Von hier aus finde ich den Weg allein, Robert. Reite du zu deiner Familie weiter. Sie hat lange genug auf dich warten müssen.«

Er lenkt sein Pferd neben meines. »Meine reizende Beatrice, ich könnte dich natürlich jederzeit über meinen Sattel werfen und mit dir durchbrennen.«

»Du lieber Himmel, Robert, du hast dich ja schnell

erholt!« Ich lehne mich zu ihm hinüber und umarme ihn. »Leb wohl, Räuber.«

»Wenn du mich das nächste Mal siehst, werde ich anders gekleidet sein, mein Schatz. Ich werde in vielerlei Hinsicht anders sein. Reite jetzt los. Wir warten hier, bis du drinnen bist.«

Ich blicke Jonathan an, der missbilligend das Gesicht verzogen hat. »Grüß deine Mutter von mir, Jonathan. Ich hoffe, es geht ihr gut. Wir werden uns wohl nicht wiedersehen. Also, leb wohl. Gott schütze dich.«

Ich gebe Mirabella einen Klaps auf den Hals und reite ins Tal hinab.

31. Kapitel

Den ersten Tag und die erste Nacht bei den MacCrundles verbringe ich zum großen Teil mit Schlafen. Zu diesem Zeitpunkt ahne ich noch nicht, dass ich danach lange keinen Schlaf mehr bekommen werde.

Elspeth MacCrundle ist ungefähr so alt wie meine Mutter. Ich finde sie sympathisch, aber der Gedanke, ein ganzes Jahr bei ihr zu verbringen, erschreckt mich und erfüllt mich mit Heimweh. Elspeth lebt mit ihrem körperbehinderten Bruder Frobisher zusammen, der offenbar sehr klug ist und den ganzen Tag an mathematischen Theorien arbeitet. Beide sind mit Tüchern aus gewebter Wolle bekleidet, die grün, braun und lilarot sind wie das Heideland und von Schmucknadeln und

Metallbroschen zusammengehalten werden. Sie sehen gepflegter aus als die Schotten, die uns überfielen, und doch beklemmend ähnlich. Als ich ihnen meine Geschichte erzählt habe, lassen sie ein Zimmer für mich herrichten, und nach einem Imbiss aus Haferkeksen und Krautsalat schlafe ich den ganzen Nachmittag.

Am Abend sitzen wir am Feuer im Wohnsaal und unterhalten uns. Ich frage die beiden, was sie tun, wenn Engländer sie überfallen.

»Wir töten sie natürlich«, erwidert Frobisher, als sei das eine dumme Frage gewesen.

Elspeth lächelt. »Was bleibt uns denn anderes übrig, Mädchen? Mein Bruder findet es nicht gut, was Edward, Anne und ich tun, aber nur weil wir diesen Unglücklichen helfen, sind wir noch lange keine Verräter. Wenn wir angegriffen werden, kämpfen wir.«

Beim Zubettgehen fällt mir ein, dass heute mein Geburtstag war. Jetzt bin ich siebzehn.

Vor dem Morgengrauen schrecke ich aus dem Schlaf hoch. Zunächst weiß ich nicht, was mich geweckt hat. Dann höre ich wieder den Ruf, der mich aus den Träumen gerissen hat.

»Alle Männer zu den Waffen! Alle Männer zu den Waffen! Es sind die verdammten Engländer!«

Irgendwo im Turm ertönt ein Gong. Die Schläge hallen von den Steinwänden wider. Ich springe aus dem Bett und ziehe mich hastig an. Mir ist ganz schlecht vor Angst. Instinktiv tue ich, was ich zu Hause getan hätte: Ich laufe zur Plattform hinauf. Der Turm ist zwar viel kleiner als unserer, aber ganz ähnlich gebaut, so dass ich mich mühelos zurechtfinde. Auf der Wendeltreppe begegne ich Elspeth, die einen

Arm voll Pfeile hinaufträgt. Sie blickt mich ernst an. »Du musst nicht kämpfen, Beatrice, aber versuch nicht, uns daran zu hindern.«

Ich folge ihr auf die Plattform. In der Nähe des Signalfeuerturms setzen zwei Knechte Frobisher in einen drehbaren Holzsitz, der offenbar eigens für ihn angefertigt wurde. »Er ist der beste Bogenschütze in ganz Schottland«, sagt Elspeth zu mir. Sie legt die Pfeile vor ihn hin und fragt eine der Wachen: »Wo sind sie?«

»Es ist das Warnfeuer im Norden, Fräulein. Dort drüben ist Rauch über dem Wald, sehen Sie?«

Im Norden? Mir wird kalt. Wenn die Engländer aus dem Norden kommen und die Westseite von Schottland hinuntermarschieren, dann kann das nur eines bedeuten: Es sind heimkehrende Männer aus meiner Gegend. »O Gott, Elspeth, ich muss hinaus und sie aufhalten. Sie sollten eigentlich über Newcastle zurückkehren. Ich weiß nicht, warum sie hier vorbeikommen.«

Elspeth und Frobisher blicken mich an. »Ich schätze, die haben im Osten so viel Schaden angerichtet, wie sie nur konnten, und jetzt sind wir dran«, sagt Frobisher. »Aber wenn Sie hinausgehen und sie aufhalten würden, wären wir sehr froh.«

Elspeth legt mir die Hand auf den Arm. »Meinen Sie, die Männer kennen Sie? Und glauben sie, dass sie Ihnen nichts tun werden?«

Mit einem Frösteln erinnere ich mich an die beiden Kerle, die vor einigen Monaten über mich hergefallen sind. Hier wird mir keiner zu Hilfe kommen. »Ich weiß es nicht.« Ich schüttle den Kopf. »Ich weiß es wirklich nicht.«

»Sie werden ihnen erklären müssen, warum Sie hier

sind. Das allein könnte Sie bereits in Gefahr bringen. Wir sollten einen Mann mit Ihnen hinausschicken.«

»Nein, ich gehe besser allein. Wenn ich die Leute kenne, kann ich sie wahrscheinlich aufhalten. Wenn ich sie nicht kenne, komme ich zurück.«

Elspeth nickt skeptisch. »Na gut. Mir ist nicht wohl dabei, aber wenn Sie glauben, ein Blutvergießen verhindern zu können, dann gehen Sie mit Gott.«

Ich schleiche hinaus. Ein Knecht sieht mir von der Tür aus nach. Es ist nicht weit bis zu den ersten Bäumen. Der Wald wird schnell dicht und dunkel. Lautlos pirsche ich von Baum zu Baum, durch Schlammpfützen und über verrottete Äste, und achte immer darauf, ob sich vor mir etwas bewegt. Das Warnfeuer dürfte etwa anderthalb Kilometer entfernt gewesen sein, aber das muss nicht heißen, dass die Angreifer in seiner Nähe sind. Vielleicht gibt es nur ein Warnsignal weiter, das noch weiter aus dem Norden kam. Dann hätte ich einen langen Weg vor mir. Dennoch gehe ich nicht schneller. Ich habe Angst, dass jemand mich hören oder sehen könnte, und ich weiß, dass unsere Männer sich ebenso lautlos und unauffällig anschleichen können wie ich. Ich kann mir immer noch nicht erklären, warum sie diesen Weg nehmen. Für die Männer aus meiner Gegend ist er zwar kürzer, aber gewöhnlich kehren alle Truppen zusammen nach Newcastle zurück und trennen sich erst dort.

Plötzlich höre ich vor mir Geräusche: Schwere Schritte, Stimmen und Gehüstel. Ich verstecke mich hinter einem Baum. Dann sehe ich sie kommen.

Männer mit verhärmten Gesichtern tauchen zwischen den Bäumen auf. Einige trotten langsam vor sich hin, andere sitzen vornübergebeugt auf ihren Pferden.

Manche können sich kaum auf den Beinen halten. Auf der Lichtung vor mir bleiben sie stehen. Grünes Licht überflutet den Waldboden und beleuchtet die Männer. Sie sind schmutzig und blutverschmiert. Einige tragen Verbände. Manche haben nur noch blutverkrustete Fetzen am Leib. Ein junger Mann ist auf eine Bahre gebunden, die von einem großen rotbraunen Pferd gezogen wird; und der da neben ihm reitet, ist Gerald, über den Hals seines Pferdes gebeugt. Sein Gesicht ist totenblass.

Ungläubig recke ich den Hals, dann trete ich auf die Lichtung hinaus. Die Männer greifen instinktiv nach ihren Waffen. Ich kenne sie alle: Es sind Männer vom Mere Point, aus Barrowbeck und aus Wraithwaite. Gerald starrt mich völlig verständnislos an. Andere kommen zögernd näher und rufen erstaunt meinen Namen.

Ich gehe zu dem jungen Mann auf der Bahre hinüber. Es gibt keine Worte, um diesen Moment zu beschreiben. Es ist Hugh, mein Freund und Vetter Hugh. Er ist tot.

Gerald sitzt ab. »Beatie? Was machst du hier?«, fragt er. Dann sagt er wie im Traum: »Du siehst aus wie Hugh.«

Das weiß ich. Ich habe Hugh immer schon ähnlich gesehen. Wie kann ich es wagen, mit seinen Gesichtszügen weiterzuleben, wenn er tot ist? Sein Gesicht wirkt wächsern, aber er hat keine sichtbaren Verletzungen. Ich knie mich neben ihn hin und rede mit ihm. Ich habe das Gefühl, wahnsinnig zu werden, als ich ihn so sehe. Neben mir wird ein Mann ohnmächtig und sackt auf den Kiefernnadeln zwischen den Wurzeln eines Baumes zusammen. Das Vorderteil seiner

Jacke starrt vom angetrockneten Blut aus einer Halswunde.

Ich sage zu Gerald, meinem schönen, kriegerischen Vetter: »Das ist so sinnlos, so schrecklich sinnlos.« Ich schlage die Hand an die Stirn. »Nein. Nein. Nein!«

»Ich weiß nicht, wie ich meine Kameraden heimbringen soll.« Er ist wie in Trance.

Ich stehe langsam auf. »Komm mit.« Ich nehme ihn bei der Hand. »Es gibt jemanden, der dir helfen wird.«

Über zwei Wochen nach meiner Flucht aus Lancaster nehme ich erneut den langen Weg um die Bucht, um meinen toten Vetter nach Hause zu begleiten. Ob dort Soldaten auf mich warten oder nicht, scheint nun nicht mehr wichtig.

Wir brauchen mehr als zwei Tage für die Heimreise. Die Nacht verbringen wir in einer einfachen, kleinen Herberge am Fuße eines Passes. Wir schlafen alle zusammen auf dem mit Stroh ausgelegten Dachboden, der nur mit einer Holzleiter erreichbar ist. Alle Männer haben sich bei den MacCrundles so weit erholt, dass sie wieder reiten können. Einige sitzen zu zweit auf einem Pferd. Hugh ist nun in eine dicke Decke eingehüllt und liegt festgebunden auf einer Art Bahre mit Rädern, die von einem Pferd gezogen wird. Die MacCrundles nannten dieses Gefährt *Whirlicote*.

Schließlich reiten wir von den Hügeln nach Wraithwaite hinab. Leute aus dem Dorf, denen wir unterwegs begegnen, brechen in Entsetzensschreie und Tränen aus und folgen uns mit bestürzten Gesichtern. Der Trommler ist im Kampf umgekommen, aber bald stößt ein anderer Kirchenmusiker zu uns: Alan Smith, der Dorfschmied, marschiert vor uns her und schlägt seine Trommel. Immer mehr Leute kommen aus ihren Häusern, als sie die langsamen, einzelnen Schläge hören. Sie schließen sich dem Trauerzug an, bringen die Verwundeten in ihre Häuser und stützen diejenigen, die weitermüssen. John kommt aus dem Pfarrhaus. Er sieht erschüttert aus. Sofort sattelt er Universe, um uns zu Tante und Onkel Juniper zu begleiten. Während wir nebeneinander die Old Corpse Road entlangreiten, erzähle ich ihm, was passiert ist.

»Gott sei Dank bist du unversehrt«, sagt er. »Du solltest zum Barrowbeck-Hof reiten und deine Mutter und Verity holen. Ich begleite Gerald zum Mere Point.«

Wir brauchen alle sehr lange für den Abstieg durch die Schlucht. Ein paar Leute aus Wraithwaite sind mitgekommen und helfen den Schwerverwundeten die Felsstufen hinunter. Unten an der Wegkreuzung biege ich rechts ab und galoppiere durch meinen guten, alten Wald, in dem ich jeden Pfad kenne, zum Barrowbeck-Hof.

William hat Wachdienst. Er winkt mir zu, kommt herunter und lässt mich ein. Ich finde Mutter und Kate im Waschhaus hinter der Küche, wo sie in zwei großen Kesseln über der Feuergrube Wäsche kochen. In dem Dampf, der den Raum erfüllt, sehen die beiden wie Geister aus. Mit Zangen heben sie die tropfenden Sachen aus den Kesseln, klatschen und drücken sie zuerst in Holzbottiche und dann in die Spültröge aus Stein. An den Wänden läuft das Wasser herunter.

Mutter blickt mich durch den Dampf an und bricht in Tränen aus. »Beatie!« Sie läuft auf mich zu und schließt mich in die Arme. »Oh, Beatie. Du törichtes Mädchen! Wie konntest du dich in solche Schwierigkeiten bringen, nur wegen ... einem Schotten!« Das letzte Wort flüstert sie. Es geht in den Geräuschen des Wäschewaschens unter. Sie wiegt mich hin und her und hält mich lange fest.

Kate stemmt die Hände in die Hüften. »Was haben Sie bloß angestellt, junges Fräulein, dass Ihre Mutter so aufgelöst ist?«, will sie wissen. Da wird mir klar, dass die meisten Leute wahrscheinlich keine Ahnung haben, was geschehen ist.

Es fällt mir schwer, ihnen von Hugh zu erzählen. Mutter sitzt auf der Bank, den Kopf in den Händen vergraben. Schließlich schickt sie Jonah zum Low-Back-Hof, um Verity und James zu holen, und wir reiten alle zusammen zum Mere Point. Als wir dort eintreffen, schreit, tobt und heult Onkel Juniper im Räucherhaus. Gerald sitzt mit seiner Mutter in der Küche und hält ihre Hände. Sie starrt ihn nur fassungslos an.

Germaine huscht in der tadellos aufgeräumten Küche herum und erledigt mit zitternden Händen eine unnötige Arbeit nach der anderen.

Später gehen wir mit Tante Juniper in die kleine Kapelle über dem Torhaus, in der Hugh aufgebahrt wurde. Er sieht blass und würdevoll aus, wie eine Statue. Meine Tante sagt nichts und scheint auch nicht zu hören, was wir sagen. Wir bleiben eine Weile. John spricht leise mit ihr. Dann gibt sie uns mit einem Handzeichen zu verstehen, dass wir sie allein lassen sollen. Wir gehen wieder hinunter.

In der Küche bereitet Leah, die neue Dienstmagd, eine Kanne heiße Milch mit Wein und Gewürzen. Sie nimmt zu viel Wein und übermäßig Zimt und Muskat, aber Germaine lässt sie machen und mischt sich nicht ein. John gelingt es, Onkel Juniper aus dem Räucherhaus zu holen und zu beruhigen. Später trifft Cedric ein und reitet gleich nach Hagditch weiter, um Anne Fairweather zu benachrichtigen.

Draußen in der Bucht kommt und geht die Flut. Tante Juniper ist schon seit Stunden oben in der Kapelle. Ich gehe noch einmal hinauf und leiste ihr eine Weile Gesellschaft. Dann laufe ich nach draußen und stehe lange inmitten von schreienden Seevögeln auf der Klippe.

Am Nachmittag kommen Freunde und Nachbarn zu Besuch. Tante Juniper weint nicht und redet auch nicht mit ihnen. Sie spricht überhaupt nicht mehr. Stattdessen läuft sie, von uns unbemerkt, gegen Abend die Wendeltreppe hinunter aus dem Turm und über den Rand der Klippe.

32. Kapitel

Nach der Beerdigung von Hugh und Tante Juniper brauchen wir lange, um zu einem halbwegs normalen Leben zurückzukehren. Ganz allmählich holt der Alltag uns wieder ein, aber nichts ist mehr so, wie es war. Die ganze Familie trauert. An eine Rückkehr in mein schottisches Asyl ist jetzt nicht zu denken, weil ich hier dringend gebraucht werde. Wir erledigen die anfallende Arbeit auf dem Hof, aber wir sind nicht mit dem Herzen dabei. Alltagsrituale wie Essen im Kreise der Familie, Einkäufe beim fahrenden Händler oder Gottesdienstbesuche erinnern uns immer wieder schmerzlich daran, dass Hugh und Tante Juniper nicht mehr da sind.

Mutter verfällt in eine tiefe Melancholie. Eines Morgens komme ich in die Milchkammer und sehe sie mit tränenüberströmtem Gesicht die Kurbel am Butterfass drehen. Als das Klatschen der Sahne im Butterfass in ein dumpfes Klopfen übergeht, sieht sie zu mir auf und sagt: »Die Butter kommt.« Dann läuft sie davon, obwohl die Butter erst halb fertig ist. Ich folge ihr, merke aber schnell, dass sie, wie schon oft, allein zu der Stelle auf dem Mere Point wandern will, wo Tante Juniper von der Klippe stürzte. Ich kehre um und drehe die Sahne vollends zu Butter.

Unsere Trauer scheint noch anderen Kummer aufzurühren. Eines Abends sehe ich Kate weinend am Kopfende von Vaters Bett sitzen. Er liegt mit hochgestütztem Oberkörper da und starrt verständnislos auf einen Haufen bunter Spielsteine. Sie wollte ihn dazu überreden, sie zu Mustern aneinanderzulegen. »Er nimmt sie gar nicht wahr«, schluchzt sie. »Ich dachte, es würde ihm vielleicht gefallen, mit ihnen zu spielen. Wo ist sein Geist hingegangen, Beatie? Wo ist er hingegangen?«

Die Sommersonnenwende kommt und geht. Wir veranstalten diesmal kein Fest, doch wir können die Bauern irgendwo unten im Tal feiern hören. All die Dinge, die mir früher so wichtig waren – Musik, Bücher, die Vorbereitungen für eine gute Ernte –, scheinen ihre Bedeutung verloren zu haben. Musik kann ich nicht mehr ertragen. Es treibt mich zur Verzweiflung, wenn Germaine an ihrer Laute herumzupft.

Und dann ist da noch John. Ich habe zurzeit gar keine Lust, mit ihm zusammen zu sein. Ich bringe einfach nicht die nötigen Gefühle auf. Ich weiß, dass er das versteht. Das sagt er mir bei jeder Gelegenheit. Aber gerade deshalb klingt es für mich wie ein Vorwurf. Und seine Predigten über den wahren Glauben und das ewige Leben kann ich auch nicht mehr hören. In letzter Zeit kommen die Gemeindevorsteher regelmäßig vorbei, um Geldstrafen von mir zu kassieren, weil ich kaum noch zum Gottesdienst gehe.

Im August bestätigen sich meine Vermutungen, dass sowohl John wie auch Cedric inzwischen bei *Salamander* mitmachen. Zwei angebliche Hexen aus Kerne Forth werden auf rätselhafte Weise vor dem Galgen gerettet. Ein armer, verkrüppelter Bettler, den die hiesigen Richter für den Diebstahl eines halben Laibs Gerstenbrot auspeitschen lassen wollten, verschwindet, bevor das Urteil vollstreckt werden kann.

»Der Bettler ist in der Krypta von Johns Kirche«, erzählt mir Anne, die eines Tages auf den Pike kommt, während ich dort Wache halte. »Er wird zur Burg Clough geschickt, um sich zu erholen und anschließend auf dem Hof zu arbeiten. Hättest du Lust, ihn zusammen mit Cedric hinzubringen? Ich weiß, dass Edward sich freuen würde, dich wiederzusehen.«

Ich blicke sie an und frage mich, aus welchen Gründen sie mir diesen Vorschlag macht. Hat John sie gebeten, irgendeine Aufgabe für mich zu finden, die mich von Hugh und Tante Juniper ablenkt? Hughs Tod hat sie selbst tief getroffen. Ich spüre, dass sie leidet. Trotzdem schafft sie es, so elegant und beherrscht zu wirken wie immer, während ich gar nicht mehr darauf achte, welche Kleider ich trage und ob meine Haare gebürstet sind oder nicht. Auf einmal schäme ich mich, dass ich mich so gehen lasse. Ich laufe nach Hause und ziehe ein schönes, blaues Kleid mit einem cremefarbenen Unterrock an. Ich rieche das Salz in meinem Haar, als ich es nach hinten bürste und hochstecke. Das Oberteil des Kleides schnüre ich mit einem lila Band zu und setze eine cremefarbene Spitzenhaube mit lila Bändern auf. Als ich in den Spiegel schaue, erkenne ich mich kaum wieder.

Ich reite auf Meadowsweet zum Pfarrhaus hinüber. In der Küche rührt Mutter Bain in einem Topf mit Erbsensuppe, der über dem Feuer hängt. Sie dreht sich um und sagt: »Willkommen, Fremde.« Als sie sich aufzurichten versucht, wird mir bewusst, wie lange ich sie nicht mehr gesehen habe, denn ihr Rücken ist in der Zwischenzeit noch krummer geworden. Sie späht zu mir herüber. »Ich freue mich, dich wiederzusehen, Mädchen. Es tut mir leid, dass du so viel durchmachen musstest. John ist zu den Mile Cottages hinübergeritten. Der alte Tarver liegt im Sterben.«

»Oh, tut mir leid, das zu hören.«

»Reite ihm doch entgegen. Er wird sich sehr freuen, dich zu sehen.«

Mutter Bain gießt Sahne in die Suppe, die prompt gerinnt. Sie wirft den Rührlöffel weg und tritt vom Feuer zurück. »Zum Teufel mit dieser Suppe!« Ich sehe, dass sie Tränen in den Augen hat. »Würdest du bitte im Wirtshaus ein paar Pasteten holen, Mädchen?«, fragt sie. »Diese Suppe ist verdorben, und ich kann mich nicht dazu aufraffen, noch einmal von vorne anzufangen.«

Ich lege den Arm um sie und hebe den Löffel auf. »Sie sollten nicht mehr kochen. Es ist zu viel für Sie.« Ich kurbele die Suppe vom Feuer und rühre sie kräftig durch. Sie bleibt etwas flockig, wird aber sämiger.

Als ich später zu den Mile Cottages hinüberreite, nachdem ich Mutter Bain dazu gebracht habe, sich hinzulegen und auszuruhen, wird mir klar, dass ich einige Entscheidungen treffen muss. Zum Beispiel muss ich mir überlegen, ob ich tatsächlich John heiraten und ins Pfarrhaus ziehen will.

Die Mile Cottages liegen außerhalb des Dorfes. Ich bin so in Gedanken, dass ich die Hufschläge nicht höre, bis Universe unmittelbar vor mir um die Kurve biegt. John und ich halten an. Plötzlich freue ich mich riesig, ihn zu sehen. Es ist, als würde ich zufällig einem aufregenden Fremden begegnen. Nachdem wir einander begrüßt haben, wissen wir zuerst beide nicht so recht, was wir sagen sollen. Dann frage ich: »Wie geht's dem alten Tarver?«

»Er ist gestorben.«

»Ich bedaure diese Nachricht. Ich werde seine Familie besuchen.«

»Verschiebe das besser. Sie freuen sich, dass sie ihn los sind, und außerdem sind sie betrunken.«

Wir lächeln beide. »Ich dachte, ich sollte vielleicht etwas für *Salamander* tun«, sage ich zu ihm, doch im selben Augenblick überkommt mich wieder ein lähmendes Gefühl der Sinnlosigkeit. Auf einmal finde ich das Losungswort schrecklich hochtrabend. Ich wünschte, ich könnte mit John so reden wie früher. Aber ich fühle mich wie betäubt und bin mir sicher, dass Worte sowieso nichts nützen würden. All meine Gefühle und Gedanken gelten Hugh und Tante Juniper. Wenn ich aufhöre, an sie zu denken, dann werden sie wirklich fort sein. Ich träume jede Nacht von Hugh. Ich bin fünf Jahre alt und wir spielen zusammen im Wald oder reiten zum ersten Mal auf richtig großen Pferden. Ich bin zwölf und rede mit ihm über die Marotten unserer Eltern, während wir gemeinsam Wache halten. In meinen Träumen suche ich überall nach ihm, so als hätte ich ihn nur verlegt.

Plötzlich sitzt John ab, kommt herüber und hebt mich vom Pferd. Die gutmütige Meadowsweet trottet davon und beginnt Brombeeren zu fressen. John schaut mir ins Gesicht. »Mit der Zeit wird es dir wieder besser gehen«, sagt er eindringlich zu mir. »Denk immer daran! Vergiss *Salamander*. Du hast deinen Beitrag geleistet, indem du Robert gerettet hast. Das reicht.« Er schüttelt mich sanft. »Wirklich, Beatrice, ich würde dich am liebsten in den Wald schleppen und richtig trösten, aber ich erkenne, dass das keinen Sinn hätte. Du siehst zu verletzlich und zerbrechlich aus.«

Meadowsweet kommt her und stupst mit dem Kopf gegen meine Schulter. Universe schnaubt laut. »Du erschreckst die Pferde«, sage ich zu John; zu meiner Überraschung habe ich nach langer Zeit wieder das Bedürfnis, zu lachen. Ich weiß nun, dass ich mich eines Tages besser fühlen werde.

Wir reiten zum Wirtshaus, kaufen ein paar Pasteten, trinken Bier – allerdings nicht so viel wie die Tarvers – und unterhalten uns wie Freunde. Ich bin innerlich ganz ruhig, als ich nach Hause zurückreite.

Ich fange wieder an, bei Cedric Unterricht in Naturheilkunde zu nehmen. Er hält inzwischen Bienen, wegen ihrer Heilkräfte. Ich bringe ganze Nachmittage damit zu, in Musselin eingehüllt nach den Bienenkörben zu sehen und die Bienen mit Rauch schläfrig zu machen, damit ich ihnen Honig und Pollen stehlen kann, um ihn Salben oder Arzneien gegen Verbrennungen, Schüttelfrost und die rote Ruhr beizumischen.

Eines schwülen Vormittags im Spätsommer, an dem die Bienen mich als Störenfried empfinden und zwei Mal stechen, gebe ich es für diesen Tag auf und gehe Germaine auf dem Mere Point besuchen. Ich finde sie im Webzimmer oben, wo sie nassen Wollstoff an die Haken im Spannrahmen hängt, um ihn zu dehnen und zu trocknen. »Es ist heute einfach zu heiß für diese Arbeit, Kusine«, stöhnt sie und wischt sich die Stirn. »Lass uns hinausgehen, Holunderblütensaft trinken und einfach einmal nichts tun.«

Wir setzen uns beim Räucherhaus unter einen Baum, schnüren unsere Leibchen auf und ziehen die Strümpfe aus. Da Germaine noch etwas Eis vom Winter in ihrem Eiskeller hat, schlürfen wir den Holunderblütensaft über dicke Eisbrocken hinweg. In der Bucht naht die Flut, überschwemmt den mit Pfützen übersäten Uferstreifen und nimmt grasbewachsene Erde mit. Die von den Gezeiten beherrschte Welt dort drunten verändert sich ständig. Über uns pfeifen Brachvögel mit gebogenen Schnäbeln ein wehmütig klingendes Lied.

Nachdem wir eine Weile schweigend dagesessen haben, fragt Germaine: »Beatrice, wie soll das mit dir und John weitergehen?«

»Wieso?«, frage ich gereizt, weil sie das gar nichts angeht. Ich richte mich trotzig auf.

»Es wird geredet, Kusine. Weißt du, wie oft er in letzter Zeit Anne Fairweather in Hagditch besucht?«

Ich starre sie an. Bevor ich etwas entgegnen kann, fährt sie fort: »Entweder du bist verlobt oder nicht. Du darfst ihn nicht so vernachlässigen.«

»Du liebe Güte, John ist schließlich Seelsorger. Vermutlich besucht er sie, weil sie Beistand braucht. Vergiss nicht, dass Hughs Tod sie ebenfalls sehr mitgenommen hat. Bestimmt versucht er sie zu trösten.«

»Allerdings, und das wird noch zu einem Skandal führen.« Sie greift nach der Karaffe und füllt mein Glas nach. »Wir leiden alle, Beatrice. Ich muss mir jede Nacht Geralds Albträume anhören. Könntest du nicht bei John Trost suchen? Ich dachte, niemand auf der Welt könnte dich besser trösten als er.«

Ich schlinge die Arme um die Knie und betrachte das Meer, das Hitzeflimmern über den Felsen und die Möwen, die sich am Flutsaum erbarmungslos über kleine Fische hermachen, die in die Bucht gespült werden. Die Welt, so scheint es, ist ein gefährlicher Ort. Ich blicke meine Kusine von der Seite an und frage mich, ob sie mich wohl verstehen wird. »John ist sich in allem so sicher«, sage ich zu ihr. »Sicherer, als ich es manchmal ertragen kann.«

»Meine Liebe …« Plötzlich legt sie den Kopf schräg. Wir hören ein Pferd den Weg entlanggaloppieren, der durch den Wald auf den Klippen führt. Sie zuckt die Achseln. »Mein Schwiegervater wird sich schon darum kümmern. Also, was ich sagen wollte, Beatrice …« Sie verstummt, als Cedric auf dem weißen Pferd erscheint, das er von Edward bekam. Er springt herunter, ganz außer Atem.

»Beatie, hau schnell ab! Sofort! Hier, nimm mein Pferd. Die Soldaten kommen.«

Ich springe auf. »Wo sind sie?« Aber ich kann sie bereits hören. Sie nähern sich schnell. »O Gott!« Ich springe in Cedrics warmen Sattel. Wohin? Ich lenke das Pferd auf den dunkelsten Teil des Waldes zu, aber es ist zu spät. Die Soldaten kommen aus der gleichen Richtung wie Cedric. Es sind ungefähr zwanzig. Das sind nicht die müden Männer von Hauptmann Foreman, sondern wache, kampferprobte Recken in blaugrünen Uniformen – Lord Allyssons Soldaten. Einen Augenblick später haben sie mich bereits umzingelt. Sie sitzen ab, halten Cedrics Pferd fest und zerren mich zu Boden. Zwei von ihnen packen mich an den Armen. Ich versuche sie abzuschütteln, aber sie sind zu stark für mich.

Die Knechte kommen mit erhobenen Schwertern aus dem Turm gelaufen. Onkel Juniper erscheint ebenfalls.

»Wir sind hier, um Beatrice Garth vom Barrowbeck-Hof zu verhaften«, sagt der Milizsoldat, der das Kommando zu haben scheint. »Hauptmann Leahy, zu Ihren Diensten, Sir.« Er blickt zu Onkel Junipers Knechten hinüber. »Sie werden uns hoffentlich keinen Ärger machen.«

Onkel Juniper beugt sich vor und starrt ihn ungläubig an. »Wie bitte? Was wollen Sie?« Er bahnt sich einen Weg zu dem Anbau hinter dem Räucherhaus, in dem er seine Kampfhunde hält, reißt die Tür auf und hetzt sie mit einem kurzen, scharfen Befehl auf die Soldaten.

»Gütiger Himmel!« Germaine rennt schreiend in den Turm und kehrt Sekunden später mit ihrem fast zwei Meter langen Langbogen zurück. Sie hat bereits einen Pfeil angelegt. Die Hunde haben zwei der Soldaten an den Armen gepackt und schütteln sie. Einige Soldaten ziehen Schwerter und Messer, andere laden ihre Musketen. Ein Knall ertönt, der in der ganzen Bucht widerzuhallen scheint, und ein Hund fällt um. Brüllend und eine Axt schwingend, kommt Onkel Juniper aus dem Räucherhaus gestürmt.

»Gott steh uns bei!« Drei der Soldaten drehen sich um und rennen um ihr Leben.

»Verzieht euch wieder in den Süden, wo ihr hingehört, ihr jämmerlichen Höflinge!«, bellt Onkel Juniper und schlägt mit der Axt um sich. Von einem Baum neben ihm kracht ein Ast auf den Kopf des Hauptmanns herab. Die Knechte kämpfen inzwischen mit ein paar Soldaten und Germaine schießt einem Soldaten nach dem anderen das Schwert aus der Hand. Einer steht mit offenem Mund da und sieht ihr zu. Ich reiße mich von den Soldaten los, die mich festhalten, und schaffe es, an mein Messer zu gelangen. Ich schlitze einem der beiden damit den Ärmel auf, aber im nächsten Augenblick packt er mich erneut und dreht mir beide Arme auf den Rücken.

In diesem Moment trifft Gerald ein. Er springt vom Pferd. »Was um Himmels willen …?« Er ist unbewaffnet, abgesehen von einem Messer. Wahrscheinlich hat er irgendwo Wache gehalten. Er nimmt einem Knecht sein Schwert ab und ruft Germaine zu: »Was sind das für Leute, zum Teufel? Schotten?«

Sie schüttelt den Kopf und legt einen neuen Pfeil an. »Sie sind hinter Beatrice her«, ruft sie zurück.

Der Soldat, der mich festhält, versucht mich wegzuzerren. Gerald hält ihm das Schwert an die Kehle. »Lass sie sofort los!«, befiehlt er ihm und dreht das Schwert hin und her, so dass der Mann die Schneide spürt. Ich taumle, als ich plötzlich frei bin. »Lauf schnell in den Turm«, befiehlt mir Gerald und lässt das Schwert so über die Brust des Mannes hinabsausen, dass alle Knöpfe an seiner Jacke abspringen. Ich renne weg. »Wieso bekämpft ihr eure eigenen Leute?«, höre ich Gerald zornig fragen. »Ihr solltet eure Kräfte für die verdammten Schotten aufsparen!«

Am Torhaus blicke ich mich um. Das war wie ein Angriff der Schotten – ohne Vorwarnung, ein wahrer Albtraum. Nun ist offensichtlich, dass wir gegen die Soldaten keine echte Chance haben. Wir sind nicht nur zahlenmäßig unterlegen, sondern auch schlechter bewaffnet. Wir hatten ja keine Zeit, die üblichen Verteidigungsmaßnahmen zu treffen: Brandpfeile und heißes Fett vorzubereiten und die kleine altmodische Kanone, über die der Mere-Point-Hof verfügt, aus dem Schrank zu holen. Die Soldaten überwältigen und entwaffnen die Leute vom Mere Point jetzt sehr rasch. Ich kann mich nicht drinnen verstecken und die anderen einfach ihrem Schicksal überlassen! Eilig hole ich mir im Torhaus einen Bogen und Pfeile. Als ich wieder herauskomme, sehe ich, wie Germaine mit einer Schwertwunde an der Schulter zu Boden sinkt und Cedric mit einem Schlag auf den Hinterkopf niedergestreckt wird. Ich höre Hauptmann Leahy rufen: »Wir hatten nicht vor, gegen euch zu kämpfen, ihr Idioten! Wir wollten lediglich die Verräterin verhaften …« Im selben Augenblick packen mich Arme von hinten und heben mich vom Boden.

Danach geht alles sehr schnell. Zwei Soldaten schleppen mich zu einem wendigen, kleinen Pferdewagen, der zwischen den Bäumen wartet. Der Hauptmann und der Kutscher laufen hinterher, doch alle anderen Soldaten bleiben, wo sie sind, um zu verhindern, dass uns jemand folgt. Ich bin kaum im Wagen, da setzt er sich schon in Bewegung. Die beiden Soldaten springen zu mir auf die Ladefläche, und noch bevor ich mich hinsetzen kann, rattern wir durch den Wald davon.

33. Kapitel

So stockfinster habe ich mir den Kerker nie vorgestellt. Die Tür hat sich hinter mir geschlossen. Ich höre, wie von draußen die Riegel vorgeschoben werden. Jetzt dreht sich der große Eisenschlüssel knirschend im Schloss, bis es mit einem dumpfen Schlag zuschnappt.

Danach herrscht Stille. Draußen konnte ich noch schwache Geräusche aus den anderen Zellen hören – schlurfende Schritte und leises Stöhnen. Hier drinnen höre ich nichts mehr.

Eine Weile stehe ich nur da, dann drehe ich mich in der geräuschlosen Finsternis um mich selbst. Es ist, als hätte man mir die Ohren zugestopft und die Augen verbunden. Als die Soldaten mich hier hineinstießen, habe ich im Kerzenlicht gesehen, dass sonst niemand in der Zelle ist. Doch jetzt beginne ich mich zu fragen, ob vielleicht doch jemand – oder etwas – in einem dunklen Winkel kauert.

Es ist sehr kalt. Ich habe Gänsehaut am ganzen Körper und jede Muskelfaser ist angespannt. Wo ist der heiße Sommertag von heute Mittag, als ich auf der

Klippe lag? Ich bin nicht mehr dazu gekommen, mir das Leibchen zuzuschnüren und die Strümpfe wieder anzuziehen, bevor die Soldaten mich mitnahmen. Wie wäre es hier wohl an einem wirklich kalten Tag? Wie war es im Winter, als Robert hier war?

Ich schnüre mein Leibchen zu, um nicht so zu frieren. Es macht keinen Unterschied. Hätte ich bloß meine Ärmel angelegt, trotz der Hitze, die nun so weit weg scheint. Hätte ich bloß meine Strümpfe angelassen! Ich durfte weder etwas von zu Hause holen noch meiner Mutter eine Nachricht zukommen lassen. Und keiner hier auf der Burg antwortete mir, als ich fragte, ob jemand vom Mere Point bei dem Kampf umgekommen sei. Vielleicht sind alle tot.

Ein bestialischer, uralter Gestank hängt in der feuchten Luft. Ich zittere und glaube, mich hinsetzen zu müssen. Ich mache ein paar Schritte vorwärts. Der Boden ist matschig. Meine Schuhe glucksen und füllen sich mit etwas eklig Flüssigem. Ich springe zurück, dorthin, wo ich die Tür vermute. Wenn ich sie wiederfinde, kann ich mich an der Wand entlangtasten.

Ich muss mich jetzt wirklich unbedingt hinsetzen. Mir schlottern die Knie. Ich habe das Gefühl, dass ich mich nicht mehr lange auf den Beinen halten kann. Doch ich habe Angst, mich überhaupt zu bewegen. Endlich spüre ich wieder das rohe Holz der Tür an meinem Rücken. Ich beginne mich an der Wand entlangzutasten. Sie ist nass und glitschig. Ich zucke zurück, als sich etwas Weiches über mein Gesicht legt, und merke, dass riesige Spinnweben von der Decke hängen. Die Decke selbst ist so niedrig, dass ich sie mit den Handflächen berühren kann.

Meine Hände gleiten über schwere Eisenringe, die

in die Wand eingelassen sind, und andere Befestigungsvorrichtungen aus Metall. Ich weiß, dass ich später von einem Richter vernommen werde, und frage mich, ob ich hinterher an diese Dinger gekettet werde.

Ich bleibe stehen. Da war ein leises, dumpfes Geräusch, irgendwo in der Zelle. Ich warte, aber es wiederholt sich nicht. Darum bewege ich mich weiter. Ich stoße mit dem Fuß an etwas. Es fühlt sich fest und doch weich an. Ich beuge mich hinab und berühre es mit der Hand. Es ist haarig, kalt und ziemlich groß – eine tote Ratte.

Es hat keinen Zweck, zu schreien, weil niemand mich hören wird, aber ich tue es trotzdem. Wenigstens ist die Ratte tot, sage ich mir. Ich taste mit den Füßen, die in den nassen Schuhen eiskalt geworden sind, den Boden vor mir ab und bewege mich vorsichtig weiter. Es ist ein sehr kleiner Raum. Der Boden ist uneben. Überall sind eklige, stinkende Haufen.

Plötzlich spüre ich einen Luftzug und gehe ihm nach. Er kommt aus einem kleinen Eisengitter oben in der Wand neben der Tür. Ich greife hinauf und ziehe an dem Gitter, aber es ist fest eingelassen und außerdem sowieso viel zu klein, um hindurchzukommen. Dann, während ich mich an den Gitterstäben festhalte, streift etwas Warmes und Haariges meine Hand, rennt ein Stück auf meinem nackten Arm entlang und plumpst auf meinen Fuß. Es quiekt. Mit einem Schrei lasse ich das Gitter los. Ein kleiner Körper stößt an meine Zehen. Dann noch einer und noch einer. Ratten!

Ich schreie erneut und torkle rückwärts durch die Zelle. Zitternd stelle ich mich vor die gegenüberliegende Wand, so weit weg von dem Gitter wie möglich. Ich weiß nicht, wie viele Ratten hereingekommen sind oder wie viele vorher schon da waren. Die Finsternis ist nun nicht mehr geräuschlos. Inzwischen nehme ich außer dem Getrippel und Gequieke der Ratten auch noch etwas Leises wahr. Mir ist, als hörte ich Spinnen auf den Boden fallen, Käfer umherkrabbeln und irgendetwas in den Dreckhaufen wühlen. Ich stampfe und trample auf den Boden, finde die Tür und trommle mit den Fäusten dagegen. Ich rufe und schreie, doch niemand kommt.

Irgendwann kann ich nicht mehr und muss aufhören. Ich drücke mich an die Wand und schlinge die Arme um mich. So verharre ich lange Zeit. Ich merke, dass ich immer schläfriger werde, döse im Stehen ein und kippe fast zur Seite um. Ich wache auf, als ich seitlich die Wand hinabrutsche. Etwas bewegt sich um meine Füße, kriecht in meinen nassen Schuh und zappelt. Ich kreische, streife den Schuh ab und schüttle ihn aus. Jetzt bin ich wieder hellwach. Doch nach einer Weile werde ich erneut schläfrig. Es fällt so schwer, sich wach zu halten, wenn man nichts sieht. Ich laufe umher, um eine bessere Vorstellung von diesem Raum zu bekommen und um wach zu bleiben. Ich ziehe das Buch von Dunbar aus meinem Leibchen und versuche, mich an Gedichtzeilen zu erinnern. Es riecht nicht mehr nach Robert, nur nach Leder und nach mir. Hier, in dieser stinkenden Zelle, nehme ich den Geruch kaum wahr.

Zeit wird zu einem abstrakten Begriff. Ich denke daran, wie John mir beibrachte, von der Uhr, die Vater gestohlen hatte, die Zeit abzulesen. Ich wünschte, ich hätte es öfter geübt. Dann hätte ich jetzt vielleicht ein Gefühl dafür, wie lange drei Sekunden, fünf Minuten oder zehn Stunden sind. Ich denke an Robert. Er war monatelang hier in dieser Stille und Finsternis eingesperrt. Ich weiß nicht, ob er allein oder zusammen mit anderen Leuten in einer Zelle war. Ich habe ihn nie danach gefragt. Es war nie der richtige Augenblick, darüber zu reden, und nun werden wir keine Gelegenheit mehr dazu haben. Kehrt er in seinen Albträumen genau dorthin zurück, wo ich jetzt stehe?

»Robert?« Ich flüstere seinen Namen, dann rufe ich ihn laut.

Später schlafe ich tatsächlich im Stehen ein und träume von einem grünen Tal mit einem hohen, wolkenlosen Himmel darüber. Außer dem Gesang der Vögel und dem Rauschen des Windes ist kein Laut zu hören. Unten im Tal liegen Findlinge verstreut, zwischen denen Heidekraut wächst, und auf einer Anhöhe steht ein Wehrturm. Eine seiner grauen Steinmauern glänzt im letzten Licht der Abendsonne. Ich kenne dieses Tal nicht. Als ich auf dem dreckigen Boden erwache, habe ich es noch klar und deutlich im Kopf, wie eine helle Erinnerung, die hier in der Dunkelheit hängen geblieben ist.

Dreck klebt an meinen Armen und Kleidern, als ich mich hochrapple. Ich taste mich an der Wand entlang zu den Eisenringen vor. Spinnweben legen sich mir übers Gesicht wie Fastenschleier. Ich finde die Ringe, hänge mich mit den Armen ein, damit ich im Schlaf nicht wieder umfalle, und döse vor mich hin.

Ich frage mich, ob es Edward gelingen kann, mich hier herauszuholen. Das würde vermutlich erheblichen Verdacht erregen. Schließlich hat er mich schon einmal in Gewahrsam genommen, und wenige Monate später stellte sich heraus, dass ich frei herumlief. Ich frage mich, ob er deswegen nun selbst in Gefahr ist.

Irgendwann gerät wohl selbst der angesehenste Richter unter Verdacht, wenn zu viele Gefangene, mit denen er zu tun hatte, danach unerklärlicherweise auf freiem Fuß sind. Ich erinnere mich an die Worte von Anne Fairweather: Meistens haben wir nur eine Chance, Leute zu retten, wenn wir sie abfangen können, bevor sie auf der Burg abgeliefert werden. Vielleicht bin ich jetzt nicht mehr zu retten. Vielleicht ist das mein Ende.

Ich hänge an den Ringen und schlafe halb, als die Tür aufgeht. Das Licht ist wie ein Dolch. Ich muss die Augen zukneifen, obwohl draußen nur eine einzige Kerzenflamme flackert. »So, so«, sagt eine Stimme, »nun sehen Sie das Gefängnis von Lancaster also selbst von innen, Fräulein Garth. Es ist betrüblich, Sie so vorzufinden.«

»Hauptmann Foreman …« Unbeholfen ziehe ich meine verkrampften Arme aus den Ringen.

»Ich habe denen oben gesagt, dass es unnötig war, Sie hier einzusperren. Aber ich fürchte, bei Verrat kennen die Männer von Lord Allysson kein Erbarmen.« Er hilft mir in den Gang hinaus. Ich stolpere und blinzle.

»Warten Sie!« Ich hindere ihn daran, die Tür hinter mir zu schließen. »Bitte leuchten Sie kurz mit der Kerze hinein …«

Er versteht nicht, was ich will. Da nehme ich ihm die Kerze aus der Hand und leuchte damit in die Zelle. Ich will einfach wissen, wo ich in dieser Zeit war, und ein Bild von dem Ort im Kopf behalten. Die winzige Zelle ist schwarz, starrt vor Dreck und wimmelt von Krabbelzeug wie Käfern, Kakerlaken und Spinnen. Hinter einem Dreckhaufen in einer Ecke bewegt sich etwas Größeres, aber die meisten Ratten haben sich verkrochen. Ich frage mich, ob sie die Wände hochklettern können, denn offenbar kommen sie durch das Eisengitter nicht nur herein, sondern auch hinaus.

Ich gebe Hauptmann Foreman die Kerze zurück und versuche zu gehen, aber mir knicken die Beine ein. Mit leicht angewiderter Miene bietet er mir seinen Arm an.

»Ich – ich habe nicht erwartet, Sie wieder zu sehen«, brabbele ich. »Ich dachte, Sie wären längst zu Hause.«

Er führt mich über eine Steintreppe zu einem kleinen Raum.

»Ich muss hierbleiben, bis der Fall geklärt ist.« Er hält mir die Tür auf. »Es gab offenbar einige Missverständnisse. Sir Edward Clough sagt, er hätte Sie gegen Kaution auf freien Fuß gesetzt, auf Ersuchen des Bischofs von Carlisle, der auch die Kaution stellte. Doch keiner hat daran gedacht, mir das mitzuteilen, und Hauptmann Leahy erfuhr in dem Durcheinander der Truppenablösung auch nichts davon. Sie haben also noch eine Galgenfrist bis zu Ihrer Verhandlung. Die wird während der nächsten Gerichtstage um den Martinstag herum hier in Lancaster stattfinden. Ich soll Sie auf den Barrowbeck-Hof zurückbringen, von dem Sie sich dann allerdings nicht weiter als zwei Meilen entfernen dürfen. Wir werden einen Mann zu Ihrer Bewachung dort lassen. Und im November werden Lord Allyssons Männer sie abholen.«

Ich starre ihn an. Plötzlich wird mir bewusst, wie ich aussehen muss – nur halb angezogen und völlig verdreckt. »Wie lange war ich im Kerker?«, frage ich ihn.

»Anderthalb Tage. Ungefähr sechsunddreißig Stunden.«

»Wissen Sie, wie man von einer Uhr die Zeit abliest? Ich war gerade dabei, es zu lernen, als das alles passierte.«

Er macht ein nachdenkliches Gesicht. »Ja, das weiß ich, Fräulein. Es ist wirklich ein Jammer. Der Gedanke, dass aus all dem, was Sie in Ihrem Leben noch hätten lernen und erreichen können, nichts mehr wird, stimmt mich sehr traurig.«

»Ja, mich auch.«

»Sir Edward sagt, Sie seien ein dummes, junges Ding, leicht verführbar und fast schon einfältig. Aber das glaube ich nicht. Ihnen ist doch klar, dass Sie keinen Fluchtversuch unternehmen dürfen, oder? Da Sir Edward offensichtlich Mitleid mit Ihnen hat, haben Sie noch eine Chance, die ganze Sache vor Gericht zu klären.«

»Oder auf dem Scheiterhaufen verbrannt zu werden.«

Er sieht weg. Eine Weile schweigen wir beide. Dann fragt er: »Haben Sie da unten im Kerker überhaupt etwas zu essen bekommen?«

»Nein, ich habe keinen Menschen gesehen.«

»Das ist bedauerlich. Ich bitte um Entschuldigung. Ich werde Ihnen jetzt etwas zu essen bringen lassen und dann brechen wir in den Norden auf.«

Er geht hinaus und schließt mich ein. Ich setze mich hin und blicke mich in dem kleinen Raum um, in dem sich nur drei Stühle und ein Tisch mit benutztem Geschirr befinden, doch im Vergleich zu dem Ort, an dem ich zuvor war, kommt er mir wie das Paradies vor. Ich merke, dass ich tatsächlich ganz schwach vor Hunger bin. Auf einem Teller liegen undefinierbare Essensreste. Ich stecke mir einen kleinen Brocken in den Mund. Es ist vertrocknetes Kaninchenfleisch. Während ich es esse, passiert etwas Sonderbares. Einen Augenblick lang habe ich das Gefühl, in der Einsiedlerhütte im Wald zu sein, in der Robert und ich so viel Zeit zusammen verbracht haben. Ich sehe sie so deutlich vor mir, dass ich für eine kurze Zeitspanne nicht mehr weiß, wo ich bin. Es war wohl der Geschmack des Kaninchenfleischs, der dieses Gefühl ausgelöst hat. Andererseits hat Robert, so wie er monatelang in der Einsiedlerhütte gelebt hat, auch monatelang hier im Gefängnis gesessen. Ich frage mich, ob etwas vom Geist eines Menschen einen Ort erfüllt und dort zurückbleibt, nachdem er ihn verlassen hat. Halt, ich merke, dass meine Fantasie mit mir durchgeht. Leicht benommen setze ich mich wieder hin. Hauptmann Foreman kommt mit einem Teller Brot und Käse zurück, und als ich alles gegessen habe, gehen wir in den Sonnenschein hinaus.

34. Kapitel

Nach der Kälte in dem unterirdischen Kerker kommt es mir draußen so heiß vor wie in einem Backofen. Einer von Hauptmann Foremans Männern wartet mit drei Pferden auf uns. Als er sich umdreht, sehe ich zu meinem Entsetzen, dass es Victor ist.

»Erinnern Sie sich an Victor?«, fragt Hauptmann Foreman munter. »Er hat sich erboten, Sie in Barrowbeck zu bewachen. Er hat eine Verwandte, die in der Nähe wohnt.«

»Wie nett von ihm.« Ich funkle Victor an. »Und wer soll diese Verwandte sein, Victor?«

Ich sehe, dass mein respektloser Ton ihn ärgert, und weiß, dass ich mir damit neuen Ärger einhandeln kann, aber im Augenblick ist mir das gleichgültig. »Ich glaube, Sie kennen sie, Fräulein. Sie hat auch schon einmal auf Sie aufgepasst. Frau Brissenden aus Hagditch ist meine Tante.«

Ich stöhne beinahe laut auf. »Ihre Tante ist bestimmt dankbar für Ihre Unterstützung und Ihren Trost«, sage ich mit zusammengebissenen Zähnen zu ihm, »denn sie wurde vor kurzem an den Pranger gestellt und mit Unrat beworfen. Es ist wirklich nobel von Ihnen, dass Sie sich zu dieser Verwandten bekennen, die so entehrt wurde.«

Victor macht ein finsteres Gesicht und scheint etwas erwidern zu wollen, aber ich drehe ihm den Rücken zu und frage Hauptmann Foreman, ohne die Stimme zu senken: »War wirklich kein anderer Mann für diese Aufgabe da, Herr Hauptmann? Könnten Sie mich nicht selbst bewachen? Wir sind sehr gastfreundlich droben im Westmoorland.«

Der Hauptmann sieht mich eine Weile an. »Fräulein Garth, Ihr ungehöriges Benehmen schadet Ihnen nur. Sie müssen lernen, sich mit den Gegebenheiten abzufinden. Also, können wir jetzt aufbrechen?«

Das Pferd, das sie mir beschafft haben, sieht aus, als hätte es schon vor zehn Jahren ausgemustert werden sollen. Es ist ein o-beiniger alter Klepper und der durchgesessene Damensattel hängt schief auf seinem Rücken. Trotzdem bessert sich meine Stimmung ein wenig, als wir den Burghügel hinunterreiten. Dann werde ich erneut daran erinnert, wie verwahrlost ich aussehe, als Leute mit den Fingern auf mich zeigen und eine alte Frau zu einer anderen sagt: »Das ist bestimmt eine Hexe.«

»Gott segne Sie, gnädige Frau«, murmle ich zu ihr hinab. Da hasten die beiden Alten erschrocken davon.

Ich habe das Gefühl, diesen Weg inzwischen gut zu kennen, während wir an der alten römischen Stadtmauer und dann an den klappernden Wassermühlen vorbeireiten. Die Luft ist noch schwüler geworden und der Himmel hat sich zugezogen. Ein Gewitter liegt in der Luft, als wir die Brücke überqueren und die Stadt hinter uns lassen. Hauptmann Foreman reitet vor, Victor hinter mir. Ich überlege mir, ob ich einen Fluchtversuch wagen soll, aber die beiden sind mit Schwertern und Musketen bewaffnet, und ihre Pferde sehen kräftig und schnell aus. Ich hätte keine Chance, ihnen zu entkommen.

»Wurde irgendwer bei dem Kampf auf dem Mere Point schwer verletzt?«, frage ich Hauptmann Foreman.

Er dreht sich im Sattel um. »Einige von Lord Allyssons Männern hatten Pfeilwunden. Einer ist umgekommen. Ich hörte auch, dass ein Heiler aus der Gegend in ziemlich kritischem Zustand sei, wahrscheinlich aber durchkomme.«

Cedric! Mir krampft sich vor Angst der Magen zusammen. Cedric darf nicht sterben. Ich habe ihn sehr gern, noch schlimmer wäre sein Tod jedoch für Mutter, die gerade erst ihre Schwester verloren hat und vielleicht auch noch mich bald verlieren wird. »Und was ist mit der Hausherrin?«, frage ich ihn. »Sie wurde doch auch verletzt.«

»Davon weiß ich nichts. Wenn ihre Verletzungen tödlich gewesen wären, hätte ich es aber gehört. Bald können Sie das ja selbst herausfinden. Victor wird Sie sicher gerne zum Mere Point begleiten.« Er blickt sich um. »Nicht wahr, Victor?«

Victor gibt keine Antwort.

In den Dörfern kommen Leute aus ihren Häusern, um uns zu sehen. In Kerne Forth treffen wir den fahrenden Händler, der mit seinen beiden Eseln auf dem Weg in den Süden ist. Er starrt uns mit offenem Mund an, dann ruft er mir zu: »Gott zum Gruß, Fräulein!«

»Halt! Warten Sie!«, rufe ich. »Haben Sie irgendwelche Neuigkeiten vom Mere Point?« Darauf schlägt Victor meinem Pferd mit dem Schwert auf die Hinterbacke. Das arme Tier macht vor Schreck einen solchen Satz nach vorn, dass ich beinahe herunterfalle.

»Weiter!«, keift er und fuchtelt drohend mit dem Schwert vor dem Händler herum. »Geh mir aus den Augen, du Tagedieb.«

Der Händler stößt seinem Esel die Fersen in die Rippen. »Ja, Sir, immer mit der Ruhe. Ich gehe ja schon.« Trotz des Geklappers der Töpfe und Pfannen, die auf seinem zweiten Esel festgebunden sind, höre ich ihn noch sagen: »Keine Toten auf dem Mere Point, Fräulein.« Den Rest verstehe ich nicht mehr.

Ein Unwetter scheint sich zusammenzubrauen. Der Himmel vor uns ist stockdunkel und in den Wolken rumpelt es. Um uns herum herrscht ein seltsam gelbliches Licht, das an Kerzenschein erinnert. Ich stelle mir vor, wie Victor mich in meinem Zuhause gefangen hält. Es wird unerträglich sein, viel schlimmer als damals, als Vater mich einsperrte. Victor wird es Vergnügen bereiten, mich bei jeder Gelegenheit zu demütigen. Ich denke über Fluchtmöglichkeiten nach. Vielleicht könnte ich durch den Geheimgang unter dem Gehege entkommen? Doch als ich mich umblicke und Victors grimmiges Gesicht sehe, weiß ich, dass er auf mich aufpassen wird wie ein Schießhund. Ich könnte heulen und mit dem Kopf gegen die Bäume schlagen.

Wir kommen gut voran und erreichen am frühen Nachmittag die Sümpfe am Rand des Mistholme-Moores. Reiher stehen reglos im Schilf, in Erwartung des Unwetters. Spannung liegt in der Luft. Es blitzt. Die Felsen zu unserer Linken leuchten in dem grellen Licht. Es donnert sehr laut und nah. Zwei Hasen springen aus dem Farnkraut und hoppeln über den Hügel davon. In der Ferne bellen Hunde.

»Wir nehmen den Weg durch den Wald«, ruft Hauptmann Foreman über die Schulter. »Es sieht nach einem Wolkenbruch aus.« Er reitet schneller. »Los, kommen Sie, Fräulein Garth. Für einen Platzregen sind Sie nicht passend gekleidet.«

Es blitzt erneut, mehrmals hintereinander, und die nachfolgenden Donnerschläge sind so laut, dass mir der Kopf dröhnt. Die Pferde werden nervös. Hinter mir schimpft Victor die ganze Zeit wüst vor sich hin. Er zischt mir zu, dass es besser für mich wäre, wenn ich vom Blitz erschlagen würde, weil ich sowieso bald wieder in den Kerker komme. Im schnellen Trab schlagen wir den Hauptweg nach Barrowbeck ein. Dort, wo die Bäume über uns ineinander wachsen, ist es fast völlig dunkel. Wir reiten quer durch den Barrow Wood auf den Turm des Barrowbeck-Hofs zu. Plötzlich merke ich, dass es verbrannt riecht, als ob irgendwo ein Blitz eingeschlagen hätte. Ich reite langsamer und sehe mich um. Dann rufe ich Hauptmann Foreman zu: »Vielleicht müssen wir den anderen Weg nehmen. Ich glaube, hier im Wald ist ein Feuer ausgebrochen.« Er schnuppert in der Luft und gibt mir mit einem Handzeichen zu verstehen, dass er mich gehört hat.

Das Zentrum des Gewitters scheint sich über die Bucht aufs Meer zu verlagern, soweit ich das beurteilen kann. Ein paar dicke Tropfen klatschen uns ins Gesicht, danach setzt ein Platzregen ein. Es wird sofort kälter. Hauptmann Foreman führt uns auf einen schmalen Pfad, wo ein dichtes Blätterdach uns ein wenig schützt, aber der Regen sammelt sich zwischen den Blättern und läuft uns in kalten Bächen den Rücken hinunter. Dies ist der Pfad, auf dem ich immer von der Einsiedlerhütte nach Hause zurückgelaufen bin. Ich fröstle, weil ich mich plötzlich noch einmal lebhaft an Roberts Aufenthalt dort erinnere.

Schließlich erreichen wir den Rand des offenen Geländes, auf dem der Turm steht. Eine Flut von Gefühlen überwältigt mich bei seinem Anblick. Das Unwetter verzieht sich langsam. Irgendwo bellen immer noch Hunde – seltsamerweise klingt es so, als käme das Gebell vom Turm, obwohl wir nie Hunde gehalten haben. Sonst ist nichts zu hören außer dem Regen, der auf die Blätter prasselt. Ich halte mein Pferd an. Irgendetwas stimmt nicht. Normalerweise ist es im Tal nicht so ruhig, nicht einmal, wenn es in Strömen regnet. Die Schafe blöken nicht, die Schweine grunzen nicht und die Kuhhirten rufen und pfeifen nicht. Was ist los?

Victor flucht über mich, weil sein Pferd beinahe in meines hineingelaufen ist, als ich angehalten habe. »Verdammt! Sie können nicht mal anständig reiten. Auf Sie wartet der Scheiterhaufen, Fräulein, todsicher! Und das ist auch gut so. Verrat ist ein Schwerverbrechen ...«

Ich kämpfe gegen die Verzweiflung an, die mich bei dem Gedanken überkommt, bald zusammen mit Victor eingesperrt zu sein. Meine Haare triefen und hängen mir ins Gesicht; meine Kleider sind völlig durchnässt. Der Dreck vom Fußboden des Kerkers läuft in Rinnsalen an mir herunter. Ich kann mich nicht einmal mehr dazu aufraffen, mich umzudrehen und Victor über sein böses Maul zu fahren. Dann durchdringt plötzlich ein anderes Geräusch das Prasseln des Regens. Es beginnt leise und schwillt an, bis es das Tal erfüllt, ein lautes, lang gezogenes Tuten, das sich wiederholt, noch bevor sein Echo verklungen ist. Mir kribbelt die Kopfhaut. Ich drehe mich um und winke mit der erhobenen Hand, um Victor zum Schweigen zu bringen. Es könnte auch etwas anderes sein, versuche ich mir einzureden – der Wind, der um die Turmmauern heult, oder Vogelschreie –, aber ich weiß, dass nichts anderes so klingt.

Ich blicke zum Himmel hinauf. Schwarze Rauchschwaden ziehen von der Plattform des Turms herüber, wo der Platzregen das Warnfeuer gelöscht hat. Der Geruch von brennendem Pech hängt in der Luft. Immer wieder ertönt das schaudererregende, unmelodische Tuten. Es ist das Widderhorn, das in einer Mauernische im Torhaus des Turms aufbewahrt wird und nur zu einem Zweck geblasen wird: Um alle zu warnen, dass die Schotten im Anmarsch sind. Wir sind nichtsahnend mitten in einen schottischen Angriff geraten.

Ich finde noch ein paar Sekunden Zeit, um abgrundtiefe Enttäuschung zu spüren. Keine Überfälle mehr, hat Robert gesagt. Keine Überfälle mehr. Ist es sein unaufhaltbarer Vetter Duncan oder irgendeine andere schottische Räuberhorde, auf die er keinen Einfluss hat? Ich hole Luft, um Hauptmann Foreman und Victor zuzurufen, dass sie ihren Pferden die Sporen geben sollen, wenn ihnen ihr Leben lieb ist, doch im selben Augenblick kommen bereits die ersten Schotten aus dem Wald hinter uns geritten.

Ich treibe meinen armen alten Klepper an und versuche ihn dazu zu bringen, zum Turm zu galoppieren, aber es ist zwecklos. Das verschreckte Tier stolpert, gerät in Panik und wirft mich ab. Sofort sind Schotten über mir. Sie keuchen und schwitzen und ihre bunten, wollenen Gewänder riechen wie nasse Schafe. Ich versuche an mein Messer zu kommen; dann fällt mir ein, dass es mir auf der Burg abgenommen wurde. Ich sehe aus dem Augenwinkel, wie Hauptmann Foreman niedergerungen und Victor vom Pferd gerissen wird.

Eine Stimme ruft: »Ergebt euch, Engländer, dann wird euch nichts geschehen! Hört auf, Widerstand zu leisten, ihr Idioten!« Ich versuche mich hinzusetzen. Mein Gott, ich kenne diese Stimme. Seltsamerweise hilft einer der Schotten mir hoch. Ich blicke in die fremden Gesichter, alte und junge, bärtige und glatt rasierte. Viele der Schotten sind von ihren Pferden gesprungen, um die beiden schwertschwingenden englischen Soldaten zu überwältigen. Robert würde nach allem, was er mir versprochen hat, doch sicher nicht so weit gehen, sich selbst an einem Überfall zu beteiligen? Dann sehe ich ihn auf einem schönen Grauschimmel sitzen. Er hat sich wieder in den alten Robert zurückverwandelt. Seine hellbraunen Augen funkeln herausfordernd, seine Lippen sind zu einem Lächeln verzogen.

»Ihr Engländer wisst offensichtlich nicht, wie man sich in Gegenwart von Damen benimmt«, sagt er und springt neben mir vom Pferd. Ich starre ihn an. Er hebt mich hoch und setzt mich in seinen Sattel. »Das war das Mindeste, was ich für dich tun konnte, um mich zu revanchieren«, sagt er leise und schwingt sich hinter mich aufs Pferd. »Es wäre ratsam, zu schreien, mein Schatz, um den Schein zu wahren«, flüstert er mir zu. Seine Hände greifen neben mir nach den Zügeln.

Gehorsam stoße ich einen leisen Schrei aus.

Die Schotten haben Hauptmann Foreman und Victor Rücken an Rücken an einen Wacholderbaum gefesselt. Robert hält mich fest, als wir ins Tal hinuntergaloppieren. Sein Pferd ist schnell und kräftig. Es trägt uns beide mühelos. »Als ich erfahren habe, was mit dir geschehen ist, sind wir sofort aufgebrochen und die ganze Nacht durchgeritten«, sagt er an meinem Ohr.

Wir sehen keinen Menschen, als wir am Pike vorbeireiten. Alle haben sich in die Wehrtürme geflüchtet und warten auf einen Angriff, der nicht stattfinden wird. Als wir hinter dem Dorf Barrowbeck auf die Küstenstraße einbiegen, sehe ich Cedric mit einem Korb voller Kräuter in den Händen und einem Verband um den Kopf an der Wegkreuzung stehen. Er hat unter einem Felsvorsprung Schutz vor den Schotten gesucht und sieht mich erst, als wir fast an ihm vorbei sind, nun aber kommt er herausgelaufen und ruft: »Beatrice!«

»Warte!« Ich packe Robert bei der Hand, die die Zügel hält. Er bringt sein Pferd zum Stehen, lässt seine Kameraden vorbeireiten und dreht um. Cedric läuft auf uns zu. Er führt seine weiße Stute neben sich her. Roberts Hengst tänzelt nervös, er mag nicht zurückbleiben.

Cedric, der Muschelmann, mein Lehrer, den ich als Schülerin wohl ziemlich enttäuscht habe, bleibt stehen und schaut zu uns hoch. »Geht es dir gut?«, fragt er mich.

Ich nicke. »Jetzt schon. Und wie geht es Ihnen, Cedric? Ist Ihr Kopf schwer verletzt?«

»Ja, aber er ist am Verheilen. Sie sehen richtig gut aus, Robert.«

»Das verdanke ich Ihnen. Wir müssen weiter. Es wäre nicht gut, wenn man Sie mit uns reden sieht.«

»Nein.« Cedric greift in seinen Korb und zieht einen Rautenzweig heraus. »Zum Schutz«, sagt er, »und für eine gute Reise.«

So reite ich mit Roberts warmem Körper an meinem Rücken und seinem Atem in meinem Haar nach Norden. Zuerst lassen wir die Pferde die meiste Zeit galoppieren und halten nur an, wenn sie eine Pause brauchen. Wir reiten über Gebirgspässe und durchqueren Flüsse und Kiefernwälder. Ich stelle fest, dass mir das Grenzgebiet inzwischen vertraut ist. Ich kenne den Weg hin und zurück. Unser Abschnitt der Grenze ist jetzt sicherer, als er vielleicht je war, und auf beiden Seiten leben Menschen, die mir viel bedeuten.

Cedric wird Mutter alles erklären und dann kann ich mich sicherlich ab und zu auf Burg Clough mit ihr und anderen Mitgliedern meiner Familie treffen. Vielleicht kann ich nach der Ablösung von Lord Allyssons Soldaten sogar den Barrowbeck-Hof besuchen.

An John wage ich nicht denken. Es ist zu schmerzlich. Ich kann mir nur sagen, dass er etwas Besseres verdient als mich.

So reite ich in Roberts Armen ins Unbekannte. Ich bin in eine schottische Decke eingehüllt und döse immer wieder ein, doch Robert hält mich mit sicherem Griff, so dass ich nicht von dem ungewohnten Sattel rutsche. Als ich richtig einschlafe, schrecke ich wieder hoch, weil ich vom Kerker geträumt habe. Robert küsst mich auf den Hals und sagt: »O Gott, mein armer Schatz, sie haben dich in dieses Loch gesperrt.« Manchmal weiß ich nicht, ob ich träume oder wach bin, und ich fühle mich fiebrig, obwohl meine nassen Kleider unter der warmen Decke längst an meinem Körper getrocknet sind.

Als wir tief im Wald eine Rast einlegen, treffen wir Roberts Vater, seine Brüder und seinen Vetter Duncan. Zuerst habe ich Angst vor ihnen, weil sie mit ihren vielen Waffen, den grünen und erdfarbenen Gewändern aus gewebter Wolle und den Ziegenlederjacken wie Feinde aussehen. Ich verstehe nicht alles, was die älteren Männer zu mir sagen, obwohl sie mir zuliebe langsam reden. Wir rösten Haferplätzchen an Stöcken über einem Feuer, während in den Baumkronen über uns Eulen schreien. »Wir sollten nicht zu lange Rast machen«, sagt Robert. »Vielleicht werden wir verfolgt – von deiner Familie oder vom Militär.«

»Meine Familie wird verstehen, dass ich fortmuss,

Robert. Cedric wird mit ihnen reden. Er wird ihnen sagen, dass es mir gut geht.«

Er legt mir noch zwei Decken um und bringt mir ein Stück von einem umgestürzten Baumstamm als Sitzplatz. Aus dem morschen Holz wachsen helle, fleischige Pilze, die ich nicht kenne. Ich komme mir vor, als befände ich mich in einem Traum oder an einem Ort, der nicht von dieser Welt ist.

»Ich bin mir nicht so sicher, ob es dir gut geht, Bea«, sagt Robert. »Du zitterst. Ich glaube, du hast Fieber.« Er ruft über die Lichtung: »Wir sollten besser schauen, dass wir weiterkommen, Vater.«

In der zweiten Nacht halten wir auf einem Berg an, um eine Weile zu schlafen. Außerhalb des Feuerscheins wandert Rotwild leise hin und her und im Norden heulen Wölfe. In meine Decken eingerollt, liege ich auf dem steinigen Boden, vor mir das Feuer und hinter mir Robert. Ich glühe vor Fieber. Im ersten Morgenlicht, das so grau ist wie unser Pferd, sitzen wir auf und überqueren die schottische Grenze.

Die Wirklichkeit scheint inzwischen weit weg. Ich weiß nicht, ob ich im Kerker oder mit Robert in Schottland bin. »Es wird dir besser gehen, sobald wir zu Hause sind«, flüstert er. Ich spüre sein raues Kinn an meinem Ohr. »Wir sind fast da. Meine Mutter wird wissen, wie sie dich wieder gesund machen kann.«

Wir reiten den ganzen Tag. Im goldenen Licht eines klaren Abends halten wir auf einem grasbewachsenen Hügel an. Außer dem Gesang der Vögel und dem Rauschen des Windes ist kein Laut zu hören. Zu unseren Füßen erstreckt sich ein grünes Tal unter einem hohen, wolkenlosen Himmel. In der Talsohle liegen Findlinge verstreut, dazwischen wächst Heidekraut und auf einer

Anhöhe steht ein Wehrturm. Eine seiner grauen Steinmauern glänzt im letzten Licht der Abendsonne.

Jetzt weiß ich, dass ich wirklich krank bin, denn ich sehe John auf seinem Pferd den Hügel heraufkommen. Ich fahre mir mit einem Zipfel meiner Decke über die Augen, damit die Fiebervision verschwindet.

Robert sitzt ab. »Ich habe *Salamanders* Auftrag ausgeführt, mein Freund«, sagt er. »Du kannst gerne bleiben, solange du willst.« Er wendet sich an mich. »Gut, Beatrice. Ich sehe dich dann im Turm.« Ohne auf eine Antwort zu warten, läuft er den Hügel hinunter, seinen Kameraden hinterher. Ich sehe ihm nach, bis er in der Traumlandschaft verschwindet, dieser Mann, der monatelang ein Traum in meinem Kopf war, zum Verdruss meines Verlobten.

Eine Schleiereule schreit von der Baumgrenze herüber. Die Vision von John nähert sich und entpuppt sich als Mensch aus Fleisch und Blut mit staubiger Reitkleidung und zerzaustem Haar. Er lenkt sein Pferd neben meines und streckt die Hand aus. »Bist du in der Lage, den Hügel hinunterzureiten?«, fragt er. Ich nicke. Schatten breiten sich über das Tal aus. Während die Sonne hinter feindlichen Zinnen versinkt, reiten John und ich in den Spuren der Angreifer den dunkler werdenden Hang hinab.

Danksagung

Für historische Informationen danke ich Christo Groenewald, David Pile, Lindsay Warden, Susan Wilson von der Lancaster Reference Library und dem Local History Archive, Andrew White von den Lancaster Museum Services, Andrew Thynne vom Preston Public Records Office und den Mitarbeitern der Aylesbury Library und der Senate House Library.

Besonders verbunden bin ich Deborah Groenewald, Daniel Groenewald, Sarah Molloy und Alison Stanley für ihre hilfreichen Kommentare und Anregungen.

Maggie Prince

© Beltz & Gelberg

Maggie Prince, geboren in Lancaster, studierte in London und war unter anderem Journalistin und Lehrerin, bevor sie Kinder- und Jugendbuchautorin wurde. Heute lebt sie mit ihren Kindern in Hertfordshire/Großbritannien. Bei Beltz & Gelberg erschien von ihr auch *Räuberliebe*, der erste Roman über Beatrice und die Zeit der schottischen Überfälle auf England.

Jürgen Seidel
Die Kopfrechnerin
Roman
Gulliver (78912), 332 Seiten *ab 13*

Die 15-jährige Chiara kommt um das Jahr 1860 nach Berlin zu ihrem Onkel, dem Mathematikprofessor Göttling. Doch im Hause des Onkels geschehen seltsame Dinge. Göttling arbeitet an einem Geheimauftrag, er soll ein mathematisches Chiffriersystem entwickeln. Chiara hilft ihm dabei, denn sie besitzt eine besondere Begabung: Sie kann rechnen wie ein Taschenrechner. Multiplizieren, dividieren, Wurzeln ziehen – für Chiara eine leichte Übung. Doch bald wird ihr der Professor immer unheimlicher … Ein Roman über die Zeit, als die Menschen an die Wunder der Technik zu glauben begannen.

www.gulliver-welten.de
Beltz & Gelberg, Postfach 10 01 54, 69441 Weinheim

Luanne Armstrong
Annie
Der weite Weg nach Westen
Roman
Aus dem Englischen von Birgitt Kollmann
Gulliver (78849), 400 Seiten *ab 12*

Annie reitet nach Westen. Ganz alleine. Ihre Eltern sind während des Trecks gestorben, ihre Brüder bei anderen Familien untergebracht und sie hat es in der Enge der Siedlung nicht mehr ausgehalten. Sie ist aufgebrochen, nur mit ihrem Pferd, ihrem Hund und ihrem Gewehr. Annie lernt auf der beschwerlichen und gefährlichen Reise, dem eigenen Instinkt und der eigenen Erfahrung zu vertrauen – und stellt fest, dass vermeintliche Feinde oft Freunde sind und umgekehrt.

Victoria Hanley
Das Auge der Seherin
Fantasy-Roman
Aus dem Englischen von Cornelia Stoll
Gulliver (78657), 456 Seiten *ab 12*

Prinzessin Torina mit den leuchtend roten Haaren besitzt eine Kugel aus Kristall, mit der sie in die Zukunft sehen kann – das »Auge der Seherin«. Und Torina liebt Landen, den jungen Prinzen. Doch der wird beschuldigt, Torinas Vater ermordet zu haben, und muss fliehen. In ihrem Kristall sieht Torina den wahren Mörder und damit bringt sie sich selbst in tödliche Gefahr …

»Ein schlicht überwältigendes Erstlingswerk!«
Schoolsnet

www.gulliver-welten.de
Beltz & Gelberg, Postfach 10 01 54, 69441 Weinheim

Victoria Hanley
Die Vögel der Finsternis
Roman
Aus dem Englischen von Cornelia Stoll
Gulliver (78964), 480 Seiten *ab 12*
Erscheint im November 2005

Prinzessin Sara wird von ihrer Mutter, der Königin Torina, zur magischen Ausbildung auf die Burg der Heiler gebracht. Dort freundet sie sich mit dem Fremden Dorjan an, der die Gabe des Traumwandelns besitzt. Und sie verliebt sich Hals über Kopf in den bezaubernden Bern. Doch eine dunkle Macht umgarnt die Prinzessin. Sie flieht in ein fernes Reich, wo sie auf die Sklavin Maeve trifft. Auch Maeve befindet sich auf der Flucht, ist jedoch im Besitz einer bedeutenden Waffe im Kampf gegen den König des Schattenreiches.
In der Tradition von »Das Auge der Seherin« stellen sich drei junge Menschen dem Kampf gegen den finsteren Schattenkönig.